SUPERSAGGI
BIBLIOTECA UNIVERSALE RIZZOLI

Christiane F.

NOI, I RAGAZZI DELLO ZOO DI BERLINO

a cura di KAI HERMANN e HORST RIECK
traduzione di ROBERTA TATAFIORE

Biblioteca Universale Rizzoli

ISBN 88-17-11520-7

Titolo originale dell'opera:
WIR KINDER VOM BAHNHOF ZOO

prima edizione BUR: gennaio 1984
prima edizione BUR Supersaggi: ottobre 1989
diciottesima edizione BUR Supersaggi: gennaio 1997

PREFAZIONE

Incontrammo per la prima volta la quindicenne Christiane all'inizio del 1978 a Berlino, dove era chiamata a testimoniare ad un processo. Prendemmo appuntamento con lei per un'intervista che doveva completare una ricerca sulla situazione dei giovani. Erano previste due ore per il colloquio: diventarono due mesi. Presto ci ritrovammo non più nel ruolo degli intervistatori ma in quello di ascoltatori estremamente coinvolti: dalle trascrizioni delle bobine registrate dei colloqui è nato questo libro.

Pensiamo che la storia di Christiane dica molto di più sulla situazione di tantissimi giovani di quanto non possa farlo qualsiasi inchiesta, per quanto accuratamente condotta. Christiane F. ha voluto questo libro perché, come quasi tutti i ragazzi bucomani, pretende che sia rotto il vergognoso silenzio degli adulti sulla realtà della tossicodipendenza. I sopravvissuti del suo gruppo e i genitori hanno aderito al progetto del libro e sono stati disponibili ad evidenziare, con le loro testimonianze e i loro nomi, il carattere documentaristico di questo lavoro.

Per desiderio delle famiglie abbiamo indicato tutti con il solo nome di battesimo. Le testimonianze della madre di Christiane e di altri che hanno avuto contatti con lei ci auguriamo contribuiscano ad una visione della vicenda dai diversi punti di vista e ad un'analisi più completa del problema della tossicodipendenza.

Kai Hermann, Horst Rieck

L'ACCUSA

Stralci del procedimento d'accusa del sostituto procuratore della repubblica depositato presso il tribunale regionale di Berlino il 27 luglio 1977.

La studentessa Christiane Vera F., in quanto minorenne divenuta suscettibile di responsabilità penale, a Berlino, a partire dal 20 maggio 1976, è accusata di aver detenuto intenzionalmente e continuativamente preparati sottoposti alle disposizioni di legge in materia di stupefacenti senza l'autorizzazione dell'Ufficio federale d'igiene.
L'imputata è una consumatrice d'eroina dal gennaio 1976. Ella si inietta — all'inizio saltuariamente, più tardi giornalmente — una dose corrispondente al «quartino» in uso negli ambienti della droga.
In occasione di due controlli — il 1° e il 13 marzo 1977 — l'imputata è stata fermata e sottoposta a perquisizione personale nell'atrio della stazione della metropolitana del Kurfüstendamm. Aveva con sé, rispettivamente nelle due circostanze, 18 mg e 140,7 mg di una sostanza contenente eroina.
Inoltre il 12 maggio 1977 è stata trovata in possesso dell'accusata una bustina di stagnola contenente 62,4 mg di una sostanza contenente eroina. Presso di lei sono stati trovati anche gli utensili usati dagli eroinomani. Le perizie svolte hanno accertato tracce di sostanze contenenti eroina su detti utensili. Anche dall'analisi dell'urina è risultata una percentuale di morfina.

Il 12 maggio 1977 la madre dell'imputata signora U. F., ha trovato in possesso della figlia 62,4 mg di una sostanza contenente eroina che è stata da lei consegnata alla polizia criminale.
Convenuta in giudizio l'imputata ha ammesso di essere una consumatrice d'eroina dal febbraio del 1976. Inoltre nel 1976 si è data alla prostituzione per procurarsi il denaro atto all'acquisto dell'eroina.
Va tenuto in considerazione che l'imputata continua a consumare eroina.

LA SENTENZA

Stralci della sentenza della pretura di Neumüster del 14 giugno 1978 pronunciata nella causa penale contro la studentessa Christiane F.

L'accusata è colpevole dell'acquisto continuato di sostanze stupefacenti e di ricettazione continuata. La decisione se infliggere una pena per minorenni viene sospesa con la condizionale.
Motivazione. L'accusata ha avuto fino al tredicesimo anno d'età uno sviluppo normale. Ella è di intelligenza superiore alla media e ha senz'altro avuto consapevolezza che l'acquisto di eroina è un'azione penalmente perseguibile. Esistono infatti sufficienti indizi che l'accusata era tossicodipendente alla data del 20 maggio 1976, allorché era esclusa sia la sua responsabilità sia la consapevolezza per i reati commessi. Nel frattempo l'accusata ha acquisito ampiamente la sua condizione e si è anche adoperata per portare a termine una disintossicazione. Pertanto era pienamente capace di intendere la sua colpa e di comportarsi di conseguenza.
Al momento attuale la prognosi per il futuro è in ogni caso favorevole anche se non si può dire che per l'accusata sia esclusa una ricaduta. L'ulteriore evoluzione dell'accusata deve, per lo meno nel prossimo futuro, essere seguita con attenzione.

Era di un eccitante pazzesco. Mia madre fece bagagli, valigie e casse per giorni interi. Io capii che per noi sarebbe cominciata una nuova vita.

Avevo compiuto sei anni e dopo il trasferimento sarei dovuta andare a scuola. Mentre mia madre faceva senza sosta i bagagli e diventava sempre più nervosa, io passavo tutto il giorno dai contadini Völkel. Aspettavo che le mucche entrassero nella stalla per la mungitura, davo da mangiare alle scrofe e ai polli e mi scatenavo con gli altri nel fieno, oppure portavo in giro i gattini. Era una splendida estate, la prima che ho vissuto con vera consapevolezza.

Sapevo che presto saremmo andati lontano, in una grande città che si chiamava Berlino. La prima a partire con l'aereo fu mia madre, da sola. Voleva occuparsi dell'appartamento. Mia sorella piccola, io e mio padre arrivammo una settimana dopo. Per noi bambine era il primo viaggio in aereo. Tutto era immensamente emozionante.

I miei genitori ci avevano raccontato storie meravigliose del gigantesco appartamento con sei grandi stanze nel quale avremmo abitato. E loro volevano guadagnare molti soldi. Mia madre diceva che avremmo avuto una grande stanza tutta per noi. Volevano comprare bei mobili. Lei allora ci spiegò con tutti i particolari come sarebbe stata la nostra stanza. Questo lo ricordo ancora perché da bambina non ho mai smesso di immaginarmela, questa stanza. Man mano che crescevo diventava nella mia fantasia sempre più bella.

E neanche ho dimenticato come era l'appartamento nel quale eravamo arrivati. Forse perché come prima cosa ne ebbi un orrore tremendo. Era così grande e vuoto che avevo paura di perdermi. Quando si parlava ad alta voce rimbombava terribilmente.

Soltanto in tre stanze c'erano un paio di mobili. Nella stanza dei bambini c'erano due letti e un vecchio mobile da cucina con i nostri giochi. Nella seconda stanza c'era un letto per i miei genitori e nella stanza più grande un vecchio divano e un paio di sedie. Così vivevamo a Kreuzberg,[1] nella Paul-Lincke-Ufer.

Dopo un paio di giorni mi fidai ad andare da sola per strada con la bicicletta, dato che ci giocavano dei bambini che erano un po' più grandi di me. Al paese i più grandi avevano sempre giocato con i piccoli, e ci sorvegliavano anche. I bambini del nostro stabile mi dissero subito: «Cosa vuoi tu qui?». Poi mi presero la bicicletta. Quando la riebbi indietro aveva una ruota a terra e un parafango piegato.

Mio padre mi picchiò perché la bicicletta era rotta. Da allora andai in bicicletta solo per le nostre sei stanze.

Tre stanze dovevano in realtà diventare l'ufficio. I miei genitori volevano aprire un'agenzia matrimoniale. Ma le scrivanie e le poltrone di cui parlavano non arrivarono mai. Il mobile da cucina rimase nella stanza dei bambini.

Un giorno il sofà, i letti e l'armadio da cucina vennero caricati su un camioncino e portati in uno dei casermoni di Gropiusstadt. Lì prendemmo un appartamento di due stanze e mezza all'undicesimo piano. E nella nostra mez-

[1] Vecchio quartiere popolare di Berlino-ovest, a ridosso del «muro», oggi abitato in prevalenza da immigrati. [*N.d.T.*]

za stanzetta dei bambini tutte le cose belle di cui mia madre aveva parlato non ci sarebbero mai entrate.

Gropiusstadt: casermoni per quarantacinquemila persone, con in mezzo prati e centri commerciali. Da lontano tutto nuovo e ben curato. Ma quando si stava in mezzo ai casermoni si sentiva dappertutto puzza di piscio e di cacca. Veniva da tutti quei cani e bambini che vivevano lì. Più di tutto puzzava la tromba delle scale.

I miei genitori inveivano contro i figli dei proletari che sporcavano la tromba delle scale. Ma i figli dei proletari nella maggior parte dei casi non potevano farci niente. Me ne accorsi la prima volta che giocavo fuori e improvvisamente dovetti andare al gabinetto. Aspettando l'ascensore che non arrivava, ed ero all'undicesimo piano, me l'ero fatta sotto. Mio padre mi picchiò. Dopo che per un paio di volte non ce l'avevo fatta ad arrivare in tempo da sotto fino al nostro bagno, e avevo preso le botte, mi accoccolavo da qualche parte a farla dove nessuno mi vedeva. Poiché dai casermoni ogni angolo era visibile, il più sicuro era la tromba delle scale.

Anche a Gropiusstadt, quando ero per strada, all'inizio continuavo ad essere la stupida bambina campagnola. Non avevo gli stessi giocattoli che avevano gli altri. Non ho mai avuto una pistola ad acqua. Ero vestita in un altro modo. Parlavo in un altro modo. E non conoscevo i giochi che facevano. E non mi piacevano neanche. Al paese spesso andavamo nel bosco in bicicletta, fino ad un ruscello con un ponte. Lì costruivamo dighe e castelli nell'acqua. Qualche volta tutti insieme, qualche volta ognuno per conto proprio. E quando dopo li distruggevamo eravamo tutti d'accordo e tutti insieme ci divertivamo. Da noi al paese non c'era il capo: ognuno poteva fare proposte sui giochi che si volevano fare. Quindi si litigava fino a che una proposta non passava. Non c'era niente di strano se per una volta i più grandi cedevano nei confronti dei più piccoli. Era una vera democrazia di bambini.

A Gropiusstadt, nel nostro stabile, un ragazzino era il capo. Era il più forte ed aveva la più bella pistola ad acqua. Giocavamo spesso ai banditi. Questo ragazzino era naturalmente il capo dei banditi. La più importante regola del gioco era che noi dovevamo fare tutto quello che lui comandava.

Oppure giocavamo più l'uno contro l'altro che l'uno con l'altro. In realtà si trattava sempre di far arrabbiare gli altri in qualche modo. Tutto il gioco consisteva nel portarli allo sfinimento e di sfruttarne per se stessi i vantaggi: acquistare potere e soprattutto dimostrare potere.

E i più deboli beccavano più botte di tutti. La mia sorellina non era robusta ed era un po' paurosa. Gliele suonavano sempre ed io non potevo aiutarla.

Andai a scuola. Ero stata contenta all'idea di andarci. I miei genitori mi avevano detto che mi sarei dovuta comportare sempre bene e che avrei dovuto fare quello che diceva l'insegnante. Questo lo trovavo naturale. Al paese noi bambini avevamo rispetto per gli adulti. Penso che fossi contenta del fatto che nella scuola ci sarebbe stato un insegnante al quale gli altri bambini dovevano ubbidire.

Ma lì era tutto diverso. Già dopo un paio di giorni i bambini correvano per la classe durante le lezioni e giocavano alla guerra. La nostra insegnante era completamente impotente. Gridava continuamente «seduti». Ma quelli si scatenavano peggio e gli altri ridevano.

Fin da piccola ho sempre amato gli animali. Nella nostra famiglia tutti li amavano pazzamente. Per questo ero orgogliosa della nostra famiglia. Non ne conoscevo un'altra che fosse così amante delle bestie. Mi facevano pena i bambini che avevano genitori a cui non piacevano le bestie e quindi non ricevevano mai in regalo un animale.

Col tempo il nostro appartamento di due stanze e mezzo diventò un piccolo zoo. Dopo un po' avevo quattro topolini, due gatti, due scoiattoli, un pappagallino ed Ajax, l'alano marrone che già ci eravamo portati dietro dal paese a Berlino.

Ajax dormiva sempre accanto al mio letto. Quando mi addormentavo facevo ciondolare il braccio fuori dal letto per sentire se c'era.

Trovai altri bambini che avevano cani. Scoprii che fuori Gropiusstadt, a Rudow, c'erano ancora resti di vera natura. Noi ci andavamo con i nostri cani. Giocavamo sui vecchi contenitori dei rifiuti riempiti di terra. Di preferenza giocavamo al «cane da fiuto». Uno si nascondeva mentre il suo cane veniva tenuto fermo. Quindi il cane doveva cercarlo. Il mio Ajax aveva il naso migliore.

Gli altri animali me li portavo qualche volta nel recinto dei giochi e persino a scuola. La nostra insegnante li utilizzava come materiale da osservazione nelle lezioni di biologia. Alcuni insegnanti permettevano anche che Ajax durante la lezione rimanesse con me. Non disturbò mai. Fino a quando non suonava il campanello rimaneva senza muoversi vicino al mio posto.

Sarei stata molto felice con i miei animali se non fosse che con mio padre le cose andavano sempre peggio. Mentre mia madre andava a lavorare lui stava a casa. Dell'agenzia matrimoniale non se ne era fatto nulla, quindi mio padre aspettava un altro lavoro che gli piacesse. Stava seduto sul divano consunto e aspettava. E le sue folli esplosioni di rabbia diventavano sempre più frequenti.

I compiti me li faceva fare mia madre quando tornava dal lavoro. Per un periodo ebbi difficoltà a distinguere la H dalla K. Una sera mia madre mi spiegava la differenza con una pazienza bestiale. Io però non potevo quasi starla a sentire perché mi accorgevo che intanto mio padre diventava sempre più furibondo. Sapevo cosa sarebbe successo di lì a poco: che lui prendeva lo scopettone in cucina e me le dava da matti. Quindi dovevo spiegargli la differenza tra la H e la K. A quel punto naturalmente non riuscivo più ad entrare in circuito, ancora una volta avevo il culo pieno di botte e dovevo andarmene a letto.

Questo era il suo modo di farmi fare i compiti. Voleva che fossi brava e che fossi la migliore. Del resto suo nonno era stato uno con un sacco di grana. Aveva posseduto, tra le altre cose, persino una tipografia e un giornale. Dopo la guerra tutto questo gli era stato espropriato nella Rdt. Ed ora mio padre dava di matto quando pensava che a scuola non avrei combinato niente.

C'erano serate che mi ricordo in tutti i particolari. Una volta dovevo colorare delle casette sul quaderno dei conti. Dovevano essere larghe sei quadretti ed alte quattro. Una casetta l'avevo finita e sapevo benissimo come dovevo fare, quando mio padre si mise improvvisamente seduto vicino a me. Mi chiese da dove a dove dovevo disegnare la casetta successiva. Per la paura non contai più i quadretti ma cominciai a chiedere consigli. Ogni volta che indicavo il quadretto sbagliato beccavo una sberla. Quando ormai piangevo e non riuscivo a dare più alcuna risposta, lui si alzò e andò verso la pianta di ficus. Sapevo che cosa significava. Tirò via dal vaso la canna di bambù che reggeva il ficus. Quindi mi picchiò sul sedere finché la pelle letteralmente non mi si staccò a pezzi.

Cominciavo ad avere paura già quando ci mettevamo a tavola. Se facevo una macchia beccavo una sberla; se rovesciavo un bicchiere mi conciava il sedere per le feste. Non osavo più neanche toccare il mio bicchiere di latte. Perciò per la paura, quasi ogni volta, a tavola, mi succedeva qualcosa.

La sera chiedevo sempre a mio padre tutta dolce se per caso lui sarebbe uscito. Usciva abbastanza spesso e allora noi tre donne finalmente tiravamo un sospiro di sollievo. Queste serate erano meravigliosamente pacifiche. Ma quando lui poi tornava a casa la notte poteva risuccedere il casino. La maggior parte delle volte aveva un po' bevuto. Qualsiasi sciocchezza, e lui con la testa partiva completamente. Poteva essere per via dei giocattoli o dei vestiti che stavano sparsi in disordine. Mio padre diceva sempre che l'ordine è la cosa più importante nella vita. E quando di notte vedeva disordine mi tirava fuori dal letto e mi picchiava. Alla fine beccava qualcosa pure la mia sorellina. Poi mio padre buttava tutte le nostre cose sul pavimento e ordinava di rimettere tutto a posto in cinque minuti. La maggior parte delle volte non ce la facevamo e le prendevamo di nuovo.

In questi casi mia madre rimaneva quasi sempre sulla porta piangendo. Raramente osava difenderci perché allora lui picchiava anche lei. Solo Ajax, il mio alano, si metteva a saltare in mezzo. Guaiva forte forte e aveva occhi tristissimi. Riportava rapidamente mio padre alla ragione, perché anche mio padre naturalmente amava i cani, come noi tutti. Lui qualche volta gridava contro Ajax, ma non lo ha mai picchiato.

Malgrado ciò, in un certo senso amavo e rispettavo mio padre. In confronto agli altri padri era di gran lunga il più bravo. Ma soprattutto avevo paura di lui. Quindi trovavo normale che lui tanto spesso se la prendesse con chiunque gli capitava sotto mano. Agli altri bambini di Gropiusstadt le cose non andavano diversamente. Spesso in faccia avevano dei lividi veri e propri, e anche le loro madri. C'erano dei padri che cadevano per terra ubriachi in strada o nel parco giochi. Così di brutto mio padre non si ubriacava mai. E per le strade succedeva anche che pezzi di mobili volavano giù dai casermoni, che donne gridavano aiuto e che arrivava la polizia. Da noi però le cose non andavano affatto così male.

Mio padre rimproverava continuamente a mia madre che lei spendeva troppi soldi. E sì che era proprio lei che li guadagnava. Allora qualche volte lei gli diceva anche

che la maggior parte dei soldi andavano per i suoi giri di bevute, le sue donne e la sua macchina. A quel punto la litigata dalle parole passava alle mani.

La macchina, la Porsche, era certamente la cosa che mio padre amava più di tutto. La lustrava tutti i giorni, quando addirittura non stava alla stazione di servizio. Non c'era un'altra Porsche a Gropiusstadt. In ogni caso non c'era un disoccupato con la Porsche.

Allora non avevo nessuna idea di quello che succedeva a mio padre, del perché faceva continuamente vere e proprie scenate. Solo più tardi mi si chiarirono le idee, dopo che cominciai a parlare di lui con mia madre. Un po' alla volta ho cominciato a realizzare. Lui semplicemente non ce la faceva: ogni volta voleva andar su ed ogni volta cadeva col culo per terra. Suo padre lo aveva disprezzato per questo. Mio nonno una volta aveva avuto grandi progetti per mio padre. La famiglia sarebbe dovuta stare di nuovo bene come un tempo, prima che nella Rdt gli fossero stati espropriati tutti i beni.

Se lui non avesse incontrato mia madre forse sarebbe diventato amministratore agricolo e avrebbe avuto un proprio allevamento di alani. Stava appunto imparando questo mestiere quando incontrò mia madre. Lei rimase incinta di me, lui interruppe il suo apprendistato e la sposò. Ad un certo punto lui doveva essere arrivato alla conclusione che mia madre ed io eravamo responsabili della sua misera situazione. Di tutti i suoi sogni gli erano rimasti solo la Porsche ed un paio di amici sbruffoni.

Lui non solo odiava la famiglia, ma semplicemente ne aveva un rifiuto totale. Arrivava a tal punto che nessuno dei suoi amici doveva sapere che era sposato ed aveva figli. Quando incontravamo dei suoi amici o quando si portava a casa dei suoi conoscenti, noi dovevamo sempre rivolgerci a lui chiamandolo «zio Richard». Con le botte mi ero così allenata a dirlo che non ho mai commesso un errore. Non appena c'era altra gente lui diventava per me lo zio.

Con mia madre non era diverso. Davanti ai suoi amici non poteva mai dire che era sua moglie. Credo che lui la facesse passare per sua sorella.

Gli amici di mio padre erano più giovani di lui. Avevano la vita davanti a loro, o comunque ne erano sicuri. Mio padre voleva essere uno di loro. Uno per il quale tutto cominciava in quel momento e non uno che aveva già una famiglia sulle spalle. Uno che non aveva assolutamente una famiglia da mantenere.

Naturalmente all'età di sei-otto anni non capivo un accidente. Mio padre mi confermava semplicemente le regole di vita che già avevo imparato per strada ed a scuola: darle o prenderle. Mia madre, che nella sua vita aveva ricevuto abbastanza botte, era arrivata alla stessa conclusione. Mi ficcava in testa continuamente: «Non cominciare mai, ma se qualcuno ti fa qualcosa ridagliele, più forte e più a lungo che puoi». Lei stessa già da tempo non era certo in grado di restituire i colpi.

Imparai il gioco a poco a poco: esercitare il potere sugli altri o essere schiacciata. A scuola cominciò con gli insegnanti più deboli. Durante le lezioni stavo sempre a gridare qualcosa. Gli altri ridevano per quello che facevo. Quando lo feci anche con gli insegnanti più severi ebbi finalmente un vero riconoscimento da parte dei miei compagni di scuola.

Avevo imparato come ci si afferma a Berlino: sempre a muso duro. Preferibilmente il più duro di tutti. Allora puoi fare il capo. Una volta che m'era andata bene con le parole osai provare anche con i muscoli. In realtà non ero molto forte. Ma potevo diventare furiosa. E allora picchiavo anche i più forti fino a buttarli a terra. Mi capitava di essere quasi contenta quando a scuola si presentava qualche rompipalle, e poi lo rincontravo fuori da scuola. Nella maggior parte dei casi non c'era neanche bisogno di ricorrere alle mani. Gli altri bambini semplicemente mi rispettavano.

Intanto avevo compiuto otto anni. Il mio più ardente desiderio era di diventare presto grande come mio padre, di avere un vero potere sugli altri. Nel frattempo il potere che avevo lo mettevo alla prova.

Ad un certo momento mio padre trovò un lavoro. Non un lavoro che lo soddisfaceva, ma un lavoro con cui guadagnava i soldi per le sue bevute e la sua Porsche. Così il pomeriggio ero sola a casa con mia sorella che aveva un anno meno di me. Avevo trovato un'amica che era più grande di me di due anni. Con lei ero ancora più forte.

Con la mia sorellina facevamo un gioco che avevamo imparato. Quando uscivamo da scuola cercavamo nei portacenere e nei cestini dei rifiuti i mozziconi di sigaretta. Li raddrizzavamo, ce li infilavamo tra le labbra e tiravamo. Quando mia sorella voleva anche lei una tirata, le davamo uno schiaffo sulle mani. Le ordinavamo di sbrigare le faccende di casa, lavare i piatti, spolverare, come i nostri genitori ci avevano incaricato di fare. Poi prendevamo le nostre carrozzine e le bambole, ed uscivamo a passeggio. Chiudevamo mia sorella dentro casa a chiave fin tanto che lei non aveva fatto tutti i lavori.

A quel tempo a Rudow aprirono un maneggio. All'inizio ero nera per questo, perché per via del maneggio l'ultimo pezzo libero dove noi potevamo rifugiarci con i nostri cani veniva recintato e chiuso da steccati. Poi con la gente del maneggio me la sono intesa abbastanza bene: facevo lavori nella stalla e curavo gli animali. In cambio potevo cavalcare gratis per una mezz'ora alla settimana. Questo lo trovavo naturalmente fantastico.

Amavo i cavalli e gli asinelli che c'erano lì. Ma quello che mi affascinava dell'andare a cavallo era un'altra cosa. Potevo ancora una volta dimostrare di avere forza e potere. L'animale che cavalcavo era più forte di me, ma potevo piegarlo alla mia volontà. Quando cadevo dovevo risalire su. Fin tanto che non mi ubbidiva.

Con il lavoro alla stalla non funzionava sempre, qualche volta avevo bisogno di soldi per poter cavalcare per lo meno un quarto d'ora. Raramente ci davano soldi a casa. Allora ho cominciato un po' ad imbrogliare. Andavo a ritirare i soldi con la raccolta degli scontrini, restituivo i vuoti delle birre di mio padre per prendermi i soldi del deposito.

Così a dieci anni ho cominciato anche a rubare. Rubavo nei supermercati. Cose che altrimenti non potevo avere. Soprattutto dolci. Quasi tutti i bambini potevano mangiare dolci. Mio padre diceva che i dolci fanno i denti guasti.

A Gropiusstadt si imparava naturalmente a fare le cose che erano vietate. Vietato era, per esempio, fare giochi che divertivano. In realtà tutto era vietato. Ad ogni angolo di Gropiusstadt c'è un cartello. I cosiddetti spazi per il verde tra i casermoni sono in realtà spazi per i cartelli. E la maggior parte dei cartelli vietavano qualcosa ai bambini.

Le scritte che c'erano sui cartelli me le sono ricopiate una volta nel mio diario. Il primo cartello era piazzato subito all'ingresso del nostro portone. Nella tromba delle scale e nelle immediate vicinanze del nostro stabile i bambini potevano in realtà muoversi solo in punta di piedi. Giocare, far chiasso, andare sui pattini o in bicicletta: vietato. Poi c'erano i prati e un cartello ad ogni angolo: «Vietato calpestare il prato». I cartelli stavano davanti ad ogni pezzetto di verde. Mai ci potevamo sedere con le nostre bambole su un prato. C'era anche un'aiola di rose spelacchiata e di nuovo un grande cartello davanti: «Verde protetto». E sotto questo avvertimento c'era aggiunto un paragrafo in base al quale si era multati se ci si avvicinava troppo a quelle rose striminzite.

Potevamo dunque stare solo nello spazio giochi. Ogni paio di casermoni ce n'era uno. Era fatto di sabbia strapisciata e di un paio di attrezzi per arrampicarsi, rotti. Il cartello era sistemato dentro una vera e propria custodia di ferro, sotto vetro, e davanti al vetro c'era una grata in modo che noi non potessimo distruggere le stronzate che c'erano scritte. Sul cartello c'era scritto infatti «Regolamento dello spazio giochi», e sotto era specificato che i bambini dovevano utilizzare questo spazio per «la gioia e il riposo». Tuttavia, non potevamo «riposare» quando ne avevamo voglia, perché quando potevamo farlo era sottolineato bello grosso: «... nelle ore dalle 8 alle 13 e dalle 15 alle 19». Quando tornavamo da scuola era dunque un momento che non aveva niente a che fare con il riposo.

Mia sorella ed io in realtà non avremmo potuto starci per niente nello spazio giochi, perché lì, stando al cartello, ci si poteva giocare solo «con il permesso e sotto la sorveglianza delle persone responsabili dell'educazione». E poi si poteva giocare solo senza far rumore perché: «Il bisogno di quiete dei coinquilini deve essere salvaguardato con riguardo particolare». Una palla di gomma ce la si poteva lanciare solo con buona grazia. Altrimenti: «Non sono consentiti giochi a palla di tipo sportivo». Né partite a palla né calcio. Questo era particolarmente pesante per i ragazzi. Loro riversavano l'energia che si sentivano in sovrappiù sugli attrezzi e sulle panchine e naturalmente contro il cartello dei divieti. Doveva costare certamente un po' di grana rinnovare ogni volta i cartelli rotti.

Il rispetto dei divieti era affidato alla sorveglianza dei portieri. Dal nostro portiere mi sono fatta odiare abbastanza presto.

Già subito dopo il nostro trasferimento a Gropiusstadt mi annoiava terribilmente lo spazio giochi di cemento e sabbia, con il piccolo scivolo di lamiera. Perciò trovai qualcosa che era senz'altro più interessante: i tombini di cemento che dovevano servire per far scorrere l'acqua piovana. Allora la grata che chiudeva lo scolo si poteva ancora togliere. Più tardi la misero fissa. Io alzavo la grata e con mia sorella buttavo nel tombino tutte le porcherie possibili. Arrivò il portiere, ci prese e ci trascinò nell'ufficio dell'amministratore. Là noi due, che avevamo sei e cinque anni, dovemmo dire chi eravamo. I miei genitori vennero informati e mio padre ebbe un buon motivo per picchiare. Io non capivo completamente perché era così riprovevole otturare lo scolo. Al paese, nel ruscello, facevamo ben altre cose senza che gli adulti avessero niente da protestare. Capivo però più o meno che a Gropiusstadt si potevano fare solo i giochi che erano previsti dagli adulti: fare lo scivolo e grattare nella sabbia. E che era pericoloso avere un'idea propria per quanto riguardava il gioco.

L'incontro successivo con il portiere di cui mi ricordo fu già più serio. Successe così. Io andavo con Ajax, il mio alano, a passeggio e mi venne in mente di raccogliere dei fiori per mia madre. Come avrei fatto prima al paese o durante qualsiasi altra passeggiata. Ma tra i casermoni c'erano solo quelle rose striminzite. Mi insanguinai le dita per cogliere un paio di rose dai cespugli. Il cartello «aiola protetta» non sapevo ancora leggerlo, o forse solo non lo capivo.

Ma capii subito che l'aiola non doveva essere calpestata quando vidi il portiere correre gridando e bestemmiando. Mi prese una stizza tremenda contro quel tizio e gridai: «Ajax attento!».

Il mio cane, naturalmente, drizzò subito le orecchie, gli si drizzarono anche un paio di peli sulla nuca, Ajax diventò rigido e guardava il tizio con occhi cattivissimi. Il tipo tornò indietro immediatamente e osò gridare di nuovo solo quando si trovò all'entrata del portone. Io ero contenta, ma nascosi i fiori perché ebbi la sensazione che avevo fatto di nuovo qualcosa di proibito.

Quando arrivai a casa l'amministrazione aveva già telefonato. Dissero che avevo minacciato col mio cane il portiere. Invece dei bacetti della mia mamma, che avevo voluto guadagnarmi con i fiori, ebbi il culo pieno delle botte di mio padre.

In estate da noi il caldo era talvolta insopportabile. La calura veniva assorbita a regola d'arte dal cemento, dall'asfalto e dalle pietre, e rifranta fuori. Un paio d'alberi miseri non facevano nessuna ombra. E il vento veniva frenato dai casermoni. Non c'erano né una piscina né una vasca per bambini. Solo una fontanella nel mezzo dello spiazzo di cemento. Lì qualche volta sguazzavamo e ci spruzzavamo. Naturalmente era vietato e presto fummo cacciati via.

Poi venne il periodo in cui volevamo giocare con le biglie. Ma dove lo trovi un posto a Gropiusstadt nel quale si possa farlo? Non si può, infatti, giocare con le biglie sul cemento, sull'asfalto o sui prati genere «vietato l'accesso». Nello spazio giochi neanche. Perché per le biglie ci vuole un terreno solido nel quale si possono scavare piccoli buchi.

Trovammo una pista da biglie quasi ideale. Sotto gli alberi di acero che avevamo piantato da noi. Affinché gli alberelli non soffocassero sotto l'asfalto, avevamo lasciato per loro un buco tondo aperto. La superficie circolare intorno al ceppo era di terra solida, pulita e lavorata liscia col rastrello. Assolutamente l'ideale per le biglie.

Solo che ora, quando ci mettemmo a scavare le nostre piccole buche per le biglie, non solo avevamo addosso i portieri, ma anche i giardinieri. Venivamo continuamente scacciati con le più orribili minacce. Un giorno questi che ci cacciavano ebbero purtroppo una buona idea. Non pareggiavano più la terra dell'aiola con il rastrello, ma la lasciavano tutta rivoltata. E così si chiuse con il gioco delle biglie.

Quando pioveva gli ingressi dei casermoni erano una fantastica pista da pattinaggio. Questi grandi ambienti di ingresso per pattinare sarebbero stati comunque fantastici. Siccome sotto non c'erano appartamenti, il rumore non avrebbe disturbato nessuno. Quando ci provammo un paio di volte in effetti non si lamentò nessuno. Fino a che non arrivò la moglie del portiere. Disse che i pattini lasciavano strisciate sul pavimento. Non se ne cavò niente, se non il culo pieno di botte, da mio padre.

Quando il tempo era brutto per i bambini le cose andavano proprio di merda a Gropiusstadt. Nessuno di noi poteva portare in casa degli amici. Le stanze dei bambini erano troppo piccole. Quando pioveva mi mettevo alla finestra e pensavo a quello che prima facevamo nei giorni di pioggia. Dal bosco ci portavamo a casa cortecce di quercia. E quando la pioggia durava troppo a lungo non resistevamo più, ci mettevamo l'impermeabile e andavamo giù al ruscello per provare le nostre barchette. Costruivamo porti e facevamo delle vere e proprie gare con le nostre barchette di corteccia di quercia.

Girare tra i casermoni con la pioggia non era proprio divertente. Ci dovevamo far venire in mente qualcosa che fosse terribilmente proibito. E questo qualcosa c'era: giocare con gli ascensori.

Per prima cosa si trattava naturalmente di far arrabbiare altri bambini. Ne acchiappavamo uno, lo chiudevamo in una cabina e premevamo tutti i bottoni. L'altro ascensore lo tenevamo fermo. L'ascensore doveva andare su al piano più alto e con una fermata ad ogni piano. Con me questo lo fecero spesso, quando tornavo col mio cane e dovevo essere a casa puntuale per la cena. Spingevano tutti i bottoni e durava un sacco di tempo finché arrivavo all'undicesimo piano e Ajax diventava terribilmente nervoso.

Tremendo era premere tutti i bottoni a qualcuno che voleva salire perché doveva pisciare. Alla fine se la faceva sotto nell'ascensore. Ancora più tremendo era portare via ad un bambino il cucchiaio da cucina. Perché solo con un lungo cucchiaio di legno i bambini arrivavano fino ai bottoni dell'ascensore. Senza cucchiaio di legno si era quindi totalmente persi. Quando lo si perdeva o quando se lo prendevano gli altri bambini si doveva scarpinare su fino all'undicesimo piano. Perché gli altri bambini naturalmente non aiutavano e gli adulti pensavano che uno con l'ascensore ci voleva solo giocare e romperlo.

Gli ascensori erano rotti spesso, ed in questo noi non eravamo senza colpa. Facevamo delle vere e proprie corse con gli ascensori. Questi viaggiavano alla stessa velocità, ma c'erano dei trucchi grazie ai quali si potevano risparmiare un paio di secondi. La porta esterna bisognava chiuderla velocemente, ma con molta abilità. Perché se la si chiudeva con troppa forza si riapriva ancora di un pochino. La porta di sicurezza si chiudeva automaticamente, ma se si aiutava con le mani si chiudeva prima. Oppure qualche volta si rompeva. Io ero brava a fare le corse in ascensore.

Ma presto i tredici piani dello stabile non ci bastarono più. Inoltre il portiere ci stava sempre alle calcagna. Il terreno scottava sempre di più dentro il nostro casermone. Andare negli altri stabili era severamente proibito ai bambini, non potevamo neanche entrarci perché non avevamo le chiavi del portone. Ma c'era sempre una seconda entrata. Per i mobili o altri oggetti di dimensioni più grandi. Questa entrata era chiusa da una inferriata. Io trovai il modo di passare attraverso le sbarre. Per prima cosa con la testa. C'era proprio un trucco su come bisognava girare la testa. Il corpo lo schiacciavamo poi dentro in qualche maniera. Solo quelli grassi non riuscivano a farlo.

In questo modo aprii la strada che ci portò in un vero e proprio paradiso degli ascensori. Una casa con trentadue piani e ascensori pazzescamente raffinati. Fu lì che scoprimmo per la prima volta tutto quello che si può fare con gli ascensori. In particolare ci piaceva fare i salti. Se mentre l'ascensore era in viaggio saltavamo tutti insieme, l'ascensore si fermava. La porta di sicurezza si apriva, oppure dall'inizio non si chiudeva per niente. Così che un «viaggio col salto» era sempre una cosa piuttosto emozionante.

Quindi un trucco sensazionale: se la leva dei freni d'emergenza non si schiacciava in basso, ma di lato, la porta di sicurezza rimaneva aperta anche durante il viaggio. Ci si accorgeva allora quanto era veloce l'ascensore. E con una velocità pazzesca ci scorrevano davanti il cemento e le porte dei pianerottoli.

La prova di coraggio più paracula era premere il pulsante dell'allarme. Suonava un campanello e dall'altoparlante veniva la voce del portiere. Quindi si trattava di darsela. In una casa di trentadue piani si avevano buone possibilità di sfuggire al portiere. Lui stava sempre comunque a farci la posta, ma raramente ci prese.

Il gioco più emozionante con il brutto tempo era il gioco della cantina. Era anche il più proibito di tutti. Avevamo trovato in qualche modo una strada per arrivare alle cantine. Lì ogni inquilino aveva un box ricavato da un'inferriata di rete metallica. L'inferriata non arrivava fino al soffitto. Si poteva quindi scavalcarla arrampicandosi. Lì giocavamo a nascondino. «Nascondino con tutto» si chiamava. Si poteva dunque scavalcare ovunque per nascondersi. Era terribilmente da brivido. Era già poco rassicurante di per sé muoversi tra oggetti sconosciuti con una luce incerta, in più c'era la paura che potesse arrivare qualcuno. Noi avevamo la sensazione che facevamo quasi la cosa più vietata che c'era.

Poi giocavamo anche con le cose più belle che trovavamo nei box. Giocattoli, roba vecchia, vestiti che ci mettevamo. Dopo naturalmente non ci ricordavamo più dove avevamo preso la roba e la buttavamo da qualche parte. Qualche volta ci portavamo via le cose più belle. Naturalmente veniva fuori che di sotto qualcuno «aveva fattto irruzione». Ma a noi non ci presero mai. Così si imparava in maniera del tutto automatica che tutto quello che è permesso è terribilmente insulso e che tutto quello che è vietato è molto divertente.

Pure il centro commerciale, che stava proprio davanti a casa nostra, era per noi una zona più o meno proibita. Lì c'era un custode assolutamente truce che ci cacciava sempre. Diventava orrendo quando arrivavo lì nelle vicinanze col mio cane. Diceva che noi facevamo tutta quella zozzeria nel centro commerciale. A odorare e osservare con attenzione quello era veramente un posto fetente. I negozi davano l'impressione di essere più fini, più eleganti, più moderni degli altri. Ma nel retro i sacchi di immondizia rigurgitavano perennemente di roba e puzzavano. Ci si imbatteva continuamente nel gelato squagliato o nelle merde di cani e ci si trovava davanti ai piedi le lattine di coca-cola o di birra.

Il custode la sera doveva pulire tutto. Non c'era da stupirsi se lui tutto il giorno stava lì a spiare per acchiappare qualcuno che insozzava. Ma contro la gente dei negozi che gettava l'immondizia accanto ai bidoni non poteva far nulla. A qualche teppista ubriaco che gettava per terra le lattine di birra non osava avvicinarsi. E le vecchiette con i cani gli davano solo qualche risposta dall'alto in basso. Così la sua rabbia sfrenata la riversava appunto sui bambini.

Anche nei negozi non ci volevano. Quando uno di noi riceveva la settimana o rimediava soldi in qualche modo, andava nel caffè dove si vendevano anche dolci. E gli altri naturalmente dietro perché era un piccolo avvenimento. Si innervosivano terribilmente le commesse quando una mezza dozzina di ragazzini entrava nel negozio e cominciava la tiritera su quello che doveva essere comprato con quel paio di monete. Ci veniva un odio terribile per il negoziante ed eravamo contenti quando qualcuno di noi gli rubava.

Nel centro commerciale c'era anche un'agenzia di viaggi; lì molto spesso abbiamo incollato i nostri nasi alla vetrina fino a che non ci cacciavano via. Nella vetrina c'erano delle foto meravigliose con palme, spiagge, negri o animali selvaggi. In mezzo era appeso un modellino di aereo. E noi fantasticavamo che stavamo in quell'aeroplano e andavamo in quella spiaggia e ci arrampicavamo sulle palme dalle quali si potevano vedere i rinoceronti e i leoni.

Accanto all'agenzia di viaggi c'era la «Banca dell'industria e del commercio». Allora ancora non ci stupivamo del ruolo che svolge di proposito una banca dell'industria e del commercio a Gropiusstadt, dove vivono persone che appunto ricevono il loro salario dal commercio e dall'industria. Ci piaceva la banca. I signori distinti nei vestiti chic non erano mai scortesi con noi. Non avevano neanche così da fare come le commesse del caffè. Da loro potevo cambiare in monete da un marco i pfennig che avevo rubato a mia madre dalla bottiglia salvadanaio. Perché al caffè si infuriavano quando si pagava con le monetine. E quando lo chiedevamo per piacere, in maniera garbata, da quelli della banca ottenevamo anche qualche pupazzetto a forma di animale, quelli dove si mettono i risparmi. Forse quei gentili signori credevano che noi avessimo tanto bisogno di questi animaletti perché risparmiavamo diligentemente. Io in realtà in quella banca non ci ho messo neanche un pfennig. Con gli elefanti e i porcellini giocavamo allo zoo nel parco giochi.

Quando gli scherzi da noi diventarono sempre più tremendi, costruirono il cosiddetto parco delle avventure. Non so che cosa intendano per avventura quelli che fanno i progetti. Ma forse queste cose che vengono costruite non si chiamano così perché i bambini lì possano veramente avere delle avventure ma perché gli adulti possano pensare che lì i loro bambini vivano cose fantastiche. Questa cosa dovette costare sicuramente un bel po' di grana. In ogni caso ci lavorarono intorno abbastanza a lungo. E quando finalmente ci potemmo entrare c'era un assistente sociale ad accoglierci gentilmente. «Bene che cosa vi piacerebbe fare?» e così via. L'avventura consisteva nel fatto che in questo parco giochi si era costantemente sorvegliati.

C'erano dei veri e propri attrezzi e assi ben piallate e chiodi. Si potevano quindi fare delle costruzioni. E un assistente sociale stava attento che con il martello non ci si pestasse le dita. Quando un chiodo era dentro, era dentro. Poi non si poteva più cambiare niente. Per questo succedeva che appena prima che qualcosa fosse finita ci si accorgeva che si sarebbe voluto che avesse proprio tutta un'altra forma.

Così una volta ho raccontato ad un assistente sociale come noi prima costruivamo le cose. Grotte e vere e proprie capanne sugli alberi. Senza martello e senza un solo chiodo. Da qualsiasi tavola o asta. Ed ogni giorno, quando ritornavamo, ci rimettevamo le mani e cambiavamo tutto. E questo era il divertimento. L'assistente sociale mi aveva capito sicuramente. Ma aveva certamente le sue responsabilità e le norme a cui doveva attenersi.

All'inizio avevamo qualche idea su che cosa si poteva fare nel parco dell'avventura. Una volta volevamo giocare alla famiglia dell'età della pietra e volevamo cucinare sul fuoco una vera zuppa di piselli. L'assistente sociale trovò l'idea bellissima. Ma purtroppo, disse, cucinare la zuppa di piselli, questo non andava. Ci chiese se per caso non volevamo costruire una capanna. Con martello e chiodi: nell'età della pietra.

Presto questo parco giochi venne chiuso. Ci dissero che volevano coprirlo in modo che noi ci potessimo giocare anche quando era brutto tempo. Vennero scaricate travi di ferro. Arrivarono le macchine betoniere e una squadra di operai edili. Costruirono un bunker di cemento con le finestre. Sul serio: un vero e proprio silo di cemento. Non era un capannone o qualcosa del genere, ma un blocco di cemento. Dopo un paio di giorni le finestre erano già saltate. Non so se le finestre erano state mandate in frantumi dai ragazzi per via del fatto che questa cosa di cemento li faceva diventare aggressivi. Oppure se il nostro parco giochi lo costruivano proprio come un bunker perché a Gropiusstadt veniva fatto a pezzi tutto quello che non fosse di ferro e cemento. Comunque ora il silo occupava la maggior parte dello spazio del parco delle avventure. Poi ci costruirono attaccata anche una scuola che aveva il suo spazio giochi con lo scivolo di lamiera, gli attrezzi per arrampicarsi ed un paio di traverse di legno conficcate verticalmente nel terreno, dietro le quali si poteva pisciare abbastanza bene. Il pezzo di spazio giochi della scuola venne costruito proprio dentro il parco delle avventure e separato da una maglia di rete. Quindi di parco delle avventure non ce ne era più tanto.

Del pezzettino che era rimasto sempre più spesso se ne impadronivano i ragazzi più grandi che noi chiamavamo Rocker. Ci arrivavano il pomeriggio che già erano ubriachi, terrorizzavano i bambini e semplicemente rompevano tutto. Fare le cose a pezzi era più o meno la loro unica occupazione. Gli assistenti sociali non gli si avvicinavano. E così il parco delle avventure per la maggior parte del tempo era comunque chiuso.

Al suo posto diedero a noi bambini una vera attrazione. Costruirono un monte con una pista da slitta. Nel primo inverno fu davvero bello. Da soli potevamo sceglierci i percorsi che venivano giù dal monte. Avevamo una pista della morte e percorsi più facili. I ragazzi, che noi chiamavamo Rocker, resero la cosa pericolosa. Facevano con le slitte come una catena messa lì apposta per far cadere durante la corsa, che però si poteva evitare prendendo un'altra pista. I giorni di neve appartengono ai miei ricordi più belli di Gropiusstadt.

In primavera la pista da slitta era divertente quasi lo stesso. Ci scatenavamo con i nostri cani e ci rotolavamo giù per il pendio. La cosa più fantastica era buttarsi giù con le biciclette. Le partenze erano pazzesche. Sembrava più pericoloso di quanto in realtà non fosse, perché si cadeva sull'erba, che era morbida.

Ma giocare sulla pista da slitta ce lo proibirono presto. Ci dissero che era una pista da slitta e non un parco dei divertimenti e men che meno una pista da biciclette. Che il manto erboso doveva riposare, eccetera. Noi eravamo abbastanza grandi da non farci toccare dai divieti e continuammo ad andarci. Un giorno arrivarono degli uomini dell'ufficio per il verde pubblico e piantarono intorno alla pista un vero e proprio reticolato di filo spinato. Ci demmo per vinti solo per un paio di giorni. Quindi qualcuno si procurò delle cesoie, ritagliammo un buco nel filo spinato, grande abbastanza per passarci in mezzo con i cani e le biciclette. Quando ritappavano il buco noi lo tagliavamo di nuovo.

Un paio di settimane più tardi arrivò di nuovo una squadra di edili. Cominciarono a murare la nostra pista da slitta, a cementarla, ad asfaltarla. Sulla nostra pista della morte fu costruita una scala.

Viottoli asfaltati attraversavano quasi tutte le piste. Sullo spiazzo piano in cima arrivarono piattaforme di cemento. Una striscia di prato restò come pista per le slitte.

In estate di tutto il monte non se ne poteva fare niente. In inverno sull'unica pista era molto pericoloso. Ora si doveva andare per le piattaforme di cemento o per le scale. Erano sempre ghiacciate. Ci beccammo ginocchia rotte, bernoccoli in testa e, quando si metteva brutto, una commozione cerebrale.

Con il passare del tempo tutto divenne sempre più perfetto a Gropiusstadt. Quando noi arrivammo, il grandioso «insediamento modello» non era ancora terminato. Soprattutto fuori dalla zona dei casermoni molte cose non erano ancora per niente perfette. Con delle brevi gite che noi ragazzi più piccoli potevamo fare da soli, si arrivava a dei posti per giocare veramente paradisiaci.

Il posto più bello era vicino al «muro», che non è molto distante da Gropiusstadt. Lì c'era una striscia di terra che noi chiamavamo boschetto o la terra di nessuno. Non era più larga di venti metri e lunga come minimo un chilometro e mezzo. Alberi, cespugli, erba alta come noi, vecchi pezzi di legno, pozze d'acqua.

Lì ci arrampicavamo, giocavamo a nascondino, ci sentivamo come esploratori che ogni giorno scoprivano una parte di foresta vergine, che fino a quel momento ci era ignota. Potevamo addirittura accendere un fuoco da campo, arrostire delle patate e fare segnali con il fumo.

Ad un certo punto scoprirono che i bambini giocavano fuori da Gropiusstadt e che si divertivano. E ricomparvero le squadre di operai per fare ordine. Avevano piantato cartelli di divieto. Non si poteva fare nulla, davvero tutto era proibito: andare in bicicletta, arrampicarsi sugli alberi, lasciar liberi i cani. I poliziotti, che giravano lì intorno continuamente per via del «muro» controllavano il rispetto dei divieti. Correva la voce che la nostra terra di nessuno era diventata una riserva per la protezione degli uccelli. Più tardi diventò un luogo di raccolta dei rifiuti.

Rimaneva ancora il vecchio montarozzo dei rifiuti, che era ricoperto di terra e di sabbia, e sul quale giocavamo spesso con i cani. Anche questo venne messo al sicuro da noi prima con il filo spinato poi con un altro recinto, e poi cominciarono a costruirci un ristorante panoramico.

Belli erano anche un paio di campi lasciati incolti dai contadini. Ci crescevano ancora grano e fiordalisi e papaveri ed erba e ortiche, così alti che ci si sprofondava dentro fino alla testa. I campi li aveva acquistati lo stato per farli diventare appunto delle zone verdi attrezzate per il riposo. Pezzo dopo pezzo i campi sparivano sotto i recinti, su una parte dei vecchi campi si fece spazio il maneggio dei pony, sugli altri vennero costruiti campi da tennis. A quel punto non c'era veramente più un luogo dove noi potevamo andare per uscire fuori da Gropiusstadt.

Mia sorella ed io lavoravamo al maneggio e potevamo

quindi per lo meno andare a cavallo. All'inizio si poteva cavalcare dove si voleva. Poi venne vietato di andare a cavallo su tutte le strade e i sentieri e venne costruita appositamente una pista d'equitazione. Bella, col fondo di sabbia, tale e quale come deve essere una pista d'equitazione. Costò sicuramente un sacco di soldi. Questa pista portava direttamente fino a costeggiare i binari della ferrovia. Tra il recinto della pista e le rotaie c'era uno spazio largo giusto per due cavalli. Era lì che si andava ora a cavallo e i treni merci per il trasporto del carbone rimbombavano accanto. Non esiste un cavallo che non va su tutte le furie quando un treno merci gli rimbomba vicino. I nostri cavalli in ogni caso per la maggior parte delle volte si davano alla fuga. E in quel momento si pensava soltanto: speriamo che non vada a finire sotto il treno. A me le cose andavano molto meglio che agli altri bambini perché avevo i miei animali. I miei tre topolini me li portavo spesso nel recinto dei giochi. Nel regolamento del parco giochi per lo meno non c'era scritto «Vietati i topolini». Gli costruivamo stradine e buchi e li lasciavamo correre.

Un pomeriggio un topolino si mise a correre su un prato di quelli che noi non potevamo calpestare. Non lo trovammo più. Io ero un po' triste, ma mi consolai all'idea che al topolino sarebbe piaciuto molto di più stare là fuori piuttosto che in gabbia.

Proprio alla sera di questo stesso giorno mio padre entrò nella stanza dei bambini, guardò dentro la gabbia dei topolini e mi chiese: «Perché ce ne sono solo due? Dove sta il terzo topo?». Io ancora non sospettavo la tragedia quando lui mi fece questa domanda strana. A mio padre i topolini non erano mai piaciuti e mi aveva sempre detto che dovevo darli via. Gli raccontai che uno era scappato via dal recinto dei giochi.

Mio padre mi guardò come un pazzo. Capii che adesso avrebbe dato di matto. Si mise a gridare e subito a battermi. Mi picchiava ed io ero imprigionata nel mio letto e non ne venivo fuori. Non mi aveva mai picchiata così ed io pensai: adesso mi ammazza. Quando si gettò a picchiare anche mia sorella ebbi due secondi di aria e tentai istintivamente di raggiungere la finestra. Pensai che sarei saltata dall'undicesimo piano.

Mio padre mi acchiappò e mi buttò di nuovo nel letto. Mia madre stava proprio sulla porta piangendo, ma io non la vidi per niente. La vidi solo quando si gettò tra mio padre e me. Picchiava mio padre con i pugni.

Lui era completamente fuori di senno. Picchiò mia madre nell'ingresso. Improvvisamente ebbi più paura per mia madre che per me stessa.

Mia madre cercò di fuggire nel bagno e di chiudersi dietro la porta. Ma mio padre la prese per i capelli. La vasca da bagno ogni sera era sempre piena d'acqua, perché un solo bucato in lavatrice da noi non bastava mai. Mio padre ficcò la testa di mia madre dentro la vasca. Ad un certo punto lei uscì fuori. Non so se fu mio padre a lasciarla o se lei si liberò da sola.

Mio padre scomparve nel soggiorno, bianco come un cadavere. Mia madre andò all'attaccapanni e si infilò il cappotto. Senza dire una parola uscì di casa.

È stato proprio uno dei momenti più terribili della mia vita, quando mia madre così, senza dire una parola, uscì di casa e ci lasciò sole. Al primo momento pensai: adesso lui torna e mi picchia di nuovo. Ma nella stanza di soggiorno tutto rimase tranquillo, tranne che per la televisione che continuava ad andare.

Mi presi mia sorella nel letto. Ci avvinghiammo l'una all'altra. Mia sorella doveva fare pipì. Non osava andare nel bagno e tremava. Ma non si fidava neanche di farla nel letto, perché c'era la minaccia delle botte. Ad un certo punto l'ho presa per mano e facendomi coraggio l'ho portata nel bagno. Mio padre, dal soggiorno, ci disse soltanto « buona notte ».

Il giorno dopo non ci svegliò nessuno. Non andammo a scuola. Ad un certo punto della mattina mia madre ritornò a casa. Non disse quasi una parola. Mise un paio di cose nostre in una valigia. Ficcò Peter, il gatto, in un cestino e mi disse di mettere Ajax al guinzaglio. Poi siamo andate a prendere la metropolitana. Nei giorni seguenti abbiamo vissuto da una collega di lavoro di mia madre in un piccolo appartamento. Mia madre ci spiegò che aveva deciso di divorziare.

L'appartamento della collega era troppo piccolo per mia madre, mia sorella, Ajax, Peter e me. In ogni caso dopo un paio di giorni questa collega si vedeva che era proprio nervosa. Mia madre allora rifece i pochi bagagli, noi prendemmo gli animali, e tornammo a Gropiusstadt.

Mio padre tornò a casa proprio nel momento in cui mia sorella e io stavamo dentro la vasca da bagno. Venne da noi nel bagno e con aria del tutto normale, come se non fosse successo niente, ci disse: «Perché ve ne siete andate? Non c'era proprio nessuna ragione di dormire da estranei. Noi tre ce la saremmo cavata benissimo». A me e a mia sorella ci pareva di essere matte. Per tutta la sera mio padre si comportò come se mia madre non la vedesse per niente. Anche a noi ci passava accanto con lo sguardo, come se non ci fossimo per niente. Non ci disse più neanche una parola. In un certo senso questo era peggio delle botte.

Mio padre non ci picchiò più. Ma quello che lui faceva adesso, comportandosi come se non facesse più parte di noi, era terribile. Adesso ebbi veramente la sensazione che lui era mio padre. Io non lo avevo mai odiato, ma avevo solo avuto paura di lui. Ero stata anche orgogliosa di lui. Perché amava le bestie, e perché aveva una macchina così forte, la sua Porsche del '62. Adesso in un certo senso non era più nostro padre, malgrado vivesse ancora con noi nel nostro minuscolo appartamento. Poi, ancora, accadde qualcosa di brutto: ad Ajax, il mio alano, gli venne un'ulcera allo stomaco e morì. Non c'era nessuno che mi consolasse. Mia madre era occupata con se stessa e con il divorzio. Piangeva molto e non rideva più. Io mi sentii molto sola.

Una sera suonarono alla porta ed io aprii. Era un amico di mio padre. Klaus, che era venuto a prenderlo per un giro nelle birrerie. Ma lui già era uscito.

Mia madre lo invitò ad entrare. Lui era molto più giovane di mio padre. Aveva poco più di vent'anni. E questo Klaus ad un certo punto improvvisamente chiese a mia madre se voleva andare con lui a cena. Mia madre disse immediatamente: «Perché no». Si cambiò, andò via con quest'uomo e ci lasciò sole.

Altri bambini forse si sarebbero arrabbiati per questo, avrebbero avuto paura della loro madre. Ed anch'io per un momento ebbi questi sentimenti. Ma poi subito fui veramente contenta per lei: aveva avuto un'aria proprio felice mentre andava via, anche se non lo aveva proprio dato a vedere. Mia sorella sentiva le stesse cose che sentivo io e disse: «Mamma è stata proprio contenta dell'invito».

Ora Klaus passava spesso quando mio padre non c'era. Era una domenica, me lo ricordo con precisione, e mia madre mi mandò giù a portare il sacco della spazzatura. Quando tornai su feci pianissimo. Forse feci pianissimo di proposito. Quando guardai nella stanza di soggiorno vidi che Klaus baciava mia madre.

Mi sembrava così strano. Mi chiusi nella mia stanza. I due non mi avevano sentito. Ed io non dissi niente a nessuno di quello che avevo visto. Neanche a mia sorella, con la quale in genere non avevo segreti.

Quest'uomo, che adesso veniva spesso a casa, mi diventò sospetto. Ma era gentile con noi. Soprattutto era gentile con mia madre. Lei rideva di nuovo e non piangeva più. E ricominciò anche a sognare. Parlava della stanza che mia sorella ed io avremmo avuto quando tutte noi ci saremmo trasferite con Klaus in un nuovo appartamento. Ma questo appartamento ancora non ce l'avevamo. E mio padre non se ne andava. Non se ne andò neanche quando lui e mia madre ottennero il divorzio. I miei genitori dormivano nel letto matrimoniale e si odiavano e noi eravamo ancora sempre senza soldi.

Quando finalmente trovammo un appartamento, una fermata di metropolitana più in là di Gropiusstadt, a Rudow, non era proprio l'ideale. Klaus era quasi sempre a casa da noi, e in un certo senso ci stava tra i piedi. In realtà era sempre molto gentile. Solo che semplicemente stava in mezzo tra me e mia madre. Dentro di me non lo accettavo. Da lui, che aveva appena passato i vent'anni, non volevo farmi dire niente: reagivo sempre con aggressività.

Poi ci scontrammo anche: per stupidaggini. Talvolta questi scontri li provocavo io. Il più delle volte era per via dei dischi. Per il mio undicesimo compleanno mia madre mi comprò un giradischi, una baracchetta, e avevo un paio di dischi: discomusic, musica da mocciosetti. La sera mettevo su il paio di dischi e alzavo talmente il volume che era una roba da spaccare i timpani. Una volta Klaus entrò nella mia stanza e disse che dovevo abbassare il volume. Io non lo feci. Lui ritornò e tolse il braccio del giradischi dal disco. Io ce lo rimisi e mi misi davanti al giradischi così che lui non ci poteva più arrivare. Mi prese per un braccio e mi tolse da lì: come quest'uomo mi toccò diedi di matto.

Quando avevamo questi scontri mia madre si schierava sempre con prudenza dalla parte mia. Questo era di nuovo una cazzata perché allora lo scontro tra me e Klaus si trasformava in un litigio tra lui e mia madre, ed io mi sentivo in qualche modo in colpa. C'era qualcuno di troppo nell'appartamento.

Ma la cosa peggiore non era il fatto che di tanto in tanto avessimo degli scontri. La cosa peggiore era quando in casa tutto era tranquillo, quando tutti eravamo seduti nel soggiorno e Klaus sfogliava una rivista o si metteva a girare tutti i canali della televisione, quando mia madre cercava di parlare un po' con noi e un po' con il suo amico e nessuno reagiva. Questo era terribilmente sgradevole. Mia sorella ed io ci accorgevamo che eravamo in troppi in quel soggiorno. Quando dicevamo che volevamo di nuovo uscire, nessuno ci diceva qualcosa in contrario, Klaus perlomeno ci sembrava che fosse proprio contento quando noi andavamo fuori. Per questo restavamo per strada quanto più spesso e più a lungo era possibile.

A posteriori non faccio a Klaus alcun rimprovero. Lui aveva infatti appena vent'anni. Non sapeva che cosa era una famiglia. Non valutava nella giusta misura quanto noi dipendevamo da nostra madre e lei da noi, quanto noi avevamo bisogno di lei, completamente, in quel poco tempo che la vedevamo la sera e ai fine settimana. Sicuramente lui era geloso di noi e noi di lui. Mia madre voleva essere lì per noi e non voleva perdere il suo amico. E di nuovo era pressata da troppe richieste.

A questa situazione reagivo con rumore ed aggressività. Mia sorella al contrario diventava sempre più silenziosa e soffriva. Certamente lei stessa non sapeva con precisione per cosa soffriva. Ma molto spesso diceva che voleva andare a vivere da mio padre. Questa per me era un'idea folle dopo tutto quello che noi avevamo passato. Ma adesso veramente ci offriva di andare da lui; era come cambiato da quando non stava più con noi. Aveva un'amica giovane. E si mostrava sempre di buon umore quando lo incontravamo. Si comportava proprio in un modo simpatico. E lo era diventato realmente. Mi regalò di nuovo un alano, una cagna.

Compii dodici anni, mi venne un po' di seno e cominciai ad interessarmi dei ragazzi e degli uomini in un modo curioso. Erano per me degli esseri strani. Erano tutti brutali, tanto i ragazzi più grandi che stavano per strada quanto mio padre e a modo suo anche Klaus. Avevo paura di loro. Ma mi affascinavano anche. Erano forti e avevano potere. Erano come a me sarebbe piaciuto essere. Il loro potere, la loro forza in ogni caso mi attraevano parecchio.

Cominciai a passarmi ogni tanto il pettine nei capelli. Con la forbicetta me li tagliai un po' più corti davanti e me li pettinai tirati da un lato. Cominciai a trafficare con i miei capelli. Non volevo più mettermi quegli insipidi pantaloni a quadretti da bambina ma volevo avere i jeans. Li ebbi. Volevo assolutamente avere scarpe con i tacchi alti. Mia madre mi diede un suo vecchio paio di scarpe.

Con i miei jeans e con i tacchi alti stavo per strada quasi ogni sera fino alle dieci. A casa mi sentivo schifata. Ma trovavo anche bella la libertà che avevo. Forse ci godevo anche a litigare con Klaus. Avevo la sensazione della mia forza a litigare con un adulto.

Mia sorella non reggeva tutto questo. Fece qualcosa che per me fu inconcepibile. Si trasferì da mio padre. Perse mia madre e soprattutto me. Io adesso ero ancora un po' più sola. Per mia madre questo fu un colpo tremendo. Piangeva di nuovo. Di nuovo stava in mezzo tra le sue bambine e il suo amico e non veniva a capo dei suoi problemi.

Credevo che mia sorella sarebbe ritornata presto. Ma a lei piaceva di stare da mio padre. Riceveva dei soldi per le sue spese. Lui le pagava le ore per cavalcare e le regalò un paio di veri pantaloni da cavallerizza. Per me tutto questo era proprio duro. Le ore di cavalcata me le dovevo continuare a pagare con il lavoro di stalla, ma questo non c'era sempre e mia sorella con i suoi eleganti calzoni da cavallerizza presto seppe cavalcare molto meglio di me.

Di tutto ciò ebbi presto un risarcimento. Mio padre mi invitò a fare un viaggio in Spagna. Alla fine della sesta classe ebbi dei buoni voti e quindi potevo essere proposta per frequentare il ginnasio. Venni iscritta al ginnasio unificato[2] di Gropiusstadt. Dunque, prima che cominciasse una nuova fase della mia vita che sarebbe dovuta terminare con la licenza liceale, partii con mio padre e con la sua amica per la Spagna, per Torremolinos. Fu una vacanza assolutamente perfetta. Mio padre era eccezionale. Notavo che in qualche modo mi voleva anche bene. Adesso mi trattava quasi come un'adulta. Potevo persino uscire la sera con lui e con la sua amica.

Lui era diventato più ragionevole. Adesso aveva degli amici più simili a lui ed aveva raccontato a tutti che era già stato sposato. Non dovevo più chiamarlo zio Richard. Ero sua figlia. E lui mostrava di essere realmente orgoglioso che io fossi sua figlia. Tuttavia, tipico di lui, aveva organizzato le vacanze in modo tale che rispondessero alle esigenze sue e della sua amica, e cioè al termine delle mie vacanze scolastiche. Ed io entrai esattamente con due settimane di ritardo nella nuova scuola. Dunque, iniziavo proprio con le assenze.

Arrivai nella nuova scuola che mi sentivo molto estranea. Nella classe si erano formati amicizie e gruppi. Io ero sola. Ma la cosa più importante era che nelle due settimane nelle quali ero ancora in Spagna agli altri era stato già spiegato il sistema del ginnasio unificato che è abbastanza complicato per chi arriva dalla scuola elemen-

[2] Si tratta di una scuola superiore sperimentale introdotta dalle più recenti riforme scolastiche che ha criteri didattici più moderni rispetto al liceo e al ginnasio tradizionali. L'istituzione dei ginnasi unificati, nelle intenzioni della riforma, dovrebbe inoltre consentire di superare il carattere fortemente selettivo della scuola superiore tedesca che, dopo il quarto anno di scuola elementare, si divide in tre indirizzi: scuola professionale, istituto tecnico e ginnasio. [*N.d.T.*]

tare. Gli altri erano stati aiutati nella scelta dei corsi che frequentavano. Io stavo lì abbastanza isolata. Non avevo proprio la capacità di realizzare quello che succedeva in questa scuola. E non la avrei mai avuta. Non c'era più un insegnante di classe come nella scuola elementare che si poteva occupare dei singoli scolari. Ogni insegnante faceva lezione a circa duecento studenti distribuiti in diverse classi e corsi. Se uno vuole prendere la licenza liceale al ginnasio unificato deve sapere da solo come vanno le cose. Lì bisogna decidere di imparare in maniera autonoma. Lì bisogna fare in modo di entrare nei corsi supplementari. Oppure i genitori ti dicono: fai questo o fai quello e ti stimolano. Io semplicemente non capivo proprio un accidente.

Non mi sentivo inserita nella scuola. Gli altri avevano un vantaggio di due settimane: in una nuova scuola è un grosso vantaggio. Anche qui tentai la formula che avevo sperimentato nella scuola elementare: interrompevo gli insegnanti, contraddicevo. Qualche volta perché avevo ragione, qualche volta solo così. Lottavo di nuovo. Contro gli insegnanti e la scuola. Volevo un riconoscimento.

La più forte nella mia classe era una ragazza. Si chiamava Kessi. Aveva già un vero seno. Sembrava per lo meno di due anni più grande di noialtri ed era anche più adulta. Era riconosciuta pienamente da tutti. Il mio più grande desiderio era che Kessi diventasse mia amica.

Kessi aveva anche un ragazzo che era un sacco forte. Si chiamava Milan. Era alto per lo meno un metro e settanta, aveva capelli lunghi, neri, ricciuti che gli arrivavano fino alle spalle. Portava i jeans stretti e degli stivaletti raffinati. Tutte le ragazze stavano appresso a Milan. E Kessi non era riconosciuta solo per il suo seno e il suo atteggiamento adulto, ma anche perché Milan era il suo ragazzo.

Noi ragazze allora avevamo un'idea precisa di cosa fosse un bel ragazzo. Non doveva andare in giro con i pantaloni larghi, ma doveva portare jeans stretti da schiattare. I ragazzi con le scarpe da tennis li trovavamo orrendi. Dovevano portare scarpe alla moda, le meglio erano gli stivaletti col tacco decorati. Trovavamo stupidi i ragazzi che in classe tiravano palle di carta o torsoli di mela. Erano gli stessi che durante la pausa bevevano latte nel cortile e calciavano il pallone come bestie. Forti erano quelli che nella pausa sparivano nell'angolo dei fumatori. E quello che dovevano bere era birra. Mi ricordo ancora come rimasi colpita quando Kessi mi raccontò che Milan si era un sacco sbronzato.

Io pensavo continuamente a come potevo diventare perché uno come Milan mi attaccasse bottone e magari venisse con me. Oppure, ed era in effetti lo stesso, perché Kessi mi accettasse. Già il suo nome lo trovavo un sacco forte. Ed io volevo arrivare tanto in là da farmi dare un soprannome così.

Mi dissi: ma che te ne frega in realtà degli insegnanti che al massimo li vedi per un'ora. Perché dovresti piacere a loro. L'importante è che ti accettino le persone con le quali tu stai sempre insieme. Quindi agli insegnanti gliene facevo di tutti i colori. Non avevo nessun rapporto personale con loro. Questo alla maggior parte sembrava che gli fosse comunque indifferente. Loro non avevano nessuna autorità, gridavano e basta. Io sparavo a zero. Presto potevo montare tutta la classe e mandare a puttane l'ora di lezione. Questo naturalmente mi portò un riconoscimento.

Racimolavo soldi per comprarmi sigarette e poter andare nell'angolo dei fumatori. Kessi ci andava durante tutte le pause. E da quando anche io arrivai nell'angolo dei fumatori notai che Kessi mi accettava sempre di più.

Adesso noi ci fermavamo a chiacchierare anche dopo la scuola. Infine mi invitò a casa sua e insieme bevemmo birra finché non mi sentii un po' strana. Parlammo delle nostre storie a casa. A Kessi le cose erano andate come a me. In realtà lei veniva da una situazione ancora più di merda.

Kessi era infatti figlia illegittima. Sua madre cambiava spesso l'amico. E questi uomini naturalmente non accettavano Kessi. In quel momento aveva giusto appena passato un periodo brutto con un tipo flippato amico della madre. Lui l'aveva anche picchiata e un giorno aveva demolito tutto l'arredamento dell'appartamento e alla fine aveva gettato il televisore fuori dalla finestra. Solo che la madre di Kessi era diversa dalla mia. Cercava anche, al contrario della mia, di essere molto severa. Kessi doveva tornare a casa quasi tutte le sere prima delle otto.

Alla fine a scuola sfondai. Cioè, sfondai nell'ottenere il pieno riconoscimento dai miei compagni di scuola. Era una lotta dura, continua. Per studiare non rimaneva più tempo. Il giorno del mio trionfo fu quando mi potetti sedere vicino a Kessi. Da Kessi imparai a marinare la scuola. Quando non ne aveva voglia, rimaneva semplicemente per delle ore fuori, per incontrarsi con Milan, o per fare qualche altra cosa che la divertiva. All'inizio avevo strizza di marinare la scuola, poi mi resi conto che non si accorgevano quasi mai quando uno se la svignava per qualche ora. Solo alla prima ora venivano segnati gli assenti. Nelle ore successive gli insegnanti avevano troppi studenti per riuscire ad avere un'idea di chi c'era e chi no. E per molti chi c'era e chi no era indifferente.

A quel tempo Kessi dai ragazzi già si faceva baciare e toccare. E già andava nella «Haus der Mitte», che era un circolo per i giovani della chiesa evangelica, con una specie di discoteca nella cantina, il «club». Al club ci si poteva andare se si avevano quattordici anni. Ma di Kessi non si vedeva che ne aveva ancora solo tredici.

Io implorai mia madre con tanta insistenza che alla fine mi comprò un reggipetto. In effetti non ne avevo ancora bisogno, ma mi faceva il seno più grande. Cominciai anche a truccarmi. E allora Kessi mi portò nella cantina che si apriva alle cinque del pomeriggio.

Nella cantina la prima persona che notai veramente fu un ragazzo della nostra scuola. Andava nella nona classe e in quel momento era per me il tipo più forte della scuola. Ancora più forte di Milan. Era più bello. Soprattutto pareva uno tremendamente sicuro di sé. Nella «Haus der Mitte» si muoveva come una star. Si notava che lui si sentiva al di sopra di tutti. Si chiamava Piet. Piet faceva parte di un gruppo che stava sempre in disparte. In ogni caso loro davano l'aria di non essere come gli altri ragazzetti che stavano in giro. Tutto il gruppo era di un forte pazzesco. Tutti i ragazzi avevano un aspetto figo. Portavano jeans stretti da schiattare, stivaletti con la suola altissima e giacche di jeans ricamate, o giacche tipo fantasia, fatte di tappezzeria o di altre belle stoffe.

Kessi conosceva questi ragazzi e mi presentò a loro. Io ero agitata e trovavo stupendo che Kessi mi poteva far avvicinare questi ragazzi. Perché tutti gli altri nella «Haus der Mitte» avevano un timore reverenziale di questo gruppo. Noi addirittura ci potemmo sedere con loro.

Quando la sera dopo arrivai alla cantina questi del gruppo avevano portato un grosso narghilé. Io non sapevo che cosa era. Kess mi spiegò che fumavano hascisc. Io sapevo solo che l'hascisc era una droga e che era terribilmente proibita.

Accesero quell'affare e fecero girare il tubo del narghilé ed ognuno dava un tiro. Anche Kessi. Io rifiutai. In realtà non volevo rifiutare, perché volevo far parte del gruppo. Ma semplicemente non avevo ancora bisogno di fumare una droga. Ne avevo ancora realmente paura.

Mi sentivo molto insicura. Quello che avrei voluto fare più di tutto era scomparire. Ma non potevo andar via, alzarmi da quel tavolo, perché così avrei dato a vedere che con questo gruppo io chiudevo perché si fumava l'hascisc. Allora dissi che in realtà mi tirava di più la birra. Raccolsi le bottiglie vuote che stavano sparse in giro. Ogni quattro bottiglie vuote ti davano 80 pfennig o una bottiglia di birra. Mi ubriacai per la prima volta in vita mia, mentre gli altri stavano sbracati intorno al narghilé. Parlavano di musica. Di un tipo di musica che io ancora non capivo molto. Io sentivo volentieri il genere melenso, ero per tutti i gruppi che facevano musica da mocciosetti. Quindi comunque non avrei potuto partecipare al discorso, ed era un bene che fossi ubriaca, così non mi venivano sensi di inferiorità tremendi.

Mi resi conto presto quale era la musica che loro trovavano forte e anch'io subito dopo stavo appresso a quella musica: David Bowie e roba così. Per me i ragazzi che conoscevo erano loro stessi delle star. Da dietro erano tutti dei David Bowie in originale, anche se avevano solo sedici anni.

Quelli che facevano parte del gruppo erano superiori per una dimensione che per me era del tutto nuova. Non erano rumorosi, non si picchiavano, non si davano arie. Erano molto silenziosi. La loro superiorità mostravano di averla semplicemente da se stessi. Fra di loro anche si comportavano in maniera molto liscia. Non c'era mai una lite. Ed ognuno del gruppo quando arrivava, veniva accolto dagli altri con un bacetto sulla bocca. I ragazzi in realtà erano quelli che davano il tono, ma le ragazze erano accettate. In ogni caso non c'erano quelle stupide lotte tra ragazze e ragazzi.

Un giorno marinai di nuovo la scuola insieme a Kessi. Le due ultime ore. Kessi si era data appuntamento con Milan alla fermata della metropolitana di Wutzkyalee. Giravamo quindi attorno alla stazione della metropolitana, aspettavamo Milan e stavamo attente agli insegnanti che a quell'ora potevano spuntare da qualche parte.

Kessi si stava giusto accendendo una sigaretta e io vidi

Piet e il suo amico Kathi che pure era uno del gruppo. Questo era un momento che avevo sognato spesso. Avevo sempre voluto incontrare durante il giorno Piet o chiunque altro del gruppo. E quindi volevo chiedergli se voleva venire con me a casa. Dai ragazzi non volevo nulla. I ragazzi in quanto uomini ancora non mi interessavano assolutamente per niente. Avevo solo dodici anni e non avevo avuto ancora neanche le mie cose. Quello che volevo era questo: poter raccontare che Piet era stato a casa mia. Gli altri allora avrebbero pensato che io andavo con lui o comunque che ero proprio dentro a questo gruppo così figo.

Lì, dunque, c'erano Piet e Kathi. A quell'ora a casa nostra non c'era nessuno, perché mia madre e il suo amico di giorno lavoravano. Dissi allora a Kessi: «Andiamo da quei due a fare un po' di chiacchiere». Mi batteva il cuore. Ma dopo un paio di minuti già chiedevo a Piet in maniera del tutto sicura: «Non avete mica voglia di venire da me? Non c'è nessuno e l'amico di mia madre ha un paio di dischi paraculissimi: Led Zeppelin, David Bowie, Ten Years After, Deep Purple e l'album del festival di Woodstock».

Avevo già imparato un sacco di cose, non solo la musica che a loro piaceva, ma anche la lingua che parlavano. Era diversa, come del resto tutto in loro. Mi ero concentrata sulle frasi che avevo sentito dire da loro. Per me erano più importanti dei vocaboli inglesi o delle formule di matematica.

Piet e Kathi ci stettero subito. Io ero terribilmente contenta. Ero tutta sicura di me. A casa ho detto: «Merda, gente! Non ho niente da bere». E tutti abbiamo messo insieme le nostre monete ed io sono uscita insieme a Kessi. Siamo andate al supermercato. La birra era troppo cara. Ci voleva qualche marco per stravolgersi un po'. Comprammo una bottiglia di vino rosso da un litro, per un marco e novantotto. Lo chiamavano il vino dei poveracci.

Ci bevemmo tutta la bottiglia e chiacchierammo. Si parlava soprattutto della polizia. Piet disse che adesso bisognava fare un'attenzione d'inferno alla madama per via del fumo. L'hascisc lo chiamavano fumo. Si incazzavano sulla polizia e dicevano che il nostro era uno stato di polizia.

Per me era tutto terribilmente nuovo. Fino a quel momento come tipi autoritari conoscevo in realtà solo i portieri che bisognava odiare perché ti erano sempre dietro quando uno si divertiva. I poliziotti erano ancora per me un'autorità inafferrabile. Imparai adesso che il mondo dei portieri di Gropiusstadt era un mondo di poliziotti. E che i poliziotti erano molto più pericolosi dei portieri. Quello che Piet e Kathi dicevano era comunque per me verità pura e definitiva.

Quando il vino finì Piet disse che a casa aveva ancora del fumo. Per gli altri era una gran festa. Piet uscì passando per il balcone. Adesso noi abitavamo al piano terra e anch'io la maggior parte delle volte uscivo dal balcone. Mi piaceva un sacco dopo gli anni passati all'undicesimo piano.

Piet ritornò con un tocco di fumo che era grande quasi come una mano. Lo divise in pezzi da 10 marchi. Tirò fuori il chilom. Era un tubo di legno lungo circa venti centimetri. Sopra lo riempì prima col tabacco, in modo che non si dovesse fumare fino al legno, quindi mischiò tabacco ed hascisc e sopra ci aggiunse quella mistura. Per fumare bisognava piegare la testa all'indietro e tenere in alto il tubo, possibilmente perpendicolare, in modo che non si perdesse neanche una caccola di fumo.

Io osservai con attenzione come facevano gli altri. Mi era chiaro che ora che avevo Piet e Kathi a casa non potevo dire di no. Dissi quindi tutta tranquilla: «Oggi anche a me mi tira il fumo». E feci dei gesti come se di chilom me ne fossi fatti chissà quante volte.

Avevo lasciato giù le persiane. Nella luce che penetrava dalle stecche si vedevano spesse nuvole di fumo. Avevo messo su un disco di David Bowie e tirai dal chilom e trattenni il fumo nei polmoni fino ad avere uno scoppio di tosse. Tutti erano silenziosi. Ognuno era partito da qualche parte e ascoltava la musica.

Aspettai che mi accadesse qualcosa. Pensavo: adesso che hai preso la droga ti deve succedere qualcosa di nuovo, pazzesco. Ma in realtà non sentivo proprio niente. Mi sentivo solo un po' brilla. Ma questo veniva dal vino. Non sapevo ancora che la maggior parte della gente, la prima volta che fuma hascisc, non sente niente. Ci vuole un po' di esercizio regolare per avvertire consapevolmente il feeling che dà l'hascisc. L'alcool ti dà in testa molto di più.

Vidi come Piet e Kessi, che stavano sul divano, si accostavano l'uno all'altra. Piet carezzava il braccio di Kessi. Dopo un po' si alzarono, andarono nella mia stanza e chiusero la porta.

Adesso ero sola con Kathi. Si sedette vicino a me, sul bracciolo della poltrona. E mi mise il braccio intorno alle spalle. Trovai subito Kathi ancora meglio di Piet. Ero piuttosto contenta che Kathi fosse venuto vicino a me e mostrasse di interessarsi a me. Io avevo sempre paura che i ragazzi mi vedessero come una che ha dodici anni e mi trattassero come una ragazzina.

Kathi cominciò a carezzarmi. A quel punto non sapevo più se queste carezze mi andavano bene. Mi venne un caldo tremendo. Credo che fosse per la paura.

Stavo seduta immobile come una statua e cercavo di dire qualcosa sul disco che suonava. Quando Kathi mi prese il seno, o meglio quello che sarebbe dovuto diventare un seno, mi alzai e andai al giradischi e lì ci rimasi a girare intorno all'infinito.

A quel punto Piet e Kessi ritornarono dalla mia stanza. Avevano un aspetto strano. Erano stravolti e in un certo senso tristi. Kessi era tutta rossa in viso. I due non si guardavano in faccia. E non dissero più neanche una parola. Ebbi la sensazione che Kessi avesse avuto una brutta esperienza. Una esperienza che comunque sicuramente non le aveva dato nulla. Che per entrambi doveva essere stata insoddisfacente.

Alla fine Piet mi chiese se la sera sarei andata alla «Haus der Mitte». Questo di nuovo mi rese felice. Avevo raggiunto un sacco di cose. Era andata esattamente come avevo sognato. Che invitavo Piet e Kathi da me a casa e che facevo per davvero parte del gruppo.

Piet e Kessi se ne andarono per il balcone. Kathi rimase ancora a girovagare per la stanza. Di nuovo mi venne una cosa come paura. Non volevo rimanere sola con Kathi. Glielo dissi direttamente che adesso dovevo mettere a posto e poi fare i compiti. Improvvisamente mi era indifferente quello che lui poteva pensare. E lui se ne andò. Andai nella mia stanza, mi sedetti sulla coperta del letto e tentai di realizzare quello che mi era successo.

Kathi era proprio carino, ma era come se non mi piacesse più. Dopo mezz'ora suonarono alla porta. Dallo spioncino vidi Kathi. Non aprii e scivolai via in punta di piedi nella mia stanza. In quel momento sentivo proprio come da vomitare per lo schifo e io stessa era come se mi vergognassi. Non sapevo perché. Se per via del fumo o per via di Kathi. Ma lì non c'era stato proprio nulla.

Mi venne un po' di tristezza. Adesso che ero stata accolta nel gruppo, pensai che in realtà non facevo affatto parte di loro. Per queste faccende con i ragazzi ero troppo giovane. Adesso sapevo con esattezza che in queste cose non ce l'avrei fatta. E quello che loro dicevano della polizia, dello stato, ecc. mi era molto estraneo, ed erano cose che neanche mi riguardavano direttamente.

Malgrado ciò alle cinque io ero già nella «Haus der Mitte». Ma non andammo al club bensì al cinema. Volevo sedermi tra Kessi e un altro tizio che non conoscevo, ma Kathi si infilò in mezzo. Appena cominciò il film lui si mise da capo ad accarezzarmi. Ad un certo punto la sua mano mi andò in mezzo alle gambe. Non mi difesi. Ero veramente paralizzata. Avevo una paura pazzesca di qualsiasi cosa. A un tratto volevo scappare via. Poi ho nuovamente riflettuto. «Christiane, questo è il prezzo da pagare perché tu ora fai parte di questo gruppo». Mi sono lasciata fare tutto su di me e non ho detto niente. In qualche modo avevo anche un'ammirazione pazzesca per questi tipi. Solo quando lui disse che anche io dovevo carezzarlo e tentò di portare la mia mano su di sé serrai tutt'e due le mani e me le sprofondai in grembo.

Fui felicissima quando il film finì. Mi allontanai subito da Kathi e andai da Kessi. Le raccontai tutto e le dissi che di Kathi non volevo più saperne. Kessi sicuramente glielo ridisse perché un po' più tardi venne fuori che lei si era presa per Kathi una cotta di brutto. Al club lei cominciò a piangere perché Kathi non se la filava più delle altre ragazze, poi mi raccontò che era cotta di lui e mi disse che le veniva sempre da piangere quando Kathi era nelle vicinanze. Malgrado questa storia con Kathi io facevo parte del gruppo. Per gli altri in realtà ero la piccola ma pur sempre una del gruppo. Nessuno dei ragazzi tentò di toccarmi. Se ne era parlato in giro ed era stato pienamente accettato che io mi sentivo troppo giovane per combinare qualcosa coi ragazzi. Tra noi le cose erano differenti che tra gli «etilici». Chiamavamo etilici quelli che si stravolgevano con la birra e la grappa. Da loro le ragazze che facevano le smorfiose venivano trattate in una maniera terribilmente brutale. Queste ragazze venivano prese in giro, offese ed erano liquidate. Da noi la brutalità non c'era proprio. Noi ci accettavamo l'un l'altro così come eravamo. Noi in un certo senso eravamo tutti uguali o comunque vivevamo lo stesso trip. Ci capivamo senza troppe chiacchiere. Quelli del gruppo non erano mai rumorosi o volgari. Il bla-bla-bla degli altri non ci scomponeva. Ci sentivamo superiori.

Tranne Piet, Kessi ed io, gli altri già lavoravano. La situazione era simile per tutti: di merda a casa e sul lavoro. Diversamente dagli etilici, che nel club si portavano appresso i loro casini ed erano aggressivi, quelli del nostro gruppo potevano chiudere totalmente con il resto della loro vita. Nella serata libera si buttavano nelle loro cose eccitanti, fumavano, ascoltavano musica bella ed era la pace totale. Lì noi dimenticavamo tutta la merda che fuori ci toccava vivere.

Io ancora non mi sentivo proprio come tutti gli altri. Per esserlo, pensavo, ero ancora troppo giovane. Ma gli altri erano i miei modelli. Volevo essere possibilmente come loro, o diventare come loro. Da loro volevo imparare perché pensavo che sapevano quale era la maniera liscia di vivere e non di farsi toccare da tutti gli stronzi e da tutta la merda. Comunque già dai miei genitori e dagli insegnanti non mi facevo più dire niente. Per me il gruppo ora era tutto quello che c'era di importante nella mia vita. Esclusi i miei animali.

Il fatto che io mi buttassi totalmente dentro a questo gruppo trovava le sue ragioni nel modo come andavano le cose a casa. Nel frattempo tutto era diventato insopportabile. La cosa più insopportabile era che Klaus, l'amico di mia madre, era uno che letteralmente odiava le bestie. Per lo meno questo era quello che io allora credevo. La cosa cominciò quando lui prese a dire continuamente che le cose non funzionavano con quattro animali in un appartamento così piccolo. Quindi proibì al mio nuovo alano, che avevo ricevuto da mio padre, di stare nel soggiorno.

Questo mi fece dare di matto. I nostri cani avevano sempre fatto parte della famiglia ed erano sempre stati trattati come gli altri membri della famiglia. Adesso arriva questo bel tipo e dice che gli alani non possono stare nella stanza di soggiorno. Cose dell'altro mondo! Mi voleva anche proibire che il cane dormisse presso il mio letto.

Ed io per prima cosa avrei dovuto costruire nello spazio ristretto della mia stanza una cuccia per l'alano. Naturalmente non lo feci.

Quindi Klaus diede l'ultimatum: gli animali dovevano andare via da casa. Mia madre stava ancora dalla sua parte ed era dell'idea che io non mi occupavo più delle bestie. Questo lo trovavo il colmo. Certamente io ora la sera spesso non ero a casa ed allora uno di loro due doveva portar fuori il cane. Ma altrimenti, pensavo, in ogni minuto libero mi occupavo del cane e delle altre bestie.

Ma né le minacce, né gli urli, né i pianti mi aiutarono: il mio cane venne dato via. Fu dato a una signora che io trovavo una persona proprio a posto e che al cane veramente voleva bene. Ma a questa signora dopo un po' le venne il cancro e dovette darlo via. Venni a sapere che andò a finire in una birreria. Era una bestia terribilmente sensibile che saltava coi nervi ad ogni rumore eccessivo. Sapevo che in una birreria il mio cane ci avrebbe rimesso la pelle. Di questo ne feci responsabili Klaus e mia madre. Non volevo avere più niente a che fare con gente che era così ostile agli animali.

Tutto questo successe nel periodo in cui cominciai ad andare nella «Haus der Mitte» e a fumare hascisc. Mi erano rimasti due gatti. Ma loro durante la giornata non avevano bisogno di me. Di notte dormivano nel mio letto. Dopo che il cane non c'era più, non mi restava alcun motivo per restare a casa. Aspettavo solo che arrivassero le cinque e che il club della «Haus der Mitte» aprisse. Spesso i pomeriggi li passavo anche con Kessi e con qualcun altro della comitiva.

Fumavo tutte le sere. Quelli del gruppo che avevano soldi davano agli altri qualcosa. Non ci trovavo più niente di strano nel fumare l'hascisc. Nella «Haus der Mitte» lo facevamo in modo evidente. Gli assistenti sociali della chiesa, che si occupavano del club, occasionalmente dicevano qualcosa quando fumavamo. Ognuno la pensava diversamente, ma la maggior parte ammetteva subito che anche loro avevano fumato. Venivano dall'università, dal movimento studentesco e lì fumare l'hascisc era stata una cosa assolutamente normale. Questi tizi dicevano solo che non dovevamo esagerare, che non dovevamo usare il fumo come mezzo di evasione e cose del genere. Soprattutto ci dicevano che non dovevamo passare alle droghe pesanti.

A noi questo ci entrava da un orecchio e ci usciva da quell'altro. Ma cosa ci potevano dire costoro, quando loro stessi per primi ammettevano di fumare? Uno di noi una volta disse a un tizio giovane: «Voi pensate che quando sono gli studenti che spinellano allora è o.k. Ma quando sono gli apprendisti e gli operai, allora è pericoloso. Questi argomenti da noi non attaccano». Il tizio non sapeva che rispondere. In questa cosa si sentiva proprio la coscienza sporca.

Ma non fumavo soltanto, bevevo anche vino e birra quando non avevo il fumo. Cominciavo quando tornavo da scuola, o anche già al mattino quando marinavo la scuola. In qualche modo dovevo sempre stravolgermi. Ero sempre sballata totale. Volevo esserlo, per non dovermi confrontare con tutto il casino a scuola e a casa. La scuola mi era comunque completamente indifferente. I miei voti calarono a picco rapidamente.

Nell'aspetto esterno pure cambiai totalmente. Diventai di una magrezza incredibile perché non mangiavo quasi nulla. Tutti i calzoni mi stavano troppo larghi. La mia faccia crollò. Stavo molto davanti allo specchio, mi piaceva molto come cambiavo. Sempre di più somigliavo agli altri del gruppo. Finalmente non avevo più la mia faccia di bambina innocente.

Ero fissata totalmente sul mio aspetto. Mia madre mi dovette comprare scarpe col tacco e calzoni a pelle. Mi fece la riga in mezzo e mi pettinai con i capelli sul viso. Volevo avere un aspetto misterioso. Nessuno doveva penetrarmi con lo sguardo. Nessuno doveva accorgersi che non ero quella tipa paracula che volevo apparire.

Una sera al club Piet mi chiese se mi ero mai fatta un viaggio. Io gli dissi: «Ma certo, caro!». Avevo già sentito parlare dell'LSD, che loro chiamavano acido o trip. Spesso ero stata a sentire qualcuno che raccontava del suo ultimo viaggio. Quando Piet sghignazzò e mi accorsi che non mi credeva che mi ero già fatta un trip, cominciai a dare i numeri. Misi assieme quello che mi ricordavo dai racconti che avevo sentito da altri e mi inventai il mio viaggio. Mi accorsi che Piet ancora non mi credeva. Lui non si poteva fregarlo. Io d'altra parte avevo fatto la scena così male che mi vergognavo proprio.

Piet mi disse: «Se vuoi provare, sabato avrò degli acidi veramente buoni. Ne puoi avere».

Aspettavo quel sabato con gioia. Pensai che se andavo veramente in trip, allora sarei stata totalmente come gli altri. Quando arrivai alla «Haus der Mitte», Kessi si era già presa il suo acido. Piet disse: «Se vuoi veramente te ne do una punta. Per la prima volta basta». Piet mi diede un cartoccetto di stagnola da sigarette nel quale era avvolta la punta di acido. Io non lo potevo buttar giù così davanti agli altri. Ero agitata in un modo pazzesco. Avevo anche paura come di essere scoperta. Inoltre volevo in qualche modo farlo liberamente. Andai alla toilette, mi chiusi dentro e buttai giù la punta.

Quando tornai Piet pensò che avessi gettato la punta nel cesso. Io aspettavo impaziente che mi succedesse qualcosa in modo che gli altri ci credessero che l'acido l'avevo ingoiato.

Quando alle dieci di sera il club della «Haus der Mitte» chiuse, ancora non avvertivo nulla. Andai con Piet alla stazione della metropolitana. Qui incontrammo due amici di Piet, Frank e Pauli. Erano vestiti unisex. Avevano un aspetto straordinariamente tranquillo. Mi piacevano. Piet mi disse: «Sono in sballo da ero». Cioè da eroina. Al momento non mi fece alcuna impressione. Avevo da fare con me stessa e con il mio acido che a poco a poco faceva effetto.

Quando siamo saliti sulla metropolitana e questa è partita sono andata quasi totalmente fuori di cervello. Era una pura follia. Mi pareva di stare in un barattolo di latta dentro il quale veniva agitato un gigantesco cucchiaio. Il rumore di questo vagone della metropolitana dentro al tunnel era pazzesco. Ho pensato che non potevo reggere questo rumore. Le facce della gente nella metropolitana erano delle maschere spaventose. Cioè: questi piccolo borghesi erano come sempre. Solo che ora nelle loro facce si vedeva ancora più chiaramente che razza di disgustosi piccolo borghesi fossero. Mi immaginavo che loro adesso venivano da qualche osteria di merda o da qualche luogo di lavoro di merda. Poi queste facce da maiali andavano a letto, poi di nuovo al lavoro e poi guardavano la televisione. Pensai: puoi essere felice di essere diversa, e di avere il tuo gruppo. Puoi essere felice del fatto che adesso sei in acido, hai la capacità di realizzare e vedi che razza di piccolo borghesi ci stanno nella metropolitana. Questo più o meno era quello che pensavo. Che ho pensato anche nei trip successivi. Poi ho avuto paura di queste maschere. Guardai Piet: anche lui sembrava come più brutto del solito. La sua faccia era molto minuta in confronto alle facce da maiali. Ma lui comunque ancora sembrava normale.

Quando scendemmo a Rudow ero felice. Adesso sballavo proprio bene. Tutte le luci erano di un luminoso pazzesco. Un lampione che stava sulla nostra testa era il sole più chiaro che avessi mai visto. Nella metropolitana mi ero gelata dal freddo. Adesso crepavo letteralmente dal caldo. Mi pareva di stare da qualche parte, in Spagna, e non a Berlino. Mi sentivo come dentro a quei bei manifesti che c'erano attaccati nell'agenzia di viaggi di Gropiusstadt. Gli alberi erano palme e la strada era spiaggia. Era tutto terribilmente luminoso. Non dissi a Piet che ero sballata. In un certo senso volevo star sola in questo trip che era di una bellezza bestiale.

Piet, che pure era sballato, disse che potevamo ancora andare dalla sua ragazza se i genitori di lei non erano a casa. Lui aveva una ragazza che amava molto. Scendemmo giù nel garage della casa della sua ragazza. Piet voleva vedere se c'era la macchina dei genitori. Nel garage mi venne un po' un attacco di orrore. Il soffitto basso scendeva sempre più giù. Era come se si piegasse letteralmente. I pilastri di cemento oscillavano avanti e indietro. La macchina dei genitori c'era.

Piet disse: «Cristo, questo è un garage fottuto». Poi pensò improvvisamente che era solo nello sballo e mi chiese: «Prima dove hai buttato via l'acido?». Mi guardò e dopo un momento mi disse: «Cristo, bella, vorrei non averlo detto: hai le pupille come due ventose».

Fuori fu di nuovo bello. Mi misi a sedere su un prato. La parete di una casa era di un colore così arancione come se su di essa si rispecchiasse il sole che nasceva. Le ombre si muovevano come se dappertutto volessero far spazio alla luce. La parete della casa si incurvava e improvvisamente sembrò andare in fiamme.

Con Piet andammo a casa sua. Piet sapeva dipingere un sacco forte. Nella sua stanza era appeso un suo quadro. C'era disegnato un cavallo grossissimo. Sul cavallo era seduto uno scheletro con una falce. Questo quadro mi piacque da morire: l'avevo visto già un paio di volte e avevo solo pensato che era la morte. Adesso non mi metteva assolutamente paura. Avevo dei pensieri completamente innocenti. Pensavo che lo scheletro non avrebbe mai potuto dominare quella bestia così forte, che aveva già perduto il potere sul cavallo. Parlammo a lungo di questo quadro. Poi Piet ancora mi diede un paio di dischi da portar via e disse: «Sono una base di un eccitante folle per un trip o cose del genere». Andai a casa.

Mia madre naturalmente era ancora sveglia. Ci fu il solito bla-bla. Dove ero stata. Così non si poteva andare avanti. Assolutamente. Mia madre mi appariva terribilmente ridicola. Grossa e grassa nella sua camicia da notte bianca, la faccia sconvolta dalla rabbia. Come i piccolo borghesi nella metropolitana. Non dissi una parola. Comunque con lei non ci parlavo più. In ogni caso parlavo solo delle cose di maggiore necessità e di minore interesse. Non volevo da lei né tenerezza né contatto. Mi ero fatta l'idea — per lo meno così avevo pensato qualche volta — che non avevo più bisogno né di una madre né di una famiglia.

Mia madre, il suo amico ed io: vivevamo proprio in tre mondi diversi. Loro non avevano nessuna idea di quello che facevo. Credevano proprio che fossi una ragazzina del tutto normale che stava appena passando la pubertà. E d'altronde, io che avrei potuto raccontare? Non mi avrebbero capita. In ogni caso mi avrebbero proibito certe cose. Questo pensavo. Mia madre ancora mi faceva molta pena. Mi faceva pena come, totalmente stressata dal lavoro fuori, si buttava a fare i lavori di casa. Ma pensavo: la vecchia è lei stessa colpevole se fa una vita così da piccolo borghese.

La madre di Christiane

Mi sono chiesta spesso perché non mi sia accorta prima di quello che stava succedendo a Christiane. La risposta è semplice, ma ho potuto accettarla soltanto dopo avere parlato con altri genitori che avevano dei ragazzi con i quali avevano avuto esperienze analoghe alla mia. Semplicemente non volevo rendermi conto che mia figlia era drogata. Me la diedi a bere fin tanto che mi fu possibile.

Il mio amico, con il quale vivo da quando mi sono separata da mio marito, aveva avuto già da prima dei sospetti. Ma io gli dicevo sempre: « Cosa ti stai mettendo in testa! È appena una bambina ». L'errore più grande è forse quello di volersi convincere che i propri figli non sono così. Quando Christiane cominciò a isolarsi, quando sempre più spesso prese a evitare il contatto con la famiglia e nei fine settimana preferiva uscire con i suoi amici piuttosto che con noi, avrei dovuto insistere a chiedere « perché ». Ho preso alla leggera troppe cose.

Quando si svolge un lavoro fuori casa forse non ci si occupa con cura sufficiente dei propri figli. Si vuole difendere la propria tranquillità e si è decisamente contenti quando i figli vanno per la loro strada. Certamente spesso Christiane tornava a casa troppo tardi. Ma lei aveva sempre una scusa pronta ed io le ho creduto con fin troppa disponibilità. Consideravo queste cose ed anche il suo atteggiamento, talvolta proprio ribelle, come normali di una fase di sviluppo e pensavo che sarebbero passati.

Non volevo costringere Christiane, in prima persona avevo fatto le peggiori esperienze. Mio padre era estremamente severo; nel villaggio dell'Assia, dove sono cresciuta, lui, in quanto proprietario di una cava di pietra, era un uomo stimato. Tuttavia, la sua educazione consisteva soltanto nell'imporre dei divieti. Non potevo mai parlare di ragazzi, altrimenti mi prendeva a schiaffi.

Mi ricordo ancora benissimo di una passeggiata domenicale con una mia amica: oltre cento metri dietro di noi camminavano due giovanotti. Mio padre, che per caso passava di lì tornando dallo stadio, si fermò e mi diede uno schiaffo in mezzo alla strada. Mi trascinò dentro la sua macchina e mi portò a casa. Solo perché dietro di noi camminavano due ragazzi. Questo mi fece diventare testarda. Allora avevo sedici anni e pensavo come potevo uscire da quella situazione.

Mia madre, una donna docile, non aveva nulla da dire. Non ebbi la possibilità di realizzare i miei desideri nella scelta di una professione e diventare levatrice. Mio padre si impuntò nel farmi imparare una professione nel settore commerciale in modo che potessi tenere per lui la contabilità. In quel periodo ho conosciuto Richard, il mio futuro marito. Aveva un anno più di me e faceva l'apprendistato come perito agrario. Doveva diventare amministratore agricolo. Anche lui per volontà di suo padre. All'inizio c'era solo un'amicizia tra noi. Solo che quanto più mio padre si impegnava per rompere la nostra amicizia tanto più io mi intestardivo. Vedevo solo una via di uscita: rimanere incinta per dovermi sposare e avere finalmente la mia libertà.

A diciotto anni mi successe proprio questo. Richard interruppe subito il suo apprendistato e ci trasferimmo nella Germania del nord, nel paese dove abitavano i suoi genitori. Il matrimonio è stato un fiasco completo fin dall'inizio. Già quando ero incinta non potevo contare su mio marito; lui mi lasciava sola per notti intere: aveva solo la sua Porsche e i suoi progetti ambiziosi in testa. Nessun lavoro gli andava bene. Voleva per forza essere qualcosa di meglio e contare di fronte agli altri. Parlava volentieri del fatto che la sua famiglia prima della guerra era importante. I suoi nonni avevano posseduto un quotidiano nella Germania orientale, un negozio di gioielli ed una macelleria. Ed anche dei terreni.

Questo era il suo termine di paragone. Voleva assolutamente rendersi autonomo, diventare un imprenditore come i suoi genitori. Sognava di aprire un ufficio spedizioni, poi voleva metter su un commercio di automobili, un'altra volta voleva fondare assieme a un suo conoscente un'impresa di giardinaggio. In realtà non andava più in là dei contatti iniziali. La sua rabbia la sfogava a casa sulle bambine e, quando io mi mettevo in mezzo, dalle parole passava alle mani.

Il denaro che ci occorreva per vivere l'ho sempre guadagnato soprattutto io. Quando Christiane aveva quattro anni trovai un buon posto in un'agenzia matrimoniale. Quando alla fine della settimana bisognava stipulare i contratti Richard dava una mano. Andò bene per un paio d'anni. Poi Richard litigò con il capo ed io persi il posto. Allora Richard volle aprire lui stesso un'agenzia matrimoniale in grande stile. Come sede della ditta scelse Berlino.

Nel 1968 ci trasferimmo. Cambiando città sperai anche che sarebbe cominciata una nuova vita nel nostro matrimonio. Solo che invece di andare a vivere in un appartamento e avere un ufficio di rappresentanza finimmo in due stanze e mezzo a Gropiusstadt, alla periferia di Berlino. Richard non riuscì a mettere assieme il capitale iniziale necessario. Di nuovo la vecchia storia: sfogava la sua rabbia su di me e sulle bambine, e nel migliore dei casi faceva qualche lavoretto nel commercio. Lui semplicemente non ci si poteva vedere ad essere uno degli individui modesti che vivevano a Gropiusstadt.

Pensavo spesso di divorziare da mio marito, ma non ne avevo il coraggio. La coscienza di me stessa, che avevo salvato da mio padre, me la distrusse mio marito.

Per fortuna a Berlino trovai presto un buon lavoro come stenografa contabile per 1.000 marchi netti al mese. La sensazione di essere riconosciuta e di fare nuovamente qualcosa mi diede una nuova forza. Non mi permisi più di farmi piacere tutto quello che mio marito faceva. Pian piano lui mi sembrava ridicolo con le sue manie da grand'uomo. I contrasti tra me e lui diventarono più insopportabili, molti tentativi di separazione non riuscirono. Dipendevo ancora molto da lui. Forse perché lui era per me il primo uomo, ed anche per via delle bambine. Un posto all'asilo per le bambine non lo trovavo, e neanche me lo sarei potuto pagare. Per me era già molto meglio che Richard, per lo meno di quan-

do in quando, stesse a casa. Così rimandavo continuamente il divorzio, finché nel 1973 fui abbastanza forte da rimediare ai miei errori. Andai dall'avvocato per il divorzio.

Quello che io avevo passato a Christiane lo volevo risparmiare. Già alla sua nascita mi ero giurata: lei deve crescere in modo tale che non le deve succedere di finire in un matrimonio come quello in cui sono finita io. Deve potersi sviluppare liberamente, non essere costretta in un'unica direzione. Diversamente da me deve avere la sua libertà, così come è previsto in un'educazione moderna. Rispettando questo, in seguito, ho lasciato correre fin troppe cose.

Dopo il divorzio per prima cosa dovetti cercarmi un nuovo appartamento, perché Richard si rifiutava di cambiar casa. Ne trovai uno, in uno stabile dell'edilizia sovvenzionata. Costava 600 marchi, compreso il garage, malgrado io non avessi una macchina. Per me era in realtà troppo caro. Ma non avevo scelta. Volevo finalmente liberarmi di mio marito. A qualsiasi costo volevo che per me e le bambine cominciasse una nuova vita.

Richard non era in grado di pagare per le bambine. Mi sono detta: ti resta solo una cosa da fare. Fare uno sforzo, fare qualche volta gli straordinari in modo che per lo meno tu possa offrire qualcosa alle tue bambine. Ormai avevano una undici, l'altra dieci anni e nella loro infanzia non avevano avuto molto; neppure una cameretta decente tutta per loro, ma solo della mobilia raffazzonata. Mi faceva male al cuore di non potere offrire alle mie figlie una casa accogliente.

Dopo il divorzio volevo porre riparo a tutto ciò. Volevo finalmente avere un appartamento grazioso nel quale tutte noi ci sentissimo bene. Era il mio sogno. Per questo lavoravo. Ma anche per poter esaudire i desideri delle bambine: un bel vestito, una gita ai fine settimana, cose che potevano tranquillamente costare un paio di marchi.

Perseguivo questo mio obiettivo con entusiasmo. Le bambine ebbero una tappezzeria come piaceva a loro e una stanza per ragazze con mobili carini. E nel 1975 potei regalare a Christiane un giradischi marca Dual. Erano cose che mi facevano felice. Ero veramente contenta di potermi finalmente permettere qualcosa per le mie bambine.

E quando il pomeriggio tardi tornavo a casa dal lavoro spesso potevo ancora portar loro qualcosa. Cose da poco, certo. Ma mi divertivo a comprarle per loro da Wertheim o da Karstadt[3]*. Una volta era un dolce particolare, una volta un temperamatite divertente o altre sciocchezze. Loro poi mi saltavano al collo. E per me era la sensazione che fosse Natale.*

Oggi naturalmente so che con queste cose volevo in primo luogo liberarmi la coscienza sporca per avere così poco tempo da dedicare alle bambine. Avrei dovuto fare in modo che il denaro restasse solo denaro. Mi sarei dovuto occupare delle bambine invece di andare a lavorare. Io non riesco a rendermi conto, oggi, del perché ho lasciato sole le mie figlie. Piuttosto avrei dovuto vivere dei soldi dell'assistenza sociale fin tanto che loro avevano bisogno di me. Solo che l'assistenza sociale per me era l'ultima cosa. Già a casa dei miei genitori mi era stato ficcato in testa il principio che non bisogna gravare sullo stato. Forse avrei potuto citare mio marito per gli alimenti. Non lo so. Comunque per la gran fatica di creare una casa graziosa ho perduto la ragione, quale che sia il motivo per cui l'ho fatto. Posso girarla e voltarla come mi pare, ma alla fine mi faccio sempre lo stesso rimprovero: ho lasciato troppo spesso le mie figlie abbandonate a se stesse. E Christiane avrebbe avuto bisogno di un maggior freno, di una guida maggiore. Lei è più fragile e sensibile della sorella minore. Allora non

[3] Grandi magazzini diffusi in tutta la Germania federale. [*N.d.T.*]

ho pensato neanche lontanamente che Christiane potesse prendere una cattiva strada: malgrado vedessi quello che succedeva nelle famiglie di questa città satellite dove abitavano. C'erano continuamente risse. L'alcool veniva consumato in quantità enormi, e non era raro vedere una donna, un uomo o un ragazzo giacere ubriachi dentro una cunetta. Ma io mi raccontavo: tu sei un esempio per le tue figlie, se non inciampi e non ti lasci andare loro ti prenderanno comunque come esempio.

Lo credevo veramente che da allora le cose sarebbero andate avanti. La mattina le bambine andavano a scuola. All'ora di pranzo si facevano da mangiare da sole. Il pomeriggio spesso andavano al maneggio dei pony nella Lippschitzalle. Tutte le due amano molto gli animali.

Per un periodo andò abbastanza bene. A parte piccole gelosie tra le bambine e Klaus, il mio amico, che nel frattempo viveva da noi. Oltre al mio lavoro, la casa e le bambine, avevo anche lui per il quale volevo essere presente, era per me un polo rilassante. E lì commisi di nuovo un grave errore per il desiderio di potermi dedicare di più a lui. Permisi alla sorella di Christiane di trasferirsi da suo padre, il quale l'aveva allettata con tutte le promesse possibili perché si sentiva solo.

Adesso Christiane era sola quando tornava a casa da scuola. A questo punto ha incontrato quegli amici che sarebbero stati per lei una rovina. Di questo non mi resi conto per niente. Kessi, la sua compagna di scuola che abitava vicino, con la quale passava spesso il pomeriggio, mi sembrava che fosse una persona ragionevole. E la madre di Kessi di quando in quando badava a tutte e due: una volta Christiane andava da Kessi, un'altra volta Kessi veniva da noi.

Tutte e due avevano un'età — dodici, tredici anni — in cui si è curiosi e si vuole provare tutto. Ed io non trovavo niente da ridire sul fatto che loro la sera andassero nel club giovanile della « Haus der Mitte », un'iniziativa della chiesa evangelica a Gropiusstadt. Ero naturalmente sicura che Christiane con questa gente della chiesa fosse in buone mani. Che i giovani nella «Haus der Mitte» fumassero hasisc non me lo sarei mai minimamente sognato.

Al contrario ero rassicurata dal fatto che Christiane cresceva come una allegra teenager e che non sentiva più così tanto la mancanza della sorella. Da quando aveva Kessi per amica rideva di nuovo molto spesso. Spesso le due erano così scatenate a dire stupidaggini che anche io ero costretta a ridere con loro. Da cosa mai potevo capire che le loro esplosioni di allegria erano provocate dall'hascisc!

La mia famiglia era il mio gruppo. Lì c'era qualcosa come amicizia, tenerezza e io un certo senso anche amore. Già solo il bacio di saluto che ci davamo mi piaceva da impazzire. Ognuno baciava l'altro teneramente e amichevolmente. Mio padre non mi aveva mai baciato così. Nel gruppo problemi non ce n'erano. Nessuno opprimeva l'altro con la merda di quello che gli succedeva a casa o sul lavoro. Quando stavamo insieme per noi non esisteva il mondo miserabile degli altri. Parlavamo di musica e di droga. Qualche volta di vestiti e della gente che prendeva a calci in culo questa società di poliziotti. Ci piaceva chiunque faceva uno scasso, rubava una macchina o rapinava una banca.

Dopo il mio viaggio mi sentivo proprio uguale agli altri del gruppo. Il trip era stato una visione incredibile. Ero felice che non mi ero intrippata sull'orrore. La maggior parte della gente la prima volta che prende l'acido fa un trip dell'orrore. Ma io l'avevo superato proprio liscio. Mi sentivo confermata. Adesso prendevo l'acido quando me lo davano.

Con tutti ebbi dei rapporti nuovi. Ricominciai ad andare in campagna. Prima ero andata in campagna con il cane e in un certo senso la campagna l'avevo vissuta attraverso il mio cane, ora mi facevo un chilom, quando non ero in acido. E vivevo la natura in un modo tutto diverso. Non era più come realmente è. Ma si dissolveva in colori, forme, rumori che si rispecchiavano nelle mie sensazioni. La vita che facevo la trovavo semplicemente un sacco bella. Ci furono un paio di mesi in cui la maggior parte delle volte ero contenta con me stessa.

Ad un certo punto ci fu una stasi nel gruppo. Il fumo, ovvero l'hascisc, gli acidi non davano più lo stravolgimento giusto. In un certo senso essere sballati di hascisc o di acido era la condizione normale. Non portava nessuna nuova esperienza.

Poi arrivò uno del gruppo al club e disse: «Gente, ho qualcosa di assolutamente nuovo: efedrina. È una roba formidabile». Io presi due pasticche di efedrina, un eccitante, senza sapere esattamente cosa mandavo giù. Le innaffiai con una birra bevuta d'un sorso perché vedevo gli altri fare così. Questo non mi fu facile. Perché nel frattempo detestavo la birra in quanto detestavo la gente che si riempiva di birra.

Improvvisamente nel club cominciarono a girare tutti i tipi possibili di pasticche. Quella stessa sera presi un *mandrax*, un potente sonnifero e trovai di nuovo che tutto era pazzamente figo e che amavo tutti quelli del gruppo. Nelle settimane seguenti facemmo un vero e proprio raid nell'industria farmaceutica.

A scuola avevo sempre più difficoltà. Non facevo assolutamente più i compiti e la mattina ero sempre ancora piena di sonno. Malgrado ciò passai all'ottava classe. In alcune materie come tedesco ed educazione civica ancora un po' mi ci mettevo, perché erano materie che occasionalmente mi interessavano e perché in un certo senso ci azzeccavo.

Ma proprio nelle materie che non avevo completamente abbandonato avevo le maggiori difficoltà. Con gli insegnanti ed anche con la classe. I rapporti che c'erano a scuola li trovavo incredibilmente squallidi. Mi ricordo ancora di una litigata con un insegnante che voleva parlare di «protezione dell'ambiente». La classe era comunque totalmente apatica. Questa cosa non interessava a nessuno. Perché non c'era niente per cui prendere appunti o da imparare. Le chiacchiere dell'insegnante, che parlava di tutto un po', mi davano ai nervi. Allora sono esplosa e l'ho aggredito, prendendo questa scusa: «Ma che cazzo ci viene a raccontare? Che cazzo vuol dire qui protezione dell'ambiente? Prima di tutto vuol dire che le persone imparino a stare con gli altri. Questo è quello che prima di tutto dovremmo imparare in questa scuola di merda! Che uno abbia interesse per l'altro e non che ognuno giochi a chi ce l'ha più lungo e che ci si freghi solo a vicenda per avere i voti migliori. E che gli insegnanti imparino finalmente a capirci qualcosa e a valutare giustamente gli studenti». Questo insegnante ancora mi piaceva abbastanza. Per questo ero così furiosa e pensavo che avesse un senso aggredirlo.

Questa scuola mi rompeva terribilmente. Difatti non c'era nessun contatto personale con gli insegnanti. Ed anche nella classe la coesione si slabbrava sempre di più perché si frequentavano corsi diversi. I rapporti consistevano nel mandarsi in paranoia reciprocamente. Nessuno aiutava l'altro, ognuno voleva essere il migliore. Gli insegnanti mandavano in paranoia gli studenti perché avevano il potere di dare i voti. E gli studenti provavano ad esercitare tutti insieme il loro potere sugli insegnanti, su quelli che erano indulgenti e che non sapevano imporsi.

Questo gioco lo intuivo ma continuavo a starci quando vedevo un motivo per disturbare la lezione o mi veniva voglia di farlo. La maggior parte di quelli della mia classe mi capivano solo quando buttavo là qualche cazzata urlando e non quando tentavo di discutere seriamente sul fatto che la scuola era una merda.

Ma la cosa non mi diede più alcun fastidio perché io volevo essere riconosciuta solo dal mio gruppo dove non c'erano tutte queste lotte e queste storie di merda. Successe però che anche nel gruppo stavo spesso da parte. Sempre meno partecipavo ai discorsi. Si trattava sempre delle solite cose: la roba, la musica, l'ultimo trip e sempre più spesso i prezzi che c'erano nel giro per l'hascisc, l'LSD e per le pasticche. Il più delle volte ero così rincoglionita che non volevo parlare e volevo stare da sola.

Tuttavia per me c'era ancora un nuovo obiettivo: il «Sound». Il Sound era una discoteca che stava nella Genthinerstrasse, nella zona del giardino zoologico. In tutta la città c'erano affissi i manifesti: «Sound — la più moderna discoteca d'Europa». Quelli del gruppo ci andavano spesso. Ma ci si poteva andare solo se si avevano sedici anni. Io ne avevo appena compiuto tredici. E avevo sempre paura che non mi facessero entrare malgrado nel frattempo avessi già falsificato la data di nascita sulla tessera scolastica.

Sapevo che al Sound c'era il giro della droga. Si poteva comprare di tutto. Dall'hascisc al *mandrax*, al *valium*, all'eroina. Mi ero immaginata che ci dovevano essere dei tipi eccezionalmente stupendi. Per me, ragazzetta che viaggiava avanti e indietro solo tra Gropiusstadt e Rudow, quello era un posto di sogno. Mi ero immaginata il Sound come un vero palazzo. Tutto un luccichìo. Effetti di luci pazzeschi e la musica proprio da orgasmo. Ed anche tizi un sacco stupendi.

Già un paio di volte avevo programmato di andarci con gli altri. Ma non aveva mai funzionato. Quindi con Kessi facemmo un preciso piano di guerra. Un sabato io raccontai a mia madre che volevo dormire da Kessi e Kessi raccontò ai suoi che avrebbe dormito da me. Le nostre madri ci cascarono. Anche un'amica di Kessi doveva venire con noi. Era un po' più grande di noi e si chiamava Peggy. Ci incontrammo il sabato sera da Peggy. Aspettammo che arrivasse il ragazzo di Peggy, Micha. Kessi mi raccontò come una cosa molto importante che Micha era in sballo da ero, cioè che si bucava con l'eroina. Io ero molto emozionata di conoscerlo. Perché ancora non avevo mai vissuto l'esperienza di conoscere un bucomane.

Quando Micha arrivò fui molto colpita da lui. In un certo senso era ancora più stupendo dei tipi del nostro gruppo. Ma subito mi vennero i complessi di inferiorità. Micha ci trattava molto dall'alto in basso. Pensai di nuovo al fatto che avevo solo tredici anni, che questo bucomane era fin troppo avanti, fin troppo cresciuto per me. Mi sentivo inferiorizzata.

Micha, per altro, un paio di mesi dopo era già morto.

Salimmo sulla metropolitana e andammo fino alla fermata della Kurfürstenstrasse[4]. Allora questo era per me un viaggio abbastanza lungo. Mi sentivo molto lontana da casa mia. La Kurfürstenstrasse all'incrocio con la Potzdamerstrasse era piuttosto squallida. Qua e là c'erano ferme delle ragazze. Naturalmente non avevo la minima idea che stessero battendo la strada. Un paio di tizi gironzolavano avanti e indietro. Peggy disse che erano spacciatori. Se allora qualcuno mi avesse detto che ad un certo punto ci sarei stata anch'io quasi ogni giorno in questo squallido tratto della Kurfürstenstrasse, gli avrei certo risposto che era pazzo.

Andammo al Sound. Quando fui dentro mi prese quasi un colpo. Non aveva niente a che fare con quello che mi ero immaginata. La « Discoteca più moderna d'Europa » era una cantina con un soffitto bassissimo. Era rumorosa e sporca. Sulla pista da ballo ognuno per sé andava al

[4] È una strada nel cuore della Berlino commerciale e dei divertimenti: la Kurfürstendamm. [*N.d.T.*]

tempo di musica. Non c'era assolutamente nessun contatto tra le persone. C'era un tanfo tremendo. Ogni tanto un ventilatore rimescolava l'aria viziata.

Mi sedetti su una panca e non osai più muovermi. Ebbi la sensazione che la gente mi guardasse perché notava che non appartenevo a quel posto. In ogni caso ero un'estranea totale. Kessi si inserì subito nella situazione. Si mise a girare per tutto il tempo e a guardare i tipi forti che c'erano. Lei pensava che non aveva mai visto tipi tanto forti in una botta sola. Io stavo lì seduta come se su quella sedia ci fossi cresciuta. Gli altri avevano delle pasticche e bevevano birra. Io non volevo niente. Per tutta la notte mi sono tenuta su con due bicchieri di succo di prugna. Più di tutto avrei preferito tornare a casa. Ma non potevo perché mia mamma credeva che io stessi a dormire da Kessi. Aspettavo solo che arrivassero le cinque del mattino e che il locale chiudesse. Per un momento desiderai che mia madre avesse scoperto il mio sotterfugio e che improvvisamente mi fosse stata vicino e mi portasse a casa. Poi mi addormentai.

Gli altri mi svegliarono alle cinque. Kessi disse che andava a casa con Peggy. Io avevo dei dolori di pancia tremendi. Nessuno si occupava di me. Me ne andai da sola alle cinque del mattino su per la Kurfürstenstrasse fino alla stazione della metropolitana. Nella metropolitana c'erano molti ubriachi. Mi sentivo di vomitare.

Era parecchio tempo che non ero stata più così felice nell'aprire la porta di casa e nel vedere arrivare mia madre dalla sua camera da letto. Le dissi che Kessi si era già svegliata e che io ero venuta a casa per poter finire di dormire tranquillamente. Presi i miei due gatti nel letto e mi ci accucciai.

Prima di addormentarmi pensai: «Christiane, questo non è il tuo mondo. Stai facendo qualcosa di sbagliato».

Quando mi svegliai verso mezzogiorno mi sentivo ancora male. Sentivo il bisogno di parlare con qualcuno di quello che avevo vissuto. Sapevo che nessuno del gruppo mi avrebbe capita. Di questa cosa potevo parlare solo con mia madre.

Non sapevo da dove cominciare. Dissi: « Mamma, senti, ieri sera sono stata con Kessi al Sound ». Mia madre mi guardò esterrefatta. Io dissi: « Non era male. È un locale gigantesco. Dentro c'è persino un cinema ».

Mia madre mi fece subito un paio dei soliti rimproveri. Io aspettavo delle domande. Lei era di nuovo stressata in questa domenica mattina. La casa, il mangiare, i casini con Klaus. Non voleva caricarsi di altre arrabbiature nel momento in cui cominciò la solita lunga tiritera. Forse non voleva affatto sapere come stavano esattamente le cose.

Io non avevo il coraggio di parlare. Non avevo neanche la consapevolezza che volevo parlare. In quel periodo non avevo consapevolezza di nulla. Le mie sensazioni me le vivevo a livello di subconscio. La mattina non pensavo mai. Non avevo nessun piano. E che piani potevo avere? Noi non parlavamo mai del futuro.

Nel fine settimana successivo Kessi dovette venire a dormire da me. Perché così avevamo concordato con mia madre. Me la trascinai letteralmente fino a casa nostra. Era completamente sballata di acido. Io pure avevo preso mezza pasticca, ma ancora realizzavo quello che succedeva. Kessi stava sulla strada davanti a casa nostra e trovava terribilmente eccitante di essere illuminata da due fari. La dovetti strappar via dalla strada perché non venisse investita dalla macchina.

La spinsi subito nella mia stanza. Ma naturalmente mia mamma ci venne dietro. Mentre lei stava sulla porta Kessi ed io avemmo la stessa pazzesca visione: che mia madre era troppo grossa per poter passare nella cornice della porta. Cominciammo a ridere e non riuscivamo a frenarci. Io vedevo mia madre come una grassa, buona stregonessa con un osso tra i capelli. Ridevamo e mia madre rideva tutta allegra con noi. Deve aver pensato che eravamo due teen-ager scatenate.

Kessi mi portava quasi ogni sabato al Sound. Io andavo con lei perché altrimenti non avrei saputo che fare al sabato sera. A poco a poco mi abituai al Sound. Dissi anche a mia madre che ci andavamo e lei mi permise di rimanerci fino all'ora di partenza dell'ultima metropolitana.

Per un paio di settimane andò bene, fino a un sabato dell'estate del 1975. Volevamo rimanere al Sound tutta la notte e avevamo raccontato a casa che dormivamo da un'amica. Funzionava, dato che mia madre non aveva ancora il telefono. Le nostre madri, quindi, non potevano spiare le nostre mosse. Prima andammo nella «Haus der Mitte» e ci scolammo due bottiglie di vino. Poi ci facemmo un chilom bestiale. Kessi ci buttò dentro anche un paio di pasticche di efedrina e ad un certo punto cominciò a piangere. Questa storia già la conoscevo: dopo l'efedrina qualche volta viene di essere giù di morale.

Tuttavia quando Kessi improvvisamente sparì mi feci dei problemi. Intuivo dove poteva essere e andai alla stazione della metropolitana. Lì lei stava su una panca e dormiva con davanti, per terra, un mucchio di patate fritte; prima che la potessi svegliare arrivò un treno e scese la madre di Kessi. Lavorava in una sauna e alle dieci di sera tornava a casa dal lavoro. Scoprì la figlia che credeva fosse a casa a letto. Ancora addormentata Kessi si beccò due schiaffi sulle guance. Fecero proprio rumore. Kessi vomitò. La madre la prese per un braccio proprio come poteva fare un vero poliziotto, e la trascinò via.

Probabilmente gli schiaffi ricevuti alla stazione della metropolitana di Wutzkyallee hanno risparmiato a Kessi un sacco di cose. Senza questi schiaffi lei sarebbe rimasta nel giro e sarebbe finita sul marciapiede ed oggi non avrebbe la licenza liceale.

In ogni caso a Kessi fu proibito di incontrarsi con me e la sera non poté più uscire. All'inizio questo mi fece rimanere sola. Il gruppo della «Haus der Mitte» non mi dava più molto. Con loro ci stavo ancora durante la settimana al club. Ma il sabato sera senza il Sound non me lo potevo immaginare. Trovavo il Sound e la gente che lo frequentava sempre più forti. Erano adesso delle star per me. Molto più forti di quelli che venivano da Gropiusstadt e che non riuscivano a toglierselo di dosso questo quartiere. Adesso ero sempre al verde. Perché Kessi aveva avuto sempre i suoi cento marchi al mese che noi spendevamo per le pasticche e per il fumo. Ora i soldi me li dovevo rimediare e dovevo rubare.

Al Sound dovevo andarci da sola. Il venerdì pomeriggio andai in farmacia e mi comprai un pacco di efedrina per 2 marchi e 95. Si poteva comprare senza ricetta. Adesso non prendevo più solo due efedrine, ma quatto o cinque. Quel giorno feci ancora una fermata nella «Haus der Mitte» dove scroccai un chilom. Andai alla stazione della metropolitana e stavo proprio sballata bene. Non pensavo a Kessi. Non pensavo affatto a quello che era. Ero semplicemente lì. Stavo sospesa semplicemente in questo bellissimo mondo d'estasi.

Nella metropolitana trovai eccitante che ad ogni fermata salisse gente che si vedeva benissimo che andava al Sound. Perfetti come si presentavano: capelli lunghi e stivaletti con le suole alte dieci centimetri. Le mie star, le star del Sound. Non avevo più strizza ad andare da sola al Sound. Era proprio sballata bene. Il chilom che mi ero fatta al club era stato mondiale.

Mentre scendevo le scale del Sound urtai un ragazzo. Lui mi guardò e mi disse qualcosa. Io lo trovai di uno stupendo pazzesco. Alto, magro, lunghi capelli biondi e un'aria estremamente tranquilla. Già sulle scale cominciai a chiacchierare con lui. Ad ogni frase che ci dicevamo ci capivamo meglio. Trovavamo eccitante la stessa musica e avevamo persino avuto esperienze simili con l'acido. Si chiamava Atze. Era il primo ragazzo che trovavo proprio bello. Quella sera mi presi una cotta. Era la prima volta in vita mia che mi prendevo una cotta.

Atze mi presentò i suoi amici. Era un gruppo un sacco stupendo. Io mi ci inserii subito a parlare. Si parlava di droga e di come ci si poteva stravolgere sull'onda giusta. Io su questo avevo veramente meno esperienza di loro. Parlavano di ero, cioè di eroina. Tutti concordavano che era una droga di merda, che se uno cominciava con l'eroina tanto valeva piantarsi una pallottola in testa. Dissi: « Devono essere degli imbecilli totali quelli che bucano ». Poi parlammo di come si fa a stringersi i pantaloni. Su questo anch'io avevo esperienza. Ero diventata infatti così magra che tutte le settimane dovevo cucirmi i jeans più stretti. I pantaloni stretti da schiattare erano una specie di marchio di fabbrica della gente che frequentava il Sound. Potevo quindi dare agli altri delle idee su come cucire i jeans. Stringere i calzoni era l'unico lavoro manuale che avessi mai fatto.

Dal gruppo di Atze ricevetti subito un riconoscimento. Senza lottare. Avevo una tale tranquillità e una tale consapevolezza di me stessa in questo stravolgimento che mi meravigliai io stessa. C'era anche un altro ragazzo nel gruppo che mi piaceva molto. Si chiamava Detlef. Era completamente diverso da Atze. Aveva un aspetto molto carino, era molto tenero e in un certo senso ancora infantile. Lo chiamavano Bamboletta. Aveva sedici anni. Lui era quello con cui parlavo liberamente. Poi c'era ancora una bella tipa, Astrid. Una che ci azzeccava. Diceva delle cose che tutti si piegavano in due per le risate. Aveva sempre la battuta giusta. La ammiravo per questo. Solo da Blacky bisognava guardarsi. Lui poteva ferire se si faceva qualcosa di sbagliato. Quando raccontai che una volta mentre ero in trip nella metropolitana avevo giocato con un bambino piccolo e che questo bambino era un vero angelo, Blacky fece subito un'osservazione stupida. Bisognava stare molto attenti a come si parlava. Anche «Pungiglione» non mi piaceva. Era uno che le ragazze le rimorchiava. Dopo l'esperienza con Kathi questi tipi proprio non li reggevo. Ma Pungiglione faceva parte del gruppo solo a metà.

Quella sera chiacchierammo e ogni tanto andavamo fuori a farci un chilom. Quando alle cinque del mattino il Sound chiuse andai ancora con gli altri al Kurfürstendamm. Nella metropolitana per Rudow mi sentii poi enormemente felice. Mi passava dolcemente l'effetto delle pasticche e del fumo. Ero piacevolmente stanca e per la prima volta nella mia vita innamorata.

Adesso aspettavo solo che arrivasse il fine settimana. Atze era tenero con riservatezza. La terza volta che ci vedemmo al Sound mi baciò e io lo ribaciai. Fu un bacio molto innocente. Di più non volevo. Atze se ne rese conto senza che io dovessi dire una parola. Questa era la differenza tra gli sballati e gli etilici. La maggior parte degli sballati avevano una percezione molto fine di quello che succedeva agli altri. In ogni caso a quelli che facevano parte del gruppo. Gli etilici si buttavano sulle ragazze quando erano ubriachi. Si trattava soprattutto di scopare. Da noi erano importanti altre cose.

Atze ed io eravamo come fratello e sorella. Era il mio fratello maggiore. Andavamo sempre in giro mano nella mano. Questo per me voleva dire essere protetta. Atze aveva sedici anni e faceva l'apprendista vetraio, che era una cosa che gli rompeva terribilmente. Aveva delle idee molto precise su come doveva essere una tipa paracula. Io mi pettinavo i capelli come voleva lui. Poiché gli piacevano i cappotti me ne comprai uno da un robivecchi per 20 marchi, lungo e con uno spacco fino al culo. Non potevo immaginarmi la vita senza Atze.

Adesso quando il Sound alle cinque chiudeva non andavo più direttamente a casa. Rimanevo col gruppo. Insieme venivamo fuori dai nostri sballi e passavamo il tempo in qualche modo in centro. Andavamo alle mostre, allo zoo e al Kurfürstendamm. Qualche volta rimanevamo insieme per tutta la domenica. A mia madre raccontai la storia di Kessi e trovai nuove amiche dalle quali occasionalmente «dormivo». Sviluppai una fantasia incredibile perché si trattava di raccontare a mia madre dove passavo i sabati e le domeniche.

Negli altri giorni della settimana vedevo ancora il vecchio gruppo nella «Haus der Mitte». Io sedevo sempre un po' in disparte piena di mistero. Qualche volta raccontavo quello che avevo fatto al Sound. Credo che adesso gli altri mi ammirassero. Io ero semplicemente un passo più avanti di loro. Che fosse un passo verso la merda totale allora non lo sapevo. E neanche sapevo che molti del vecchio gruppo un po' di tempo dopo avrebbero fatto lo stesso.

Nel giro del Sound c'erano tutte le droghe. Io prendevo tutte le droghe tranne l'ero. *Valium*, *Mandrax*, efedrina, *captagon*, e naturalmente ogni roba da fumare, e per lo meno due volte alla settimana un acido. Gli eccitanti e i tranquillanti ce li prendevamo insieme a manciate. Le pasticche producevano nel corpo una lotta pazzesca che dava un feeling stupendo. Ci si poteva procurare le sensazioni che uno aveva voglia di avere. Si potevano ingurgitare o più eccitanti o più tranquillanti. Quando avevo voglia di darmi una scaldata al Sound ingoiavo più *captagon* ed efedrina, quando me ne volevo rimanere tranquilla in un angolo o stare nel cinema del Sound buttavo giù con ordine *valium* o *mandrax*. Per un paio di settimane fui di nuovo tutto sommato felice.

Fino a quello squallido sabato. Arrivai al Sound e incontrai Uwe, uno del gruppo, per le scale. Uwe mi disse «Lo sai già che Atze ha mandato al diavolo il suo lavoro?» Uwe tacque un minuto poi disse: «Adesso Atze è qui ogni sera». Lo disse in un modo strano ed io immediatamente ebbi un colpo. Se Atze tutte le sere era al Sound doveva aver conosciuto anche altre ragazze.

Chiesi: « Che fa Atze? »

E Uwe rispose: « Ha una ragazza: Moni ».

Fu un colpo spaventoso quando Uwe me lo disse. Ho solo sperato che non fosse vero. Scesi giù nella discoteca. Atze stava lì da solo. Mi diede un bacio e poi prese la mia roba e la chiuse con la sua in una cassetta di sicurezza. Al Sound si fa sempre così perché fregano da pazzi.

Più tardi arrivò questa Moni che prima non avevo mai guardato con attenzione. Si sedette del tutto naturalmente con il gruppo. Io mi tenni un po' in disparte e la guardavo imperterrita senza farmi accorgere.

Era completamente diversa da me. Piccola e tonda e aveva sempre l'aria divertente. Dava l'impressione di fare ad Atze da madre, con tutte le regole. Io pensavo continuamente: « Ma non può essere. Non è possibile che mi molla per questa grassa tipa scatenata ». Dovetti ammettere che aveva una faccia molto carina e dei bei capelli biondi lunghi. Allora pensai: « Forse ha bisogno di una ragazza che sia sempre di buon umore e che gli faccia da madre ». Ma mi veniva sempre di più un altro sospetto: « Atze ha bisogno di una ragazza con cui andare a letto. E questa è una che va a letto con lui ».

Ero completamente lucida. Non volevo prendere niente quella sera. Quando non potei reggere più andai nella pista da ballo solo per darmi una scaldata. Quando tornai i due erano scomparsi. Corsi come una pazza per tutto il locale. Trovai Atze e Moni nel cinema. Abbracciati stretti.

In qualche modo tornai dove era il gruppo. Uno notò subito cosa mi era successo. Detlef. Mi mise il braccio intorno alle spalle. Io non volevo piangere. Avevo sempre pensato che è una cosa terribilmente *kitsch* piangere davanti al gruppo. Ma a questa scena *kitsch* non so come ci arrivai. Quando non potei più trattenere le lacrime scappai via. Traversai la strada e andai nel parco di fronte al Sound. Le lacrime adesso mi scorrevano sulla faccia.

Improvvisamente Detlef stava vicino a me. Mi diede un fazzoletto di carta e poi ancora un altro. Ero già troppo occupata con me stessa per prendere in considerazione Detlef. Solo più tardi capii quanto era stato carino da parte sua cercarmi là fuori.

Non volevo rivedere Atze. Pensai che non potevo sopportare di guardarlo negli occhi. Ora che davanti a tutti avevo pianto e avevo fatto vedere come ero dipendente da lui. Ma Detlef mi riportò al Sound.

Dovevo tornarci comunque perché Atze aveva le chiavi della cassetta di sicurezza. Feci uno sforzo tremendo per entrare nel cinema, chiamai Atze di soprassalto e mi presi la chiave. Dopo aver preso la mia roba non ero più abbastanza forte da riportare pure la chiave. Lo fece Detlef che stava sempre, non so come, vicino a me.

Erano quasi le due. L'ultima metropolitana era passata. Stavo davanti al Sound e non sapevo dove andare. Adesso avevo una voglia tremenda di stravolgermi con qualcosa. Ne avevo bisogno. Ma non avevo più una lira. Passò uno del gruppo della «Haus der Mitte», Pantera. Sapevo che Pantera vendeva un po' di LSD e aveva sempre buona roba. Gli chiesi se mi poteva regalare un acido. Me lo diede. Uno di quelli buoni, cristallini. Non mi chiese perché così tardi volevo assolutamente andare in trip.

Buttai giù l'acido e tornai giù a ballare. Ballando flippai totalmente. Ballai per lo meno un'ora come una pazza. Quando smisi ancora non sentivo nulla dell'acido. Pensai che Pantera mi aveva fregato. Per fortuna c'erano un paio di persone della «Haus der Mitte». Andai da Piet. Era in acido. Gli raccontai la storia di Atze. Ma Piet era partito da tutta un'altra parte e mi disse solo: «Scordatelo, mia cara!», poi: «non te la prendere» e un altro paio di battute.

Mi mangiai un budino di vaniglia e dissi: «Tutto il mondo è di una tristezza e di una merda assoluta». Volevo riportare indietro la tazza del budino per riprendermi i soldi del deposito perché al Sound per ogni bicchiere, per ogni tazza bisogna pagare il deposito in modo che non si possa fregarli. E nel giro di un secondo ero completamente partita. Fu come un flash. Rovesciai una panca. Quindi ballai fino alla chiusura.

Fuori incontrai di nuovo il gruppo con Atze e Moni. Non mi fece nessun effetto. Mi piaceva da morire guardare uno dei manifesti del Sound. Atze e Moni se ne andarono, nella stanza di Atze.

Gli altri andavano in direzione dello zoo. A qualcuno gli venne l'idea di andare all'Europacenter. Finimmo sulla pista di ghiaccio dell'Europacenter. Era una notte abbastanza calda. Aveva piovuto e sul ghiaccio si era formata l'acqua.

Io scivolavo in mezzo al ghiaccio e pensavo di andare in mezzo al mare. Improvvisamente sentii che una lastra di vetro andava in frantumi. I ragazzi erano passati davanti ai botteghini. Uno allungò la mano attraverso il vetro rotto fino alla porta, ruppe anche un cassetto e tirò fuori i rotoli di monete. Prima che capissi esattamente quello che succedeva tutti già correvano. Con i miei tacchi alti caddi lunga distesa sul ghiaccio. Mi bagnavo sempre di più. Detlef mi aspettò e mi prese per mano.

Sulla Kurfürstendamm, davanti al caffè Kranzler, ci dividemmo il bottino. Questo lo trovai di nuovo bello. Io ebbi due rotoli di monete da cinque marchi. Tutti erano assolutamente felici. Non tanto per i soldi quanto per il fatto che avevamo fregato i due poliziotti privati che di notte stavano sempre di guardia all'Europacenter e che spesso avevamo avuto alle costole. Eravamo completamente pazzi di gioia. Rompemmo la carta che avvolgeva i rotoli di monete e le gettammo per aria. Davanti al Kranzler piovevano monete. Il marciapiede era cosparso di soldi.

Andammo in un locale che era già aperto della stazione della metropolitana, fermata Zoo, il *Bahnhof Zoo*. Mi colpì subito lo squallore. Era la prima volta che ero al *Bahnhof Zoo*. Era una stazione enormemente squallida. C'erano barboni buttati nel loro vomito e ubriachi dappertutto. Che ne sapevo che entro un paio di mesi avrei passato qui tutti i pomeriggi?

Verso le sei me ne andai a casa. Nel mio letto mi intrippai nell'orrore, ed era la prima volta che mi succedeva. Avevo attaccato alla parete un manifesto con una negra che fumava uno spinello. Nell'angolo destro in basso c'era una piccola macchia blu. La macchia si mutò improvvisamente in una maschera pazzesca, in una vera faccia da Frankenstein. Non fui in grado di concentrarmi in tempo su qualcosaltro.

A mezzogiorno mi svegliai che ero ottusa totale. Ero completamente intorpidita. Come morta. Pensai: «Ma che razza di squallida che sei che il tuo primo ragazzo già ti pianta». Andai allo specchio, ci guardai dentro e mi odiai. Vidi la mia faccia che il giorno prima avevo ancora percepito così paracula, così misteriosa, come la faccia di una tipa sballata. Ero distrutta. Sotto gli occhi avevo dei cerchi neri come listati a lutto. La pelle era gialla e grassa. Scoprii che avevo tutti brufoli.

Mi dissi: «Bene, Christiane, con il Sound adesso hai chiuso. Atze e il gruppo non devono più capitarti sotto gli occhi». Nei giorni seguenti tentai di bloccare in me i desideri per altre cose. Non presi pasticche e neanche un solo acido. Tutto il giorno bevevo tè con l'hascisc e mi facevo uno spinello dopo l'altro. Dopo un paio di giorni mi trovavo di nuovo stupenda. Ce l'avevo fatta a non amare e a non farmi piacere nessun altro all'infuori di me. Pensai che adesso avevo i sentimenti sotto controllo. Al Sound non ci volli più andare.

Il sabato sera seguente fu per me il più lungo della mia vita. Era il primo sabato sera, da molte settimane, che non andavo al Sound. Non riuscivo né a guardare la televisione né a dormire. Non avevo abbastanza fumo per rincoglionirmi. Mi accorsi che senza il Sound, e la gente del Sound, non potevo più vivere per niente. Senza di loro la mia vita era completamente senza senso.

Ero lì che aspettavo con gioia il prossimo venerdì ancora prima che mi fosse chiaro che sarei nuovamente andata al Sound. Intimamente mi preparavo di nuovo al Sound. Trafficavo alla mia pettinatura arrivando alla conclusione di non pettinare più per niente i capelli. Pensavo che questo mi avrebbe dato un'aria ancora più misteriosa.

Il venerdì me ne uscii per la prima volta per rimediare un paio di *valium*. Li buttai giù con la birra e ci inghiottii sopra anche un *mandrax*, prima di andare al Sound. Già non avevo più timore di Atze e del gruppo. A malapena riuscivo ad avere un briciolo di lucidità. Mi feci dare un grande cappello di jeans, mi sedetti al tavolo appoggiando la testa sul piano e dormii quasi tutta la notte. A un certo momento, quando mi svegliai, Detlef mi aveva scostato il cappello dal viso e stava accarezzandomi i capelli. Mi chiese cosa c'era. Risposi che non c'era nulla. Ero molto scostante, ma trovavo un sacco tenero come lui si occupasse di me. Già il successivo fine settimana, quasi per tutto il tempo, lo passai assieme a Detlef. Avevo di nuovo una ragione per andare al Sound: Detlef.

Era una cosa molto lenta con lui. Non era il grande botto, come con Atze. All'inizio stavamo semplicemente insieme al Sound. Parlavamo molto tra di noi. Con Detlef mi ci intendevo in maniera completamente nuova. Nessuno era il dominatore, in ogni caso non nei discorsi. Con Detlef potevo chiacchierare di tutto senza paura che lui sfruttasse le mie debolezze. Nessuno si incaponiva sul suo punto di vista. Ognuno poteva, una volta o l'altra, convincere l'altro. Del resto, Detlef mi era piaciuto molto già a prima vista. Ma per me non era il tipo fortissimo che era stato Atze, per poterlo essere era in un certo senso troppo delicato e candido. Piano piano mi rendevo conto, tuttavia, che l'amicizia con Detlef mi dava molto di più di quella con Atze. Di fine settimana in fine settimana mi diventava sempre più caro, anche se mi difendevo dal diventare dipendente da un ragazzo come lo ero stata da Atze. Ma ad un certo punto dovetti ammettere di fronte a me stessa che ero davvero innamorato di Detlef.

Ero diventata molto tranquilla. E questo dipendeva anche dal fatto che ingurgitavo sempre più tranquillanti e solo raramente eccitanti. Tutta la mia frenesia se ne era andata. Solo ogni tanto mi buttavo in pista, mi scaldavo a ballare solo quando non riuscivo a rimediare del *valium*. A casa dovevo essere diventata davvero piacevole per mia madre e per il suo amico. Non contraddicevo, non mi accapigliavo più con loro. Non mi opponevo più a nulla perché ormai avevo rinunciato a cambiare qualcosa per me a casa. E mi rendevo conto che così la situazione diventava più semplice.

Nel Natale del '75 — avevo allora tredici anni e mezzo — pensai che il rapporto con mia madre si era talmente disteso, in seguito alla mia rassegnazione, che avrei potuto confidarle una parte della verità. Le dissi allora che non sempre avevo dormito da Kessi, ma che talvolta ero restata, la notte, al Sound quando l'ultima metropolitana era già passata. Lei reagì abbastanza incazzata e fece la voce grossa. Io le dissi che era meglio restare una notte in quella discoteca e poi tornare a casa, invece di scappare da casa come facevano gli altri ragazzi di Gropiusstadt e diventare una vagabonda senza casa. E poi le dissi che era meglio che venisse a sapere la verità piuttosto che le raccontassi bugie. Lei se la bevve.

In effetti non sentivo più l'esigenza di raccontare di me a mia madre. Ma il continuo raccontar balle mi dava ai nervi. Inoltre diventava sempre più difficile inventare storie credibili. All'origine della mia confessione stava il fatto che nelle feste di Natale e a San Silvestro volevo andare al Sound e per l'occasione non mi veniva in mente una balla credibile. Mia madre mi permise effettivamente, durante i giorni di vacanza, di stare via tutte le sere. Io stessa ero molto sorpresa. Ma a mia madre avevo naturalmente raccontato che il Sound era una buona innocua discoteca per teen-agers e che tutte le mie amiche ci andavano. Inoltre le facevo capire che lei stessa avrebbe dovuto rendersi conto quanto ero più tranquilla dopo che, almeno una volta alla settimana, mi ero davvero sfogata.

Il giro del Sound diventava intanto sempre più duro. L'eroina entrò come una bomba. Anche nel nostro gruppo si parlava ora continuamente di eroina. In fondo erano tutti contrari. Avevamo abbastanza esempi di gente fatta a pezzi dall'ero. Ma poi uno dopo l'altro provavano il primo buco e i più ci rimanevano incastrati. L'eroina distrusse il gruppo. Quelli che già ci avevano provato entravano subito a far parte di tutt'altro giro. Avevo un orrore tremendo dell'ero. Quando si trattava di ero mi tornava improvvisamente in mente che avevo solo tredici anni. D'altra parte sentivo di nuovo ammirazione per i gruppi dove ci si bucava. Per me questi gruppi erano gruppi che stavano più avanti, i bucomani ci guardavano, noi fumati e impasticcati, con un disprezzo incredibile. L'hascisc loro lo chiamavano la droga dei bambini. Mi deprimeva pensare che nel gruppo dei bucomani, nel giro vero, non sarei mai entrata, cioè che per me non c'era più modo di andare avanti, perché avevo un vero orrore di quella droga, che portava alla fine.

Non mi importava molto che il nostro gruppo si sfasciasse sull'ero, perché avevo Detlef. Gli altri, in fondo, non erano più così importanti. Con Detlef andava sempre meglio. Una domenica, all'inizio del '76, lo portai a casa mia. Già sapevo che mia madre e il suo amico non c'erano. Cucinai a Detlef un vero pranzo. Ci sedemmo a tavola e mangiammo il nostro pranzo della domenica come marito e moglie. Lo trovai stupendo.

Per tutta la settimana seguente pensai a Detlef e aspettavo il venerdì e il Sound con una gioia pazzesca. Andai al Sound, quel venerdì, che ero assolutamente lucida, ma proprio felice. Detlef sedeva con una tizia completamente demolita. Mi sedetti con loro, ma Detlef non faceva caso a me. Mi accorsi che era fissato su tutta un'altra onda. Per un momento pensai che sarebbe andata come con Atze. Ma naturalmente era una cazzata, con quella tipa sfasciata. I due non parlavano affatto tra di loro, o solo a spezzoni che per me non avevano senso. In ogni caso si trattava di ero. E improvvisamente mi venne come un lampo: Detlef voleva da quella tizia ero, eppure era lei che voleva rifilargli qualcosa. Mi prese il panico e quasi gridai: «Cristo! Sei pazzo! Hai solo sedici anni, non puoi prendere l'ero».

Lui aveva l'aria di non starmi proprio a sentire. Gli dissi: «Oggi fatti tre viaggi in uno. Te li procuro io. Ma per favore non fare cazzate». Lo pregai letteralmente. Ma poiché non sembrava reagire feci un grandissimo errore al quale, in seguito, ho spesso ripensato. Totalmente terrorizzata gridai: «Se prendi l'ero, non voglio avere più niente a che fare con te. Puoi anche smammare. Non ti voglio più vedere». Poi sono andata sulla pista da ballo.

Avevo sbagliato tutto. Non avrei dovuto fare quel numero. Avrei dovuto parlare tranquillamente con lui appena fossimo stati soli. In fondo lui mi stava a sentire. Soprattutto non avrei dovuto lasciarlo solo nemmeno un secondo, visto che era già bell'e che perso mentre parlava con quella tizia. Appena un paio d'ore dopo qualcuno mi raccontò che Detlef si era fatto un buco insieme con il suo migliore amico Bernd. Non avevano neanche sniffato, si erano bucati subito.

Rividi Detlef quella notte. Mi sorrideva da lontano.

Aveva un'aria molto felice. Non aveva neanche più l'esigenza di chiacchierare con me. Non volli andare da lui. Fu una notte ancora più squallida di quel sabato nel quale avevo perso Atze. Detlef andò via. In un mondo al quale io non appartenevo. Tutto in un colpo, per un buco, tra noi non c'era più niente in comune.

Continuavo ad andare al Sound. Presto Detlef si trovò un'altra ragazza. Si chiamava Angi, era brutta e insensibile. Mi resi conto che tra i due non c'era nulla. Non vedevo mai Detlef parlare con lei. Però lei era appunto una bucomane. Qualche volta Detlef veniva da me. Me lo sentivo molto estraneo. Il più delle volte veniva perché voleva un marco o 50 pfennig. Stava cercando di mettere insieme un buco. Se avevo soldi gli davo qualcosa. Le albe della domenica erano molto tristi. Mi strascinavo, a pezzi, fino alla stazione della metropolitana e pensavo: «Che razza di merda tutto questo!». Non ci capivo più niente. Non sapevo perché andavo al Sound, non sapevo perché prendevo la droga, non sapevo cosa avrei potuto fare altrimenti, non sapevo assolutamente nulla. L'hascisc non mi dava più molto. Quando ero strafumata ero completamente isolata e non potevo parlare più con nessuno. Ma in qualche modo dovevo pur chiacchierare con gli altri, adesso che non avevo più Detlef. Prendevo sempre più pasticche.

Un sabato che avevo soldi e il giro offriva tutte le pasticche possibili, esagerai.

Buttai giù con una birra due *captagon*, tre efedrine e ancora un paio di pasticche di caffeina. Come fui su di giri totale non mi piacque per niente e ci misi su *mandrax* e tutto il *valium* possibile.

Non ricordo bene come arrivai a casa. Sul tragitto della metropolitana verso casa crollai. Mi trascinai fino ad una scala davanti ad un negozio, e mi piegai in due. A un certo punto mi tirai su e rimbalzavo da un punto d'appoggio all'altro. Da un lampione al prossimo albero e da questo di nuovo al lampione. Era un tragitto senza fine. Pensavo che se non ce l'avessi fatta sarei morta. La cosa peggiore era il dolore al petto. Come se qualcuno mi scavasse il cuore con una spada.

La mattina dopo, lunedì, mia madre non riusciva a svegliarmi. Quando, alla sera, tornò dal lavoro, io giacevo sempre immobile. Continuava a farmi mandar giù del miele con la forza. Non potei alzarmi che al pomeriggio del martedì. Raccontai a mia madre che avevo un'influenza e disturbi alla circolazione. Effettivamente il mio sistema circolatorio crollava spesso. Dicevo a mia madre che anche ad altri nella mia classe succedeva lo stesso. Dipendeva dalla pubertà e dalla rapida crescita. Volevo impedire con tutti i mezzi che si chiamasse un medico, poiché avevo paura che scoprisse quello che mi stava succedendo. Mia madre non chiamò nessun medico. Sembrava sempre contenta quando le davo una spiegazione qualsiasi del mio stato.

Questa volta mi ero letteralmente strafocata di pasticche. Fino al sabato seguente restai quasi sempre lucida. Mi sentivo molto a terra. Il sabato, al Sound, mi feci un viaggio. Fu un orrore totale. Era la prima volta che mi facevo un viaggio d'orrore. Quella maschera di Frankenstein del punto sul mio poster stava di nuovo là. Poi pensai che mi stavo dissanguando. Durò delle ore. Non potevo né parlare né camminare. Mi ritrovai in qualche maniera nel cinema del Sound, ci rimasi per cinque ore pensando che mi stavo dissanguando. Niente funzionava più. Né le pasticche, né l'LSD. L'hascisc già da parecchio non mi tirava più. Restai pulita per un po', tranne che per un paio di *valium*. Questo credo per tre settimane. Traslocammo a Kreuzberg, vicino al muro. La zona era miserabile, ma l'affitto era più basso. Ora con la metropolitana ci mettevo mezz'ora fino alla mia scuola di Gropiusstadt. Ma il Sound era più vicino.

Senza droghe il Sound era squallido. Non succedeva

più niente. Fino a quella mattina in cui andai alla metropolitana e vidi che dovunque si stavano attaccando dei manifesti. Erano manifesti pazzescamente pop. Sopra c'era scritto: «David Bowie viene a Berlino». Non riuscivo a capacitarmi. David Bowie era il nostro idolo solitario, il più stupendo di tutti. La sua musica era la migliore. Tutti volevano assomigliare a lui. E finalmente veniva a Berlino.

Mia madre, tramite il suo ufficio, mi procurò due ingressi gratuiti per il concerto. Sapevo già, stranamente, a chi avrei dovuto regalare il secondo biglietto: Frank. Non ci pensai sul perché proprio Frank. Frank era uno del nostro vecchio giro del Sound. In qualche modo aveva un aspetto originale come David Bowie. Si era addirittura tinti di rosso i capelli con l'hennè. Forse era questa la ragione per la quale mi decisi per lui. Frank era stato anche il primo bucomane del nostro giro. Era stato il primo a diventare dipendente dall'ero. Prima lo chiamavano Pollo. Adesso dicevano già di lui «cadavere», poiché di tanto in tanto assomigliava davvero ad un cadavere ambulante.

Come tutti i ragazzi del gruppo era intorno ai sedici anni. Ma per la sua età era uno che ci capiva moltissimo. Era al di sopra di tutto. Tanto padrone di sé che anche con me, piccola fumata, non si comportava mai in modo altezzoso.

Volli dunque andare al concerto di David Bowie, che nella mia immaginazione di allora rappresentava uno degli avvenimenti più importanti della mia vita, proprio con un bucomane totale. Quanto questo fosse determinante ancora non lo sapevo quando offrii a Pollo il biglietto. Vivevo solo a livello di subconscio. Ma in qualche modo, nel corso delle settimane in cui le pasticche, il fumo e l'LSD non mi avevano fatto più nessun effetto, il mio atteggiamento nei confronti dell'ero doveva essere mutato. In ogni caso erano chiaramente cadute le invalicabili barriere che c'erano state tra me e i bucomani.

Il giorno del concerto mi incontrai con Pollo nella Hermannplatz. Lui era lungo lungo e magro magro. Che era così non me ne ero mai accorta. Glielo dissi. Mi disse che pesava solo 63 chili. Si era pesato da poco all'emoteca. Pollo si guadagnava una parte dei soldi che gli servivano per la roba facendo il donatore di sangue. Malgrado avesse l'aspetto di un cadavere e le sue braccia fossero crivellate dai buchi, e malgrado i bucomani abbiano assai spesso l'epatite, per le donazioni del sangue lo accettavano sempre.

Nella metropolitana mi venne in mente che avevo dimenticato il *valium*. Dissi a Pollo: « Merda, me lo volevo assolutamente portare appresso, in caso che durante il concerto flippo». In ogni modo, a casa, avevo già buttato giù un paio di *valium*, non per partire con la testa ma per stare bene da David Bowie.

A Pollo gli prese la fissa del *valium* che avevo lasciato a casa. Gli chiesi: « Ma perché t'ha preso così la fissa del *valium*? ». Lui ripeté che voleva assolutamente tornare indietro. Appena lo guardai più attentamente ebbi un lampo: le sue mani tremavano. Stava quasi a rota. «Stare a rota» viene dalla ruota della tortura ed è quello che succede ai vecchi bucomani come manifestazione della crisi di astinenza che si ha quando passa l'effetto della pera[5].

Feci presente a Pollo che non potevamo più tornare indietro altrimenti saremmo arrivati troppo tardi al concerto. Lui disse che non aveva più né roba né soldi e per via del concerto non ne avrebbe potuti più rimediare. E che era una merda al cubo andare da David Bowie stando a rota e non avere neanche del *valium*. A questo punto lui non era più né padrone di sé né aveva più la sua aria paracula. Di vedere qualcuno a rota mi era già successo

[5] In tedesco l'espressione di gergo usata è letteralmente «stare sul tacchino», usando la parola inglese *turkey*. Le espressioni «stare sulla scimmia» o «stare sul gancio» (*hook*) sono meno usate. [*N.d.T.*]

spesso, ma di rendermene conto così non mi era mai capitato.

Nella Deutschlandhalle, dove davano il concerto, c'era un'atmosfera stupenda. Quelli che c'erano erano quasi tutti tizi stupendi e difatti erano dei fans di David Bowie. Vicino a noi c'erano dei soldati americani che si facevano un chilom. Bastò guardarli e loro fecero girare la pipa fino a noi. Pollo si attaccò al chilom come un pazzo ma ugualmente stava sempre peggio.

Quando David Bowie cominciò era tutto eccitante quasi come me lo ero immaginato. Era pazzesco. Ma quando arrivò al pezzo «It is too late», è troppo tardi, andai giù di un colpo. Già nelle ultime settimane, quando non sapevo più per che cosa vivevo e dove andavo, questo «It is too late» mi aveva preso su ai nervi. Avevo pensato che questa canzone descriveva esattamente la mia situazione. Adesso questo «It is too late» mi sconvolgeva. Avrei avuto bisogno del mio *valium*.

Dopo il concerto Pollo non ce la faceva quasi a camminare. Stava completamente a rota. Incontrammo Bernd, l'amico di Detlef. Lui prima del concerto si era fatto una pera. Disse che dovevamo fare qualcosa per Pollo. Che lui stesso poteva ancora contrattare una pera.

Bernd aveva ancora due acidi. Li vendette in gran fretta davanti alla Deutschlandhalle e ne ricavò 12 marchi. Il resto dovevo rimediarlo io. Ero una maestra a rimediare soldi. Al Sound gran parte del denaro che mi serviva per la droga lo mettevo assieme andando a chiederlo in giro. Adesso servivano almeno 20 marchi. Al di sotto di questa cifra, nel giro, non si poteva rimediare nulla. Fare la colletta davanti alla Deutschlandhalle andò favolosamente. Al concerto c'era venuta un sacco di gente che aveva soldi, gente che ancora non era stata infastidita tutti i minuti da qualcuno che voleva soldi per la droga. Bastò dire: «Non ho soldi per la metropolitana» e le monete risuonarono nella mia borsa di plastica.

Bernd ci comprò dell'ero. Più che sufficiente per due pere. La roba allora costava relativamente poco.

Quindi come un lampo mi venne un pensiero: «Adesso che hai rimediato i soldi per la roba, per lo meno ti va di provarne un po'. Vedere se questa roba è davvero così buona, come sembra a guardare i bucomani che dopo una pera hanno un'aria così felice». Davvero non ebbi altri pensieri che questo. Non realizzavo assolutamente che nei mesi passati mi ero preparata sistematicamente ad essere matura per l'ero. In quel momento non avevo nessuna consapevolezza che ero così tremendamente giù, che questo «It is too late» mi aveva completamente sconvolta, che a uscirne fuori non mi aiutava più nessun'altra droga, che nella strada che avevo imboccato la logica conseguenza era l'eroina. Tutto quello che pensai in quel momento era che non volevo che i due bucomani adesso se ne andassero e mi mollassero sola nella mia merda. Dissi subito agli altri due che anch'io volevo provarla. Pollo riusciva a mala pena a parlare. Ma si infuriò letteralmente. Disse: «Non lo fare, non hai idea di quello che fai. In poco tempo sarai esattamente come sono io adesso. Sarai un cadavere». Pollo sapeva bene che lo chiamavano cadavere.

Non fu certo così che io, povera ragazza, venni presa di mira consapevolmente da un perfido bucomane o da uno spacciatore, come si legge sempre sui giornali. Non conosco praticamente nessuno che sia stato spinto a bucarsi contro il suo desiderio. La maggior parte dei giovani all'eroina ci arrivano da soli, quando sono maturi per farlo come lo ero io.

Il faticoso blaterare di Pollo mi rendeva solo testarda. Lui adesso stava a rota, non era più il tipo stupendo e compassato ma un poveraccio che dipendeva da me. Non volevo farmi dare ordini. Dissi: «Prima di tutto la maggior parte della roba è mia perché ho rimediato i soldi. Secondo non dire cazzate. Io non sarò mai così dipendente come te. Mi so controllare benissimo. La provo una volta e poi chiudo».

Ancora non lo sapevo come si è deboli quando si è a rota. Pollo comunque sembrò colpito da quello che dicevo. Non aprì più bocca. Bernd biascicò ancora qualcosa ma non lo stetti a sentire. Dissi solo che se non mi facevano provare allora mi dovevano dare tutta la mia parte. Andammo in un portone. E Bernd divise equamente la roba in tre parti. Adesso ero terribilmente eccitata per la roba. Non avevo nessun ripensamento, nessun rimorso di coscienza. Volevo provarla subito per sentirmi finalmente di nuovo bene. Della siringa avevo paura. Dissi ai due: «Non voglio bucare, sniffo». Bernd mi disse come dovevo fare anche se io tutto il bla-bla-bla sull'ero già lo conoscevo da un pezzo.

Tirai immediatamente la polvere su per il naso. Tutto quello che sentii fu un gusto amaro, pungente. Dovetti reprimere un conato di vomito e poi risputai fuori una parte della roba. Ma poi l'effetto arrivò rapidissimo. Le membra mi si fecero pazzescamente pesanti, ma nello stesso tempo erano anche leggerissime. Ero terribilmente stanca e questa era una sensazione terribilmente eccitante. Tutta la merda era di colpo sparita. «It is too late» non esisteva più. Mi sentivo bene come non mai. Era il 18 aprile 1976, un mese prima del mio quattordicesimo compleanno. Questa data non la dimenticherò mai.

Pollo e Bernd andarono nella macchina di un altro bucomane per farsi la pera. Io andai avanti al Sound. Non mi faceva più niente essere da sola. Ero pazzescamente forte. Al Sound mi sedetti su una panca. Arrivò Astrid, mi guardò e mi chiese subito: «Di', ma ti sei fatta d'ero?». A quel tempo Astrid era la mia migliore amica.

Ma ugualmente scattai quando lei mi fece questa domanda così stupida. Le gridai: «Smamma, cara, provvedi d'andartene». Non mi rendevo conto perché flippavo in questa maniera.

Arrivarono Pollo e Bernd e anche loro erano sballati. Pollo era di nuovo il solito tipo stupendo. Detlef non era al Sound. Avevo sete e mi presi un succo di ciliegia. Bevvi succo di ciliegia tutta la notte. Adesso mi aveva preso un orrore proprio tremendo dell'alcol.

Alle cinque del mattino Bernd mi chiese se volevo andare a casa da lui a farci un tè. Ci andammo. Tutta contenta presi Pollo a braccetto. Il succo di ciliegia rumoreggiava selvaggiamente nel mio stomaco. Dovetti vomitare. Vomitai mentre camminavo. La cosa non mi fece assolutamente effetto. Gli altri due sembrarono non accorgersene.

Di nuovo mi sentii come in famiglia, in una famiglia proprio bella. Non parlai molto ma avevo la sensazione che con i due potevo parlare di tutto. L'ero ci rendeva fratelli. Eravamo tutti e tre uguali. Avrei rivelato i miei pensieri più segreti. Dopo le ultime squallide settimane mi sembrava di non essere stata mai così felice come ora.

Dormii assieme a Bernd nel suo letto. Lui non mi toccò. Eravamo appunto come fratello e sorella. Fratelli di ero. Pollo si sdraiò sul pavimento poggiando la testa su una poltrona. Rimase così sdraiato fino alle due del pomeriggio. Poi si alzò perché di nuovo stava a rota e doveva farsi una pera.

Io sentivo prurito dappertutto. Mi spogliai nuda e mi grattai con la spazzola dei capelli. Mi grattai a sangue, soprattutto i polpacci. Non mi irritava. Sapevo che i bucomani si grattano. Per via di queste grattate ho sempre riconosciuto al Sound quelli che si bucano. I polpacci di Pollo erano così grattati che non c'era più un pezzetto di pelle sana e in alcuni si vedeva la carne. Pollo i polpacci se li grattava non con una spazzola ma con un coltellino tascabile.

Prima di andar via Pollo mi disse: «La roba che mi hai dato puoi averla indietro domani». Per lui era dunque chiaro come il sole che adesso ero diventata una bucomane, che al più tardi il giorno dopo doveva di nuovo fare il pieno. Così mi resi conto che lui questo lo diceva come una cosa assolutamente normale. Feci come se tutto andasse bene e risposi: «No, lascia stare. C'è tempo. Basta che me ne ridai tra un quattro settimane».

Mi riaddormentai tutta tranquilla e felice. La sera tornai a casa. C'erano momenti in cui un po' mi dicevo: «Cristo hai solo tredici anni e già ti sballi di eroina. Questa è pure una situazione di merda». Ma poi questo pensiero riandava via. Stavo troppo bene per riflettere. Fenomeni di crisi di astinenza non ci sono quando uno è all'inizio. La sensazione piacevole mi rimase per tutta la settimana. Tutto andava benissimo. A casa non c'era più una lite. La scuola la prendevo con grande rilassatezza, qualche volta studiavo e prendevo buoni voti. In quella settimana mi preparai in molte materie e presi i voti migliori. Credetti improvvisamente di avere rapporti chiari con tutti. Nella vita sentivo di passarci svolazzando proprio bene. In quella settimana tornai alla «Haus der Mitte». Nel frattempo cinque del vecchio gruppo erano passati all'eroina. Ormai sedevo con loro in disparte. In poche settimane ci furono sempre più bucomani nella «Haus der Mitte». L'ero scoppiò anche a Gropiusstadt come una bomba.

Jurgen Quandt, pastore evangelico, responsabile per la questione giovanile e segretario del Centro Evangelico «Haus der Mitte»

Il locale del centro evangelico, la «Haus der Mitte», era da diversi anni il punto d'incontro centrale dei ragazzi di Gropiusstadt e Neukölln. Ogni sera era frequentato da circa cinquecento giovani, fino a quando, nel dicembre del 1976, lo chiudemmo per la rapida ascesa del consumo d'eroina, con lo scopo di richiamare l'attenzione pubblica su questa situazione ormai catastrofica.

Quello che ci stupì come pedagoghi (nel periodo dei movimenti studenteschi avevamo discusso il consumo delle cosiddette droghe leggere sotto l'aspetto della consapevolezza di se stessi che esse procuravano) fu la rapidità con cui a Gropiusstadt nacque un giro di droghe pesanti. Nell'arco di pochi mesi da trenta a cinquanta giovani dell'area di nostra competenza passarono al consumo di eroina. Gli sforzi intrapresi fino a quel momento per convincerli, con argomenti e non con misure disciplinari, della pericolosità dell'uso delle droghe, dovettero aver agito sui giovani stessi come un invito a proseguire e come una ammissione della nostra incapacità di lottare contro la droga.

Dal lavoro pubblico che noi svolgevamo tra i giovani della « Haus der Mitte » emerse con tutta evidenza quello che da parte delle autorità statali veniva pervicacemente negato, e cioè che non si poteva assolutamente parlare di un riflusso della cosiddetta « ondata della droga ». Al contrario il problema della droga aveva raggiunto quantitativamente e qualitativamente una dimensione « americana ». Il suo mercato era costituito ora dai giovani della classe operaia senza un posto di lavoro o una formazione professionale. Quello che come pedagoghi ci restava da fare era una protesta pubblica contro l'ignoranza delle autorità. La chiusura del locale doveva rendere manifesto quello che molti avrebbero preferito rimanesse occulto. E questo è accaduto: oggi a Berlino ovest è venuta alla luce un'intesa dialettica tra quella che è la realtà del problema della droga e le ammissioni che le autorità sono disposte a fare.

Nel frattempo il locale è stato riaperto. Alcune delle richieste che noi ponemmo alla base della sua riapertura sono state accolte. A Neukölln c'è un consultorio per la droga finanziato dallo stato, a Gropiusstadt c'è un

Clean Bus *che funge da luogo di incontro dei giovani minacciati dalla droga e ci sono maggiori possibilità terapeutiche. Dopo due anni i problemi della droga non sono diminuiti anche se noi oggi abbiamo a che fare con una generazione di giovani divenuta nel frattempo più adulta. Alcuni dei ragazzi di Gropiusstadt che due anni fa cominciarono con l'eroina oggi non sono più vivi.*

Le condizioni di vita dei giovani intanto non sono migliorate. Accanto ai vecchi problemi ce ne sono chiaramente di nuovi: sono sempre di più i ragazzi di Gropiusstadt che portano armi e sono anche pronti, nel dubbio, a farne uso. Forse questo dato si mischia con gli elementi nazionalistici già presenti tra loro e con la disponibilità a farsi coinvolgere dall'ideologia fascista. La maggior parte dei giovani con i quali abbiamo a che fare nella «Haus der Mitte» proviene da famiglie della classe operaia. La loro situazione, malgrado l'evidente accresciuto benessere, è caratterizzata da un peggioramento continuo negli ultimi anni delle loro condizioni di vita: maggiori richieste di prestazioni e stress *nella scuola, classi sovraffollate, carenza di insegnanti, disoccupazione e conflitti familiari sono l'espressione concreta di questo peggioramento.*

In un insediamento di nuova costruzione come Gropiusstadt, dove abitano circa 45.000 persone, si aggiunge il fatto che ogni problematica, già solo per via della concentrazione degli individui, assume dimensioni di massa. Quindi: molti disoccupati, molti conflitti familiari, maggiore frequenza di bocciature scolastiche. Inoltre l'ambiente «naturale» offre, appunto, pochi spazi naturali e quindi poche possibilità di esprimersi. I gruppi più deboli della società, i bambini, i giovani, gli anziani, sono quelli che con minori mediazioni vengono consegnati alla distruttività delle condizioni di vita. A edificazione ultimata, e cioè dopo l'utilizzazione di ogni spazio disponibile, a Gropiusstadt mancano adeguate possibilità per il gioco dei bambini, luoghi per il tempo libero dei giovani e degli adulti e soprattutto mancano spazi per il riposo. Qui non ci sono parchi di grandi dimensioni, né prati, né boschi, non esiste un luogo dove i bambini possano scatenarsi legalmente e gli adulti fare passeggiate.

La logica di queste città satelliti come Groppiusstadt si basa sulla redditività del capitale e non è orientata alle necessità di vita degli uomini. Sempre più chiaramente si avvertono le conseguenze insite in un modo di vita prefabbricato.

Le necessità materiali sono ancora la causa principale di molti conflitti e problemi. Affitti alti e aumento del costo della vita costringono ad un carico di lavoro sempre maggiore, al doppio reddito familiare, cioè al lavoro dell'uomo e della donna. E così la vita delle persone è ingabbiata qui in uno stato di costrizione insolubile, la costrizione a dover fornire una quantità sempre maggiore di forza vitale per il lavoro senza ricavarne vera felicità e benessere.

La droga è stato uno dei mezzi peggiori per derubare questi individui della coscienza di appartenere alla categoria delle vittime dello sviluppo industriale. Già da tempo l'alcol svolge questa funzione all'interno della classe operaia. Ora, negli ultimi decenni, si sono aggiunti altri stupefacenti: gli psicofarmaci, che costituiscono un affare legale molto remunerativo, e le droghe come l'eroina e la cocaina, che sono illegali, ma non per questo meno remunerative.

Strano in realtà non è tanto il fatto che molte persone facciano uso delle droghe, ma che molti, malgrado i massicci problemi esistenziali, non ne facciano uso. E questo vale anche soprattutto per i giovani. A guardare la loro situazione non bisognerebbe stupirsi in realtà del crescente abuso di droghe, della crescente criminalità, dell'aumento della violenza e della diffusione di culture fascistoidi tra i giovani della classe operaia.

Non può essere seriamente contestato che tra aumento dell'abuso di droga tra i giovani della classe operaia e peggioramento massiccio delle loro condizioni di vita esista un nesso che nel frattempo è stato perfettamente utilizzato a scopi commerciali.

Nel fine settimana dopo il primo sniffo di ero incontrai Detlef al Sound. Lui mi aggredì subito: «Hai già combinato un gran bel casino. Sei diventata pazza completa». Aveva già sentito da Astrid che avevo sniffato.

Gli dissi: «Stai tranquillo, caro mio. Tu hai cominciato a farlo e già sei un vero bucomane. A me di diventare così non mi succederà sicuramente».

Detlef su questo non poté dire niente. Non stava comunque bene. Non stava a rota perchè non era ancora dipendente fisicamente. Ma aveva una terribile voglia di bucarsi. Mi disse infine che non aveva i soldi e che volentieri avrebbe comprato un po' di roba.

Dissi: «Lo vedi, caro mio!». Quindi gli feci una proposta: che rimediassimo insieme i soldi per la roba. Lui era d'accordo, anche se doveva sapere quali sarebbero state le conseguenze. In venti minuti davanti al Sound misi assieme 20 marchi. Detlef ne aveva molti di meno. Ma bastavano per noi due perché ancora sballavamo con una dose molto piccola. Non discutemmo più del fatto che io ne avrei avuta un po'. Era semplicemente chiaro. Detlef si fece la sua pera quella sera ed io ebbi la mia sniffata. Del mio indeterminato proposito di riprovare l'ero solo dopo quattro settimane non c'era più traccia.

Detlef ed io eravamo di nuovo insieme. Era come se non ci fossimo mai separati. Nessuno di noi due parlava delle settimane in cui al Sound ognuno era andato per i fatti suoi. Era di nuovo bello come quel sabato in cui io avevo cucinato per Detlef e noi due avevamo mangiato insieme.

Ero, credo, felice che questo fosse accaduto. Se non avessi provato l'ero non sarei mai più tornata con Detlef. Mi immaginavo che sarei rimasta una bucomane del fine settimana. E al di là di questo mi immaginavo che avrei potuto salvare Detlef dal diventare un vero bucomane. Queste erano le bugie che mi facevano essere felice.

Il mio subconscio forse queste bugie non le credeva. Quando qualcuno mi parlava di ero scattavo. Gridavo e gli urlavo: «smamma!». Come dopo il primo sniffo, quando Astrid mi aveva aggredita. E cominciai a odiare tutte le ragazze della mia età che vedevo che erano sulla mia stessa strada. Le beccavo nella metropolitana e al Sound, le ragazzine che provavano l'hascisc o l'acido, che già tentavano di vestirsi come le bucomani, le vagabonde di dodici, tredici anni che gironzolavano al Sound. Mi dicevo sempre: «Questo piccolo pezzo di merda approda all'eroina». Malgrado fossi molto tranquilla, queste ragazzine mi rendevano veramente aggressiva. Le odiavo realmente. Allora però non arrivavo a capire che in realtà odiavo me stessa.

Dopo che per un paio di settimane avevo sniffato feci davvero quindici giorni di pausa. Non mi succedeva niente, mi convinsi. Anche fisicamente non mi andava peggio. Ma la vecchia merda era di nuovo lì. Non avevo più voglia di nulla, ricominciai a litigare con mia madre. Fu poco prima delle vacanze di Pasqua del 1976.

Il primo sabato di vacanza me ne stavo al Sound sulla panca vicino alla scala e di nuovo non sapevo affatto cosa ci stessi a fare là. Due ragazzine scesero le scale, erano sui dodici anni, ma col trucco e il reggiseno e conciate da sedicenni. Anche io raccontavo a chiunque non mi conoscesse più che bene di avere sedici anni e cercavo anche di nascondere col trucco l'età. Ebbi subito un'antipatia pazzesca per le due ragazzine. Però mi interessavano anche. Non le persi più d'occhio. Da come si muovevano nel Sound, realizzai subito che cercavano contatto. Volevano entrare nel giro. E il più forte per loro sarebbe stato il gruppo dell'ero, pensai. Conoscevano già Richie, il capo cucina del Sound. Era l'unico un po' più anziano tra gli impiegati del Sound, verso la quarantina. Lui era fissato sulle ragazze di quell'età. Era il «vecchio zio» di tutte le vagabonde. Quelle due chiacchieravano dunque con Richie al bancone. Si accorsero che io le stavo osservando. Guardavano in continuazione verso di me. Appunto perché avevo la loro stessa età. Una delle due venne da me. Aveva davvero una faccia innocente da angioletto. Disse che si chiamava Babsi e chiese se avevo un trip per lei.

Le dissi: «Smettila. Non va bene fare queste cose. Che ci vuoi fare con un acido?» Godevo di esserle così immensamente superiore. Doveva imparare che una con l'esperienza dell'ero non la si andava a seccare così per un viaggio. Lei mi trovò stupenda, come io avevo trovato, un paio di mesi prima, stupendi i tipi che erano più avanti di me nel giro della droga. Disse che mi voleva offrire un succo di ciliegia e che sarebbe tornata subito.

Appena Babsi se ne fu andata, arrivò subito l'altra. Si chiamava Stella.

Chiese cosa Babsi voleva da me. Io dissi: «Un acido».

Stella disse: «Ti ha già dato i soldi? Mi sono spariti 5 marchi. Sicuramente me li ha rubati». Quella era proprio la Stella che più tardi avrei conosciuto ogni giorno. Stella e Babsi diventarono poi infatti le mie migliori amiche. Fino a che Babsi non comparve a titoli cubitali sui giornali perché fu la più giovane morta di eroina a Berlino.

Babsi arrivò con il succo di ciliegia. La disprezzavo, ma in qualche modo con la sua faccia d'angelo e con il suo modo di fare semplice e ingenuo, mi piaceva anche. Ci mettemmo a chiacchierare. Babsi e Stella erano state cacciate via dall'Istituto tecnico perché marinavano la scuola troppo spesso. A scuola non ci andavano perché erano entrate in un gruppo dove si fumava bestialmente. Ora erano scappate da casa, vagabondavano e volevano provare qualcosa di più di quello che si provava nel loro gruppo dell'hascisc. Babsi aveva dodici anni, Stella tredici.

Invitai Babsi a casa mia per la mattina seguente. Poiché non aveva niente le regalai due magliette e un paio di mutandine. Lei dormì nel mio letto e io feci da mangiare. Mi piaceva davvero molto. Il giorno dopo feci amicizia anche con Stella. Erano così come io ero stata fino a pochissimo tempo prima. In qualche modo in loro compagnia mi sentivo meglio che quando stavo assieme a bucomani distrutti. Fumavano e buttavano giù acidi e io, con loro, mi allontanai anche un po' da quelli che pensavano solo all'ero e parlavano solo dell'ero. Solo al sabato mi facevo la mia sniffatina. Gli altri del gruppo mi prendevano in giro perché ora frequentavo solo mocciosette. Ma a me non importava nulla.

Noi tre avevamo molto da dirci. A casa avevamo avuto gli stessi problemi. Il padre di Babsi si era suicidato quando lei era ancora piccola. Sua madre era stata ballerina a Berlino est e poi fotomodella in occidente, raccontava Babsi. Il suo patrigno era un grande pianista. Un artista di fama mondiale, diceva Babsi. E lei era molto fiera del suo patrigno. Soprattutto quando andavamo in un negozio di dischi e c'era una montagna di copertine con il nome e l'immagine del suo patrigno. Questo pianista non sembrava comunque curarsi granché di lei. Babsi viveva dai suoi nonni che l'avevano adottata. Da loro viveva come una principessa. In seguito sono stata una volta a casa sua. Aveva una stanza pazzesca con i mobili più stupendi. Aveva un giradischi straordinario e dischi a volontà. E ancora cianfrusaglie a non finire. Però non si sopportava con sua nonna che era una vera furia. Sarebbe tornata volentieri a vivere con sua madre. Babsi non ne voleva più sapere della sua stupenda camera e per questo stava in giro e non aveva una casa.

Anche Stella aveva una madre molto bella. Stella le voleva anche bene. Ma suo padre era morto in un incendio, quando accadde Stella aveva dieci anni. Da allora la madre dovette arrangiarsi da sola ed aveva poco tempo per Stella e incominciò a bere. Stella aveva allora una fissa. Si chiamava Muhammad Ali. Lei andava pazza per la sua forza. Lui era per lei, credo, nella sua fantasia, padre e innamorato insieme.

Noi tre eravamo dunque sulla stessa strada. Già dalla prima sera in fondo mi ero detta che quelle due sarebbero finite all'ero. Ma quando venne il momento in cui Stella mi chiese dell'ero, fui sinceramente inorridita. Mi infuriai e le strillai: «Lascia perdere quella merda. Nessuno in ogni modo ti darà dell'ero. Anch'io smetto con quella roba. Non vale proprio la pena». Non diedi niente a Stella e dissi anche agli altri di non darle roba. Un paio di giorni più tardi ricevette qualcosa da Blacky, uno del giro del Sound con il quale stava. E Babsi naturalmente la imitò.

Ma poi non avevano molte occasioni di rimediarsi uno sniffo. Furono prese in una retata e spedite a casa. Per qualche settimana non le vidi più.

Nel frattempo era venuta la primavera e fuori faceva sempre più caldo. Con i primi caldi dell'anno mi prendeva una sensazione di felicità. Questo mi era rimasto della mia infanzia. Andare scalza, spogliarmi nuda, sguazzare nell'acqua, i fiori sbocciati nel giardino. In quella primavera del 1976 aspettavo inutilmente la sensazione di felicità. Pensavo che non era possibile che la vita non diventasse bella quando il sole diventa sempre più caldo.

Io mi trascinavo sempre dietro dei problemi e non sapevo neanche bene di cosa si trattasse. Sniffavo l'ero e i problemi sparivano. Ma uno sniffo non bastava assolutamente più per una settimana.

A maggio festeggiai il mio quattordicesimo compleanno. Mia madre mi diede un bacio e 50 marchi. I 50 marchi li aveva risparmiati sulla spesa. Mi ci dovevo comprare qualcosa che mi facesse piacere.

La sera andai nel giro della Kurfürstenstrasse. Pagai 40 marchi per due quartini di ero. Tanta ero in una volta non l'avevo mai avuta. Con 6 marchi ci comprai le sigarette. Fumavo come una pazza, ne accendevo una dietro l'altra. Un pacchetto riuscivo a farlo fuori in due o tre ore. Quattro marchi mi erano avanzati per il Sound.

Al Sound incontrai subito Detlef. Mi diede un bacino tenero e mi fece gli auguri per il compleanno. Gli feci gli auguri anch'io perché aveva compiuto gli anni due giorni prima di me. Detlef era un po' triste e raccontò che quella volta i suoi genitori non gli avevano fatto gli auguri. Solo sua nonna. Era certamente più sfortunato di me. Cercavo di consolarlo e inoltre avevo un regalo molto eccitante per lui. Gli diedi un buco. Avevo tanta roba che potevamo sballarci fino alla domenica e oltre.

Dopo questa festa di compleanno insieme, con uno sniffo bestiale per me e un buco come si deve per Detlef, ci mettemmo per davvero insieme. Fino ad allora Detlef era stato in giro con questo e con quello ed io ero stata molto con Babsi e Stella. Adesso stavamo ogni momento appiccicati quando potevo uscire. Detlef aveva appena mandato al diavolo il suo apprendistato da tubista e aveva praticamente sempre tempo. Quando avevamo abbastanza soldi ci facevamo tutti e due di ero.

Arrivarono le vacanze estive.

Al primo venerdì andai con Detlef e qualcun altro del gruppo alla spiaggia del Wannsee. Eravamo di nuovo completamente al verde.

In un attimo imparai come era facile nello stabilimento del Wannsee venire a contatto con oggetti di valore che uno poi poteva rivendere. Ci mettemmo a gironzolare facendo la posta su nel boschetto, dove stavano sdraiate le vecchie signore. Per via dell'ombra, perché loro non sopportavano più tanto il sole.

Cominciammo con poco, procurandoci quello che ci serviva per la giornata. Ci avvicinammo ad una coperta il cui proprietario era appena andato a fare il bagno. Dissi ad alta voce: « Ehi, la nonna se ne è andata ». Mi avvicinai alla ghiacciaia e tirai fuori un paio di lattine di coca cola. La volta seguente misi le mani su un asciugamano e una coperta. Alla sera avevo rimediato una radio e un altro paio di cosettine e Detlef un orologio.

La radio la diedi subito via al Sound per cinquanta marchi. Era una giornata stupenda. Già per l'attesa di quello che mi aspettava ero completamente felice. Appena avuto il denaro dissi a Detlef: « Senti, di sniffare ne ho abbastanza. Oggi mi faccio anch'io un buco. »

Detlef di nuovo fece come per protestare. Ma era una stronzata. A quel punto che uno sniffasse o si bucasse era la stessa cosa. Solo che fino a quando uno sniffava non era considerato un vero bucomane. Si era considerati uno che lo faceva di tanto in tanto.

Andammo dove c'era il giro, nella Kurfürstenstrasse, subito dietro l'angolo. Il nostro fornitore abituale ci riconosceva già da lontano. Appena ci vedeva si avvicinava e poi aspettava un paio di traverse più in là per vedere se tutto era tranquillo. Da lui comprai due quartini per quaranta marchi. Volevo finalmente farmi il primo buco. Sniffando l'effetto arriva lentamente. Col buco invece è una martellata. Gli altri lo avevano talvolta paragonato ad un orgasmo. Io volevo bucare senza pensare neanche un minuto che era il prossimo passo verso la merda totale.

Andammo ai gabinetti pubblici del Bülowbogen vicino alla Potzdamerstrasse. Una zona veramente miserabile. Davanti ai gabinetti pubblici ciondolavano gli ubriachi. Là era il posto dove gli etilici ci dormivano la notte. Regalammo loro un pacchetto di sigarette. In cambio ci fecero da palo. Naturalmente sapevano bene di cosa si trattava ed erano famelici di sigarette.

Con noi era venuta una tipa del Sound, Tina. Detlef tirò fuori l'armamentario, cucchiaio e limone dalla sua busta di plastica. Mise la roba sul cucchiaio e fece gocciolare sopra acqua ed un po' di succo di limone, in modo che la roba, che non era mai del tutto pura, si diluisse meglio. Scaldò la roba con l'accendino e la aspirò nella siringa. Quella vecchia siringa era spaventosamente sporca, la punta tanto spuntata quanto quella di un ferro da calza. Per primo si fece il buco Detlef e poi Tina. E poi l'ago fu completamente otturato. Non passava assolutamente più nulla. In ogni modo quei due lo sostenevano. Forse volevano solo che io non mi facessi la pera. Ma io volevo a tutti i costi.

C'era un altro bucomane nella toilette che si era appena fatto una pera. Un tizio completamente distrutto, del tutto a pezzi. Gli chiesi se poteva prestarmi i suoi attrezzi. Lo fece. Ma a quel punto avevo un orrore folle di infilzarmi l'ago nella vena sull'avambraccio. Ci provavo, ma non ci riuscivo affatto, benché avessi visto farlo spesso agli altri. Detlef e Tina si comportavano come se non li riguardasse affatto. Così dovetti chiedere aiuto a quel tizio rovinato. Lui capì subito che lo facevo per la prima volta. Mi sentivo come una scema di fronte a quel vecchio bucomane.

Disse che lo trovava una merda, ma poi prese la siringa. Siccome le mie vene non si vedono ebbe delle difficoltà a centrarne una. Dovette infilzare l'ago tre volte prima di aspirarne un po' di sangue e sapere così che era in vena. Continuava a borbottare che lo trovava una merda e mi sparò dentro tutto il quartino.

L'effetto arrivò davvero come una martellata. Ma un vero orgasmo me lo ero immaginato diversamente. Subito dopo ero completamente abbrutita. Non percepivo quasi più nulla e non pensavo a niente. Andai al Sound, mi sedetti in un angolo e bevvi succo di ciliegia.

Adesso con Detlef ero proprio arrivata al massimo.

Stavamo insieme come una vera coppia. Solo che non dormivamo insieme e non avevamo assolutamente alcun rapporto sessuale. Per quello non mi sentivo ancora abbastanza grande e Detlef lo accettava senza che dovessi spiegargli granché. Era una bella cosa. Lui era proprio uno perfetto.

Ero sicura che un giorno o l'altro avrei fatto l'amore con lui. Ed ero contenta di non avere avuto storie con altri ragazzi. Per me non c'era dubbio che saremmo rimasti insieme. Quando andavamo al Sound, poi Detlef mi accompagnava a casa a piedi. Ci volevano due ore. Poi, da Kreuzberg, lui scarpinava fino a Lankwitz, dove abitava con suo padre.

Parlavamo molto di cose irreali. Un riferimento alla realtà non lo avevo più. Il reale per me era irreale. Non mi interessavano né il passato né il futuro. Non avevo progetti, ma solo sogni. Volentieri parlavo con Detlef di come sarebbe stato se avessimo avuto molti soldi. Ci volevamo comprare una grande casa, una grande automobile e i mobili più belli. Solo una cosa non compariva mai nel nostro fantasticare: l'eroina.

Detlef aveva un'idea di come avremmo potuto diventare ricchi. Mi disse che poteva avere in anticipo, cioè a credito, ero per cento marchi da uno spacciatore. Poi l'avrebbe divisa in dieci dosi da venti marchi, così che con la vendita avremmo potuto guadagnare cento marchi. Detlef ricevette effettivamente cento marchi a credito. Evidentemente nel giro un paio di piccoli spacciatori avevano fatto carriera e cercavano nuovi spacciatori di strada. Nel giro vero e proprio con la nostra roba non ci arrischiavamo. Vendevamo al Sound. Detlef, buono come il pane, capitava sempre su gente che stava a rota e che non aveva neanche una lira. Gli dava la roba a credito. Naturalmente quelli non pagavano mai. Metà dell'ero se ne andò così, con l'altra metà ci facemmo i buchi noi. Quando fu finita non avevamo preso un soldo.

Il tizio che aveva dato la roba a credito a Detlef era incazzato da morire. Ma poi lasciò perdere. Probabilmente aveva voluto provare se Detlef funzionava come piccolo spacciatore. E lui aveva abbondantemente dimostrato di non avere il benché minimo talento.

Le prime tre settimane delle vacanze estive stavo insieme a Detlef ogni giorno. Ci incontravamo già a mezzogiorno, in genere eravamo in giro per rimediare grana. Facevo cose che prima non sarei mai riuscita a fare. Rubavo come un falco nei grandi magazzini. Soprattutto cose che poi al Sound si potevano trasformare in soldi e quindi in roba. Raramente bastava per due pere al giorno. Ma non ne avevamo bisogno per forza. Passavamo addirittura delle giornate senza ero perché fisicamente non eravamo ancora dipendenti. La seconda metà delle vacanze sarei dovuta andare da mia nonna in Assia. Mia nonna abitava in un paesetto. E, curiosamente, ero molto contenta di rivedere il paese e la nonna. Da un lato non riuscivo neanche a immaginarmi due o tre settimane senza Detlef. Che potessi vivere anche solo due giorni senza Sound e senza lo sbrilluccichio del Kudamm mi sembrava quasi impensabile. D'altro canto mi attiravano i bambini del paese che non avevano mai sentito parlare di droghe, giocare a rincorrersi, sguazzare nel torrente e andare a cavallo. Non sapevo nemmeno più chi ero.

Senza rifletterci sopra gran che mi ero già scissa in due persone radicalmente diverse. Scrivevo lettere a me stessa. Christiane scriveva lettere a Vera. Vera è il mio secondo nome. Christiane era la quattordicenne che voleva andare dalla nonna, in qualche modo era la buona; Vera era la bucomane. E le due litigavano ore per lettera.

Già non appena mia madre mi mise sul treno ero di nuovo solamente Christiane. E dopo, quando mi ritrovai seduta nella cucina di mia nonna era come se non fossi mai stata a Berlino. Immediatamente mi sentivo davvero a casa. Mia nonna, seduta così tranquilla, già mi dava la sensazione di essere a casa. Le volevo un gran bene. E la sua cucina mi piaceva da pazzi. Era come in un libro illustrato. Una vera vecchia cucina contadina con il camino ed enormi pentole e padelle nelle quali sempre friggeva qualche cosa. Di un piacevole pazzesco.

Con i miei cugini, le mie cugine e gli altri del paese che avevano la mia stessa età mi intesi subito di nuovo. Erano tutti ancora dei veri bambini. Come me. Mi sentivo di nuovo, non so più da quanto tempo, come una bambina. Gettai in un angolo i miei stivali col tacco alto. Mi feci prestare da altri, secondo il tempo che faceva, sandali o stivali di gomma. Il trucco non lo toccai mai. Qui non dovevo dimostrare niente a nessuno.

Andavo molto a cavallo. Giocavamo a rincorrerci a cavallo o a piedi. Il nostro posto preferito era sempre giù al torrente. Eravamo tutti diventati più grandi e le dighe che costruivamo erano diventate gigantesche. Dietro si formavano dei veri laghi artificiali. E quando alla sera aprivamo una breccia nella diga, un getto di almeno tre metri scorreva giù per il torrente.

Gli altri naturalmente volevano sapere come era Berlino, cosa facevo là. Ma io non raccontavo molto. Non volevo affatto pensare a Berlino. Era incredibile, ma non pensavo neanche più a Detlef. In effetti ogni giorno avrei voluto scrivere a Detlef una lettera. Non gli scrissi una sola volta. La sera talvolta mi sforzavo di pensare a lui. Ma a malapena riuscivo a immaginarmelo. Lui era in un certo senso una persona che apparteneva a un altro mondo, di cui non comprendevo più i segnali.

La sera, a letto, mi prendeva spesso un orrore infinito. Mi vedevo i tipi del Sound come spettri davanti a me e pensavo che presto sarei dovuta tornare a Berlino. In quelle sere provavo un terrore bestiale di Berlino. Allora pensavo di pregare mia nonna di lasciarmi restare da lei.

Ma come avrei potuto motivare una cosa simile, anche nei confronti di mia madre? Avrei dovuto raccontare loro tutto delle mie esperienze con la droga. Ma questo non sarei riuscita a farlo. Credo anche che mia nonna sarebbe rimasta stecchita sulla sedia se le avessi raccontato che la sua piccola si iniettava eroina.

Dovetti tornare a Berlino. Il casino, le luci, l'agitazione, tutto ciò che prima avevo amato di Berlino, ora mi innervosiva terribilmente. La notte con il chiasso non riuscivo quasi a dormire. E sul Kurfürstendamm tra le macchine e la folla mi prendeva un vero panico.

Non feci neanche seriamente il tentativo di reinserirmi a Berlino, dato che dopo una settimana dal mio ritorno c'era un viaggio scolastico. Benché avessi ricevuto dalla mia madrina cinquanta marchi in regalo, non pensai neanche un momento di procurarmi della roba. Non cercai neanche più Detlef, del quale seppi soltanto che non andava più al Sound. Rimasi del tutto pulita fino a quando non partii con la classe per la Foresta Nera.

Ero stata contenta del viaggio, ma già dopo un paio di giorni mi andava abbastanza male. Dopo mangiato avevo dolori di pancia e durante le passeggiate resistevo a malapena. Quando andammo in autobus a Lörrach, alla fabbrica di cioccolato Suchard, Kessi che era seduta vicino a me disse: «Accidenti, sei completamente gialla. Hai l'epatite». E Kessi si scostò un bel po' da me.

Pensai: ma non è possibile. Tutti i bucomani prima o poi si beccano l'epatite per via delle vecchie siringhe che per di più vengono anche prestate. Per la prima volta da molto tempo pensai di nuovo all'ero. E subito pensai alla fetida siringa con la quale quel tipo distrutto mi aveva sparato il primo quartino nel cesso del Bülowbogen. Poi mi accorsi che Kessi questa storia dell'epatite non l'aveva detta sul serio. E pensai che non era possibile dopo quel paio di buchi che per giunta eran vecchi di diverse settimane.

Davanti agli stabilimenti Suchard mi procurai un cucchiaio di plastica da una bancarella che vendeva salsicce. Poi entrammo nel paese della cuccagna del cioccolato. In ogni tino che conteneva una massa di roba dall'apparenza appetitosa, pescavo dentro con il mio cucchiaio di plastica. Quando il sapore era particolarmente buono, distraevo la guida con delle domande in modo da poter pescare un paio di volte. Alla fine avevo arraffato tanti cioccolatini che la mia giacca, annodata a fagotto, traboccava.

Già nell'autobus giurai di non toccare mai più un pezzo di cioccolato. Nel nostro alloggio vomitai. Il mio fegato aveva ceduto di fronte a quell'intruglio grasso di cacao che avevo ingurgitato a chili.

Anche il nostro insegnante si accorse a quel punto che avevo un aspetto giallastro. Venne un medico e poi, a sirene spiegate, sull'autoambulanza mi portarono alla clinica universitaria di Friburgo. La stanza di isolamento al reparto bambini era di un bianco candido e grande un paio di metri quadrati. Alle pareti neanche un quadro, nulla. Le infermiere portavano cibo e pillole senza parlare gran che. Talvolta veniva il medico e mi chiedeva come stavo. Andò avanti così per tre settimane. Non potevo lasciare mai la stanza, neanche per pisciare. Nessuno mi venne a trovare, nessuno parlava con me. Non avevo niente di decente da leggere e nessuna radio. Pensavo spesso che avrei dato di matto.

Le affettuose lettere di mia madre erano l'unica cosa che mi teneva su. Anch'io le scrissi. Ma soprattutto scrivevo ai miei due gatti, gli unici animali che ancora avevo. Erano letterine in miniatura dentro piccolissime buste che io stessa piegavo. Talvolta pensavo alla mia nonna e ai bambini del paese, il torrente e i cavalli, talvolta a Berlino, al Sound, a Detlef e all'ero. Non sapevo chi ero. Quando ero particolarmente giù pensavo: «Sei una bucomane con la sua prima epatite. Punto e basta».

Quando nella fantasia ero insieme ai miei gatti pensavo che mi sarei impegnata a scuola e che ogni vacanza l'avrei passata dalla nonna. Era un continuo avanti e indietro e molte ore non pensavo assolutamente a nulla, fissavo semplicemente il soffitto e avrei voluto essere morta.

Inoltre avevo paura che i medici scoprissero le cause della mia epatite. Ma i buchi nelle ultime settimane si erano rimarginati. Ancora non avevo sulle braccia cicatrici e trombosi. E poi chi avrebbe sospettato di trovare una bucomane nel reparto bambini di Friburgo? Dopo tre settimane dovetti ricominciare a camminare un poco. Poi potei tornare a Berlino in aeroplano. Pagò la mutua. A casa dovetti mettermi di nuovo a letto. Ero felice di essere da mia madre e con i miei gatti. Non pensavo ad altro.

Mia madre raccontò che Detlef le aveva fatto visita un paio di volte per chiedere notizie di me. Le era sembrato davvero molto triste, perché ero stata via tanto tempo, disse mia madre. Solo allora Detlef mi tornò veramente in mente. Me lo vedevo davanti, i suoi bei capelli ricci, il suo viso che era così tenero. Mi riempiva di gioia che qualcuno si fosse occupato di me, che fossi amata davvero da qualcuno. Da Detlef. E mi sentivo in colpa di aver quasi dimenticato il mio amore per lui per tutte quelle settimane.

Dopo un paio di giorni Detlef venne a sapere che ero tornata e venne a farmi visita. Quando fu davanti al mio letto mi prese un colpo. Non riuscii a tirar fuori una parola. Detlef era magro come uno scheletro. Le sue braccia erano tanto sottili che le potevo facilmente stringere dentro una mano. La faccia era bianchissima e smunta. Ma era ancora bello come prima. Quegli occhi pazzescamente dolci erano diventati in qualche maniera più grandi, più tristi anche. Immediatamente amai di nuovo Detlef, moltissimo. Non mi importava nulla che si fosse ridotto come uno scheletro. E non volevo neanche chiedermi perché fisicamente fosse così malandato.

All'inizio avemmo delle difficoltà nel chiacchierare. Lui voleva sentire qualcosa su di me. Ma io non avevo niente da raccontare che potesse interessarlo. Non mi passò neanche per la testa di raccontargli delle vacanze e dei giochi da mia nonna. Alla fine gli chiesi perché non andava più al Sound. Lui disse che il Sound era una merda. Volevo sapere dove era che lui stava sempre adesso e alla fine lui rispose: al *Bahnhof Zoo*. E che cosa ci faceva? « Tiro su la grana » disse Detlef.

Sul momento la cosa non mi sciocco. Sapevo di altri bucomani che rimediavano i soldi facendo marchette. Ma non sapevo cosa significasse. Non volevo neanche rifletterci. Sapevo solo che in un modo o nell'altro si trattava di soddisfare i froci, senza provare niente e ricevendo molto denaro in cambio. Quel giorno ero solo felice che Detlef fosse venuto, che mi amava ancora davvero e che anch'io lo amavo.

La domenica seguente ebbi per la prima volta il permesso di uscire. Detlef venne a prendermi nel pomeriggio. Andammo in un caffè della Lietzenburgerstrasse. Lì c'erano quasi solo froci, e la maggior parte di loro conosceva Detlef. Erano tutti molto gentili con me e mi facevano complimenti. Si congratulavano con Detlef perché la sua ragazza era carina. Ed io mi accorgevo che Detlef era veramente fiero che fossi la sua ragazza e che per questo mi aveva portato nel caffè dove tutti lo conoscevano.

I froci in un certo senso mi piacevano. Erano gentili con me. Mi facevano complimenti senza abbordarmi fastidiosamente come gli altri uomini. Mi trovavano graziosa e io gli piacevo senza che pretendessero nulla da me. Ero fiera di tanti complimenti. Andai alla toilette e mi guardai allo specchio. Trovai che avevano ragione. Ero proprio carina dopo che per due mesi non avevo più toccato droghe. Trovai che non ero mai stata così carina.

Detlef disse che doveva ancora passare al *Bahnhof Zoo* perché aveva un appuntamento con Bernd, il suo migliore amico. Lui per qualche giorno avrebbe fatto i soldi anche per Detlef, che per causa mia non era infatti potuto andare alla stazione della metropolitana. Era chiaro che sarei andata con Detlef. Inoltre ero contenta di rivedere Bernd.

Bernd era appunto via con un cliente. Dovevamo aspettare. Quella sera il *Bahnhof Zoo* non mi sembrò squallido come lo ricordavo. Ma io guardavo soprattutto Detlef. Mentre Detlef chiacchierava con un altro ragazzo, mi abbordarono certi zulú, cioè immigrati stranieri. Sentii solo «sessanta marchi» o qualcosa del genere. Mi aggrappai forte a Detlef e mi sentii incredibilmente protetta. Convinsi Detlef a venire con me al Sound. E a darmi un piccolo sniffo della sua roba. Dapprima non voleva. Ma io gli dissi: «Solo stasera, solo come saluto. Vorrei stare in sballo come te. Oppure anche tu non ti buchi». Lui allora mi diede qualcosa.

Disse però che non avrei mai più avuto roba da lui. Gli risposi che comunque non era necessario. In fondo per due mesi e mezzo avevo dimostrato di non essere dipendente dall'ero. E nelle ultime settimane avevo davvero notato che senza ero stavo molto meglio.

La mia spiegazione lo accontentò. Disse: «Piccola, anche io smetto. Quel che riesci a fare tu anche io lo faccio con la mano sinistra». Si fece la sua pera e io sniffai. Eravamo pazzescamente su e parlavamo di come saremmo stati felici insieme senza ero.

Il pomeriggio seguente andai al *Bahnhof Zoo* e incontrai Detlef. Ricevetti di nuovo uno sniffo. Quasi tutti i pomeriggi, dopo la scuola, mi incontravo con Detlef alla stazione. Mi feci anche di nuovo la prima pera. Era come se non fossi mai stata via da Berlino, come se i due mesi e mezzo senza ero non fossero esistiti affatto. Parlavamo quasi ogni giorno di smettere ed io raccontavo a Detlef quanto era facile.

Spesso andavo direttamente dalla scuola al *Bahnhof Zoo*. Nella borsa avevo la siringa e un grosso pacchetto di pagnottelle. Mia madre si deve essere meravigliata che portassi a scuola tanta merenda e diventassi sempre più magra. Sapevo che Detlef e i suoi amici aspettavano il pranzo che gli portavo.

All'inizio Detlef si arrabbiava quando arrivavo alla stazione della metropolitana. Non voleva che ci fossi quando lui andava a far marchette. Mi diceva «Non voglio che la mia ragazza vada in giro per la stazione dove circola la peggiore gentaglia. Puoi prendere appuntamento con me dovunque, ma per favore non venire più alla stazione».

Non lo stavo neanche a sentire. Volevo stare con Detlef e dove non mi importava. Dopo un po' mi sentii a mio agio nel lurido atrio della stazione e comunque tutto mi era familiare. Non sentivo più quella puzza di piscio e di disinfettanti. I battoni, le puttane, i poliziotti, gli straccioni, gli ubriachi, tutta quella fogna erano il mio ambiente abituale da mezzogiorno alla sera. Era il mio posto perché Detlef stava là.

Dapprima mi aveva dato ai nervi come mi fissavano le altre ragazze: dal basso in alto, ancora più aggressivamente dei clienti. Poi mi resi conto che le ragazze che andavano a far marchette alla stazione avevano paura di me. Paura che come merce fresca e appetitosa al *Bahnhof Zoo* gli avrei rubato i clienti migliori. Chiaro, io ero più carina di loro, ero curata, mi lavavo i capelli quasi tutti i giorni. Non si vedeva ancora che ero una bucomane. Sapevo di essere superiore alle altre ragazze. Questo mi dava una bella sensazione. I clienti sarebbero volati su di me. Ma io non avevo affatto bisogno di far marchette. Detlef lo faceva per me. Vedendomi così gli altri dovevano pensare che razza di paracula ero che avevo la roba senza dover rimediare la grana.

I clienti all'inizio mi mandavano in bestia. Soprattutto gli stranieri, questi zulú, con il loro continuo «Tu scopare?... Tu venire pensione?». Alcuni offrivano venti marchi. Dopo un po' mi divertivo davvero a mettere a posto quei tipi. Gli dicevo: «Bello mio tu sei matto. Sotto i cinquecento uno come te a me neanche si accosta». Oppure li guardavo a muso duro e gli dicevo semplicemente: «Con me non c'è niente da fare, smamma». Mi faceva un gran piacere quando quei porci assatanati se ne andavano con la coda tra le gambe. Ero superiore anche ai clienti. Quando qualcuno diventava sfacciato o addirittura allungava le mani, Detlef arrivava subito. Quando Detlef se ne andava con un cliente diceva ai suoi amici marchettari della stazione di stare attenti a me. Con me erano come fratelli. Chiunque facesse lo stronzo con me lo facevano scappare a gambe levate. Invece che al Sound adesso andavo ai caffè della stazione. Non avevo più altri amici oltre a quelli del piccolo giro del *Bahnhof Zoo*. Ne facevano parte oltre Detlef e me Bernd e Axel. Avevano tutti e due sedici anni, erano bucomani e andavano a battere. Tutti e tre vivevano nell'appartamento di Axel.

Axel a differenza degli altri due era bruttissimo. Tutto stonava nella sua faccia. Braccia e gambe non sembravano appartenere al suo corpo. Quindi il contrario di quel che attira i froci. Ma aveva i suoi clienti e perfino clienti abituali. Detlef poteva infuriarsi con i clienti e insultarli, quando gli veniva il vomito. Quelli tornavano sempre supplicando. Axel, visto il suo aspetto, doveva controllarsi e fare salamelecchi di merda. Inoltre doveva avere qualche cosa di speciale a letto che attirava pazzescamente i froci se no non avrebbe mai retto la concorrenza alla stazione.

Quando poteva però si vendicava sui clienti. Se solo capitava un coglione lo imbrogliava, lo fregava, lo fotteva. Axel era un tipo forte. Si poteva offenderlo, demoralizzarlo. Non lasciava mai vedere nulla. Era sempre amabile. Sempre disposto ad aiutarti, una qualità che non ho mai più ritrovato tra i bucomani. Anzi non c'erano proprio altri bucomani come lui. Era come se già non vivesse più in questo mondo di merda. Un anno dopo era morto.

Axel aveva una storia simile alle nostre. I suoi genitori erano separati. Lui aveva vissuto con sua madre fino a quando lei si era trasferita da un uomo. La madre comunque era stata generosa. Gli lasciò un appartamento di due stanze e mezzo con qualche mobile e gli ci fece addirittura installare un televisore. Una volta alla settimana la madre gli faceva visita e gli dava un po' di soldi per vivere. Lei sapeva che si bucava, e gli aveva anche detto spesso di smettere; riteneva di aver fatto per lui più di altri genitori. Perché appunto gli aveva regalato un appartamento con il televisore.

Un fine settimana passai la notte a casa di Axel. Mia madre me lo aveva permesso. Le avevo raccontato che c'era una nuova amica.

L'appartamento di Axel era davvero desolante. Una vera casa da bucomane. La puzza mi venne incontro già sulla porta. Dovunque c'erano lattine di conserva di pesce vuote, mozziconi di sigarette piantati nell'olio, nella salsa di pomodoro, nella senape. Da ogni parte bicchieri e tazze, tutte con dentro un po' d'acqua, cenere, tabacco, cartine. Quando sull'unico tavolo che c'era volli far spazio da una parte per un paio di yogurt, dall'altra parte rotolarono per terra due scatolette di pesce. La salsa colava sul pavimento. Nessuno se ne preoccupò.

Dalla moquette in ogni caso veniva su il puzzo più immondo. Quando Axel si fece una pera capii perché puzzava così. Tirò fuori la siringa con i residui del sangue dal braccio, la riempì d'acqua e spruzzò tranquillamente quella broda rosa sulla moquette. Così lui puliva la sua siringa. Ad ogni pera si aggiungevano un paio di gocce di sangue sul consunto disegno persiano. E questo, insieme alle salse del pesce in scatola, produceva quell'odore dolciastro e ammuffito. Persino le tende erano gialle e puzzavano.

Nel mezzo di quel caos puzzolente c'era un letto candido. Mi ci buttai subito sopra. Quando affondai il viso nei cuscini odorava di Ariel e di Avabucato. Pensai per davvero: non ti sei mai sdraiata su un letto così pulito.

Axel disse: «L'ho preparato per te». Nelle settimane che seguirono, ogni sabato che andavo da lui, il letto era rifatto di fresco. Io dormivo solo una volta nelle stesse lenzuola mentre gli altri non cambiavano mai le loro.

I ragazzi mi compravano sempre da mangiare e da bere quello che preferivo. Mi volevano semplicemente fare piacere. Per me compravano soprattutto sempre l'ero migliore. Il fegato mi dava ancora guai. Quando bucavo con roba impura mi sentivo a pezzi. Loro si preoccupavano molto quando mi sentivo male. Così mi compravano l'ero più pulita anche se costava cara. Quei tre per me erano sempre disponibili. Loro in un certo senso avevano solo me. Ed io al primo posto avevo Detlef, poi Axel e Bernd e poi nessun altro.

Avevo una sensazione di vera felicità. Come non l'avevo mai avuta. Mi sentivo protetta. Mi sentivo a casa: al pomeriggio la *Bahnhof Zoo* e al fine settimana in quel posto puzzolente di bucomani.

Nel gruppo Detlef era il più forte e io la più debole. Mi sentivo inferiore ai ragazzi, fisicamente, di carattere, perché io era una ragazza, soprattutto. Ma per la prima volta godevo di essere debole. Godevo del fatto che Detlef mi dava la sensazione di guidarmi. Godevo del fatto che Detlef, Axel o Bernd erano sempre presenti quando avevo bisogno di qualcuno.

Avevo un ragazzo che faceva quello che nessun bucomane faceva: che divideva con me ogni dose di ero. Che guadagnava denaro per me, facevo il lavoro più squallido che ci sia. Doveva farsi un paio di clienti in più al giorno per procurarsi la roba. Da noi era tutto diverso. Era l'uomo che andava a battere per la sua donna e non viceversa. Forse eravamo l'unica coppia al mondo nella quale le cose andavano così.

Il pensiero di andare io stessa a far marchette non mi sarebbe mai potuto venire in mente in quelle settimane della fine dell'autunno 1976. Cioè un paio di volte ci avevo anche pensato. Quando avevo sensi di colpa nei confronti di Detlef che magari stava insieme a qualche squallido tizio per causa mia. Ma mi era chiaro che la prima volta, se solo avessi accennato di voler anch'io andare a far marchette, Detlef mi avrebbe mollato un ceffone.

Un'idea precisa di quello che succedeva quando si facevano marchette ancora non l'avevo. In ogni caso non ci pensavo e preferivo non immaginarmi nulla. Detlef non ne parlava. Dai discorsi dei ragazzi venni a sapere che loro ai froci gli tiravano una sega e che comunque facevano «alla francese».

Pensavo che questo non aveva niente a che fare con me e Detlef. Non mi faceva affatto schifo quello che Detlef doveva fare. Se era lui che toccava i clienti non era una cosa terribile. Era un lavoro sporco senza il quale non avremmo potuto comprarci la roba. Solo non volevo che fossero quei tizi a toccare Detlef. Perché lui apparteneva solo a me.

All'inizio alcuni li trovavo addirittura gente a posto. I ragazzi dicevano talvolta che questo o quel cliente era una persona per bene. Che bisognava tenerselo caro, ed anche io partecipavo. Alcuni clienti erano veramente gentili con me quando mi incontravano insieme a Detlef alla stazione della metropolitana, mi filavano proprio. Era comunque un fatto che molti froci andavano pazzi per me. Qualche volta uno dei ragazzi mi dava venti marchi dicendomi che erano del tale cliente che mi trovava tanto simpatica. Detlef non mi diceva che alcuni di quei tizi lo assillavano continuamente perché lui facesse loro il servizio anche insieme a me.

Io osservavo anche le altre ragazze alla stazione, quasi tutte mezze bambine come me. E vedevo come se la passavano male. Soprattutto quelle che erano dipendenti dall'ero e per questo dovevano far marchette. Vedevo lo schifo che prendeva loro quando un cliente le abbordava, benché dovessero sorridere gentilmente. Disprezzavo i clienti. Che razza di porci perversi o di idioti dovevano essere quelli che si intrufolavano nella stazione eccitati e vigliacchi e scandagliavano con la coda dell'occhio alla caccia di carne di pollastrella fresca. Che gusto ci potevano provare ad andare con una ragazzina qualunque, totalmente estranea, che aveva schifo di loro e che le si vedeva in faccia tutta la sua miseria.

Piano piano mi prese un vero odio per i froci. Cominciai a rendermi conto di quello che Detlef faceva con loro. Spesso lui andava al lavoro con uno sforzo enorme, col vomito, col disgusto. Se non era in sballo non ce la faceva comunque. Quando stava a rota, quindi quando aveva più bisogno dei soldi, sfuggiva i clienti. Allora Axel o Bernd si facevano un cliente per lui. Con tutto lo sforzo, il vomito, il disgusto. Ma anche loro due ce la facevano solo se prima si erano fatti una pera. Mi dava pazzescamente sui nervi che i froci corressero dietro a Detlef. Mentre io ero lì accanto questi balbettavano ridicole dichiarazioni e gli infilavano in tasca lettere d'amore. Erano tutti dei tipi maledettamente soli quelli che assillavano Detlef. Ma davvero non potevo avere compassione per loro. Piuttosto gli avrei gridato in faccia «Detlef appartiene a me, e a nessun altro e meno che mai a un vecchio porco finocchio». Ma erano proprio i tizi di cui avevamo bisogno, perché ci davano la grana e li si poteva spellare come polli.

Mi accorsi che per la stazione giravano uomini che conoscevano Detlef molto intimamente, molto più intimamente di me. Mi faceva schifo. E quando sentii da un discorso dei tre ragazzi che certi clienti pagavano solo se anche il battone aveva l'orgasmo, diedi quasi fuori di matto.

Vedevo Detlef sempre di meno perché lui era perennemente in giro con qualche frocio maiale. Avevo paura di lui. Qualcuno mi aveva raccontato che i battoni col tempo diventano froci pure loro. Ma non potevo rimproverare nulla a Detlef. Avevamo bisogno sempre più di denaro. E la metà se ne andava per la mia droga. Da quando ero nel gruppo avevo il desiderio — forse inconscio — di diventare una vera bucomane come loro. Bucavo tutti i giorni. E stavo sempre attenta a conservarne abbastanza per la pera del giorno dopo.

Tuttavia entrambi non eravamo ancora del tutto fisicamente dipendenti. Quando ci si incomincia a bucare ci vuole diverso tempo prima di diventare fisicamente completamente dipendenti dall'eroina, se non ci si buca tutti i giorni. Riuscivamo ancora a reggere uno o due giorni senza bucare, ci stordivamo con qualche intruglio e non era ancora l'inferno. Allora ci raccontavamo di essere diversi dai bucomani arrivati e che in ogni momento, volendo, avremmo potuto smettere.

Ancora ero spesso abbastanza felice. Tutti i sabati ero felice nell'appartamento di Axel. Detlef veniva da me nel letto preparato di fresco. Mi dava un bacino della buona notte sulla bocca e poi ci giravamo sul fianco. Dormivamo schiena a schiena con i sederi appiccicati. Quando mi svegliavo Detlef mi dava un bacino di buon giorno.

Queste erano state le uniche tenerezze fisiche tra di noi in quel mezzo anno che eravamo stati insieme. Quando avevo conosciuto Detlef, avevo già esperienza della brutalità dei ragazzi. E gli avevo detto subito: «Senti, io sono vergine. E vorrei anche lasciarmi del tempo. Prima vorrei diventare un po' più grande».

Aveva capito subito e non aveva mai fatto nessuna sciocchezza. Per lui non ero solo un'amica con la quale poteva parlare e con la quale si intendeva al volo, ma anche sicuramente, con i miei quattordici anni, ancora una bambina. Lui era semplicemente incredibilmente sensibile. Sentiva che cosa volevo, che cosa potevo fare e che cosa no. In ottobre avevo chiesto a mia madre la pillola, ma a Detlef non raccontai nulla. Avevo ancora paura. Quando un sabato alla fine di ottobre arrivai all'appartamento, Axel aveva rifatto di fresco il suo letto. Era più largo di quello nel quale avevamo dormito fino ad allora. Axel diceva che era una cazzata che lui si sbragasse sul letto grande mentre noi, in due, ci stringevamo su una brandina. Dovevamo perciò prendere il suo letto.

C'era una bella atmosfera nell'appartamento. E Detlef improvvisamente disse che una buona volta potevamo pulire. Noi fummo subito d'accordo. Per cominciare spalancai tutte le finestre che c'erano da aprire. Quando entrò un poco di aria fresca mi resi conto in che razza di puzza vivevamo. Quel tanfo bestiale di sangue andato a male, di cenere e di conserve ammuffite avrebbe immediatamente respinto fuori dalla casa qualsiasi persona normale.

Per due ore nell'appartamento ci fu un'agitazione generale. Ammucchiammo con la scopa intere montagne di immondizia e le cacciammo nei sacchetti di plastica. Alla fine misi in moto anche l'aspirapolvere e pulii la gabbietta degli uccelli nella quale un pappagallino mezzo addormentato fissava tutta quella confusione. Lo aveva lasciato la madre di Axel: al suo uomo non piacevano gli uccelli. Anche Axel odiava quella bestia. Quando nella sua solitudine cominciava a pigolare e a gracchiare, Axel mollava un pugno sulla gabbia e la povera bestia svolazzava come impazzita tra le sbarrette. Nessuno dei ragazzi si occupava dell'uccello. Ma una volta alla settimana la madre di Axel portava il mangime. Al sabato gli davo sempre abbastanza mangime per tutta la settimana e gli avevo comprato un bicchierino nel quale c'era sempre abbastanza acqua pulita per sei giorni.

Quando andammo a letto quella sera tutto era diverso. Detlef non mi diede il bacio della buona notte e non si girò dall'altra parte. Cominciò a parlare. Cose molto tenere. Sentivo le sue mani, erano molto tenere. Non avevo nessuna paura. Accarezzai a mia volta Detlef. Ci accarezzammo molto a lungo senza dire niente. Era pazzescamente bello.

Passò certamente un'ora prima che Detlef dicesse qualche cosa. Domandò «Vuoi fare all'amore con me sabato prossimo?». Io dissi: «Okay. A una condizione. Sabato dobbiamo essere tutti e due puliti. Neanche un poco di ero. Penso che altrimenti, forse non lo troverei bello. Oppure lo troverei tremendamente bello solo perché sono in sballo e quando sono pulita magari non è affatto bello. Vorrei davvero esser del tutto pulita. E vorrei anche che tu sapessi come è con me rimanendo pulito». Detlef disse: «Okay». Mi diede il bacino della buona notte. Ci girammo e dormimmo sedere contro sedere.

Il sabato seguente restammo effettivamente puliti. L'appartamento era di nuovo sporco e puzzolente. Ma il nostro letto era fatto di fresco e candido. Quando ci spogliammo avevo nonostante tutto un po' di paura. Prima giacemmo immobili l'uno accanto all'altra. Mi venne da pensare alle ragazze della mia classe che mi avevano raccontato come i ragazzi gli erano saltati addosso la prima volta. Come avevano cacciato dentro il loro coso con tutta la loro forza e non avevano smesso finché non avevano ottenuto il loro soddisfacimento. Le ragazze avevano raccontato che faceva bestialmente male la prima volta. Alcune, dopo, non erano più andate con il ragazzo che le aveva sverginate.

Dissi a Detlef che non volevo viverlo come le ragazze della mia classe.

Lui disse: « Okay, piccola ».

Ci accarezzammo molto a lungo. Entrò un poco dentro di me e quasi non me ne accorsi. Quando mi faceva male Detlef lo sentiva senza che io gli dicessi nulla.

Pensai: ha diritto a farti un po' di male. Aspetta già da mezzo anno.

Ma Detlef non voleva farmi male. Ad un certo momento fummo completamente insieme. In quel momento gli volevo un bene pazzesco. Tuttavia giacevo del tutto immobile e rigida. Neanche Detlef si muoveva. Lui sentiva quello che in quel momento io stessa non era affatto in grado di pensare. Che ero stroncata dalla felicità e dalla paura.

Detlef si ritirò e mi abbracciò. Era tutto un sentimento pazzesco. Pensai: ma come ti sei meritata un ragazzo simile? Che pensa solo a te e per niente a se stesso. Che quando fa l'amore con te la prima volta non vuole neanche raggiungere l'orgasmo perché fa tutto solo per te. Pensai a Kathi, come lui nel cinema mi aveva semplicemente acchiappata in mezzo alle gambe. Ero felice di avere aspettato Detlef, di appartenere solo a Detlef. Amavo questo ragazzo così pazzamente che improvvisamente ebbi paura. Paura della morte. Pensavo sempre la stessa cosa: « Non voglio che Detlef muoia ».

Mentre lui mi accarezzava dissi: « Senti, Detlef, smettiamo di bucarci ».

Lui disse: « Sì, non devi mai diventare una bucomane ».

Mi baciò. Poi ci girammo lentamente. Con i sederi appiccicati ci addormentammo.

Mi svegliai perché sentii la mano di Detlef. Era ancora abbastanza presto. Ma dalle tende entrava già una luce grigia. Ci accarezzammo e poi facemmo l'amore davvero. Tutte le mie sensazioni erano in testa e non ancora in basso. Ma mi resi conto che fare l'amore con Detlef era pazzescamente bello.

Il lunedì di nuovo dalla scuola andai dritta al *Bahanhof Zoo.* Detlef era lì. Gli diedi la mia merenda e una mela. Lui aveva fame. Avevo una voglia pazzesca di ero dopo che per tre giorni ero rimasta pulita. Chiesi a Detlef: « Hai un buco per me? ».

Lui disse: « No, da me non avrai più nulla. Non voglio. Mi sei troppo cara. Non voglio che diventi una bucomane ».

Diedi fuori da matto. Avevo questa voglia di ero e mi misi a urlare: « Un momento, amico, questa la trovo proprio una paraculata. Tu hai le pupille come due teste di spillo. Sei sballato totale. E mi vieni a dire che devo restare pulita. Ma non dire stronzate! Piuttosto dillo subito che vuoi bucarti tutto da solo ».

Lo mandai veramente in paranoia. Non poté dire nulla perché naturalmente già dalla sera della domenica si era di nuovo procurato roba. Alla fine cedette e disse: « Va bene, piccola, smettiamo insieme ». Il prossimo cliente se lo fece solo per il mio buco.

Dopo che avemmo fatto l'amore per me cambiò molto. Quando ero alla stazione non mi sentivo più così a mio agio. Improvvisamente mi immaginai con precisione cosa voleva dire far marchetta. Adesso sapevo veramente cosa volevano quei tizi che attaccavano discorso con me. La stessa cosa che avevamo fatto Detlef ed io. Scopare. Naturalmente lo sapevo già da prima come era la faccenda. Ma era stata per me una cosa totalmente astratta. Ora questa cosa era quanto di più bello ed intimo ci fosse tra Detlef e me. I clienti mi disgustavano. Quello che succedeva alla stazione della metropolitana era per me inimmaginabile: andare a letto con questi orrendi, puzzolenti stranieri, scopare con un ubriaco o con uno con la pelata, grasso e sudato. Non mi divertiva più per niente quando i clienti attaccavano con le loro stupide chiacchiere. Semplicemente non avevo più le battute adatte per replicare. Mi capitò di provare ripugnanza, di voltare le spalle e qualche volta anche di tirare calci. Adesso mi era venuto anche un odio del tutto nuovo per i froci. Questi porci disgraziati avrei potuto ucciderli. Dovevo sempre lottare per cacciar via il pensiero che Detlef doveva esser tenero con loro.

Ugualmente tutti i pomeriggi dalla scuola andavo alla stazione perché Detlef era lì. Dopo che Detlef aveva fatto con un cliente, andavamo sul caffè-terrazza del *Bahnhof Zoo* e mi predevo una cioccolata. Qualche volta gli affari andavano male alla stazione. C'erano giorni così maledetti che lo stesso Detlef aveva difficoltà a riuscire a mettere assieme la roba per tutti e due.

Sulla terrazza della stazione a poco a poco conobbi attraverso Detlef anche gli altri battoni, dai quali all'inizio mi ero sempre tenuta lontano. Erano molto più distrutti di noi e avevano più difficoltà dei ragazzi del nostro gruppo a trovare clienti. Erano vecchi bucomani, e per questo in passato li avevo in un certo senso ammirati.

Detlef diceva che erano tutti suoi amici. E diceva che dovevo stare in guardia da loro, appunto perché erano vecchi bucomani e quindi tremendamente sinistri. Avevano sempre voglia di bucarsi e non avevano mai i soldi. Da questi amici non bisognava mai farsi scoprire o mostrare di avere soldi o roba. Altrimenti c'era il rischio di prenderlo in culo. Loro non fregavano solo i clienti ma si fregavano anche tra di loro.

Cominciai ad avere un'idea di come era realmente il giro dei bucomani che tanto mi aveva attirato. Adesso c'ero quasi dentro.

Alcuni amici di detlef qualche vota mi dicevano: «Senti ragazzina, piantala. Sei troppo giovane. Ancora ce la fai. Ti devi solo separare da Detlef. Lui comunque non ce la fa. Non fare cazzate, separati da lui».

Io gli facevo: ma sei scemo! Separarmi da Detlef, era il colmo. Se lui voleva morire, allora morivo anch'io. Questo però non lo dicevo. Dicevo: « Ma non ti inventare stupidaggini, non siamo dipendenti. Smettiamo tutti e due quando vogliamo ».

Le giornate del novembre 1976 passarono tutte abbastanza uguali. Dalle due fino alle otto ero al *Bahnhof Zoo*, poi andavamo al Treibhaus, una discoteca, o sul Kurfürstendamm. Il giro che Detlef frequentava stava la sera al Treibhaus. Era un giro ancora più rovinato di quello del Sound. Là spesso ci rimanevo fino all'ultimo autobus, a mezzanotte e venti. In realtà vivevo solo i sabati quando dormivo da Detlef. Fare l'amore con lui diventava ogni sabato più bello quando non avevamo bucato troppo.

Arrivò dicembre. Faceva sempre più freddo. E io gelavo. Prima non avevo mai avuto freddo. Adesso gelavo sempre. Notavo che fisicamente ero proprio a terra. Lo seppi con esattezza a partire da un sabato all'inizio di dicembre. Ero sveglia, accanto a Detlef, nell'appartamento di Axel. Avevo un freddo bestiale. Stavo guardando una scatola. Improvvisamente mi ballò sotto gli occhi la scritta della scatola. Erano i colori che brillavano di un forte pazzesco e mi facevano male agli occhi. Era soprattutto un rosso che mi faceva paura. Del rosso avevo sempre avuto paura quando stavo in acido. In ero il rosso era un colore molto dolce. Quando uno stava sballato il rosso come tutti i colori diventava bello, come leggermente velato.

Adesso c'era di nuovo questo rosso aggressivo su questa dannata scatola. La mia bocca era piena di saliva. La ingoiavo ma mi tornava subito. Era come se ritornasse su. Poi la saliva scomparve e mi venne una bocca secca e appiccicosa. Tentai di bere qualcosa. Ma non funzionò. Tremavo dal freddo finché a un certo punto mi venne un gran caldo tanto che mi colava il sudore. Svegliai Detlef e gli dissi: « Mi sta succedendo qualcosa ».

Detlef mi guardò in faccia e disse: «Hai le pupille grosse quanto due piattini». Stette a lungo in silenzio e poi disse piano: «E così, ragazza mia, anche tu sei arrivata».

Tremavo di nuovo e dissi: «Ma che mi succede?»

Detlef disse: «Stai a rota».

Pensai: ah, e questo sarebbe stare a rota. Stai proprio a rota, vecchia bucomane. Non è poi così tremendo stare a rota. Pensai che gli altri facevano proprio tutta una scena su questa rota. Io in effetti non avevo dolori. Tremavo soltanto. I colori mi facevano impazzire e venire la saliva in bocca.

Detlef non disse più niente. Frugando nei suoi jeans tirò fuori un pacchetto e dell'acido ascorbico, prese un cucchiaino, scaldò la roba su una candela e mi diede la siringa già pronta. Il tremore mi rendeva difficile prendere la vena, ma poi ci riuscii abbastanza presto. Di nuovo mi sentii bene. I colori erano delicati e la saliva era sparita. Al momento non c'era più nessun problema e mi riaddormentai accanto a Detlef, che si era fatto anche lui subito una pera. Quando ci svegliammo a mezzogiorno chiesi a Detlef quanta roba aveva ancora.

Disse: «È chiaro che ti do un altro buco prima che stasera te ne vai via».

Dissi: «Ma ho bisogno di qualcosa anche per domani mattina».

Detlef: «Così tanta non ce l'ho. E non ho proprio nessuna voglia di andare alla stazione. È domenica e alla stazione di domenica non succede comunque niente».

Avevo paura e rabbia: «Cristo, ma non capisci! Se non posso farmi una pera domattina presto, poi sto a rota e non posso andare a scuola».

Detlef: «Te l'ho sempre detto, ragazza mia. Adesso anche tu sei arrivata».

Il pomeriggio andammo alla stazione. Avevo molto

tempo per pensarci su. La prima volta che stavo a rota. Adesso dipendevo dall'eroina e da Detlef. Che fossi dipendente da Detlef mi spaventò. Cosa era questa storia che ora Detlef mi costringeva la sera a chiedergli e a pregarlo di darmi la roba? Sapevo come i bucomani chiedono l'elemosina quando stanno a rota. Come si fanno umilare e sottomettere. Come diventano una nullità. Io non potevo pregare qualcuno, e men che mai Detlef. Se lui mi costringeva a pregarlo tra di noi sarebbe stata la fine. Non avevo mai dovuto pregare nessuno.

Alla fine Detlef trovò un cliente ed io aspettai un sacco di tempo che lui tornasse. Adesso dovevo sempre aspettare finché Detlef non mi dava la roba per il mattino dopo.

Quel pomeriggio ero proprio nera per questa cosa. Parlavo a mezza voce con me stessa. Mi dissi: allora Christiane, hai realizzato tutto quello che in realtà hai sempre voluto. Te lo eri immaginato così? No di certo. Ma ugualmente era questo che volevi. Hai sempre ammirato i vecchi bucomani. Adesso ci sei diventata. Adesso nessuno può dartela a intendere. Adesso non devi più fare la faccia incredula quando gli altri parlano della rota. Adesso nessuno ti può più trattare di merda. Adesso sei tu quella che tratta di merda gli altri.

Ma non mi riuscì di farmi coraggio per davvero. Continuamente mi veniva di pensare alla rota. Mi venne in mente come io avevo mandato in paranoia bucomani che stavano a rota. Non avevo mai cercato di capire per davvero quello che a loro succedeva. Avevo solo notato che erano tremendamente sensibili, che li si poteva ferire facilmente, e senza nessuno sforzo. Un bucomane che sta a rota non osa affatto ribattere, tanto è ridotto a una nullità. Con loro avevo spesso scatenato la mia smania di potere. Se ci si metteva d'impegno li si poteva distruggere con tutte le regole, proprio fargli venire un colpo. Bastava che si insistesse con cura sulle loro reali debolezze, girando e rigirando il coltello nella piaga e loro crollavano. Quando stavano a rota avevano sufficienti capacità di realizzare che erano dei miseri vermi. Tutti i vezzi da bucomani paraculi sparivano ed uno non si sentiva più al di sopra di tutto e di tutti.

Mi dissi: adesso ti mandano in paranoia se stai a rota. Scopriranno certamente che razza di miserabile sei in realtà. Ma tutto questo l'avresti dovuto sapere già da prima ed è ridicolo che solo oggi te ne renda conto.

I discorsi con me stessa non portarono a niente. Avrei dovuto parlare con qualcun altro. Sarei dovuta semplicemente andare da uno dei bucomani che stavano lì alla stazione. Invece di fare questo mi rincantucciai in un angolo vicino all'ufficio postale. Conoscevo già le battute che gli altri mi avrebbero detto. Mi era capitato abbastanza spesso di sentirle senza essere la diretta interessata: «Non te la prendere così, vecchio mio. Vai avanti. Qualcosa succede. Quando ne avrai veramente voglia puoi disintossicarti. C'è sempre il *valeron*. Anche Detlef non diceva altro che battute quando si trattava di ero.

Avevo solo mia madre con la quale avrei potuto parlare. Ma anche questo non andava. Non potevo farle questo. Pensavo: lei ti vuole bene. E anche tu le vuoi bene in un certo modo. Lei flipperebbe secca se tu le raccontassi tutto questo. E darti una mano non potrebbe comunque. Forse ti chiuderebbe dentro qualche istituto. Questo non ti aiuterebbe proprio. Con la costrizione nessuna gliela fa a uscir fuori dall'eroina. E tu proprio per niente. Ti verrebbe solo una voglia tremenda, scapperesti da questo istituto e ti daresti al vagabondaggio. Questo peggiorerebbe solo le cose.

Ricominciai a parlare a mezza voce con me stessa: cristo, smettila semplicemente con l'eroina. Stai un po' a rota all'inizio, ma gliela fai a superarla come se niente fosse. Quando Detlef ritorna tu gli dici: «La roba non la voglio. Smetto. E allora o smetti anche tu subito o ci separiamo. Hai ancora due quartini in tasca? Okay, amico. Ci facciamo ancora questa pera e da domani smettiamo». Notavo che mentre parlavo con me stessa mi tornava proprio la voglia di un buco. Quindi sussurrai a me stessa, come se avessi da tradire un segreto eccitante: Detlef non ci sta comunque. E tu ti separi da Detlef? Cristo, smettila di parlare a vanvera. Sii un attimo chiara e parla di cose reali. Sei arrivata difatti allo stadio finale. Hai chiuso. Sei proprio arrivata alla fine. Non hai avuto molto dalla vita ma era comunque questo quello che volevi.

Detlef ritornò. Senza parlare andammo nella Kurfürstenstrasse e trovammo il nostro fornitore abituale. Ebbi un quartino, presi la metropolitana per tornare a casa e mi rincantucciai nella mia stanza.

Due domeniche più tardi Detlef ed io stavamo soli a casa di Axel. Era pomeriggio. Ci diceva proprio male. Il sabato non avevamo trovato il nostro fornitore abituale ed eravamo stati fregati da un altro tizio. La roba che ci aveva venduto era così cattiva che la mattina ci eravamo dovuti fare una dose doppia, e cioè tutto quello che avevamo, per poter tirare la giornata. Detlef ricominciò a sudare e anch'io mi accorsi che il momento di stare a rota non era tanto lontano.

Ci mettemmo a cercare in tutto l'appartamento qualsiasi cosa con cui ci si potesse far dei soldi. Ma sapevamo fin dall'inizio che non c'era più niente. Dalla macchinetta del caffè alla radio tutto sparito, venduto per bucarsi. Solo l'aspirapolvere stava ancora in giro. Ma era così vecchio che non ci avremmo ricavato neanche un marco.

Detlef disse: «Senti, in qualche modo dobbiamo rimediare dei soldi presto. Al più in due ore stiamo a rota completa e non gliela facciamo più. La domenica è impossibile che da solo riesco a trovare i soldi. Tu mi devi aiutare. La cosa migliore è che tu vada al Sound e che rimedi con una colletta. Devi riuscire a mettere assieme quaranta marchi. Se io mi faccio un cliente per quaranta o cinquanta marchi ci rimane qualcosa anche per domani mattina. Ce la fai?».

Dissi: «Certo che ce la faccio. Lo sai che fare la colletta è il mio forte». Ci mettemmo d'accordo che ci saremmo trovati al massimo dopo due ore. Mi era già successo spesso di fare la colletta al Sound. Qualche volta solo perché mi andava. Aveva sempre funzionato. Ma quella sera non succedeva proprio niente. Bisognava prima studiarsi bene i tizi che si vuole fermare, bisogna presentarsi, magari chiacchierare un po' ed essere paraculi. Semplicemente bisogna divertirsi a fare la colletta.

Io stavo quasi a rota e non era come al solito. Dopo mezz'ora avevo rimediato sei marchi e ottanta. Pensai che non ce la l'avrei mai fatta. Pensai a Detlef che adesso doveva stare alla stazione, dove la sera della domenica ci sono solo le famiglie coi bambini che tornano a casa dopo essere stati a prendere il caffè dai nonni. E in più Detlef stava a rota. Non ce la faceva comunque a farsi un cliente. Mi prese il panico.

Senza un piano preciso uscii in strada. Avevo comunque ancora la speranza che fare la colletta fuori dal Sound poteva andare meglio. Davanti all'ingresso si fermò un grossa Mercedes. Succede spesso che grosse macchine stanno ferme o passano lentamente davanti al Sound. Perché da nessun'altra parte la carne di pollastra costa così poco come davanti al Sound. Ci sono ragazze che non hanno neanche un marco per l'ingresso perché hanno finito tutti i soldi. E lo fanno per un biglietto d'ingresso e per un paio di coca-cola.

Il tipo della Mercedes mi fece un cenno. Lo riconobbi. Stava spesso davanti al Sound e già una volta aveva attaccato con me, chiedendomi se mi volevo guadagnare cento marchi. Io gli avevo chiesto cosa voleva per questo e lui aveva risposto: «Niente di speciale». Io gli avevo riso in faccia.

Non so esattamente cosa pensai in quel momento. Forse non molto. Forse pensai: adesso vai da questo tizio e cerchi di scoprire cosa vuole esattamente. Forse riesco a rimediare da lui un paio di bigliettoni. Lui in tutti i casi stava lì che faceva cenni come un pazzo e improvvisamente mi trovai vicino alla sua macchina. Lui disse che dovevo salire. Non poteva stare fermo a lungo in quel posto. Io salii.

In effetti sapevo esattamente quello che sarebbe successo. E cioè che era una cosa che non c'entrava niente con la colletta. In realtà i clienti non erano più per me degli esseri di un altro mondo. Conoscevo il film che adesso cominciava. Grazie a quello che avevo osservato alla stazione della metropolitana e grazie ai racconti dei ragazzi. Così sapevo che non è il cliente, ma il battone, quello che detta le condizioni. Tentai quindi di essere assolutamente paracula. Non tremavo. Parlando trattenevo solo troppo il fiato e mi sforzavo di terminare le frasi che dicevo con lo stesso tono paraculo. Chiesi: «Che c'è?».

Lui disse: «Cosa vuoi che ci sia? Cento marchi. Sei d'accordo?».

Risposi. «Scopare o cose del genere con me non se ne parla». Lui chiese «Perché?» e a me nell'agitazione venne da rispondere solo la verità: «Stammi a sentire. Ho un ragazzo ed è l'unico con cui fino ad oggi sono andata a letto. E l'unico deve anche rimanere».

Disse: «Va bene. Allora mi fai un pompino».

Dissi: «No, neanche questo faccio. Mi viene da vomitare». Adesso ero veramente molto paracula.

Lui non si fece per niente innervosire. Disse: «Okay, allora mi fai una sega».

Dissi: «Chiaro, te la faccio. Per cento marchi». In quel momento pensai che non era vero. Più tardi capii che quel tipo era impazzito per me. Perché non esisteva che uno paga cento marchi per una sega, e per di più a una rimorchiata dove battono le ragazzine per pochi soldi, sulla Kurfürstenstrasse. A lui gli era piaciuta un sacco la mia paura, una paura che veramente non riuscivo a nascondere. Si era reso conto che non era una scena la mia, da come stavo seduta, spiaccicata contro la portiera e con la mano destra sulla maniglia.

Quando la macchina partì mi venne una strizza infernale. Pensai: vuole certamente di più e si prenderà con la forza il corrispettivo dei cento marchi. Oppure non pagherà per niente. Lui si fermò in un parco nelle vicinanze. Un parco che avevo già spesso attraversato a piedi. Un vero parco di mignotte. Dappertutto preservativi e fazzoletti di carta.

Adesso tremavo proprio e mi sentivo anche un po' male. Ma il tizio rimaneva completamente calmo. Mi rivenne coraggio e dissi quello che, secondo le regole del battonaggio, dovevo dire: «Prima i soldi». Lui mi diede un biglietto da cento marchi. Io continuavo ad avere strizza. Conoscevo abbastanza storie di clienti che dopo si erano ripresi i soldi con la forza. Ma sapevo che dovevo fare. Nel nostro gruppo, negli ultimi tempi, i ragazzi continuamente non facevano altro che scambiarsi le esperienze con i clienti, perché molte altre cose da dirsi non ne avevano più.

Aspettai il momento in cui lui si aprì i calzoni ed era quindi occupato con se stesso. Allora nascosi la banconota negli stivali. Lui era pronto ed io stavo ancora seduta all'angolo estremo del sedile e tentavo di non muovermi. Non vedevo più lui dove stava e a tentoni lo cercai con la mano sinistra. Il mio braccio non era abbastanza lungo e dovetti spostarmi un po' verso di lui. E dovetti anche per un attimo guardare prima di avere il suo coso in mano.

Mi sentivo male e gelavo. Guardavo fuori dal finestrino e tentavo di concentrarmi su qualche altra cosa. Sulla luce dei fari delle macchine che filtrava tra i cespugli e sulle luci delle pubblicità che riuscivo a vedere. Fu abbastanza rapido.

Il tizio tirò fuori di nuovo il portafoglio. Lo teneva in modo tale che io ci potevo vedere dentro. Vidi biglietti da cinquecento marchi e da cento. Lui voleva far colpo e comunque allettarmi per la prossima volta. Mi diede ancora venti marchi. Di mancia.

Quando fui di nuovo fuori dalla macchina mi calmai completamente. Feci una specie di bilancio: questo è il tuo secondo uomo. Hai quattordici anni. Meno di quattro settimane fa sei stata sverginata. E adesso vai a battere.

Non pensavo più né al tizio né a quello che avevo fatto. Mi sentivo tutta felice. Per via dei centoventi marchi negli stivali. Non avevo mai avuto tanti soldi tutti assieme. Non pensavo a Detlef né a quello che lui ora avrebbe detto. Stavo già a rota per bene e avevo una voglia pazza del buco. Pensavo solo al buco. Ebbi fortuna. Trovai il nostro fornitore abituale. Come vide il denaro lui mi chiese: «Ma da dove lo hai preso? Sei andata a far marchette?» Risposi: «Ma sei matto. Io andare a far marchette! Prima di fare una cosa del genere smetto di bucare. Sul serio. No, è che mio padre si è ricordato di avere una figlia e mi ha dato dei soldi».

Per ottanta marchi comprai due quartini. I quartini erano una dose nuova sul mercato. In un pacchettino c'era dentro circa un quarto di grammo. Prima con un quartino ci rientravamo in tre. Adesso bastava appena appena a me e a Detlef.

Andai nei gabinetti della Kurfürstenstrasse e mi feci un pera. La roba era perfetta. Il resto dell'ero, assieme ai quaranta marchi che avevo ancora, lo infilai nella custodia di plastica del mio abbonamento mensile da studente.

Fare la marchetta e procurarmi la roba era durato esattamente un quarto d'ora. Dunque erano solo tre quarti d'ora che stavo in giro. Ero sicura che Detlef stava ancora al *Bahnhof Zoo* e presi la metropolitana per tornarci. Detlef stava là. Come un disgraziato. Naturalmente, di domenica e mentre stava a rota, non aveva rimediato un cliente. Dissi « Vieni, ho qualcosa ».

Lui non chiese da dove veniva la roba che avevo. Non disse assolutamente nulla. Tirai fuori dalla tasca la tessera di abbonamento, lui aprì il pacchetto e mise la roba sul cucchiaio. Mentre la riscaldava fissò la custodia della tessera dentro la quale c'era ancora un quartino e due biglietti da venti marchi. Chiese allora: « Dove hai preso i soldi? ».

Dissi: « La colletta non andava. Era impossibile. C'era un tizio con un sacco di grana, e gli ho fatto una sega. Davvero, solo una sega. Che cosa avrei dovuto fare altrimenti? L'ho fatto per te ».

Detlef flippò mentre ancora stavo parlando. Aveva una faccia pazzesca.

Urlò: « Tu menti. Nessuno ti dà cento marchi per una sega. Tu mi stai mentendo. E poi, che vuol dire *solo* una sega? ». Non ce la faceva più. Stava a rota di brutto. Tremava in tutto il corpo, la sua camicia era zuppa di sudore, aveva crampi alle gambe.

Si legò il braccio. Io sedevo sul bordo della vasca da bagno e piangevo. Pensai: Detlef ha perfettamente ragione a flippare. Piangevo e aspettavo che la pera gli facesse effetto. Ero sicura che poi mi avrebbe dato uno schiaffo. Non mi sarei offesa.

Detlef si tirò fuori la siringa dal braccio e disse: « Ti porto all'autobus ». Presi un po' di roba dal pacchetto del secondo quartino e glielo diedi. Lui se la infilò nei jeans senza dire nulla. Andammo fino alla fermata dell'autobus. Detlef non disse ancora nulla. Avrei voluto che urlasse, che per colpa mia mi picchiasse, che dicesse per lo meno qualcosa. Dissi: « Ehi, amico, di' qualcosa ». E lui non disse niente, assolutamente niente.

Quando eravamo alla fermata e l'autobus arrivò io non

salii. Quando l'autobus se ne andò dissi: «Senti, quello che ti ho raccontato è la pura verità, gli ho fatto veramente solo una sega, e non era una cosa così tremenda. Mi devi credere. Oppure non ti fidi più di me?».

Detlef disse: «Okay, ti credo».

Dissi: «Senti, l'ho fatto veramente solo per te».

Detlef alzò la voce: «Non dire cazzate. L'hai fatto per te. Stavi a rota e l'hai fatto. Favoloso. L'avresti fatto anche se io non fossi esistito per niente. Cristo, mettitelo in testa. Adesso sei una bucomane. Sei completamente dipendente dall'eroina. Tutto quello che fai lo fai solo per te».

Dissi: «Hai ragione. Ma stammi a sentire. Dobbiamo continuare a fare così. Tu non ce la fai più da solo. Abbiamo bisogno di troppa roba. Non voglio neanche che tu solo vai a far marchette. Adesso facciamo al contrario. Nei primi tempi posso certamente fare un mucchio di grana. Senza scopare o cose del genere. Ti prometto che non scoperò con nessun cliente».

Detlef non disse nulla. Mi mise un braccio intorno alle spalle. Aveva cominciato a piovere. Non sapevo se le gocce sulla sua faccia erano di pioggia o erano lacrime. Si fermò di nuovo un autobus. Dissi: «Tutto è ormai proprio senza via d'uscita. Ti ricordi quando ancora ci impasticcavamo o fumavamo. Ci sentivamo completamente liberi. Eravamo completamente indipendenti. Non avevamo bisogno di nulla e di nessuno. Così ci sentivamo. E adesso siamo proprio completamente dipendenti».

Arrivarono ancora quattro o cinque autobus. Stavamo lì a parlare di cose tristi. Io piangevo e Detlef mi teneva tra le braccia. Alla fine lui disse: «In qualche modo torneremo come prima. Alla fine semplicemente ci disintossicheremo. Noi due ce la facciamo. Mi procurerò del *valeron*. Domani stesso mi rivolgo a qualcuno per avere del *valeron*. Quando ci disintossicheremo, lo faremo assieme.»

Arrivò di nuovo un autobus. E Detlef mi ci spinse su.

A casa feci tutto meccanicamente come ogni sera. Andai in cucina e mi presi uno yogurt dal frigorifero. In realtà lo yogurt me lo portavo a letto in modo che non ci si accorgesse che prendevo con me un cucchiaio. Ne avevo bisogno al mattino per scaldarci la roba. Dal bagno presi ancora un bicchiere d'acqua. Per pulire la siringa il mattino dopo.

Il mattino dopo fu un giorno come tutti gli altri. Mia madre mi svegliò alle sette meno un quarto. Poi rimasi a letto facendo finta di non sentire. Lei veniva a darmi ai nervi ogni cinque minuti. Dissi alla fine: «Sì, mi alzo subito». Ed io contai i minuti che mancavano alle sette e un quarto. A quell'ora doveva uscire di casa per andare a lavorare se non voleva perdere la metropolitana. E lei la metropolitana non la perdeva mai. In realtà anch'io sarei dovuta uscire di casa alle sette e un quarto per arrivare in tempo a scuola.

Quando finalmente la porta si chiudeva tutto si svolgeva automaticamente. I jeans dai quali tirai fuori la carta stagnola con la mia «cipria» stavano davanti al letto. La mia busta di plastica era lì vicino con dentro le cose per il trucco, un pacchetto di sigarette senza filtro, una boccetta di acido citrico, e una siringa avvolta nella carta igienica. La siringa era come al solito quasi sempre otturata. Quel maledetto tabacco delle sigarette volava dappertuto dentro la busta di plastica e insozzava la siringa. Io pulivo la siringa d'acqua, mettevo la roba sul cucchiaio dello yogurt, ci buttavo sopra qualche goccia del succo di limone, scaldavo, mi legavo il braccio, eccetera. Per me era come se la mattina per abitudine mi accendessi al letto la prima sigaretta. Dopo la pera mi riaddormentavo di nuovo e arrivavo a scuola solo alla terza ora o alla quarta ora. Arrivavo sempre più tardi quando la pera me la facevo a casa.

Qualche volta a mia madre riusciva di buttarmi giù dal letto e di portarmi con lei alla metropolitana. Allora la pera me la dovevo fare nei gabinetti della stazione della metropolitana di Moritzplaz. Era abbastanza sgradevole perché questo gabinetto era particolarmente scuro e puzzolente. Le pareti erano piene di buchi. Dietro a questi buchi c'erano accoccolati stranieri ed altri guardoni che si eccitavano quando le ragazze andavano a pisciare. Avevo sempre paura che per la disillusione di vedermi che mi facevo solo una pera andassero a chiamare i poliziotti.

La siringa me la portavo quasi sempre a scuola. Per tutti i casi. In caso che per qualche motivo dovessi rimanerci più a lungo o ci fosse una manifestazione nell'aula magna o che non potessi tornare per niente a casa a mezzogiorno. Allora qualche volta dovevo farmi una pera a scuola. Le porte dei cessi di scuola erano tutte rotte. La mia amica Renate lo sapeva che mi bucavo. La maggior parte della mia classe lo sapeva, credo. Ma non si facevano problemi per questo. In ogni caso a Gropiusstadt non era più un fatto sensazionale che ci fosse qualcuno che era drogato.

Durante le ore di scuola, alle quali ancora prendevo parte, stavo solo a sonnecchiare totalmente apatica. Qualche volta proprio profondamente, con gli occhi chiusi e la testa sul banco. Quando la mattina mi ero fatta sufficientemente riuscivo solo a spiccicare con fatica due parole. Gli insegnanti dovevano accorgersene di quello che mi succedeva. Ma uno solo in quel periodo mi parlò una volta di stupefacenti e mi chiese persino quali erano i miei problemi. Gli altri agivano come se io fossi semplicemente una scolara pigra e mezzo addormentata e mi davano i voti più bassi. Comunque avevo degli insegnanti che per la maggior parte erano tutti felici solo se conoscevano i nostri nomi. Con loro non c'era nessun contatto personale. Presto non dissero nulla sul fatto che non facevo più i compiti. E tiravano fuori il loro registro solo quando sul compito in classe ci scrivevo «Non so farlo», lo ridavo subito e poi mi mettevo a scarabocchiare qualche scemenza. La maggior parte degli insegnanti, credo, non si interessavano della scuola più di quanto me ne interessassi io. Anche loro si erano completamente rassegnati ed erano come felici quando l'ora finiva e non c'era casino.

Dopo quella sera in cui per la prima volta avevo rimediato soldi con un cliente tutto continuò come prima.

Ogni giorno ripetevo a Detlef che anch'io dovevo tirar su la grana in qualche modo, e cioè qualcosa di più del paio di marchi che giornalmente riuscivo a rimediare con la colletta. Detlef reagiva diventando geloso. Ma anche lui si era reso conto da parecchio che così non poteva più andare e propose di far marchette assieme.

Nel frattempo lui sapeva regolarsi abbastanza con i clienti e sapevo che c'erano dei bisessuali, e anche froci, che ci avrebbero provato volentieri ad avere lì anche una ragazza, a patto naturalmente che anche il ragazzo fosse in ogni caso presente. Detlef disse che avrebbe cercato dei clienti che non mi avrebbero toccata e che non avrebbero voluto assolutamente scopare con me. Clienti che volevano solo che si organizzasse qualche numero. Per Detlef questi erano comunque i clienti preferiti. Lui era convinto che noi due assieme avremmo potuto guadagnare cento marchi e anche di più. Il primo cliente che Detlef scelse per noi fu «Max-balbuzia». Noi lo chiamavamo «Max-balbuzia». Era un cliente abituale di Detlef che nel frattempo anch'io conoscevo abbastanza bene, Detlef diceva che Max-balbuzia voleva solo essere picchiato. Io mi sarei dovuta in ogni caso spogliare dalla vita in su. A me mi stava bene. Questa storia del picchiare la trovavo proprio buona perché pensavo che così potevo sfogare la mia aggressività verso i clienti di Detlef. Max-balbuzia era anche tutto infervorato quando Detlef gli propose di portare anche me. Naturalmente per il doppio del prezzo. Prendemmo appuntamento per il lunedì, alle tre del pomeriggio al *Bahnhof Zoo*.

Come sempre arrivai in ritardo. Max-balbuzia era già là. Solo Detlef naturalmente non c'era. Come tutti i bucomani era assolutamente inaffidabile. Subito mi venne da pensare giustamente che Detlef si era già fatto un cliente, che aveva pagato bene, e che quindi ora stava con lui a prendersela con calma. Aspettai ancora quasi mezz'ora assieme a Max-balbuzia. Detlef non arrivava. Io mi cagavo sotto dalla strizza. Ma Max-balbuzia chiaramente aveva ancora più paura. Tentava continuamente di spiegarmi che da più di dieci anni non aveva avuto niente a che fare con una ragazza. Quasi non riusciva a finire le parole. Già di solito balbettava forte. Adesso non si capiva quasi quello che diceva.

Io non la reggevo di stare con lui alla stazione. In qualche modo volevo finire questa storia. Inoltre non avevo più roba e avevo paura di stare a rota prima di riuscire a liquidare la faccenda con Max-balbuzia. Quanto più sentivo la sua paura tanto più diventavo sicura di me. Mi accorsi che in quella situazione ero semplicemente io che dominavo lui. Gli dissi alla fine, assolutamente paracula: « Vieni, amico. Detlef ci ha dato comunque una buca. Tu te la farai solo con me. Ma il prezzo resta quello che hai pattuito con Detlef: centocinquanta marchi ».

Lui balbettò effettivamente un « sì » e si mosse. Sembrava completamente privo di volontà. Lo presi a braccetto e me lo portai dietro.

Sapevo da Detlef la triste storia di Max-balbuzia. Faceva l'operaio semplice. Era sulla trentina e veniva da Amburgo. Sua madre era una prostituta. Da bambino aveva ricevuto un mare di botte. Dalla madre e dai suoi magnaccia e negli istituti dove era stato. Lo avevano talmente bastonato che lui per la paura non aveva mai imparato a parlare per bene e aveva bisogno delle botte per soddisfarsi sessualmente.

Andammo tutti e due a casa sua. Per prima cosa pretesi i soldi malgrado lui fosse un cliente abituale col quale non c'era in realtà bisogno di essere prudenti. Mi diede per davvero centocinquanta marchi ed ero un po' orgogliosa del fatto che in maniera così paracula ero riuscita a farmi dare da lui così tanti soldi.

Mi tolsi la maglietta e lui mi diede la frusta. Fu tutto come al cinema. Io non ero me stessa. All'inizio non picchiavo sul serio. Ma lui piagnucolò che dovevo fargli male. Allora a un certo punto gli ho dato proprio giù. Lui gridava «mamma» e non so cos'altro. Non lo stavo a sentire. Tentavo anche di non guardarlo. Ma vidi comunque come i segni della frusta sul suo corpo si ingrossavano e in alcuni punti la pelle proprio si spaccava. Fu così disgustoso e durò quasi un'ora.

Quando alla fine lui ebbe fatto mi rimisi la maglietta e scappai via. Uscii di corsa dalla porta, poi giù per le scale e gliela feci a reggere. Ma davanti alla casa non riuscii a trattenere il mio maledetto stomaco e dovetti vomitare. Dopo che vomitai passò tutto. Non piansi e non ebbi neanche la minima compassione per me stessa. In un certo senso mi era chiaro che in questa situazione mi ci ero cacciata da me stessa e che ero appunto nella merda. Andai alla stazione. Detlef era lì. Non raccontai molto. Solo che avevo fatto il lavoro con Max-balbuzia. Lui tirò fuori dai jeans un biglietto da cento marchi che aveva rimediato dal suo cliente. A braccetto ce ne andammo in giro e comprammo roba in abbondanza. La giornata diventò proprio bella.

Da quel momento i soldi per la roba me li guadagnavo la maggior parte da sola. Alla stazione facevo un gran colpo sui clienti e potevo scegliere chi mi andava bene e stabilire anche le condizioni. Sostanzialmente non andavo con gli stranieri. Per tutte le ragazze che stavano alla stazione questa era la peggior cosa. Questi zulù — dicevano — erano spesso dei porci imbroglioni, non avevano soldi, la maggior parte delle volte pagavano solo venti o trenta marchi e volevano sempre scopare veramente, ed anche senza preservativo.

Di scopare con i clienti, per me, anche in seguito non se ne parlava proprio. Era l'ultimo pezzetto di intimità che davo solo a Detlef. Coi clienti facevo con la mano e poi anche alla francese cioè con la bocca. Non era così terribile quando ero io che facevo qualcosa a loro, ma loro non facevano niente a me. Soprattutto non dovevano abbracciarmi. Quando ci provavano scattavo.

Tentavo di patteggiare le condizioni sempre prima, alla stazione. Con quelli che fin da subito mi puzzavano non ci trattavo per niente. Tuttavia il mio ultimo residuo di orgoglio mi costava molto tempo. Durava spesso tutto il pomeriggio finché non trovavo un cliente col quale tutto era okay. E raramente Detlef e io avemmo tutti quei soldi come il giorno che ero stata per la prima volta da Max-balbuzia.

Max-balbuzia diventò il cliente abituale comune mio e di Detlef. Qualche volta ci andavamo insieme, qualche volta uno di noi due da solo. Max-balbuzia era in realtà una persona per bene. In ogni caso ci voleva bene a tutti e due. Naturalmente non poteva, col suo salario di operaio, continuare a pagare ogni volta centocinquanta marchi. Ma quaranta marchi, il prezzo di un buco, riusciva sempre a racimolarli. Una volta ruppe persino il suo porcellino salvadanaio e da una scodella prese delle monetine e contandole una per una arrivò a quaranta marchi. Quando avevo fretta potevo anche passare di corsa da lui e incassare venti marchi. Gli dicevo che sarei tornata l'indomani alla tale ora e che quindi gli avrei fatto il lavoro per venti marchi. Se lui ce li aveva era d'accordo.

Max-balbuzia ci aspettava sempre. Per me c'era sempre la mia bevanda preferita, il succo di ciliegia, per Detlef il suo piatto preferito, il budino di semola. Max-balbuzia lo cucinava lui stesso. Inoltre mi offriva sempre una scelta di yogurt Danone e di cioccolato perché sapeva che dopo il lavoro mangiavo volentieri qualcosa. La frustata per me era diventata un semplice fatto di routine e dopo mangiavo bevevo e chiacchieravo un po' con Max-balbuzia.

Lui diventava sempre più magro. Realmente spendeva per noi fino all'ultimo centesimo e per se stesso non poteva comprarsi abbastanza da mangiare. Si era così abituato a noi ed era così felice che quasi non balbettava più quando era con noi. Subito al mattino si comprava sempre un paio di giornali. Per vedere se dentro c'era una notizia su un morto per eroina. Un giorno che andai da lui per sgraffignargli venti marchi lo trovai che balbettava come un pazzo ed era proprio sbiancato in faccia. Quel giorno c'era sul giornale che un certo Detlef W. era l'ennesima vittima dell'eroina dell'anno. Quasi pianse di gioia quando gli dissi che il mio Detlef l'avevo appena visto abbastanza vitale, ancora. Si mise a dirmi, come faceva spesso, che dovevamo proprio smetterla con l'eroina, altrimenti anche noi saremmo morti. Gli dissi gelida che se noi smettevamo con l'eroina non saremmo più neanche andati da lui. A quel punto tacque.

Detlef ed io avevamo un rapporto strano con Max-balbuzia. Noi odiavamo tutti i clienti. Quindi odiavamo anche Max-balbuzia. Ma in un certo senso lo trovavamo proprio una persona per bene. Forse perché era sempre buono per rimediare senza problemi venti marchi. Poi sicuramente avevamo anche come compassione per lui. Era un cliente al quale in sostanza le cose andavano ancora più di merda che a noi. Era comunque totalmente solo e aveva solo noi. Per noi si distruggeva. Ma su questo non ci fermavamo a pensare. In seguito distruggemmo anche altri clienti.

Qualche volta da Max-balbuzia ci siamo perfino fermati a guardare piacevolmente la televisione e poi a dormire. Lui ci dava il suo letto e si metteva sul pavimento. Una notte eravamo proprio nel trip giusto. Max-balbuzia mise su della musica pazzesca, in testa si mise una parrucca coi capelli lunghi e addosso una pelliccia incredibile. Poi si mise a ballare come un pazzo e noi ci schiattammo dalle risate. Improvvisamente inciampò, cadde e sbatté la testa contro la sua macchina da cucire. Per un paio di minuti rimase proprio senza coscienza. Ci preoccupammo proprio un sacco e telefonammo a un medico. Max-balbuzia ebbe una commozione cerebrale e dovette rimanere a letto per due settimane.

Poco tempo dopo venne cacciato via dal suo lavoro. Era completamente a terra, anche senza aver provato mai la droga. I bucomani lo avevano mandato completamente in paranoia. I bucomani eravamo noi. Lui implorò che per lo meno lo andassimo a trovare qualche volta. Ma visite così, per amicizia, non esistono veramente per un bucomane. Prima di tutto perché non è in grado di dare agli altri tanti sentimenti. Ma poi soprattutto perché sta tutto il giorno in giro a beccare i soldi per la roba e non ha proprio tempo per cose del genere. Detlef spiegò tutto questo freddamente a Max-balbuzia quando lui ci promise che ci avrebbe dato soldi in abbondanza non appena avesse di nuovo avuto qualche soldo: «Un bucomane è come un uomo d'affari, ogni giorno deve preoccuparsi che i conti di cassa tornino. Non può semplicemente far credito per amicizia o per simpatia».

Dopo un po' che cominciai a far marchette ci fu un incontro felice. Successe al *Bahnhof Zoo.* Aspettavo clienti e improvvisamente accanto a me c'era Babsi, la ragazzina che un paio di mesi prima al Sound mi aveva fermato per l'LSD. Babsi, allora dodicenne, scappata di casa per casini a scuola, che si era fatta rapidamente un paio di sniffate prima di essere riacchiappata e riportata dai nonni.

Ci guardammo, capimmo tutto, ci gettammo tra le braccia e ci baciammo. Lei era contenta da pazzi e anch'io lo ero. Babsi era diventata pazzescamente magra. Non aveva né seno né sedere. Ma era quasi ancora più bella. I suoi capelli biondi, lunghi fino alle spalle, erano molto curati ed era conciata perfetta. Al primo sguardo avevo capito che era strafatta di ero. Non avevo neanche avuto bisogno di guardare le sue pupille piccole come spilli. Ma pensai che a chi non se ne intendeva di bucomani non sarebbe mai venuto in mente che questa bambina deliziosa era una bucomane.

Babsi era molto tranquilla. Non aveva niente dell'agitazione degli altri bucomani che tutto il giorno corrono a caccia dei soldi per la roba. Babsi disse subito che lei non aveva bisogno di farsi un cliente e mi avrebbe dato una pera e anche qualcosa da mangiare.

Andammo su al caffè-terrazza della stazione. Che eravamo strafatte e andavamo a far marchette non c'era più bisogno di dirselo. Ma Babsi non affrontò di sua iniziativa l'argomento da dove prendeva tanta roba e tanti soldi. Raccontò solo che, dopo che era scappata, a casa ora erano piuttosto severi. Ogni sera doveva essere a casa tra le sette e le otto e doveva andare regolarmente a scuola. Sua nonna le stava terribilmente dietro.

Alla fine le feci una domanda diretta e lei disse: « Ho un cliente fisso. Un tipo abbastanza anzianotto, ma stupendo come cliente. Il pomeriggio vado da lui in taxi. Lui non mi dà grana, ma roba. Tre quartini al giorno. Arrivano anche altre ragazze che ricevono da lui direttamente l'ero. Ma al momento lui tiene solo a me. In un'ora ho fatto. Senza scopare naturalmente. Solo mi spoglio, qualche volta mi faccio fotografare, chiacchiero, e poi, già naturalmente, si fa alla francese. Scopare per me non esiste proprio ».

Heinz si chiamava il suo cliente fisso. Aveva un negozio di cartoleria. Avevo già sentito parlare di lui. Appunto che era un cliente stupendo perché dava direttamente ero e ci si risparmiavano tutte le corse in giro. Ero veramente invidiosa di Babsi, che la sera al massimo alle otto era a casa, poteva sempre dormire a sufficienza e poteva vivere senza tutta quella frenesia nevrotizzante.

Babsi aveva tutto. Persino un sacco di siringhe. Quelle che si possono adoperare una volta sola e che erano già abbastanza difficili da trovare. La mia era di nuovo così spuntata che dovevo farle la punta sulla parte abrasiva di una scatola di fiammiferi per potermela poi cacciare in vena. Babsi ne aveva un sacco. Mi promise tre stantuffi e tre aghi.

Un paio di giorni più tardi incontrai anche Stella al *Bahnhof Zoo*, l'amica di Babsi, che allora era stata con lei in giro senza casa e che aveva cominciato a provare l'ero ancora prima di Babsi. Abbracci, bacetti, gioia tremenda. Anche Stella nel frattempo era strafatta. Le cose non le andavano così bene come a Babsi. Suo padre era morto da due anni in un incendio e sua madre aveva aperto una birreria assieme al suo amico italiano e aveva cominciato a bere. Stella aveva sempre preso i soldi per la roba dalla birreria. Ma quando aveva rubato cinquanta marchi dal portafoglio dell'amico della madre la cosa era stata scoperta. Lei non aveva più avuto il coraggio di tornare a casa e adesso era di nuovo vagabonda.

Quando fummo sul caffè-terrazza della stazione il discorso andò automaticamente sui clienti. Stella mi chiarì prima di tutto la situazione della sua migliore amica Babsi. Mi disse che lei era completamente a terra. Che questo Heinz era nei fatti un tipo miserabile. Un miserabile, vecchio, grasso, sudato individuo che con Babsi scopava con tutte le regole. Stella disse. «Questo sarebbe la peggio cosa per me. Scopare con uno così. Scopare comunque con un cliente. Tanto vale andare con gli zulù. Fare un pompino ogni tanto, okay. Ma scopare è proprio il peggio».

Io ero proprio sconvolta a sentire a che punto era arrivata Babsi. Al momento non riuscivo ad essere abbastanza sveglia per indagare il perché Stella mi raccontava tutto questo. Venni a sapere successivamente da Babsi che questo Heinz era stato prima il cliente fisso di Stella. Per questo Stella sapeva esattamente cosa pretendeva lui per un quartino. Più tardi l'avrei dovuto sperimentare sulla mia pelle.

Sulla terrazza Stella mi disse che lei trovava che far marchette al *Bahnhof Zoo* era proprio la peggio cosa: «Ci sono solo le più rovinate. E gli stranieri come clienti. Per me non esiste di essere continuamente avvicinata da questi sporchi zulù».

Stella batteva sulla Kurfürstenstrasse, con gli automobilisti, che era il posto dove battevano le ragazzine. C'erano quasi solo bucomani e soprattutto tredici, quattordicenni. Io avevo un orrore tremendo di andare a battere con gli automobilisti, dove non si poteva praticamente controllare nella macchina di chi salivi. Allora dissi: «Battere con gli automobilisti è proprio la peggio cosa. Lo fanno pure per venti marchi. Due clienti per un buco, questo proprio non lo reggerei».

Ci litigammo per un'ora se la cosa più miserabile era battere al *Bahnhof Zoo* o sulla Kurfürstentrasse. Nel frattempo fummo d'accordo sul fatto che Babsi era proprio l'ultimo pezzo di merda se con quel tizio ci scopava.

Il nostro ritrovarci cominciò con le liti sulle nostre esperienze di battone. Fu una lite che Babsi, Stella ed io nei mesi a venire proseguimmo ogni giorno. Erano litigate su chi di noi stava più infilata nella merda. Ognuna voleva dimostrare alle altre che lei non c'era ancora così dentro. Quando ci trovavamo in due parlavamo male della terza.

La meglio cosa era naturalmente riuscire a cavarsela senza clienti. Stella ed io il primo giorno che ci rincontrammo ci convincemmo che ce la potevamo fare senza clienti. Volevamo mettere insieme i soldi facendo collette e rubando. Stella aveva un'intera riserva di trucchi.

Andammo subito al Kadewe, i «grandi magazzini dell'occidente», per sperimentare un trucco super. Si svolgeva nei cessi per signore. Si aspettava finché un paio di vecchie signore sparivano dentro ai cessi. Loro il più delle volte appendevano la borsa alla maniglia della porta. Quando si slacciavano il busto e si appollaiavano sulla tazza, con un colpo fulmineo si abbassava la maniglia della porta. Le borse cadevano per terra e facilmente si potevano acchiappare attraverso lo spazio aperto tra la porta del cesso e il pavimento. Le vecchie dame naturalmente non osavano uscir fuori a culo nudo. E fin tanto che non si riallacciavano il busto uno già era arrivato chissà dove.

Ci mettemmo dunque a far la posta ai gabinetti del Kadewe. Ma tutte le volte che Stella diceva che era il momento buono mi veniva la strizza. Da sola lei non voleva farlo. Inoltre ci volevano proprio quattro mani per acchiappare tutte le borse con sufficiente rapidità. E così quei gran soldi che dovevamo fare nei cessi delle signore non si videro. Io non avevo mai avuto i nervi adatti per rubare, e diventavano sempre peggio.

Dopo alcuni altri insuccessi a far collette e a rubare Stella ed io decidemmo di far marchette insieme. Io non mollai che lo facessimo alla stazione della metropolitana. Andavamo dunque insieme con un solo cliente. Questo aveva contemporaneamente diversi vantaggi. Uno di questi vantaggi non ce lo dicevamo: ognuna poteva tenere l'altra sotto controllo. Sapeva dunque fino a che punto l'altra arrivava veramente con un cliente. Ma in due ci sentivamo anche più sicure. In due era più difficile fregarci e potevamo difenderci meglio se il cliente non si voleva attenere ai patti. E in due si faceva più in fretta. Una teneva occupato il cliente sopra, l'altra di sotto, e la cosa finiva in un baleno.

D'altra parte era più difficile trovare clienti che volevano pagare per due ragazze. E c'erano anche dei clienti esperti che avevano semplicemente paura di due ragazze. In due un tizio lo si può fregare facilmente. Mentre una lo tiene occupato per bene l'altra arriva al portafoglio. Era soprattutto Stella che preferiva far marchette o con Babsi o con me. Lei aveva più difficoltà di noi a rimediare clienti perché non sembrava così bambina come noi.

Chi rimorchiava con più facilità era Babsi. Quando ancora aveva Heinz, si faceva dei guadagni extra solo per darci a noi la roba. Lei continuava sempre a non truccare la sua faccia da bambina innocente. Senza sedere e senza seno, appena tredicenne, era proprio quello che i clienti si aspettavano dalle ragazzine che battevano. Certe volte in un'ora arrivava a farsi cinque clienti per duecento marchi.

Babsi e Stella facevano contemporaneamente parte del gruppo di Detlef, Bernd e Axel. Adesso eravamo dunque tre ragazze e tre ragazzi. Quando uscivamo insieme io mi mettevo sotto braccio a Detlef e gli altri due ragazzi si acchiappavano le ragazze. Ma non c'era nient'altro tra di loro. Eravamo semplicemente un gruppo veramente figo. Malgrado tutti i litigi e le stupidaggini che tra i bucomani sono semplicemente cose all'ordine del giorno. In questa fase l'ero e i suoi problemi ci tenevano ancora insieme. Sono sicura che tra i ragazzi che non sono drogati non ci sono amicizie stupende come c'erano nel nostro gruppo. E queste amicizie stupende che semplicemente all'inizio nascono tra quelli che si drogano esercitano un fascino sugli altri giovani.

Nel mio rapporto con Detlef nacquero dei problemi quando le due ragazze entrarono nel gruppo. Noi ci amavamo come prima ma litigavamo sempre più spesso. Detlef era spesso incazzato. Adesso stavo sempre con Babsi e Stella e questo non gli andava tanto giù. Ma la cosa che lo faceva più incazzare era che non aveva più nessun controllo sui clienti con i quali andavo. Adesso me li trovavo da sola oppure con Stella o Babsi. Detlef cominciò a rimproverarmi che io coi clienti ci scopavo. Era veramente geloso.

Il mio rapporto con Detlef adesso lo vedevo non più con l'ostinazione di prima. Lo amavo, va da sé, e lo avrei sempre amato. D'altra parte adesso non ero dipendente da lui. Non avevo più bisogno né della sua roba né della sua continua protezione. Le cose tra noi stavano di fatti come in un matrimonio moderno, di quelli che i giovani sognano. Non c'era assolutamente una dipendenza reciproca. Adesso c'era l'abitudine che noi ragazze ci passavamo la roba tra di noi quando una non ne aveva e i ragazzi si preoccupavano per sé.

Ma l'amicizia che ci legava era pur sempre un'amicizia basata sull'eroina. Di settimana in settimana diventavamo sempre più aggressivi. La roba e l'agitazione, la lotta ogni giorno per i soldi e per l'ero, lo stress continuo a casa, il nascondere e il mentire con cui ingannavamo i nostri genitori, tutto questo ci rendeva i nervi a pezzi. L'aggressività che accumulavamo non riuscivamo più a controllarla l'uno con l'altro.

Più di tutti mi trovavo bene con Babsi, che era la più tranquilla di noi. Andavamo spesso a far marchette assieme. Ci comprammo la stessa gonna, stretta e nera, con uno spacco fino al culo. Sotto portavamo calze nere con le giarrettiere. I clienti ci impazzivano proprio: calze nere e giarrettiere, con i nostri corpi ancora abbastanza infantili e le nostre facce da bambine.

Proprio prima del Natale del 1976 mio padre partì per le vacanze e Babsi e io potemmo dormire a casa sua, insieme a mia sorella. Subito la prima sera che stavamo a casa di mio padre ci litigammo totale. Ci trattavamo a vicenda in maniera così volgare che mia sorella, più giovane di me di un anno, cominciò a piangere. Quando Babsi ed io ci mandavamo reciprocamente in paranoia usavamo proprio il linguaggio delle battone. E mia sorella naturalmente non aveva nessuna idea della nostra doppia vita.

Il mattino dopo Babsi ed io eravamo di nuovo le amiche per la pelle. Era sempre così: quando si era dormito a sufficienza e l'effetto dell'ero veniva via lentamente il più delle volte si era in uno stato d'animo pacifico. Babsi ed io concordammo di non farci subito la pera mattutina, ma di rimandarla quanto più a lungo possibile. L'avevamo provato già più volte. Era un vero e proprio sport aspettare a bucare il più a lungo possibile. Ma naturalmente non parlavamo d'altro che della pera bestiale di roba perfetta che ci saremmo fatta a un certo punto. Eravamo proprio come due bambini la sera di Natale poco prima della distribuzione dei regali.

Mia sorella naturalmente qualcosa la sgamò. Capì presto che avevamo qualche droga. Ma naturalmente non aveva proprio l'idea che eravamo drogate. Lei pensava che prendevamo qualcosa così per provare. Promise solennemente di non raccontare nulla a mio padre o a mia madre e di tenere il segreto anche in caso avesse incrociato inaspettatamente la famiglia di Babsi. Babsi veniva trattata piuttosto severamente e né i suoi nonni né i suoi genitori avevano la più pallida idea che lei fosse drogata e andasse a battere.

Babsi prese il suo siero per il quark, al gusto di fragola, dalla sua busta di plastica. Lei era proprio fissata con il siero per il quark, che è una cosa che si mescola al quark per farlo diventare come panna. Viveva quasi esclusivamente di quark montato. Io mangiavo cose appena appena più variate: oltre al quark, yogurt e budini e le frittelle che si trovavano alla stazione della metropolitana del Kurfürstendamm. Già il mio stomaco non reggeva più niente altro. Dunque Babsi stava in cucina e si montava il suo quark. Era come un'operazione sacra. Mia sorella ed io sedevamo lì vicino con devozione e tutte e tre aspettavamo con una gioia pazzesca di strafocarci una montagna di quark per colazione. Chiaro che la colazione doveva cominciare dopo che Babsi ed io ci eravamo fatte la pera.

Quando Babsi ebbe montato il quark proprio come panna non ce la facemmo più. Dicemmo a mia sorella di apparecchiare la tavola e ci chiudemmo in bagno. Eravamo appena dentro che ricominciò il dramma tra noi perché piano piano stavamo a rota.

Avevamo solo una siringa usabile e io dissi che volevo farmi rapidamente la pera per prima.

Babsi ebbe uno scatto: «E perché sempre tu? Oggi la prima sono io. In fondo sono io che ho rimediato la roba».

Questo mi diede proprio ai nervi. Già non sopportavo quando lei cercava di trarre vantaggio dal fatto che aveva spesso più roba di noi e che ce la dava. Dissi: «Sentimi bene, mia cara, per bucarti ci metti un'eternità. Non fare storie». Era vero quello che dicevo. Questa ragazza ci metteva spesso mezz'ora per riuscire a bucarsi. Non aveva quasi vene. E quando infilava l'ago la prima volta e poi aspirava e non veniva su il sangue dava di matto. Si infilava l'ago a caso nella pelle e diventava sempre più frenetica. A quel punto l'aiutava solo un colpo di fortuna.

A me allora andava ancora abbastanza bene. Quando non era Detlef a bucarmi — era l'unico che poteva avvicinarsi alle mie vene — mi bucavo sempre sullo stesso punto del braccio sinistro. Andò bene finché non ebbi una trombosi e mi si fece tutta una cartilagine. Più tardi anch'io non sapevo più dove bucarmi.

Quella mattina dunque imposi la mia volontà. Babsi era incazzata nera, io presi la siringa, trovai subito la vena e dopo neanche due minuti avevo fatto. Fu un buco molto eccitante. Il sangue mi scorreva. Mi venne un caldo tremendo, andai al lavandino e mi bagnai la faccia e stavo lì a gingillarmi tutta felice.

Babsi stava seduta sull'orlo della vasca, si infilava la siringa nel braccio e già dava di matto. Urlò: « Merda, in questo buco non c'è aria. Apri quella maledetta finestra ».

Dissi: « Cazzi tuoi se non c'è aria in questo buco. E non mi rompere ». Adesso non me ne fregava assolutamente niente di quello che le succedeva. Avevo dentro la mia pera e con questo tutto era okay.

Babsi stava lì che schizzava il sangue dappertutto ma non riusciva a beccare una vena. Dava sempre più di matto. Gridò: « Ma qui non c'è luce in questo maledetto cesso. Cristo, prendimi una luce. Portami una lampada dall'altra stanza ».

Io ero proprio troppo pigra per andare nella stanza a prendere la lampada per Babsi. Solo a un certo punto, che lei non la smetteva di nevrotizzarmi ed io avevo paura che mia sorella potesse accorgersi di qualcosa, le andai a prendere la lampada. Alla fine anche Babsi ci riuscì. Si calmò subito. Lavò per bene la siringa e pulì via il sangue dalla vasca da bagno e dal pavimento. Non disse più una parola.

Andammo in cucina e io non vedevo l'ora di mangiarmi il quark montato. Babsi si prese la ciotola, se la tenne stretta circondandola con un braccio e cominciò a mangiare. Si strafocò veramente tutta la ciotola di quark. Disse soltanto: « Tu lo sai perché ».

Eravamo state tutte e due molto felici dei giorni che avremmo passato a casa di mio padre, e poi il primo giorno era cominciato con la lite del secolo. Per niente. Ma eravamo appunto due bucomani. E tutti i bucomani alla lunga diventano così. La droga distrugge i rapporti con gli altri. Anche da noi succedeva così. Anche se nel nostro gruppo, dove eravamo tutti molto giovani, ci si aggrappava l'uno all'altro ed io ancora pensavo che un gruppo così non esisteva da nessuna altra parte.

Anche i miei litigi con Detlef diventavano sempre più

squallidi. Tutti e due fisicamente eravamo abbastanza distrutti. Io ero alta 1 metro e 69 e pesavo 43 chili. Detlef era alto 1 e 76 e pesava 54 chili. Spesso fisicamente stavano molto male e tutto ci innervosiva e diventavamo odiosi l'uno all'altra. Tentavamo di mandarci in paranoia in maniera veramente brutale. E nel farlo prendevamo come obiettivo sempre il nostro punto più debole. Ed era naturalmente il fatto che andavamo a battere, malgrado altrimenti ci comportassimo come se fosse una cosa marginale di routine.

Allora Detlef diceva: «Credimi: mi va ancora di far l'amore con qualcuna che non si fa scopare dai clienti più schifosi».

Io rispondevo: «E a me mi fa comunque schifo che ti fai rompere il culo». E così via.

Alla fine il più delle volte io piangevo e Detlef era completamente distrutto, oppure piangevamo tutti e due. Quando uno di noi due stava a rota l'altro poteva mandarlo in paranoia fino al limite della sopportabilità. E non migliorava la situazione il fatto che poi alla fine ci ritrovavamo l'uno nelle braccia dell'altro come due bambini. Non solo tra noi ragazze, ma anche tra Detlef e me. le cose stavano così che l'uno vedeva nell'altro la merda che lui stesso era. Uno vedeva il proprio squallore e rimproverava all'altro lo stesso squallore per dimostrare a se stesso di non essere tanto squallido come l'altro.

Questa aggressività si scaricava naturalmente anche sugli estranei. Io davo di matto quando arrivavo in una stazione della metropolitana e vedevo le vecchiette con le loro borse per la spesa. Allora salivo con la sigaretta accesa nello scompartimento dei non fumatori. E quando le vecchiette cominciavano a mormorare gli dicevo che se non gli stava bene potevano andarsene in un altro scompartimento. Una cosa che mi dava particolarmente gusto era fregare sotto il naso il posto a sedere a una vecchietta. Le scene che organizzavo mettevano talvolta in subbuglio tutto lo scompartimento e mi capitava qualche volta di essere sbattuta fuori con violenza. Dava i nervi a me per prima come mi comportavo. Mi dava ai nervi anche quando Babsi e Stella si comportavano così. Non volevo avere niente a che fare con quei piccolo borghesi. Ma non riuscivo a fare niente altro ed ero costretta continuamente a organizzare queste scene.

Non me ne fregava niente di quello che pensavano gli estranei. Quando mi cominciava il prurito infernale, o prudeva dappertutto, dove i vestiti stavano stretti o addirittura dove c'era il trucco, mi grattavo dove mi prudeva. Non mi facevo nessun scrupolo a togliermi gli stivali nella metropolitana e tirarmi su la gonna fino all'ombelico per grattarmi. Mi interessava solamente quello che di me pensava il mio gruppo.

Ad un certo punto a un bucomane non gliene frega più di niente. E a quel punto lui non fa più parte neanche del suo gruppo. Conoscevo alcuni vecchi bucomani che bucavano già da cinque anni e ancora vivevano. Il mio atteggiamento nei confronti di costoro era molto ambivalente. Questi personaggi completamente solitari erano per noi in qualche modo delle grosse personalità. Era anche importante quando si poteva raccontare in giro di conoscerli. D'altra parte io li disprezzavo anche perché erano proprio arrivati all'ultimo stadio. Ma soprattutto noi giovani avevamo di loro una paura tremenda. Loro non avevano proprio nessun briciolo di morale, di coscienza o di compassione.

Quando stavano a rota e volevano rimediare una pera, colpivano persino i loro compagni di buco con un sasso sulla testa. Il più selvaggio di tutti si chiamava Il Sinistro. Tutti lo chiamavano Il Sinistro perché era veramente il tipo più sinistro del giro. Quando gli spacciatori lo vedevano scappavano ancora più veloci di quando c'era una retata. Perché quando riusciva a mettere le mani su un piccolo spacciatore lui semplicemente si prendeva la roba. Nessuno osava opporglisi, men che meno i piccoli bucomani.

Una volta mi è capitato di vedere Il Sinistro in piena azione. Mi ero appena chiusa in un gabinetto per donne, per farmi una pera, e qualcuno mi piomba addosso saltando la parete divisoria del cesso. Era Il Sinistro. Sapevo già dai racconti degli altri come lui si organizzava: aspettava nei gabinetti per donne finché arrivava una ragazzina fornita di ero. E sapevo quanto poteva essere brutale. Gli diedi quindi la mia siringa e la mia roba. Lui uscì subito dal cesso e si mise di fronte allo specchio. Non aveva più paura di niente. Quindi si sparò il buco nel collo. Non gli era rimasto un punto in tutto il corpo nel quale poteva bucarsi. Sanguinava davvero come un porco. Pensai che aveva beccato la carotide. Ma a lui non gli faceva il minimo effetto. Disse: «E grazie tante» e se ne andò.

A me era per lo meno chiaro che fino a quel punto non ci sarei mai arrivata. Perché per sopravvivere così a lungo quanto Il Sinistro bisognava essere una persona molto forte. Ed io non lo ero. Non riuscivo neanche a rubare le borsette alle vecchiette nei gabinetti dei grandi magazzini.

Sempre di più nel nostro gruppo si parlava solo di marchette e clienti. I ragazzi avevano i nostri stessi problemi. C'era quindi un interesse reciproco e ci si poteva quindi reciprocamente aiutare. Noi ragazze ci scambiavamo i clienti. Il giro dei clienti, col quale venivamo a contatto, col tempo si restrinse. Quando un cliente era nuovo per me era possibile che Stella e Babsi già lo avessero avuto. Ed era un vantaggio perciò conoscere le loro esperienze.

C'erano clienti raccomandabili, meno raccomandabili o completamente scadenti. Nella valutazione di un cliente le simpatie personali non c'entravano per niente. Non ci interessava neanche cosa facesse di professione, se era sposato o no, eccetera. Non parlavamo mai delle cazzate strettamente personali, che i clienti ci raccontavano. Nella valutazione di questi tizi contavano solo i nostri vantaggi.

Un cliente presentava un punto di vantaggio quando aveva un terror panico delle malattie sessuali e faceva tutto solo col preservativo. Purtroppo erano rari, malgrado la maggior parte delle ragazze che battevano non da professioniste ad un certo punto si prendessero una malattia e proprio le bucomani avessero paura di andare dal medico.

Un punto di vantaggio era quando il tizio fin dall'inizio non voleva altro che farsi fare un pompino. Così non bisognava mercanteggiare per ore sulle condizioni. Un cliente presentava un più quando era un po' giovane e non così orrendamente grasso, e quando non ti trattava come una merce, ma continuava a comportarsi gentilmente e magari ti invitava persino qualche volta a mangiare.

Il criterio più importante per definire la qualità di un cliente era però naturalmente quanti soldi ti dava rispetto alle prestazioni. Scadenti e da evitare erano quei tizi che non si attenevano alle condizioni e nella pensione, con minacce e allettamenti, tentavano improvvisamente di ricattarci per ottenere prestazioni aggiuntive.

Infine ci descrivevamo esattamente come erano quei miseri imbroglioni che alla fine volevano riavere indietro i soldi e qualche volta se li prendevano anche con la forza, perché presumibilmente non erano soddisfatti. Tuttavia con questi pezzi di merda i ragazzi avevano più casini di noi.

Cominciò il 1977. Il tempo non riuscivo quasi a seguirlo. Se era estate o inverno, o se si festeggiava Natale o San Silvestro, per me ogni giorno era uguale all'altro. L'unica cosa particolare di Natale era che in ogni caso ricevevo soldi in regalo per cui mi potevo fare uno o due clienti di meno. Era comunque impossibile trovare dei clienti quando erano giorni di festa. In quel periodo ero completamente ottusa. Non pensavo a niente. Non mi accorgevo di niente. Qualche volta non sapevo neppure se ero ancora in vita.

Non riesco a ricordarmi dei particolari di questo periodo. E non succedeva neanche niente che fosse degno di essere registrato nel cervello. Fino a una domenica alla fine di gennaio. Ero tornata a casa di mattina presto. In realtà ero di buon umore. Stavo a letto e mi immaginavo di essere una ragazzina che torna da un ballo e ha conosciuto un ragazzo un sacco carino ed è totalmente cotta di lui. Ancora mi veniva un buon feeling quando sognavo e nel sogno ero tutta diversa. Più di tutto mi piaceva sognare che ero un'allegra teen-ager, allegra come quelle della pubblicità della coca-cola.

A mezzogiorno mi svegliò mia madre e mi portò da mangiare a letto. Quando di domenica ero a casa e non da Detlef mia madre mi portava sempre da mangiare a letto. Ingollai giù un paio di bocconi. Non riuscivo più a buttare giù niente tranne che yogurt, quark e budini. Poi presi la mia borsa di plastica bianca. Era abbastanza a pezzi: non aveva più i manici, era strappata dappertutto. Perché oltre alla siringa e alle sigarette ci mettevo dentro appallottolata anche la giacca. Tutto mi era troppo indifferente per fare qualsiasi riflessione quando, con la mia busta di plastica in mano, per andare nel bagno passai ciabattando davanti a mia madre. Nel bagno chiusi a chiave la porta. Nella nostra famiglia nessuno chiudeva la porta a chiave. Nello specchio apparivo come tutti gli altri giorni, appariva una faccia completamente distrutta ed estranea. Da parecchio tempo non mi riconoscevo più allo specchio. Quella faccia non mi apparteneva. Come il mio corpo, totalmente smagrito. Non lo sentivo assolutamente più. Non mandava nessun segnale quando ero malata. L'eroina lo rendeva insensibile a qualsiasi dolore, alla fame, e persino alla febbre alta. Il corpo registrava soltanto la rota.

Stavo davanti allo specchio e mi preparavo la pera. Ero particolarmente eccitata per il buco perché avevo della polvere M. Si tratta di un tipo di ero grigio-verdina picchiettata, diversa dalla bianca o dalla marrone che altrimenti si trovano sul mercato. Come roba è particolarmente tagliata, ma dà un flash pazzesco. Prende terribilmente al cuore e bisogna stare molto attenti col dosaggio. Se uno se ne spara troppa ha chiuso. Ma io ero proprio eccitata per questo flash pazzesco che dà la polvere M.

Mi infilai l'ago nella vena del braccio, tirai e venne subito su il sangue. La polvere M. l'avevo filtrata un paio di volte, ma è appunto una roba particolarmente impura. Poi mi successe ancora qualcosa. Si otturò l'ago. Questa è quasi la cosa peggiore che possa capitare a un bucomane, che in quel momento si otturi l'ago. Perché quando il sangue che uno ha tirato su rigocciola dentro la siringa non c'è più niente da fare. La roba a quel punto la puoi solo buttare.

Dunque non potevo più tirar fuori la siringa. Premetti con tutta la forza possibile per smuovere questa sporcizia che intasava l'ago. Ebbi proprio fortuna. Riuscii a ficcarmi il buco in vena. Tirai di nuovo per farmi anche l'ultimo rimasuglio. L'ago mi si otturò di nuovo. Diventai una furia. Avevo da otto a dieci secondi prima del flash. Quindi premetti con tutte le mie forze. Saltò la pompetta e il sangue schizzò tutto intorno.

Il flash era pazzesco. Mi dovetti reggere la testa. Dalle parti del cuore sentivo come un crampo tremendo. La testa mi rintronava come se qualcuno ci picchiasse su con una mazza, la pelle della testa mi pungeva come se fosse trapassata da milioni di aghi. E poi il braccio sinistro era assolutamente paralizzato.

Quando mi potetti muovere di nuovo presi dei fazzoletti di carta per pulire via il sangue. Era schizzato dappertutto. Nel lavandino, sullo specchio, sulle pareti. Per fortuna era tutto laccato con la pittura ad olio e il sangue veniva via facilmente. Mentre stavo ancora pulendo il sangue mia madre picchiò alla porta. E cominciò subito a rompere: «Apri. Fammi entrare. Perché ti chiudi. Questa è proprio un'abitudine nuova».

Dissi: «Chiudi il becco. Faccio subito». Ero incazzata nera che lei proprio di proposito venisse a nevrotizzarmi. Con un kleenex pulivo freneticamente qua e là. Nell'agitazione non vidi un paio di schizzi di sangue e dimenticai pure un kleenex insanguinato nel lavandino. Quindi aprii la porta e mia madre si precipitò dentro al bagno passandomi davanti. Io non mi rendevo assolutamente conto di niente, pensai che doveva urgentemente pisciare. Con la mia borsa di plastica tornai nella mia stanza, mi misi a letto e mi accesi una sigaretta.

La sigaretta era appena accesa che mia madre entrò di corsa nella mia stânza. Urlò: «Tu ti droghi».

Dissi: «Che stronzata. Ma come ti viene in mente?».

Lei si gettò letteralmente su di me, mi prese il braccio e me lo raddrizzò. Non feci niente per difendermi realmente. Mia madre vide subito la puntura fresca. Prese la mia busta di plastica e rovesciò sul letto tutto quello che c'era dentro. Uscì fuori la siringa, un mare di briciole di tabacco di sigaretta e tutto un mucchietto di carta stagnola. Nella stagnola c'erano state dentro le dosi di ero. Quando qualche volata ero rimasta senza roba, e stavo a rota, con la punta dell'ago avevo grattato gli ultimi resti di polvere dalla stagnola e mi ero fatta una pera.

Tutto quello che venne fuori dalla busta di plastica fu per mia madre la prova lampante che ero drogata. Già nel bagno aveva capito tutto. Là non solo aveva scoperto il kleenex sporco di sangue, ma aveva visto anche il nerofumo sul cucchiaio che avevo adoperato per scaldare la roba. Da un po' di tempo aveva letto sui giornali tutto il possibile sull'eroina e quindi rapidamente poté associarla a quello che aveva visto.

Io smisi subito di negare. Malgrado mi fossi appena fatta un buco stupendo di polvere M. crollai. Piangevo e non riuscii a dire neanche una parola. Anche mia madre non disse più niente. Tremava. Uscì dalla mia stanza e sentii che parlava con il suo amico Klaus. Tornò. Sembrava un po' più calma e mi chiese: «Non si può fare qualcosa? Non vuoi smettere?».

Dissi: «Mamma, è quello che vorrei veramente fare. Per davvero. Credimi. Vorrei veramente uscire da questa merda».

Disse: «Bene, allora ci proviamo insieme. Io mi prendo le ferie, in modo che posso stare tutto il giorno con te mentre tu smetti con la droga. Cominciamo già oggi con la disintossicazione».

Dissi: «È fantastico. Ma c'è ancora una cosa. Senza Detlef non funziona. Io ho bisogno di lui e lui ha bisogno di me. Anche lui vuole smettere. Ne abbiamo già parlato spesso. Vogliamo comunque disintossicarci insieme».

Mia madre era completamente esterrefatta. Disse: «Ah, pure Detlef?». Aveva sempre trovato Detlef molto simpatico ed era stata contenta che avessi un ragazzo così simpatico. Risposi: «Naturalmente pure Detlef. Credi che mi sarei drogata da sola? Detlef non l'avrebbe mai permesso. E non permette neanche che mi disintossichi senza di lui».

Improvvisamente mi andava proprio bene. Ero proprio felice al pensiero che mi sarei disintossicata insieme a Detlef. Effettivamente lo pensavo da tempo. Ma mia madre era proprio distrutta. Era tutta verde in faccia e pensai che le venisse un collasso nervoso. Questa cosa di Detlef era stato uno choc in più. Era proprio scioccata perché non aveva capito quello che era successo negli ultimi due anni. Volle sapere come avevo trovato i soldi per l'eroina. Naturalmente aveva associato la droga all'idea che andavo a battere, o cose del genere.

Io non ce l'avrei mai fatta a raccontarle la verità. Mentii: «Ma sai, si rimediano soldi in giro. Chiedendo continuamente alla gente di darti un paio di marchi. E il più delle volte ha sempre funzionato. Ma sono andata anche a fare pulizie, una volta qua, una volta là».

Mia madre non mi fece altre domande. Parve abbastanza contenta di aver ricevuto una risposta che non confermava i suoi timori peggiori. Quello che aveva scoperto quella domenica mattina le bastava per essere già completamente distrutta. Mi spiaceva veramente per mia madre, e per lei mi sentivo la coscienza sporca.

Uscimmo subito per cercare Detlef, Non era al *Bahnhof Zoo* e neanche da Axel e Bernd.

La sera andammo dal padre di Detlef. Anche i genitori di Detlef erano separati. Suo padre era un funzionario. Sapeva già da tempo che cosa succedeva a Detlef. Mia madre lo rimproverò di non averle detto niente. A quel punto lui quasi si metteva a piangere. Per lui era tremendo che suo figlio andasse a far marchette e si bucasse. Adesso era felice che mia madre volesse prendere in mano questa faccenda. Diceva continuamente: «Qualcosa deve succedere».

Il padre di Detlef aveva nel cassetto della scrivania tutta una raccolta di sonniferi e calmanti. Me li diede perché dissi che non avevo *valeron* e che la disintossicazione senza *valeron* è bestiale. Mentre tornavamo a casa, nella metropolitana buttai giù una manciata di pasticche perché lentamente mi arrivava la crisi di astinenza. Ma con le pasticche stavo abbastanza bene e dormii tutta la notte.

Il mattino dopo Detlef arrivò: il padre lo aveva trovato.

Era già completamente a rota. Trovai che ancora una volta lui era perfetto. Per il fatto che non si era fatto subito una pera ma che era venuto da me che già stava a rota. Doveva pur averlo pensato che non avevo più roba. Disse anche che voleva stare al mio stesso livello adesso che cominciavamo la disintossicazione. E questo era veramente una cosa perfetta.

Dunque Detlef voleva disintossicarsi tanto quanto lo volevo io. Ed era anche contento che stesse andando così. Tutti e due — come del resto i nostri genitori — non avevamo la minima idea che fosse una pura pazzia che due bucomani amici tentino insieme di disintossicarsi. Perché a un certo punto cominciano a farsi venir voglia a vicenda finché non si bucano di nuovo. Cioè, forse dai racconti degli altri lo sapevamo. Ma ci illudevamo. Noi eravamo sempre convinti che per noi non valevano le stesse regole che valevano per gli altri bucomani. E comunque non potevamo neanche immaginarci di fare qualcosa di importante stando separati.

La mattina ci tenemmo su abbastanza ben con le pasticche del padre di Detlef. Ancora potevamo parlarci: ci dipingevamo di rosa la nostra vita dopo la disintossicazione e ci promettevamo di essere di ferro nei giorni seguenti. Malgrado cominciassero i dolori eravamo ancora tutti contenti.

Il pomeriggio cominciò la sarabanda. Ingoiavamo pillole su pillole e con metodo ci bevevamo del vino. Ma non serviva a niente. Improvvisamente non controllavo più le mie gambe. Sentivo una pressione tremenda nel cavo delle ginocchia. Mi sdraiai sul pavimento e stesi le gambe. Tentai di distendere i muscoli delle gambe. Ma non riuscivo più a controllarli. Spinsi le gambe contro l'armadio. E lì rimasero. Non riuscivo a spostarle. Mi rotolavo sul pavimento, ma i piedi mi rimanevano come appiccicati all'armadio.

Ero completamente madida di sudore gelato. Gelavo e tremavo e questo sudore freddo mi scorreva sul viso fino a dentro gli occhi. Questo sudore aveva un puzzo bestiale. Pensai: è il veleno che ti sta uscendo fuori che puzza da morire. Mi sembrava come se mi stessero esorcizzando.

Detlef stava ancora peggio di me. Lui stava per dare di matto. Tremava dal freddo e improvvisamente si tolse il maglione. Si sedette su una sedia nell'angolo della finestra. Le sue gambe erano continuamente in movimento. Era come se corresse stando seduto. Con spasimi pazzeschi le sue gambe andavano avanti e indietro. Non era neanche più un tremore. Si contraeva continuamente su se stesso e urlava. Erano crampi allo stomaco.

Detlef puzzava ancora peggio di me. Tutta la stanzetta era piena della nostra puzza. Pensai che avevo sentito dire che dopo una disintossicazione riuscita le amicizie tra bucomani non reggono. Pensai anche che io Detlef lo amavo anche in quel momento che puzzava come una bestia.

Detlef si alzò, ce la fece ad arrivare fino allo specchio nella mia stanza e disse: «Non reggo. Non ce la faccio. Non ce la faccio proprio». Non potevo rispondergli. Non avevo la forza per fargli coraggio. Cercai di non pensare le stesse cose che pensava lui. Cercavo di concentrarmi su uno stupido romanzo dell'orrore. Sfogliavo un giornale con furia facendolo a pezzi. Avevo la bocca e la gola completamente asciutte, ma la bocca era anche piena di saliva. Non riuscivo a mandarla giù e cominciai a tossire. Più cercavo di mandar giù la saliva con delle contrazioni più la tosse mi aumentava. Mi venne un attacco di tosse che non finiva più. Poi cominciai a vomitare. Vomitai tutto sul mio tappeto. Era una schiuma bianca quello che sputavo sul tappeto. Pensavo che era come quella che vomitava il mio alano quando aveva mangiato l'erba. La tosse e il vomito non smettevano più.

Mia madre era per la maggior parte del tempo nella stanza di soggiorno. Quando veniva da noi non sapeva proprio cosa fare. Scappava ogni due minuti nei negozi e ci portava qualcosa che noi non riuscivamo comunque a mandare giù. Ad un certo punto mi portò delle caramelle di malto e queste mi fecero bene per davvero. La tosse mi passò. Mia madre pulì il vomito; era di una affettuosità pazzesca. Ed io non riuscivo neanche a dirle «grazie».

Ad un certo punto il vino e le pasticche cominciarono a fare effetto. Mi ero presa cinque *valium* da 10 mg, due *mandrax* e ci avevo bevuto sopra un'intera bottiglia di vino. Dopo tutto questo una persona normale avrebbe dormito per due giorni. Il mio corpo era così intossicato che reagiva appena a questi veleni, ma per lo meno mi calmai un po' e mi sdraiai. Vicino al letto avevamo messo una sdraio sulla quale si stese Detlef. Non ci toccammo. Ognuno era completamente occupato con se stesso. Piombai come in un dormiveglia. Dormivo e nello stesso tempo sapevo che dormivo e sentivo in pieno dei dannati dolori. Sognavo e pensavo. Era tutta una confusione. Pensavo che tutti, ma soprattutto mia madre, potevamo vedere in me stessa. Che ognuno poteva vedere che razza di pezzo di merda ero. Odiavo il mio corpo. Sarei stata contenta se il mio corpo mi avesse semplicemente abbandonata.

La sera presi ancora un paio di pasticche una dopo l'altra. A una persona normale sarebbero state già sufficienti per schiattare. Io riuscii a dormire sodo appena per un paio d'ore. Mi svegliai dopo che avevo sognato che ero un cane, che era sempre trattato bene dagli uomini e che adesso lo chiudevano in un serraglio e lo torturavano a morte. Mentre facevo questo sogno Detlef agitava il braccio e mi colpì. La luce bruciava. Vicino al letto c'era una ciotola con dell'acqua e un panno. Ce l'aveva messa mia madre. Mi lavai il sudore dalla faccia.

Tutto il corpo di Detlef era in movimento anche se lui sembrava dormire profondamente. Il suo corpo si muoveva su e giù e le gambe si dimenavano, e con le sue stesse braccia qualche volta arrivava persino a picchiarsi.

Stavo un po' meglio ed ebbi la forza di asciugare la fronte di Detlef con il panno bagnato. Lui non sentì niente. Seppi che gli volevo ancora un bene pazzesco. Più tardi quando mi riaddormentai mi accorsi nel dormiveglia che Detlef mi abbracciava e mi carezzava i capelli.

Il mattino dopo stavamo veramente meglio. La vecchia regola dei bucomani secondo la quale il secondo giorno della disintossicazione è quello peggiore per noi non valeva. Ma era anche la nostra prima disintossicazione che è sempre brutta la metà rispetto a quelle seguenti. Il pomeriggio cominciammo addirittura a parlarci. Prima parlammo di cose senza importanza, poi di nuovo del nostro futuro. I nostri piani non erano più così borghesi come all'inizio della disintossicazione. Giurammo di non prendere più eroina e neanche LSD e neanche pasticche. Ma volevamo fare una vita pacifica con gente pacifica. Ci mettemmo d'accordo che volevamo di nuovo fumare hascisc come ai bei tempi. Volevamo anche avere amici del giro dell'hascisc perché erano quasi tutti molto pacifici. Pensammo che con degli etilici non volevamo mai avere contatti, perché non volevamo avere niente a che fare con questi piccolo borghesi aggressivi. Volevamo dunque abbandonare il giro dell'ero e tornare nel giro dell'hascisc.

Detlef voleva trovarsi di nuovo un lavoro. Disse: «Vado semplicemente dal mio vecchio capo e gli dico che ho combinato casini ma che adesso garantisco che sono tornato una persona seria. Il mio capo ha sempre avuto in realtà molta comprensione per me. E ricomincio l'apprendistato come tubista».

Io dissi che mi volevo dedicare completamente alla scuola e che dopo volevo frequentare la scuola professionale e poi ancora persino prendere la licenza liceale.

Poi arrivò mia madre con una sorpresa gigantesca che ci resé un sacco felici. Era stata dal suo medico e si era fatta prescrivere una boccetta di *valeron.* Detlef ed io ne prendemmo 20 gocce, così come aveva ordinato il medico. Non esagerammo perché ci doveva bastare per tutta la settimana. Col *valeron* stavamo bene. Adesso la disintossicazione era veramente sopportabile. Mia madre ci preparava budini che ci facevano proprio gola. Ci portava gelati, soddisfaceva ogni nostro desiderio. Ci portò una pila di giornaletti da leggere. Tutti i tipi di fumetti. Prima avevo trovato i fumetti noiosi. Adesso li guardavo con interesse insieme a Detlef. Non li leggevamo di sfuggita come al solito. Ma ci guardavamo con attenzione ogni disegno e qualche volta su questi disegni divertenti ci morivamo dal ridere.

Il terzo giorno stavamo proprio bene. Tuttavia eravamo sempre rincoglioniti. Non solo dal *valeron*. Ingollavamo una enorme quantità di *valium* e sopra ci bevevamo il vino. Eravamo proprio in un buon feeling, malgrado ancora ogni tanto il nostro corpo reagisse alla disintossicazione dall'eroina. La sera del terzo giorno dopo tanto tempo rifacemmo l'amore. Perché quando si è sballati di ero il bisogno di fare l'amore è sempre più raro. Era la prima volta, da quando Detlef mi aveva sverginata, che non eravamo in sballo quando facevamo l'amore. Fu un sacco stupendo. Notammo che era tanto tempo che non ci amavamo così intensamente. Giacemmo nel letto per ore ad accarezzarci i corpi che ancora continuavano a sudare. In realtà al quarto giorno ci saremmo potuti alzare. Ma rimanemmo ancora tre giorni a letto, ad amarci e a farci coccolare da mia madre, a mandar giù *valium* e a bere vino. Ci dicemmo che una disintossicazione così non era niente male ed eravamo contenti di essere usciti dall'ero.

Il settimo giorno ci alzammo. Mia madre era tutta contenta che avevamo superato tutto. Ci baciò tutta felice. In quella settimana avevo avuto un rapporto del tutto diverso con mia madre. Sentivo nei suoi confronti come una vera amicizia ed anche gratitudine. Ero anche pazzescamente felice di avere Detlef. Pensai di nuovo che un ragazzo così perfetto al mondo non esisteva proprio. Ed era stato assolutamente perfetto il modo come lui subito e senza pensarci aveva affrontato la disintossicazione con me.

Ed era proprio una cosa pazzesca che il nostro amore dopo la disintossicazione non si era distrutto come succedeva agli altri bucomani, ma che anzi si era ancora più accresciuto.

Dicemmo a mia madre che volevamo uscire un po' all'aria fresca dopo aver passato una settimana nella mia minuscola stanza. Lei lo trovò giusto. Detlef chiese: «Allora, dove andiamo?». Io lo guardai totalmente perplessa. Capii in quel momento che noi non avevamo più un posto dove andare. Tutti i nostri amici erano bucomani. E tutti i posti che conoscevamo, dove in un certo senso eravamo di casa, erano posti del giro dell'eroina. Non avevamo più nessun contatto con il giro dell'hascisc.

Dopo che Detlef mi chiese dove potevamo andare io non mi sentii più così bene. Non avevamo più *valeron* ed anche questo era il motivo per cui eravamo agitati e volevamo uscire. Il fatto che non sapevamo dove andare mi rendeva ancora più agitata. Improvvisamente mi sentii come spompata, vuota. Avevamo abbandonato l'eroina e non sapevamo dove andare.

Andammo alla metropolitana senza parlare della nostra meta. Fu tutto automatico. Eravamo tirati da un filo invisibile senza che ce ne rendessimo conto. E alla fine stavamo al *Bahnhof Zoo*. Detlef disse infine qualcosa: «Dobbiamo per lo meno salutare Axel e Bernd. Altrimenti pensano che siamo in galera, al cimitero o cose del genere».

Dissi con sollievo: «Chiaro, dobbiamo raccontargli come è stata la disintossicazione. Forse possiamo convincerli a farne una anche loro». Bernd e Axel li incontrammo effettivamente subito. Avevano con loro parecchia roba. Era stata una buona giornata con i clienti. Detlef raccontò della nostra disintossicazione. I due trovarono grandioso quello che avevamo fatto. Poi Axel e Bernd dissero che andavano a casa a farsi una pera.

Detlef mi guardò, io lo guardai. Ci guardammo in faccia nello stesso attimo e cominciammo a sogghignare. Io pensai: «Sarebbe una pazzia il primo giorno». Detlef disse: «Sai, farci ogni tanto una pera ce lo possiamo permettere. È proprio una paraculata stare sballati di ero fin tanto che non si è dipendenti. Dobbiamo solo stare un sacco attenti a non ridiventare dipendenti. Rifare tutta questa storia un'altra volta, una disintossicazione così, non è proprio nelle mie intenzioni».

Dissi: «Ma sì, chiaro, ogni tanto una pera, questo è proprio bello. Lo sappiamo esattamente che non dobbiamo tornare ad essere dipendenti fisicamente». La ragione, la riflessione erano completamente tagliate fuori. Avevo solo voglia di un buco.

Detlef disse ad Axel: «Puoi darci qualcosa. Sicuramente con l'occasione l'avrai indietro». Axel e Bernd erano dell'idea che dovevamo pensarci bene. Poi dissero che la settimana prossima dovevano fare esattamente come avevamo fatto noi. Dovevano solo procurarsi del *valeron.* Trovavano che era una cosa paraculissima tornare a lavorare e farsi una pera così quando se ne presentava l'occasione.

Due ore dopo che avevamo lasciato la casa di mia madre Detlef ed io eravamo di nuovo sballati e completamente felici. Passeggiavamo mano nella mano sul Kurfürstendamm. Era proprio pazzesco essere sballati di ero e non avere nessuna fretta, solo semplicemente passeggiare. Non avevamo la preoccupazione di procurarci la roba per il mattino dopo. Detlef disse tutto contento: «Bene, domani mattina, un paio di flessioni, e la giornata comincia stupenda senza ero».

Tutto questo lo credevamo seriamente. Le nostre illusioni erano già cominciate quando avevamo pensato che la settimana da mia madre, coi dolori e il vomito, fosse stata una vera disintossicazione. Certamente nel nostro corpo non c'era più veleno, in ogni caso non c'era più eroina. Ma invece che di ero ci eravamo riempiti di *valeron* in abbondanza, di *valium*, eccetera. E non ci eravamo sprecati a pensare a quello che si deve fare dopo la disintossicazione fisica. Mia madre era altrettanto ingenua. Lei aveva delle serie speranze che noi avessimo superato tutto. E del resto come avrebbe potuto esserne informata?

Noi avremmo dovuto avere la capacità di realizzare le cose come stavano perché eravamo al corrente di tutta una serie di esperienze di altri che avevano fatto tentativi di disintossicazione simili. Ma non volevamo appunto sapere quello che ci succedeva realmente. Eravamo proprio dei ragazzini pazzescamente ingenui. E in questo anche tutta la nostra esperienza personale non cambiava nulla.

Per quattro settimane ce la facemmo quasi a mantenere quello che ci eravamo prefissi. Nessuno di noi due andò a battere. Ci facevamo la pera solo quando qualcuno ce la dava o quando in qualche modo rimediavamo dei soldi. Solo che eravamo sempre più occupati a trovare qualcuno che ci desse la roba o a trovare il modo di acchiappare soldi. Naturalmente che le cose stavano così non lo ammettevamo assolutamente.

Queste settimane furono un periodo di uno stupendo pazzesco. Io non dovevo andare a scuola perché mia madre voleva rendermi particolarmente piacevoli i primi tempi senza eroina. E Detlef poteva abitare con me. Imparai a conoscere Detlef da un lato completamente nuovo e lo amavo ancora di più, caso mai fosse possibile. Era spensierato e allegro e pieno di idee. Noi due eravamo sempre due divertenti teen-ager, o comunque ci comportavamo come se lo fossimo.

Andavamo nella Grünewald e facevamo lunghe passeggiate. Qualche volta ci portavamo appresso i miei due gatti e li facevamo arrampicare sugli alberi. Quasi tutte le notti facevamo l'amore. Tutto era un sacco bello. Qualche volta restavamo puliti per un paio di giorni di seguito, qualche volta anche tre giorni di fila sballati. Dopo che avevamo rimediato la roba ce la svignavamo il più in fretta possibile dal giro fetente dell'ero. Di preferenza andavamo sul Kurfürstendamm e ci mischiavamo in mezzo a tutti i borghesi. In un certo modo volevamo essere come loro, solo un po' diversi. In ogni caso volevamo dimostrare a noi stessi e a tutti che non eravamo dei vecchi bucomani anche se la pera ce l'eravamo fatta.

Così sballati andavamo nelle discoteche dei mocciosetti e dei giovani piccolo borghesi, come il Flashpoint o il Big Eden. E lì stavamo seduti, completamente fatti e pensavamo che eravamo quasi come tutti gli altri che c'erano lì, ma certo che non eravamo dei vecchi bucomani. Qualche volta rimanevamo a casa anche per un giorno intero. Potevamo stare ore alla finestra raccontandoci delle storie. Cercavamo di strappare le foglie dagli alberi malaticci che lì a Kreuzberg stavano davanti a casa nostra. Io mi sporgevo completamente fuori dalla finestra, Detlef mi teneva ferme le gambe e potevo davvero acchiappare un paio di foglie. Ci sbaciucchiavamo, ci scatenavamo, leggevamo e per la maggior parte del tempo ci comportavamo veramente come due ragazzini stupidi. Non parlavamo mai seriamente del nostro futuro. Raramente, all'improvviso, mi sentivo proprio male. Quando per esempio con Detlef avevo un piccoio litigio su una sciocchezza qualsiasi. A quel punto non riuscivo a venire a capo di quel problema; lo rimandavo continuamente e qualche volta avevo paura di perderci la testa. Allora mi veniva una certa voglia di ero, perché col buco il problema spariva.

Poi arrivò un vero problema. Klaus, l'amico di mia madre, fece delle storie per via di Detlef. Disse che l'appartamento era troppo piccolo per ospitare anche un estraneo. Mia madre non riuscì realmente a contraddirlo. Ed io ero di nuovo completamente impotente. Fu all'incirca come il giorno in cui Klaus ordinò che il mio alano doveva andarsene. D'un colpo quindi tutto quel vivere così stupendo finiva. Dopo tre settimane dovetti tornare a scuola e Detlef non poté più dormire da me.

A scuola non mi accorsi affatto che ero mancata per tre settimane. Avevo comunque già da molto tempo perduto qualsiasi contatto. Ora avevo solo un nuovo problema: il fumo. Adesso che non ero fatta fumavo da quattro a cinque pacchetti al giorno. Accendevo una sigaretta dopo l'altra. E adesso già durante la prima ora non reggevo proprio senza sigarette e dovevo uscire fuori a fumarmene un paio. La prima settimana di scuola fumai proprio fino a vomitare. Vomitai nel cestino della carta. In classe quasi non ci stetti.

Per la prima volta dopo tre mesi non vidi Detlef. Il pomeriggio seguente dopo la scuola presi la metropolitana fino al *Bahnhof Zoo*. Il mio Detlef era lì e aspettava clienti.

Trovai che era orrendo stare in quella schifosa stazione ad aspettare schifosi clienti. Ma Detlef disse che non aveva più neanche un marco. E non sapeva comunque che cosa doveva fare. Adesso Detlef dormiva di nuovo il più delle volte da Axel e Bernd, stava tutti i giorni alla stazione e tutti i giorni si faceva un buco. Io dovevo di nuovo andare al *Bahnhof Zoo* se volevo vedere Detlef. Detlef era l'unica persona che avevo. Ero convinta che senza di lui non potevo vivere. Allora tutti i giorni andai di nuovo al *Bahnhof Zoo*.

Quella domenica in cui vidi gli schizzi di sangue nel bagno ed ispezionai il braccio di Christiane mi cadde la benda davanti agli occhi. Fu un colpo durissimo. Fu come se Christiane mi presentasse, per così dire, la ricevuta della mia educazione, della quale ero stata così orgogliosa. Adesso mi accorgevo che avevo sbagliato tutto, e questo solo perché non avevo voluto ripetere gli errori dell'educazione che mi aveva dato mio padre.

Quando per esempio Christiane cominciò ad andare alla discoteca «Sound», io non ne ero contenta, ma la sua amica Kessi ed altri giovani della «Haus der Mitte» al Sound ci andavano sempre. Dissi a me stessa, ma sì, perché Christiane non ci dovrebbe andare. I giovani andavano tutti pazzi per il Sound. Ero costretta a pensare a tutti gli innocenti divertimenti che mio padre mi aveva vietato in quanto ero una ragazza.

E continuai con la mia educazione indulgente quando Christiane mi presentò il suo ragazzo, Detlef, che aveva conosciuto al Sound. Detlef mi fece un'impressione molto buona. Sapeva come comportarsi, aveva buone maniere e un modo aperto, in tutto e per tutto un ragazzo amabile. E trovai assolutamente normale che Christiane alla sua età per la prima volta avesse un vero filarino. Pensai: la cosa più importante è che è un ragazzo per bene.

Se qualcuno mi avesse detto che i due già allora prendevano l'eroina gli avrei detto che era pazzo. Perché a parte la sua passioncella per Detlef, in Christiane non notavo nulla di particolare.

Al contrario, mi sembrava diventata più tranquilla ed equilibrata dopo un periodo in cui era stata molto ribelle. Persino la scuola sembrava andare meglio.

Dopo la scuola ci telefonavamo regolarmente, e lei mi raccontava cosa faceva; che andava da compagni di scuola o che la sera andava a prendere Detlef al lavoro. Non avevo nulla da obiettare. Durante la settimana generalmente era a casa per la cena e se qualche volta ritardava, telefonava e poco dopo rincasava. Qualche volta andava ancora alla « Haus der Mitte », o si incontrava con amici, o almeno così diceva.

Di nuovo mi aiutava nelle faccende di casa, cosa che io spesso le ricambiavo con un piccolo regalo: un disco o un paio di marchi di mancia. Klaus, il mio amico, non lo trovava giusto: sosteneva che qualche volta dovevo pensare a me, che Christiane mi sfruttava. In un certo senso lui forse aveva ragione. Avevo sempre la sensazione che per Christiane dovevo fare qualcosa di particolare, che dovevo risarcirla per qualcosa, ma questo allora non lo vedevo così chiaramente.

Klaus era contrario al fatto che io permettessi a Christiane di passare la notte dalle sue amiche, non ci credeva che lei dormisse veramente da loro. Ma spiarla no, non era questa la mia intenzione, mio padre lo usava sempre con me, senza che io avessi mai fatto niente di male.

Poi un giorno Christiane mi raccontò che aveva fatto l'amore con Detlef. « Mammina » disse « è stato così caro con me. Non te lo puoi neanche immaginare ». Io credetti solo di capire perché voleva dormire dalle amiche ai fine settimana.

Ma ormai era successo. Ed io non ci trovai niente di male. Da quel momento in poi le permisi anche di dormire ogni tanto da Detlef.

E come avrei potuto impedire che i due dormissero assieme? Alla televisione, sui giornali, gli psicologi sottolineano sufficientemente spesso che i giovani di oggi sono più maturi e che non devono essere repressi sessualmente. Di questa opinione sono anch'io.

Christiane aveva pur sempre un ragazzo fisso, altre ragazze del vicinato andavano ora con uno ora con un altro, perciò la relazione fissa con Detlef mi tranquillizzava.

D'altra parte, se devo essere sincera, talvolta avevo una sensazione sgradevole, soprattutto per via dei nuovi amici e amiche di Christiane, quelli che aveva conosciuto al Sound. Lei mi raccontò che ogni tanto prendevano la droga, ma non parlò mai di eroina. Fumavano l'hascisc e prendevano gli acidi, diceva. Christiane mi descriveva cose orribili, anche che la sua amica Babsi era una drogata, ma parlava con un tale disgusto di queste cose, le trovava così repellenti che io non avrei mai creduto possibile che lei stessa le facesse.

Quando le chiesi: « Ma perché mai hai a che fare con questa gente? » lei mi disse: « Sai mammina, mi fanno così pena. Nessuno vuole avere a che fare con loro e sono contenti quando qualcuno gli parla. Di aiuto ne hanno bisogno ». E Christiane era sempre stata pronta ad aiutarli; oggi so che lei allora parlava di se stessa.

Una sera in cui per la prima volta tornò a casa alle undici, mi disse: « Mammina, ti prego non mi sgridare. Sono stata con della gente in un centro antidroga ». E io le chiesi: « E che succede lì? ». « Sai, facciamo dei colloqui e vogliamo provare a farli smettere con la droga ». Poi aggiunse: « Se un giorno divento drogata anch'io... » e fece come una risatina. Io la guardai spaventata, finché lei affermò: « Ma sì, lo dico così per dire. Io sono tutta a posto ». « E Detlef? » chiesi. Christiane mi rispose sdegnata: « Di Detlef non se ne parla proprio! Sarebbe il colmo! ».

Questo successe nell'inverno del 1976. Da quel momento in poi ebbi un brutto presentimento, ma lo repressi, non ascoltavo una parola di quello che diceva il mio amico Klaus, che nel frattempo avrebbe scommesso qualsiasi cosa sul fatto che Christiane si drogasse. Ma non volevo che si parlasse male di lei. Non si ammette così come se nulla fosse, che tutto è stato inutile, che come madre si è state un fallimento. Mia figlia non si droga: questo continuai a sostenere.

Adesso cercavo di tenere Christiane più a freno, ma anche se le dicevo: « Stasera devi essere a casa per l'ora di cena », lei poi a quell'ora a casa non ci tornava. Ed io non potevo più fare niente, dove mai potevo cercarla in questa città? Non avrei mai potuto prevedere che lei stava al Bahnhof Zoo. *Ero felice quando mi telefonava alle otto e mezza e mi diceva: « Mammina, arrivo subito, non preoccuparti », il fatto è che semplicemente non riuscivo a venirne a capo con Christiane.*

Qualche volta tuttavia lei si atteneva ai miei divieti, allora, quasi con orgoglio, diceva al telefono ai suoi amici: « No, oggi non ho il permesso di venire, resto a casa ». Sembrava che non gliene importasse: questa era la contraddizione. Da una parte si ribellava contro la severità: era una mocciosa sfrontata e oltrepassava tutti i limiti, dall'altra sembrava mostrare rispetto quando le venivano poste delle chiare delimitazioni, ma era già troppo tardi.

Alla fine di gennaio del 1977, una domenica, arrivò per me l'ora della verità. Fu spaventosa. Volevo andare in bagno, ma la porta era chiusa. Era una cosa insolita, Christiane era dentro e non apriva. In quel momento presi coscienza e contemporaneamente capii per la prima volta che in tutto questo tempo mi raccontava balle. Altrimenti sarebbe stato impossibile che potessi sapere improvvisamente quello che stava succedendo nel bagno.

Cominciai a picchiare contro la porta, ma lei non apriva. Mi venne quasi un attacco di furore: gridai, implorai che doveva aprire la porta, alla fine lei uscì passandomi davanti di corsa. Nel bagno vidi un cucchiaino annerito e schizzi di sangue sulle pareti; ebbi la conferma di quello che avevo appreso dai giornali. Il mio amico mi disse: « Adesso mi credi? ».

La seguii nella sua stanza, dissi: « Christiane, cosa

hai fatto». Ero completamente distrutta. Tremavo in tutto il corpo, non sapevo se dovevo scoppiare a piangere o mettermi a gridare. Tuttavia come prima cosa dovevo parlare con lei, che piangeva in maniera straziante e non mi guardava in faccia. Chiesi: «Ti sei iniettata dell'eroina?».

Non mi rispose, singhiozzava talmente che non riusciva a dire una parola. Con violenza le piegai in fuori tutte e due le braccia e mi resi conto della cosa; su tutte e due aveva dei buchi. Non avevano un aspetto particolarmente brutto, per niente. Non c'erano lividi, e si vedevano solo due o tre punture, tra cui quella fresca. Era ancora un po' rossa.

E allora lei ammise, tra le lacrime. In quel momento pensai: «Oddio muoio». Credo che più di tutto avrei voluto morire, ero così disperata che non riuscivo a pensare, non sapevo che cosa dovevo fare. Poi dissi: «E adesso che facciamo». Chiesi proprio questo a Christiane, io stessa ero completamente impotente.

Questo era dunque il colpo che fino a quel momento avevo voluto schivare, successe quello che avevo sempre escluso dalla mia stessa coscienza. Ma appunto non avevo saputo con quali sintomi questo si manifestava, fino a quel momento non avevo notato in lei nessun intontimento, nulla. Christiane era quasi sempre allegra e contenta, l'unica cosa che mi aveva colpito nelle ultime settimane era che qualche volta, quando tornava a casa un po' tardi, spariva subito nella sua stanza. L'avevo attribuito al fatto che si sentisse la coscienza sporca, per essere arrivata in ritardo.

Dopo che mi calmai un po' riflettemmo su che cosa potevamo fare. Christiane ammise che anche Detlef era eroinomane, e disse che aveva senso solo se contemporaneamente a lei anche lui si disintossicava, altrimenti si sarebbero sempre invogliati a drogarsi a vicenda. Questo fu quanto potei capire; decidemmo che tutti e due dovevano immediatamente disintossicarsi a casa nostra.

Christiane sembrava aperta e sincera, ammise anche subito che Detlef guadagnava i soldi per l'eroina facendo marchette con i froci al Bahnhof Zoo*: ero sconvolta. Ma che lei per lo stesso motivo si vendesse agli uomini non esisteva proprio, ed io neanche lo sospettai: lei Detlef lo amava. E lui, disse Christiane, aveva sempre guadagnato abbastanza soldi per l'eroina.*

Christiane continuava ad assicurarmi: « Mammina, credimi, voglio venirne fuori da questa storia, veramente ». La sera uscimmo per cercare Detlef, e lì, per la prima volta in vita mia, vidi consapevolmente come erano questi personaggi emaciati, da far pena, che giravano nelle stazioni della metropolitana. Christiane diceva: « Così non voglio finire. Guarda questi come sono fottuti! ». Lei aveva ancora un aspetto abbastanza gradevole; a quel punto mi sentii di nuovo tranquillizzata.

Non trovammo Detlef e per questo andammo da suo padre. Lui era al corrente che Detlef era eroinomane, ma non sapeva che anche Christiane lo fosse. Lo rimproverai: « Perché » gli chiesi « non mi ha detto niente? ». Perché si vergognava, disse lui.

Il padre di Detlef sembrò sollevato, voleva partecipare alla cosa anche finanziariamente. Fino a quel momento si era preoccupato inutilmente di trovare degli aiuti per suo figlio, devo essergli apparsa come un angelo. Mi sembrava di essere io stessa molto forte, non avevo infatti la più pallida idea di quello che mi aspettava.

Il giorno dopo uscii da sola in cerca di qualcuno che potesse darmi dei consigli. Per prima cosa andai all'Ufficio di assistenza per i minorenni e dissi: « Mia figlia quattordicenne è tossicodipendente. Che devo fare? ». Loro non sapevano cosa consigliarmi. « Farla internare » questa era la loro opinione. Dissi che di farla internare non se ne parlava proprio, Christiane si sarebbe solo sentita scaricata. Inoltre quelli non conoscevano nessun istituto, dovevano prima cercarne uno e ci sarebbe voluto molto tempo. Dissero che i posti per ragazzi difficili da educare erano comunque rari. Io dissi: « Ma questo non c'entra niente con il mio problema. Lei non è una ragazza difficile da educare. È una tossicodipendente! ». Loro continuavano a guardarmi e alzavano le spalle, come ultima cosa mi consigliarono di andare con Christiane da un consulente per i problemi dell'educazione.

Quando lo proposi a Christiane lei mi disse: « Ma che stronzata. Quelli non hanno la minima idea. Quello che mi manca è una terapia ». Per questo problema gli enti pubblici non avevano niente da offrire, girai quindi per consultori per la droga, presso il Politecnico, la Charitas, e non mi ricordo più ancora dove. Non sapevo comunque come dovevo affrontare la cosa.

Gli operatori dei consultori si aspettavano poco da una disintossicazione fatta a casa, dicevano che senza una terapia è una cosa abbastanza assurda, ma poiché Christiane era ancora così giovane potevo anche tentare con quell'esperimento casalingo. Comunque loro non avevano un posto di terapia libero, e forse ce ne sarebbe stato uno tra un paio di mesi. Mi diedero anche dei consigli sull'alimentazione per reagire alle manifestazioni della crisi di astinenza.

La disintossicazione avvenne già nella prima settimana. I due non fecero storie né architettarono piani per svignarsela. Ebbi di nuovo delle speranze. Dopo otto giorni ero sicura: grazie a Dio ero riuscita, Christiane ricominciò ad andare subito a scuola e prendeva parte presumibilmente alle lezioni.

Ma dopo Christiane ricominciò ad andare in giro, ogni volta mi diceva dov'era, dandomi riferimenti incontestabili e irrefutabili. Quando la sera alle otto telefonava diceva: « Mammina, sono qua, nel tale caffè e ho incontrato il tale. Torno subito ».

Ma ora ero stata messa in guardia, le controllavo le braccia, ma non notavo nessuna puntura fresca. Comunque non ebbe più il permesso di dormire da Detlef il fine settimana, d'altra parte volevo dimostrarle che avevo fiducia in lei, per questo il sabato sera le davo una libera uscita più lunga. Ero sospettosa ma non sapevo come dovevo comportarmi. Mi torturavo il cervello.

Avevo orrore di tornare a dipendere dall'ero fisicamente. Ma quando Detlef era sballato ed io ero pulita tra di noi non c'era nessun feeling. Eravamo come estranei l'uno all'altra, per questo ricominciai a farmi con la roba che mi dava Detlef. E mentra ci ficcavamo l'ago ci dicevamo che non volevamo mai più essere dipendenti dall'eroina. Ancora ci intestardivamo a credere che fisicamente non eravamo dipendenti e che in qualsiasi momento potevamo smettere, e già da un sacco di tempo stavamo lì col panico a preoccuparci che ci rimanesse della roba per l'indomani mattina.

Tutta la merda ricominciò da capo. Solo che adesso non eravamo così coscienti di quanto ci stavamo dentro, nella merda, appunto perché pretendevamo di aver tutto sotto controllo.

All'inizio Detlef ricominciò a far marchette anche per me. Questo naturalmente non poteva durare a lungo e anch'io dovetti di nuovo ricominciare a battere. Subito però ebbi una fortuna pazzesca con i clienti abituali e quindi anche battere non mi sembrò che facesse tanto schifo.

Già la prima volta che dovevo tirar su dei soldi Detlef mi portò con sé da Jürgen. Questo Jürgen è un uomo abbastanza noto nel mondo degli affari berlinese, ha un mare di grana e con gli uomini politici ci va a colazione. Lui ha già superato la trentina, ma in un certo senso è ancora un tipo giovanile. Parla lo stesso linguaggio dei giovani e capisce anche i loro problemi, non è assolutamente di questi tipo manager, furbacchioni, come di solito sono quelli che riescono a fare la grana.

Arrivai dunque per la prima volta a casa di Jürgen. E lì intorno a un enorme tavolo di legno c'erano sedute una dozzina di persone giovani. Sul tavolo c'erano dei candelabri d'argento con le candele accese e bottiglie di vino costoso. Le persone parlavano tra di loro tutte sciolte, ed io notai che i tipi e le tipe che stavano intorno al tavolo erano tutti gente che sapeva il fatto suo. Jürgen era quello che dirigeva la conversazione, ed io pensai che doveva essere uno con un cervello così se non altro per il fatto che lui era riuscito a farsi una casa così pazzesca, che doveva essere costata un mucchio di grana, era una cosa che mi faceva effetto. E poi il fatto che lui era rimasto comunque un tipo liscio, veramente umano.

Davanti agli altri fummo subito trattati come vecchi amici, malgrado oltre a noi non ci fosse nessun altro bucomane. Dopo che per un po' si stette così a chiacchierare una coppia chiese se si poteva fare una doccia. Jürgen disse: «Ma certo, che ci stanno a fare altrimenti le docce».

Le docce erano lì, proprio nello stesso ambiente. I due entrarono dentro e poi entrarono ancora un paio di persone. E poi uscirono fuori nudi e chiesero degli asciugamani. Pensai che era un gruppo di gente proprio paracula nel quale tutti si dovevano come voler bene. Ed io avevo proprio il feeling giusto, perché mi immaginavo che Detlef ed io più tardi avremmo avuto anche noi un appartamento così fantastico e avremmo anche potuto invitare sempre amici, gente assolutamene per bene.

Un paio di tizi già giravano nudi o solo con un asciugamano intorno ai fianchi e cominciarono anche a toccarsi tra di loro. Una coppia andò nella camera da letto, dove c'era un letto gigantesco che si poteva tirare giù o su. Tra la stanza da letto e quella di soggiorno c'era un passaggio largo, per cui si poteva guardare dentro la stanza da letto, i due si misero a pomiciare e poi anche altri si infilarono nel letto gigantesco. Gli uomini si toccavano con le donne, ma anche tra di loro, alcuni si toccavano lì, direttamente sul tavolo.

Da un bel po' avevo capito che era in atto una vera orgia. Loro volevano coinvolgere anche me e Detlef, ma io non ce ne avevo voglia. Non volevo farmi toccare da uno qualsiasi, quello che succedeva non mi schifava, anzi un pochino mi stravolgeva il modo come quella gente si divertiva liscia. Ma proprio per questo volevo stare sola con Detlef.

Detlef ed io andammo nella stanza vicino. Ci accarezzammo e ci svestimmo. Improvvisamente Jürgen stava là vicino a noi e ci guardava, questo non mi disturbava tanto, appunto perché in questa casa tutto era liscio, e poi perché pensai al fatto che noi da Jürgen prendevamo dei soldi. Sperai solo che lui adesso non ci avrebbe abbracciati.

Ma Jürgen guardò solamente, mentre facevo l'amore con Detlef lui si tirò una sega. Quando a un certo punto ce ne andammo, perché io dovevo tornare a casa, così facendo finta di niente lui mise in mano a Detlef un biglietto da cento marchi.

Jürgen diventò il nostro cliente fisso. Era bisessuale, il più delle volte andavamo da lui insieme. Io lo tenevo occupato da una parte e Detlef dall'altra, per questo ricevevamo sempre cento marchi. Qualche volta andava da lui solo uno di noi. Per sessanta marchi. Certo, Jürgen era un cliente, e in quanto tale sgradevole quasi quanto gli altri. Ma era l'unico cliente per il quale sentivo qualcosa come amicizia. Avevo in ogni caso rispetto di lui, gli parlavo volentieri, perché aveva sempre delle buone idee e poi era uno che aveva la capacità totale di realizzare come stavano le cose. Era uno che in questa società sapeva come cavarsela.

Ammiravo soprattutto come lui trattava il denaro, questa era la cosa che mi interessava di più, quando raccontava come investiva i soldi e come quasi automaticamente questi soldi diventavano sempre di più. Coi soldi lui era un sacco generoso, gli altri che partecipavano alle orge non avevano soldi per questo, ma una volta mi trovai lì mentre un tipo giovane gli chiedeva un paio di migliaia di marchi per una Mini Cooper. Jürgen non fece tante chiacchiere, riempì un assegno e disse: «Qui c'è la tua Mini Cooper». Jürgen era l'unico cliente dal quale andavo qualche volta anche quando non volevo niente da lui e lui non voleva niente da me. Qualche volta la sera vedevo da lui la televisione e allora trovavo di nuovo che il mondo era okay.

Detlef ed io frequentavamo di nuovo in pieno il giro dell'ero, quelle normali discoteche per mocciosetti non ci interessavano più. Quando non ero al *Bahnhof Zoo* , stavo alla stazione della metropolitana del Kurfürstendamm, sugli stretti marciapiedi di questa stazione c'erano spesso un centinaio di bucomani, lì si spacciava. Venivano anche dei clienti che erano specializzati in bucomani, ma soprattutto la stazione della metropolitana del Kurfürstendamm era un punto d'incontro.

Io passavo da un gruppo all'altro e chiacchieravo con gli altri bucomani. Quando giravo così tra gli altri bucomani spesso mi sentivo fantastica. Ciabattavo su questo marciapiede sotto il Kurfürstendamm come una *star* tra le *star*. Vedevo le vecchie signore coi loro fagotti di buste di plastica e Wertheim o di Bilka[6] che tornavano a casa, e vedevo come ci guardavano con gli occhi spalancati, inorridite e proprio spaventate, e pensavo: noi siamo bucomani che stiamo cento volte più avanti di loro, noi facciamo una vita da schiattare, possiamo morire ogni giorno e moriremo presto. Ma noi comunque non voglia-

[6] Grandi magazzini e supermercati. [*N.d.T.*]

mo altro. A me comunque piace così. Pensavo ai soldi che guadagnavo. Per la roba avevo bisogno di cento marchi agni giorno. Con le spese accessorie arrivavo a quattromila marchi di uscita al mese, che dovevo dunque tirar su. A quattromila marchi al mese netti ci arriva appena il direttore di una ditta. Ed io rimediavo questi quattromila marchi a quattordici anni.

Certo che fare marchette era un lavoro miserabile ma se ero sballata di ero non mi faceva più neanche effetto. E in realtà ero io che fregavo i clienti. Le mie prestazioni quando battevo non erano assolutamente proporzionate a quello che loro mi dovevano poi dare. Ancora ero sempre io che mettevo le condizioni. Di scopare con me non se ne parlava proprio.

Tra gli altri c'erano delle *star* ancora più grosse di me. C'erano quelli che raccontavano che avevano bisogno di quattro grammi di ero al giorno. Questo costava allora da cinquecento a ottocentocinquanta marchi al giorno. E loro riuscivano quasi sempre a tirar su questi soldi. Riuscivano dunque a far più soldi di un direttore generale senza che i poliziotti li prendessero. Questi erano delle *star* che io potevo avvicinare in ogni momento nella stazione del Kurfürstendamm e che chiacchieravano spesso con me.

Questi erano i miei sentimenti e i miei pensieri in quel periodo: febbraio, marzo 1977, quando nello sballo ci stavo dentro bene. Bene non mi andava ma non ero neanche completamente arrivata. Ancora riuscivo a dirmi un sacco di bugie. Mi ero di nuovo totalmente immedesimata nel ruolo della bucomane. Mi trovavo un sacco paracula. Non avevo paura di niente.

Quando ancora non mi bucavo la cosa che avevo più di tutto era la paura. Di mio padre, più tardi dell'amico di mia madre, della scuola di merda e degli insegnanti, dei portieri, dei vigili e dei controllori della metropolitana. Adesso mi sentivo intoccabile. Non mi cagavo mai sotto dalla paura per i poliziotti in borghese che qualche volta giravano per la stazione. Ero sfuggita ad ogni retata rimanendo fredda come il ghiaccio.

In quel periodo avevo contatti con dei bucomani che secondo me con l'eroina se la cavavano proprio bene. Per esempio Atze e Lufo. Atze era stato il primo ragazzo con cui avevo avuto una relazione stretta prima di Detlef e di cui ero stata veramente cotta. Lufo ed Atze e Detlef avevano fatto parte nel '76 del gruppo dell'hascisc del Sound. Atze e Lufo erano arrivati all'ero un po' prima di me. Vivevano adesso in un appartamento perfetto, con letto francese, divano e moquette. Lufo aveva ancora persino un vero lavoro come operaio semplice da Schwarzkopf. I due dicevano che loro non erano ancora fisicamente dipendenti dall'eroina e che qualche volta gliela facevano senza pere per uno, due mesi. Io gli credevo malgrado quando li vedevo fossero sempre sballati.

Atze e Lufo erano per me dei veri modelli. Non volevo più andare così in merda come prima della mia prima disintossicazione. E pensavo che con Detlef potevo arrivarci ad un appartamento con letti francesi, divani e moquette, se noi due fossimo stati così paraculi con la roba come Atze e Lufo.

Inoltre i due non erano così aggressivi come gli altri bucomani. Ed Atze aveva una ragazza assolutamente carina, Simone, che non si bucava affatto. Trovavo pazzescamente bello che malgrado questo i due si capissero. Da loro ci andavo volentieri e dormivo sul divano di Lufo quando c'era stato qualche scazzo con Detlef.

Una sera che tornai a casa e mi andai a sedere con mia madre nella stanza di soggiorno perché stavo sballata bene, lei senza dire una parola andò a prendere il giornale. Intuivo cosa succedeva. Lei mi passava sempre il giornale senza dire una parola quando c'era una notizia di un altro morto di eroina. Questo mi dava ai nervi. Non volevo leggere.

Lessi il giornale anche se mi dava ai nervi: «Andreas W., apprendista vetraio voleva smettere con la droga. La sua ragazza sedicenne, che frequentava una scuola per infermiere, voleva aiutarlo. Invano. Nell'appartamento al Tiergarten, che il padre aveva arredato per la giovane coppia spendendo varie migliaia di marchi, il giovane si è dato il "buco della morte"...».

Tutto questo non lo realizzai immediatamente perché non volevo assolutamente crederlo. Ma tutto combaciava perfettamente: l'appartamento, l'apprendista vetraio, la ragazza, Andreas W., cioè Andreas Wiczoezk, che noi avevamo chiamato Atze.

Pensai soltanto: merda. Avevo la gola completamente secca, poi mi sentii anche male. Pensai: non è possibile che Atze si sia sparato il buco finale. Proprio Atze, che con la roba ci andava così liscio. Non volevo far vedere a mia madre come questa notizia del giornale mi aveva atterrita. Lei infatti non aveva la minima idea che ero di nuovo sballata. Presi il giornale e andai nella mia stanza.

Atze non l'avevo più visto da un po' di tempo. Lessi sul giornale quello che gli era successo negli ultimi giorni. Già da una settimana si era bucato troppo ed era finito all'ospedale. Dopo questo fatto Simone si era tagliata le vene dei polsi. Tutti e due si erano salvati. Il giorno prima della sua morte Atze era andato dalla polizia e aveva fatto una soffiata dicendo i nomi di tutti gli spacciatori che conosceva, anche di due ragazze, che si chiamavano «le gemelle» e che avevano roba assolutamente perfetta. Quindi aveva scritto una lettera d'addio che era anche stampata sul giornale: «Adesso metto fine alla mia vita perché un bucomane porta arrabbiature, preoccupazioni, amarezze e disperazione a tutti i parenti e agli amici. Egli non distrugge soltanto se stesso, ma anche gli altri. Grazie ai miei amati genitori e alla mia nonnina. Fisicamente sono uno zero. Essere bucomani vuol dire essere l'ultima merda. Ma chi spinge all'infelicità quanti arrivano al mondo giovani, pieni di voglia di vivere? Questa vuole essere una lettera di ammonimento per tutti quelli che si trovano di fronte a questa decisione: che faccio, ci provo? Stupidi: guardate me. Adesso non hai più nessun problema. Simone, vivi felice».

Stavo sul letto e pensavo: ma lui è stato il tuo primo ragazzo. In una bara. Non riuscivo a piangere. Non ero più capace di avere veri sentimenti.

Quando il pomeriggio seguente andai nel giro nessuno piangeva per Atze. Nel giro non si piange mai. Ma qualcuno era terribilmente incazzato con Atze perché aveva soffiato i nomi degli spacciatori, di quelli come si deve, che vendevano roba perfetta ed ora già stavano in galera, e poi perché lui doveva un sacco di soldi a un sacco di gente.

La cosa pazzesca di tutta la storia di Atze fu che la sua ragazza Simone, che nella sua vita non aveva ancora mai preso l'ero, e che voleva sempre far smettere Atze, un paio di settimane dopo la sua morte cominciò a bucarsi, mollò la scuola di infermiera e si mise a far marchette.

Lufo morì poco meno di un anno dopo, nel gennaio del 1978, per una overdose.

Dopo la morte di Atze la sensazione di essere una *star* del buco, che con la roba ci sapeva fare, sparì. Nel nostro gruppo, che aveva avuto contatti con Atze, si diffusero paura e sfiducia. Prima quando ci facevamo una pera tutti insieme e non c'erano abbastanza siringhe ognuno voleva essere il primo. Adesso improvvisamente ognuno voleva essere il secondo. Nessuno diceva che aveva paura. Ma c'era una paura totale che la roba fosse troppo pura, troppo forte, oppure tagliata con la stricnina o altri veleni. Perché si poteva morire non solo per overdose, ma anche per roba o troppo pura o troppo sporca.

Tutto era di nuovo proprio una merda. In realtà era come la descrizione della lettera di addio di Atze. Nel frattempo distruggevo anche mia madre. Tornavo a casa quando mi girava. E mia madre era sempre ancora sveglia quando arrivavo. E quando ero lì lei ingoiava allora un paio di *valium* per poter dormire un po'. Credo che gliela facesse a reggere solo grazie al *valium*.

Dentro di me ero sempre più sicura che sarei finita come Atze. Qualche volta avevo ancora piccole speranze alle quali mi attaccavo. Persino nella scuola. C'era un insegnante che in qualche modo mi piaceva, il professor Mücke. Con lui rappresentavamo delle situazioni che erano di fatti reali che succedono ai giovani. Per esempio un colloquio di assunzione. Uno faceva la parte del capo, l'altro quella dell'aspirante al posto. In questa rappresentazione non mi feci comunque coinvolgere dai discorsi del capo. Ribaltai rapidamente la situazione e il ragazzo che faceva la parte del capo si fece un pizzico. Allora pensai che forse anche nella vita potevo impormi in questo modo.

Con questo professore andammo anche a visitare il centro di consulenza professionale. Cioè prima andammo anche a vedere una parata militare degli Alleati. I ragazzi erano veramente presi, impazzivano per i carri armati e per la tecnica. A me queste cose meccaniche, che facevano un rumore del diavolo e che erano fatte solo per far fuori la gente, facevano vomitare.

Ma nel centro di consulenza professionale fui di nuovo tutta contenta. Lessi tutto quello che c'era sulla professione del veterinario. Subito il giorno dopo andai di nuovo con Detlef al centro e mi feci fotocopiare tutto quello che avevano sui veterinari. Detlef trovò molto fighe certe professioni sulle quali lì si avevano tutte le informazioni. Anche lui cercava qualcosa che avesse a che fare con gli animali e con l'agricultura. Ci buttammo talmente in questa cosa che quasi ci eravamo dimenticati che dovevamo fare una marchetta per la prossima pera. E quando dopo ci trovammo alla stazione della metropolitana ad aspettare i clienti, con le fotocopie del centro di consulenza professionale nella busta di plastica, tutto era di nuovo completamente irreale. Se continuavo così non ce l'avrei fatta neanche a prendere il diploma.

Il mattino dopo, andando a scuola, mi comprai alla stazione di Moritzplatz un numero di «Playboy». Lo comprai per Detlef al quale piaceva molto «Playboy», ma prima di darglielo lo leggevo sempre anch'io. Non so esattamente perché ci interessava specificamente «Playboy». Oggi non riesco proprio a capirlo. Ma allora «Playboy» rappresentava per noi il mondo sano, il sesso sano. Belle ragazze che non avevano problemi. Né froci, né clienti. Gli uomini fumavano la pipa, guidavano macchine sportive e avevano un sacco di grana. E le ragazze scopavano con loro perché faceva loro piacere. Detlef mi disse una volta che era tutto una cagata, ma ugualmente «Playboy» voleva sempre averlo.

Quel mattino, nella metropolitana, leggevo una novella di «Playboy». Il contenuto non riuscivo a capirlo bene perché ero completamente sballata per la pera mattutina. Ma l'atmosfera della storia mi piaceva. Si svolgeva da qualche parte lontano, sotto il cielo blu e il sole caldo eccetera. Quando arrivai a un punto dove una ragazza carina aspetta tutta impaziente che il suo bel ragazzo torni a casa dal lavoro, mi misi a piangere per davvero. E non riuscii più a trattenermi fino a che non dovetti scendere alla stazione di Wutzkyallee.

A scuola non feci altro che sognare di essere lontana da qualche parte con Detlef. Quando il pomeriggio lo incontrai alla stazione della metropolitana glielo raccontai. Disse che aveva uno zio e una zia in Canada, vivevano su un grande lago con intorno solo boschi e campi di frumento e ci avrebbero sicuramente accolto. Disse che avrei solo dovuto finire la mia scuola, perché così sarebbe stato sicuramente meglio. Sarebbe partito per primo, per cercarsi un lavoro, che sarebbe stata una cosa molto semplice, e quando dopo io sarei arrivata lui già avrebbe comprato una casetta di legno per noi due, o l'avrebbe affittata.

Dissi che in ogni caso volevo finire la scuola. Che a scuola sarei andata sempre meglio. Che nel futuro non avrei più detto battute cretine e mi sarei concentrata sulle lezioni per avere dei buoni voti sul certificato del diploma finale.

Detlef se ne andò con un cliente ed io mi misi ad aspettarlo. Improvvisamente due tizi spuntarono dietro di me e mi chiesero: «Che fai qui?». Capii subito chi erano: poliziotti in borghese. Non ero mai stata acchiappata e non avevo orrore dei poliziotti perché fino a quel momento mi avevano sempre lasciata in pace. Erano infatti solo pochi mesi, e con interruzioni, che facevo marchette al *Bahnhof Zoo* come altre ragazzine della mia età. Pattuglie di poliziotti ce n'erano ogni giorno. Ma i poliziotti stavano soprattutto in campana a beccare gli stranieri che si portavano da Berlino est una bottiglia di acquavite o una stecca di sigarette. Organizzavano per questi stranieri spesso delle cacce con tutte le regole.

Dissi liscia ai poliziotti in borghese: «Aspetto il mio ragazzo». Uno chiese: «Fai marchette?».

Dissi: «Ma come le salta in mente? Ho l'aspetto di una che lo fa?».

Mi chiesero l'età, ed io dissi: quattordici. Vollero vedere il mio documento, anche se solo a sedici anni si ha una vera e propria tessera d'identità. Questo fui io a spiegarglielo.

Uno, quello che parlava, disse: «Dammi la tua borsa di plastica». Per primo tirò fuori dalla borsa il cucchiaio, e mi chiese cosa ci facessi.

Dissi: «Ci mangio lo yogurt».

Ma lui poi tirò fuori la carta igienica con la siringa e dovetti seguirli. Mi portarono al posto di polizia della zona. Non avevo paura. Sapevo che loro non potevano schiaffare in prigione una quattordicenne. Ero solo incazzata nera con questi poliziotti in borghese di merda.

Mi chiusero in una cella proprio accanto alla scrivania del capo. In un certo senso ero così sicura di me che non tentai neanche di far sparire la roba che avevo nella tasca dei jeans. Semplicemente non riuscivo a gettarla via. Poi arrivò una poliziotta. Dovetti togliermi tutto, anche la maglietta e le mutande, e quindi lei mi ha guardato in ogni buco prima di trovare finalmente l'ero nella tasca dei jeans.

Un poliziotto batteva a macchina tutto con una precisione pazzesca su un foglio di carta. Una copia del protocollo andò a finire in una cartella d'archivio. Adesso ero una tossicomane registrata e non più una cifra oscura. I poliziotti in realtà erano molto carini. Solo che tutti dovevano commentare con quella battuta dannata: «Cristo, ragazza, ma che combini? Hai solo quattordici anni, sei così giovane e graziosa, e già stai con un piede nella fossa».

Dovetti dar loro il numero telefonico dell'ufficio di mia madre. E lei cominciò una conversazione coi poliziotti che era fatta solo di battute: «Questi ragazzi. Non so più da che parte prenderla. Proprio recentemente le sono stata vicino durante la disintossicazione. Ma lei non vuole assolutamente smettere».

Questo mi sembrava il colmo: io non volevo smettere! Mia madre non aveva proprio la minima idea di me e dell'ero. Certo che volevo smettere! Ma come? E questo me lo avrebbe dovuto dire lei. Fuori cominciò a farmi domande: mi chiese dove ero stata. Dissi: «Cristo, ero alla stazione».

Lei: «Non ci dovresti andare».

Dissi: «Ero lì che aspettavo Detlef, se questo per lo meno mi è ancora consentito».

Lei era del parere che non mi dovevo più incontrare

con questo « vagabondo disoccupato e asociale ». Poi mi chiese anche: « Vai a battere? ».

Io la aggredii: « Ma sei matta! Prova a dirlo un'altra volta! Perché dovrei andare a far marchette, me lo puoi spiegare? Pensi allora che sono una puttana, o cosa? ».

Lei taceva. In quel momento ebbi veramente paura per la mia libertà. E in un certo senso mi faceva paura la freddezza di mia madre. Pensavo: anche lei adesso mi ha mollato, piantato in asso, non mi aiuterà più. Ma poi mi dissi anche: ma come può aiutarti con le sue battute: « Non andare più alla stazione » « Non incontrarti più con quel vagabondo di Detlef »?

Dovetti andare a casa con lei e non avevo più roba per l'indomani. Il mattino dopo mia madre venne in camera mia. Mi guardò in faccia: « Ma che occhi che hai, bambina mia. Sono completamente inespressivi. Ci vedo solo paura e disperazione ».

Dopo che lei andò al lavoro mi guardai allo specchio. Per la prima volta vidi i miei occhi mentre stavo a rota. C'erano solo le pupille. Completamente nere e ottuse. Veramente completamente inespressivi. Mi venne caldo. Mi lavai la faccia. Gelai, mi ficcai in un bagno bollente. Poi non avevo più il coraggio di uscire dall'acqua perché fuori era troppo freddo. Aggiungevo continuamente acqua calda. Dovevo in qualche modo far passare il tempo fino a mezzogiorno. Perché di mattina non avrei trovato alla stazione né un cliente né qualcuno che mi dava un buco: la mattina nessuno ha la roba, per cui è difficilissimo trovare qualcuno che ti dà qualcosa. Axel e Bernd facevano un sacco di storie perché avevano bisogno di ogni quartino, con le marchette non riuscivano a rimediare tutti i soldi che gli servivano per la roba. Lo stesso Detlef era diventato molto avaro con la roba. E gli altri del giro piuttosto che dartela l'avrebbero gettata in un tombino.

Quando la rota mi stritolava sempre di più mi costrinsi a uscire dalla vasca da bagno per cercare dei soldi. Il soggiorno era sempre chiuso a chiave. Lo chiudeva Klaus, l'amico di mia madre, perché pensava che avrei rotto i suoi dischi. Ma già da parecchio tempo avevo imparato ad aprire la serratura con un ferro. Nella stanza non c'era neanche una monetina. Mi venne in mente il barattolo di birra nell'armadio della cucina. Mia madre ci metteva dentro i nuovi pezzi da cinque marchi che raccoglieva.

Avevo in mano il barattolo di birra che pesava, tremavo perché ero a rota, e un po' forse anche perché ero intenzionata a derubare mia madre. Questo non l'avevo ancora mai fatto e per me era sempre stata la peggior cosa che potevo fare. In questo ero ancora diversa dagli altri bucomani. Bernd, per esempio, l'amico di Detlef, un po'alla volta si era portato via tutto da casa: televisione, macchina del caffè, affettapane elettrico. Tutto quello che poteva tramutarsi in un paio di marchi per l'ero. Io avevo solo svenduto un mio gioiello e quasi tutti i miei dischi.

Tirai fuori dal barattolo i pezzi da cinque marchi di mia madre. Il quartino nel giro era appunto sceso di cinque marchi, da quaranta a trentacinque. E quindi avevo bisogno di sette pezzi da cinque. Feci il conto: poiché dai clienti di solito prendevo quaranta marchi, mi avanzavano cinque marchi. Potevo quindi con facilità ogni giorno rimettere nel barattolo cinque marchi. In una settimana avrei rifatto i soldi e mia madre forse non se ne sarebbe neanche accorta. Con i miei sette pezzi da cinque raggiunsi il giro dell'ero che la mattina si trovava alla mensa del Politecnico, mi procurai la dose e mi feci la pera nella toilette che stavo già completamente a rota.

Adesso mia madre mi controllava ogni sera le braccia per vedere se c'erano segni di punture fresche. Mi bucavo quindi nella mano, sempre nel medesimo punto. Mi era venuta una macchia scura di crosta. A mia madre raccontai che era una ferita che si rimarginava con difficoltà. Ma a un certo punto mia madre capì che era una puntura fresca. Dissi: «Sì, chiaro, oggi l'ho fatto una volta. Lo faccio solo raramente. Non fa per niente male».

Mia madre mi picchiò di santa ragione. Non mi difesi. Non mi faceva più nessun effetto. Lei comunque mi trattava come l'ultimo pezzo di merda e ad ogni occasione mi mandava in paranoia. Istintivamente faceva una cosa giusta. Perché un bucomane, prima di essere veramente disposto a cambiare qualcosa, deve non volerne sapere assolutamente più niente della merda e della porcheria. Allora si uccide, oppure utilizza l'ultimo filo di possibilità per venir fuori dall'ero. Ma allora idee di questo tipo non ce le avevo per niente.

Mia madre sperava ancora in qualche altra cosa. Con l'inizio delle vacanze di primavera sarei dovuta andare per quattro settimane da mia nonna e dai miei cugini, al paese nell'Assia. Forse avrei dovuto rimanerci anche di più.

Io non capivo più se dovevo esserne contenta o aver paura della separazione da Detlef e della inevitabile disintossicazione. In realtà facevo solamente quello che gli altri mi facevano fare. Riuscii ad imporre soltanto che Detlef potesse dormire l'ultima notte con me.

In quell'ultima notte a Berlino anch'io ebbi di nuovo come una speranza. Dopo aver fatto l'amore dissi a Detlef: «Ascolta, in realtà abbiamo sempre fatto tutto insieme. Nelle prossime quattro settimane vorrei veramente disintossicarmi. Una possibilità del genere non mi capiterà più. E vorrei che anche tu ti disintossichi. Quando torno saremo tutti e due puliti e inizieremo una nuova vita».

Detlef disse che era chiaro che anche lui si sarebbe disintossicato. Che comunque voleva dirmi la stessa cosa già da un po' di tempo. Che già aveva trovato una fonte per procurarsi il *valeron*. Nel frattempo si sarebbe anche cercato un lavoro, e già da domani o da dopodomani non sarebbe più andato a far marchette.

Il mattino dopo mi feci ancora una pera gigante prima di iniziare la nuova vita da mia nonna. Quando arrivai non stavo ancora completamente a rota. Ma mi sentivo come un corpo estraneo in questo idillio della cucina di campagna. Tutto mi nevrotizzava. Mi diede ai nervi mia cugina, con la quale avevo giocato da bambina, quando volle sedersi sulle mie ginocchia. Mi dava ai nervi il cesso a caduta, che l'ultima volta avevo trovato così romantico.

Il mattino dopo cominciai a stare in piena crisi di astinenza. Strisciai fuori di casa e andai nel bosco. Mi dava ai nervi il cinguettìo degli uccelli. Facevo un salto dallo spavento di fronte a un coniglio. Mi arrampicai su un palchetto. Non potevo più fumare una sigaretta. Su quel palchetto ci volevo morire. Ad un certo punto strisciai di nuovo verso casa e me ne andai a letto. Dissi a mia nonna che avevo un'influenza o una roba del genere. Era preoccupata, ma non realmente allarmata, del mio stato pietoso.

Sul mio letto c'era un manifesto. C'era una mano da scheletro con una siringa sopra. E sotto c'era scritto: «Finisce così. Comincia con la curiosità». Mia cugina mi aveva detto che questo manifesto glielo avevano dato una volta a scuola. Non sapevo che mia madre avesse informato la nonna che ero drogata. Adesso fissavo la siringa, solo la siringa. Le lettere stampate e la mano da morto non le vedevo più. Mi immaginavo che in quella siringa c'era un quartino di roba perfetta. La siringa usciva letteralmente fuori dal manifesto e veniva verso di me. Per ore fissai questo manifesto di merda e stavo per diventare pazza.

Mia cugina stava spesso nella stanza e si comportava come se non si accorgesse per niente di quello che mi succedeva. Metteva su continuamente delle cassette di musica da ragazzetti pensando che così mi poteva distrarre. A ripensarci era veramente commovente quello che da mia nonna loro organizzavano per me.

Il primo giorno in crisi di astinenza passò e non finì. Come mi addormentai un attimo sognai di un tipo che realmente circolava nel giro berlinese. Era un bucomane così distrutto che dappertutto aveva scorticature di carne viva. Marciva pur avendo il corpo ancora vivo. I suoi piedi erano già morti e tutti neri. Non poteva più quasi camminare. Puzzava da due metri tanto che non si riusciva a reggere. Quando qualcuno gli diceva che doveva andare in ospedale lui ghignava come un teschio. Non aspettava che la morte. Ero costretta a pensare a questo tizio quando non fissavo la siringa o ero semincosciente dal dolore. Tutto era come la prima volta: con sudore, puzzo, vomito.

Il giorno dopo non ce la feci più. Mi trascinai fino alla cabina telefonica del paese e telefonai a mia madre. Piansi come una fontana nel telefono e implorai di poter tornare a Berlino.

Mia madre era completamente fredda. Disse «Ah, ma stai di nuovo così male. Pensavo che prendevi la droga solo ogni tanto. Se è così non deve essere poi così terribile».

Alla fine la pregai solamente di mandarmi con un espresso dei sonniferi. Sapevo che nella cittadina più vicina c'era un giro di ero. Avevo indagato durante la mia ultima visita al paese. Ma non avevo la forza di andare lì. Inoltre non conoscevo nessuno del giro. Quando un bucomane è fuori dal suo giro è totalmente solo e privo di aiuto.

La rota durò per fortuna solo quattro giorni. Quando passò mi sentii vuota e spompata. Non avevo più la piacevole sensazione che il veleno era uscito dal mio corpo. Di nuovo avevo un disgusto per Berlino, ma in questo paese non mi sentivo più come a casa mia. Pensavo che non appartenevo più a nessun luogo e tentai di non pensarci più.

Per stravolgermi avevo solo i sonniferi, che mia madre mi aveva spedito sia pure troppo tardi, e del sidro di mele, di cui era abbondantemente fornita la cantina di mia nonna. Mi venne un trip del mangiare. Cominciavo la mattina con quattro o cinque panini e nel pomeriggio mi mangiavo dodici, quindici fette di pane croccante con la marmellata. La notte andavo a pescare nella gigantesca dispensa piena di prugne, pesche e ciliege in conserva. Sopra ci sbattevo ancora della panna montata. Comunque non riuscivo mai a dormire prima delle due, tre del mattino.

In breve tempo aumentai di dieci chili. I miei parenti erano contenti del mio stomaco che strasbordava dai calzoni e del mio culo che diventava sempre più grasso. Solo le braccia e le gambe mi rimanevano magre come sempre. A me non me ne fregava niente. Mi era infatti venuta la mania di mangiare. In breve i jeans a pelle non mi stavano più. Ricevetti da mia cugina un paio di calzoni a quadretti, molto ampi, come quelli che avevo portato a Berlino quando avevo undici anni. Non me ne importava. A poco a poco mi inserii nella comunità dei ragazzini del paese. Ma non prendevo tutto questo sul serio. Era un trip, un gran film che sarebbe di nuovo finito.

Con gli altri non parlavo di droghe ed io stessa presto non ci pensai più. Non volevo distruggere il bel film. Poco dopo la rota avevo scritto una lettera a Detlef mandandogli venti marchi con i quali mi doveva spedire dell'ero. Questo lo scrissi proprio a Detlef al quale avevo detto che doveva disintossicarsi. Tuttavia non spedii la lettera perché pensai che Detlef non mi avrebbe comunque spedito l'ero e se li sarebbe spesi per un buco.

Con mia cugina visitai fortezze e castelli nelle vicinanze e quasi tutti i giorni andavo a cavallo. Con altri ragazzi andavamo nella miniera che era appartenuta a mio nonno. Lui se l'era giocata con il bere finché di ubriacature ci morì. Mia madre non aveva dunque dietro di sé un'infanzia felice.

Mia nonna aveva raccontato che da qualche parte nella miniera ci doveva essere una porta di ferro dietro cui c'erano tutti i documenti di famiglia. Quasi tutte le sere andavamo in cerca di questa porta. Talvolta gli operai dimenticavano di toglier via la chiave della scavatrice e noi ci giravamo per la miniera. Con mia cugina, che aveva esattamente la mia età, mi ci capivo nel frattempo proprio bene. Le raccontai del mio amore per Detlef, come se fosse una normalissima storia di teen-ager. Raccontai anche che con Detlef già ci facevo l'amore e mia cugina trovò che era una cosa assolutamente normale. Mia cugina mi raccontò che d'estate un ragazzo di Düsseldorf veniva a campeggiare da loro e che lei lo trovava proprio un tipo a posto. Lui però aveva voluto qualcosa da lei, e lei si era difesa. Era stato stupido da parte sua?

Io le dissi, no: trovavo giusto al cento per cento che lei non si fosse lasciata andare con questo campeggiatore: lei si doveva conservare per quello con cui veramente sarebbe voluta andare. Mia cugina, ed anche tutti i suoi amici, venivano sempre da me con i loro problemi. Diventai una vera zia consigliera. Io dicevo loro cosa dovevano fare e soprattutto che non dovevano prendere le cose con tanto accanimento. A me questi problemi sembravano tutti ridicoli. Ma sapevo ascoltare e avevo sempre un consiglio pronto. Ero un sacco forte quando si trattava dei problemi degli altri. Solo con i miei non ne venivo a capo.

Una sera telefonò Detlef. Ne fui enormemente felice. Mi disse che era da un cliente e che per questo poteva telefonare. Chiacchierammo per un sacco di tempo perché questo cliente era molto generoso. Gli raccontai della mia rota bestiale. Che questa volta era diventata subito una cosa pazzesca. Lui disse che ancora non si era disintossicato. Che era veramente una merda. Io dissi che pensavo a lui con gioia. Gli chiesi se qualche volta mi scriveva, come aveva promesso. Detlef disse che non ne aveva voglia. Ma mi avrebbe telefonato, quando si fosse trovato di nuovo da questo cliente.

Dopo la telefonata mi resi conto di nuovo che con Detlef era come se fossi sposata. Ci appartenevamo, quale che fosse il casino che lui combinava. La sera quando mi mettevo a letto dedicavo ora a Detlef il pensiero per alcuni minuti. Era come se pregassi. E contavo i giorni che dovevano passare per stare di nuovo con Detlef.

Da mia nonna ricevevo soldi regolarmente. Risparmiavo freneticamente. Non mi era in realtà chiaro perché. Risparmiare non era mai stata una mia abitudine. Quando ebbi raggiunto quaranta marchi capii perché avevo risparmiato. Ero orgogliosa dei quaranta marchi e li nascosi. Quaranta marchi era la cifra magica per me. Quaranta marchi costava normalmente una pera. Per questo la maggior parte delle volte pretendevo da un cliente proprio quaranta marchi.

Quando mi resi veramente conto di tutto questo mi dissi: «Ma non può essere vero, che adesso un'altra volta ti metti a risparmiare per il primo buco». Allora uscii e mi comprai una maglietta per venti marchi, così finalmente ero di nuovo sotto rispetto a questa dannata somma di quaranta marchi. Perché in realtà ero venuta qui al paese per non bucarmi più.

Quando le quattro settimane passarono telefonò mia madre e mi chiese se volevo rimanere più a lungo. Senza riflettere dissi di no. Forse se mi avesse chiesto se volevo rimanere lì tutta la vita, ci avrei ripensato. Ma così era stato un trip fin dall'inizio, che era cominciato con l'orrore e che poi era diventato incredibilmente dolce e bello. Io ero entrata nell'idea fin dall'inizio che il trip, dopo quattro settimane sarebbe finito. Volevo tornare da Detlef, col quale ero come se fossi sposata.

Il giorno della partenza per la prima volta mi cambiai vestito. Mia nonna e mia cugina tentarono di convincermi inutilmente a tenere i calzoni a quadretti che adesso mi stavano proprio bene. Mi costrinsi nei miei stretti jeans. Le cuciture scoppiavano, la chiusura lampo con tutta la mia migliore volontà non andava più su. Misi la mia lunga giacca nera da uomo e gli stivali con i tacchi altissimi. Ero quindi di nuovo acconciata come una bucomane ancor prima di lasciare mia nonna. Con i calzoni aperti ripartii per Berlino.

Subito il giorno dopo andai al *Bahnhof Zoo*. Detlef e il suo amico Bernd erano già lì. Il terzo del nostro gruppo, Axel, mancava. Pensai che fosse in giro con un cliente.

Il saluto dei due ragazzi fu grandioso. Mi accorsi di come erano contenti che ero di nuovo lì. Naturalmente soprattutto Detlef. Gli dissi: « Beh, allora ti sei disintossicato benissimo e hai trovato un buon lavoro? ». Ridemmo tutti e tre.

Chiesi: « Come sta Axel? ».

I ragazzi mi guardarono assai strani e dopo un po' Detlef disse: « Non lo sai che Axel è morto? ».

Rimasi letteralmente senza fiato. Per un attimo non riuscii veramente a respirare. Dissi ancora: « Siete matti ». Ma sapevo che era vero.

Dunque adesso era stata la volta di Axel. Axel, nel cui appartamento negli ultimi mesi avevo passato la maggior parte delle notti dei fine settimana assieme a Detlef. Lui, che nel suo puzzolente appartamento di bucomane tutte le settimane mi aveva preparato un letto con le lenzuola fresche. Al quale io avevo sempre portato il suo stupido tonno e che mi aveva sempre preparato lo yogurt Danone. L'unico da cui io potevo andare con tutti i miei problemi quando ogni tanto litigavo con Detlef. L'unico con cui avevo sempre potuto sfogarmi. Perché lui nel gruppo non era mai aggressivo né ti feriva.

Chiesi: «Come mai?».

Detlef disse: «L'hanno trovato in un cesso pubblico con l'ago nel braccio». Per i due ragazzi la storia di Axel era storia passata, come la neve che era caduta l'anno scorso. Sembrava addirittura che per loro fosse sgradevole parlarne.

Pensavo continuamente a quello stupido tonno che avevo sempre comprato per lui, e che adesso non ne avrei mai più comprato. E pensai improvvisamente a Detlef che non avrebbe avuto più un posto dove morire. Chiesi: «Abitate ancora a casa di Axel?».

Detlef rispose: «Sua madre ha già dato via l'appartamento. Io adesso abito da un cliente».

Dissi: «Merda!». Per un momento pensai che avevo definitivamente perso Detlef per i suoi clienti. Il fatto che Detlef abitava da un suo cliente mi colpiva quasi quanto la morte di Axel.

Detlef disse: «Questo cliente è un tipo per bene. È giovane, sui venticinque anni, e ha un po' di pancia. Gli ho già raccontato di te. Tu puoi anche dormire da lui».

Andammo a trovare quelli del giro perché Detlef voleva comprare della roba. Incontrammo un paio di conoscenti ed io ripetevo sempre: «Merda, questa storia di Axel!». Ma gli altri non si facevano proprio coinvolgere. Io dissi a me stessa ancora un paio di volte: merda questa storia di Axel.

Dopo il giro andammo nei gabinetti del Bülowbogen. Detlef si voleva fare subito una pera. Andai con lui per assisterlo. Aspettavo che Detlef mi offrisse qualcosa della sua roba. Forse perché allora avrei voluto dire «no», per mostrargli che ero forte e che gliela facevo.

La storia di Axel mi stava così sullo stomaco che credevo di non reggere. Mentre Detlef faceva scaldare la roba nel cucchiaino mi venne una voglia pazzesca del buco. Pensai che un buco minuscolo non mi avrebbe sballato, ma mi avrebbe fatto andar via dalla testa questa merda della storia di Axel e di Detlef che dormiva dal cliente. Ne chiesi a Detlef.

Detlef disse: «Cristo, vuoi di nuovo bucare? Pensavo che avevi smesso».

Dissi: «Senti caro, certo che ho smesso. Ma proprio tu sai quanto è facile smettere. Anche tu ti sei completamente disintossicato mentre ero via e sono rimasta pulita. Senti, davvero, dopo che ho sentito tutte queste storie di merda ho bisogno di un po' di roba».

Detlef disse: «Non è difficile smettere, lo posso fare in qualsiasi momento. Solo che finora non ne ho avuto voglia. Ma tu adesso per lo meno non ricominciare».

Mentre biascicava queste cose Detlef si fece la sua pera e me ne lasciò un po' nella siringa. Dopo tutto il tempo che ero rimasta pulita, mi bastò questo poco per stravolgermi un po' e la storia di Axel era quasi dimenticata.

Questa volta andò assai più rapidamente che ero di nuovo completamente fatta. Mia madre non ne aveva la minima idea. Era contenta che ero così bella grassa e in realtà i chili che avevo guadagnato non andavano giù così facilmente.

Per stare vicina a Detlef adesso dovevo andare spesso dal suo cliente Rolf. Altrimenti non avevamo un letto dove poter stare assieme. Questo Rolf non mi piacque fin dall'inizio. Era completamente cotto di Detlef. E naturalmente era geloso di me. Quando litigavo con Detlef era contento e si schierava dalla sua parte. A quel punto io regolarmente mi incazzavo. Detlef trattava questo Rolf come una moglie o una ragazza completamente succube. Lo mandava a far la spesa, lo faceva cucinare e lavare la biancheria. Questo mi faceva di nuovo incazzare perché avrei voluto volentieri far la spesa e cucinare io per Detlef.

Dissi a Detlef: «Senti; noi due siamo semplicemente due cose che non si adattano l'una all'altra». Ma Detlef sosteneva che non aveva un altro letto. E che nel complesso Rolf era anche uno per bene. In ogni caso non c'era nessun altro cliente che dava ai nervi così poco quanto Rolf.

Con Rolf, Detlef ci faceva quello che voleva. Gli urlava e gli diceva: «Puoi essere contento solo del fatto che abito da te». Detlef andava a letto con lui solo quando aveva bisogno urgente di soldi. Il letto mio e di Detlef stava nella stanza di Rolf. Quando facevamo l'amore Rolf guardava da un'altra parte o si girava semplicemente. Era completamente frocio e non voleva guardarci. Eravamo tutti e tre dei personaggi abbastanza distrutti.

Non riuscivo a non avere paura che Detlef a forza di far marchette diventasse anche lui frocio. Una notte pensai che Detlef fosse proprio arrivato a quel punto. Lui doveva andare a letto con Rolf perché non aveva più soldi. Io stavo nell'altro letto. Detlef aveva spento la luce. Lo faceva sempre quando io ero lì e lui doveva soddisfare Rolf. Il tutto per me quella notte durava sospettosamente a lungo. E mi parve di sentire Detlef gemere. Mi alzai e accesi una candela. I due trafficavano sotto la coperta. Pensai che fossero abbracciati. Questo era contro il mio patto con Detlef: lasciarsi abbracciare. Ero incazzata nera, tanto incazzata che non riuscivo neanche a dre che Detlef doveva venire da me. Dissi: «Deve essere un sacco divertente».

Detlef non disse nulla e Rolf si infuriò. Spense di nuovo la candela. Detlef rimase tutta la notte nel letto di Rolf. Io inondai di pianto il cuscino. Piangevo senza far rumore perché non volevo che gli altri due sentissero che me la stavo prendendo. Il mattino dopo ero così triste e incazzata che veramente avevo intenzione di lasciare Detlef. L'ero si infilava sempre di più nella sostanza del nostro amore, senza che noi due di questo ne fossimo pienamente consapevoli.

In ogni caso mi era chiaro che fin tanto che ci facevamo di ero io non avrei avuto Detlef solo per me. Che lo avrei dovuto dividere con i suoi clienti, in particolare con Rolf. Le cose stavano naturalmente in maniera diversa. Di nuovo dovevo andare tutti i giorni a fare marchette al *Bahnhof Zoo*, e poiché la maggior parte delle volte ero sotto la pressione del tempo, i clienti non me li potevo più così scegliere e non riuscivo più ad imporre tutte le mie condizioni.

Per non dover andare così spesso da Rolf, stavo di nuovo di più con gli altri del gruppo, soprattutto con Babsi e Stella. Ma diventava sempre più difficile capirmi con loro. Ognuna voleva solo parlare di sé per ore intere e nessuno voleva ascoltare l'altra per due minuti. Babsi per esempio chiacchierava per ore intere sul significato di un trattino su un cartello stradale, mentre Stella ed io volevamo raccontare come eravamo state fottute da uno spacciatore che invece di roba ci aveva dato farina. Allora gridavamo a Babsi: «Chiudi il becco!». Poi Stella ed io ci parlavamo addosso e ci strillavamo reciprocamente perché ognuna voleva raccontarla lei la storia. La maggior parte dei tentativi di conversazione finivano presto con un : «Chiudi il becco!». Ognuna di noi aveva bisogno urgentemente di qualcun altro che l'ascoltasse. Ma nel gruppo non era più possibile trovarlo. Non c'era infatti più nessuna vera comprensione. Si poteva contare di avere degli ascoltatori solo quando si parlava di avventure con i poliziotti. Allora eravamo tutti uniti contro quei porci dei poliziotti. In questo campo avevo sempre un vantaggio rispetto agli altri. All'inizio dell'estate del 1977 venni presa per la seconda volta.

Accadde alla stazione della metropolitana del Kurfürstendamm. Tornavamo appena da un cliente. Avevamo dovuto solo fargli un numero, per 150 marchi. Eravamo quindi tutti contenti, ognuno aveva già un quartino di roba in tasca e ci restavano ancora abbastanza soldi. Io vidi per prima che i poliziotti in borghese venivano a frotte sui marciapiedi della stazione. Era una retata. Un treno stava partendo in quel momento e mi misi a correre giù per il marciapiede presa dal panico. Detlef, rincoglionito come era in quel momento, mi stava dietro. Salendo di corsa su un vagone alla fine del treno, diedi uno spintone a un vecchietto. Lui disse: «Ma che fai, brutto cadavere ambulante!». Davvero, disse proprio così. Da diverso tempo, per via di tutti quegli articoli sui giornali, era noto quello che succedeva nella stazione del Kurfürstendamm. I borghesucci nella metropolitana realizzarono quindi subito che si trattava di una retata contro i drogati.

Detlef mi seguiva, e naturalmente aveva dietro due poliziotti in borghese. Ci eravamo già infatti comportati in maniera da attirare l'attenzione, perché prima ancora di esserci vicino, i vecchietti e le vecchiette già si erano lanciati su di noi, ci tiravano per le vesti e gridavano isterici: «Sono qui, polizia!». Mi sentivo come un fuorilegge di un vecchio film western che poi si ritrova a penzolare dall'albero più vicino.

Mi appiccicai a Detlef. Quando i poliziotti ci furono vicino, uno di loro disse: «Non c'è bisogno che giocate a fare Romeo e Giulietta. Via, via».

Venimmo caricati su un pulmino VW e portati al posto di polizia. I poliziotti furono molto scortesi con me, ma di me non vollero sapere niente. Dissero solo che questa era la seconda volta che mi acchiappavano e che sul mio conto c'era già un fascicolo. Uno scrisse a macchina un verbale e dovetti firmare. Questa volta non avvertirono mia madre. Per loro ero uno dei tanti casi senza speranza, sul quale avrebbero ancora aggiunto un paio di verbali nella pratica prima di poter tracciare definitivamente una croce accanto al mio nome.

Detlef venne rilasciato assieme a me dopo un'ora scarsa. Poiché ci avevano preso la roba dovemmo tornare nel giro per comprare di nuovo due quartini. Per fortuna avevamo ancora soldi.

Intanto i poliziotti del *Bahnhof Zoo* mi conoscevano ormai tutti e per la maggior parte mi lasciavano in pace. Uno dei poliziotti era persino abbastanza simpatico. Un giovane con accento del sud. Spesso mi strisciava dietro fino ad avvicinarsi e improvvisamente faceva penzolare il suo distintivo davanti ai miei occhi. Mi prendevo un colpo tremendo. Ma lui rideva e mi chiedeva se facevo marchette. A questa domanda rispondevo generalmente tutta ingenua: « No, sembro una che le fa? ».

Lui lo sapeva bene chi ero. Ma non voleva mai guardar dentro la mia busta di plastica. Diceva solo: « Nei prossimi giorni tienti un po' alla larga da qui altrimenti ti devo portare con me ». Forse non era neanche simpatico ma solo troppo pigro per portarmi al posto di guardia. E quelli che stavano al posto di guardia non avevano neanche loro voglia di scrivere sempre gli stessi verbali per una quattordicenne mezza morta.

Dopo essere stati fermati alla stazione del Kurfürstendamm, Detlef ed io dovemmo andare a comprare la roba da uno spacciatore sconosciuto perché non trovavamo più il nostro fornitore abituale. Andammo nei gabinetti della Winterfeldplatz per farci la pera. Dappertutto i cessi erano rotti. Dai rubinetti non scorreva un filo d'acqua.

Pulii la mia siringa con l'acqua del cesso puzzolente. Lo facevo spesso perché in molti gabinetti c'era troppo traffico per poter lavare la siringa fuori nel lavandino.

Questa roba presa dallo spacciatore sconosciuto mi fece come svenire. Caddi lunga lunga davanti al cesso nella sporcizia. In effetti mi rialzai subito ma rimasi ancora completamente annebbiata. Dopo molto tempo riandammo al Sound. Detlef andò a scaldarsi sulla pista da ballo ed io mi misi accanto alla macchinetta automatica dell'aranciata. Sopra aveva un buco. Mi ci appoggiai, ci spinsi dentro attraverso il buco due cannucce infilate una dentro l'altra e bevvi, senza pagare una lira, finché non dovetti andare al cesso per vomitare.

Quando tornai uno dei tizi della direzione del locale mi fermò. Mi disse che ero una dannata bucomane e che dovevo andare con lui. Avevo paura. Lui mi prese per un braccio e mi trascinò per il locale. Aprì una porta che dava su una stanza nella quale erano conservate le cassette delle bibite. Vidi che c'era anche uno sgabello da bar.

Capii immediatamente quello che poteva succedere. Ne avevo comunque già sentito parlare. Quelli facevano spogliare i bucomani e le altre persone che non volevano nel locale e li incatenavano allo sgabello. Quindi li picchiavano brutalmente con la frusta ed altro. Avevo sentito di alcuni tizi che dopo il trattamento nel deposito bibite del Sound erano stati in ospedale per settimane con il cranio fratturato o altre ossa rotte. Dopo erano talmente scossi che non andavano neanche a vuotare il sacco dalla polizia. Quelli della cricca della direzione del locale facevano queste cose per sadismo, ma anche per tenere lontani i bucomani dal locale perché le autorità minacciavano continuamente di chiudere il Sound. Ma le bucomani che andavano a letto con quelli della cricca della direzione non venivano mai molestate. Questo Sound era proprio un postaccio. Se i genitori avessero saputo quello che succedeva veramente nella «Discoteca più moderna d'Europa» non ci avrebbero mai mandato i loro figli. Lì era un continuo bucarsi, i magnaccia ci reclutavano i ragazzini e le ragazzine senza che la cricca della direzione avesse mai preso una iniziativa contro queste cose.

Stavo dunque di fronte alla porta aperta del magazzino delle bibite e fui presa totalmente dal panico. Con una forza che in realtà non avevo più, mi sganciai dal tizio e corsi come una pazza verso l'uscita. Arrivai fin fuori la strada prima che il tizio riuscisse a raggiungermi. Mi acchiappò e mi sbatté con tutte le sue forze contro una macchina. Non sentii nemmeno il dolore. Improvvisamente ebbi solo una paura folle per Detlef. Loro sapevano che noi stavamo sempre insieme. E io non avevo più visto Detlef dopo che lui era andato sulla pista da ballo completamente sballato.

Corsi in una cabina telefonica e chiamai la polizia. Dissi ai poliziotti che il mio ragazzo lo avevano appena pestato nel Sound. I poliziotti sembravano entusiasti che gli raccontavo queste cose. Dopo un paio di minuti arrivarono con tutta una pattuglia di pantere. Avevano proprio intenzione di avere finalmente delle prove contro il Sound per chiudere il locale. Minimo una dozzina di poliziotti passarono al setaccio il locale per trovare Detlef. Ma di Detlef non c'era traccia. Mi venne in mente di telefonare a Rolf. Detlef stava già a letto.

I poliziotti dissero: «Sei proprio intrippata. Non rifare una cosa del genere con noi». Andai a casa e pensai veramente che l'ero nel frattempo mi aveva fatto diventare pazza.

L'unica conseguenza dei diversi fermi da parte della polizia fu che ricevetti una convocazione dalla polizia criminale. Mi dovevo trovare il pomeriggio alle tre negli uffici di Gothaerstrasse stanza 314. Il numero della stanza non l'ho più dimenticato perché in seguito ci dovetti tornare spesso.

Da scuola passai prima a casa per potermi fare una pera come si deve. Pensai che se ero sballata i poliziotti non potevano farmi niente. Ma non avevo più limone e la roba sembrava piuttosto sporca. In quel periodo la roba era comunque sempre più sporca. Passava di mano in mano, dai grandi ai medi e ai piccoli spacciatori, ed ognuno la tagliava con qualcosa per aumentare il guadagno.

In qualche modo dovevo sciogliere questa roba zozza. Presi semplicemente dell'aceto perché comunque contiene acido. Versai l'aceto scuotendo la bottiglia direttamente sul cucchiaino in cui già c'era la roba. Ci versai sopra troppo aceto. Adesso mi dovevo cacciare nella vena questa soluzione acetosa perché altrimenti avrei dovuto buttar via anche l'ero.

Neanche mi sparai dentro la roba che partii. Mi risvegliai solo dopo un'ora buona. La siringa era ancora infilata nel braccio. Avevo dolori alla testa bestiali. Sulle prime non riuscivo ad alzarmi. Pensai che ero arrivata, che sarei morta. Giacevo sul pavimento e piangevo. Avevo paura. Non volevo morire così sola. Strisciando letteralmente carponi andai al telefono. Ci misi certamente dieci minuti prima di farcela a fare il numero dell'ufficio di mia madre. Ripetei soltanto un paio di volte: «Ti prego, ti prego mamma, vieni, muoio».

Quando mia madre arrivò potevo stare in piedi. Feci uno sforzo anche se mi sembrava ancora che la testa mi scoppiasse. Dissi: «Si è trattato di nuovo di un dannato attacco circolatorio».

Mia madre capì benissimo che avevo bucato. Aveva una faccia molto disperata. Mi guardava soltanto con occhi tristi, disperati. Non potevo sopportare questo sguardo. Mi penetrava nella testa che pareva mi scoppiasse.

Mia madre mi chiese infine se volevo qualcosa. Dissi: «Sì, lamponi». Lei andò a prendermi un grosso cestino di lamponi. Pensai che quel pomeriggio per me era la fine. Avevo bucato un dose scarsa, praticamente solo tutto quell'aceto. Il mio corpo non aveva più nessuna capacità di resistenza, in ogni caso non reagiva più. Questa condizione già la conoscevo da altri che erano morti. Anche a loro era successo un paio di volte di cascar giù svenuti dopo una pera. E poi a un certo punto non si sono più svegliati, questa era la storia. Non sapevo più perché avevo paura di morire. Di morire da sola. I bucomani muoiono da soli. La maggior parte in un cesso puzzolente. Ed io volevo morire. In realtà non aspettavo niente altro che quello. Non sapevo perché ero al mondo. Anche prima non lo avevo mai saputo con esattezza. E il bucomane perché mai vive? Solo per distruggere anche gli altri? Quel pomeriggio pensai che già solo per amore di mia madre dovevo morire. Comunque non capivo più se esistevo o se non esistevo.

Il giorno dopo andava meglio. Pensai: forse un altro po' ce la fai. Dovevo andare alla polizia se non volevo che mi venissero loro a prendere. Telefonai in giro alla ricerca di Stella, ed ebbi la fortuna di scovarla da un nostro comune cliente abituale. Le chiesi se veniva con me alla polizia. Ci stette subito. Sua madre l'aveva appena denunciata alla polizia come dispersa. Ma Stella non aveva paura di niente, per lei tutto era indifferente. Volle venire con me alla polizia malgrado fosse senza residenza.

Stetti quindi a sedere con Stella su una panca di legno in un lungo corridoio davanti alla stanza 314 e aspettai tranquilla finché non fui chiamata. Quando mi chiamarono entrai così educatamente nella stanza 314 che ci mancò poco che non feci anche l'inchino. Lì la signora Schipke mi strinse la mano molto amichevolmente e mi disse subito che anche lei aveva una figlia, che era di un anno più grande di me, ma che non si drogava. Questa donna poliziotto la metteva dunque completamente sul materno. Mi chiese come andava e portò della cioccolata, dolci e mele. Questa Schipke parlava dunque tutta materna di altre persone del giro e mi chiese come stavano. Mi mostrò delle foto di bucomani e spacciatori e io dicevo solo sì, quello lo conosco di vista. Poi mi raccontò che certa gente del giro aveva parlato di me molto male e così mi portò a spettegolare. Notai che questa poliziotta mi stava fottendo nel modo più miserabile, ma lo stesso parlava troppo. Firmai quindi un verbale dove c'erano scritte tutte le cretinate che più o meno mi aveva messo in bocca.

Alla fine arrivò un poliziotto che mi chiese del Sound. E lì vuotai proprio il sacco. Raccontai quanta gente conoscevo che lì cominciava a bucare e che veniva brutalmente picchiata dalla cricca della direzione. Feci entrare anche Stella, la quale confermò tutto e disse anche che lo avrebbe confermato sotto giuramento davanti a qualsiasi tribunale.

La Schipke sfogliava continuamente le pratiche e capì subito chi era Stella. Cominciò a chiacchierare con Stella ma lei diventò subito strafottente. Io pensai: adesso questi si cuccano Stella. Ad un certo punto la Schipke terminava il suo orario d'ufficio e disse che Stella sarebbe dovuta tornare il giorno dopo. Naturalmente Stella non ci andò.

La poliziotta mi disse salutandomi: «Allora, certamente ci rivedremo presto». Lo disse in una maniera disgustosamente gentile, così come aveva detto tutto il resto. Questa fu la perfidia più nera. Non disse nient'altro se non che ero comunque un caso senza speranza.

GERHARD ULBER, CONSIGLIERE SUPERIORE DELLA POLIZIA CRIMINALE E DIRETTORE DELL'ISPETTORATO NARCOTICI DELLA POLIZIA DI BERLINO

Nella lotta contro l'uso della droga noi, come polizia, perseguiamo un programma basato sulla mobilitazione di tutti i nostri mezzi per contenere l'offerta di sostanze narcotiche illegali, in particolare dell'eroina e quindi per sostenere i tentativi di terapia nei centri competenti.

Nel 1976 abbiamo sequestrato 2,9 kg di eroina, nel 1977 4,9 kg, e nei primi otto mesi del 1978 già 8,4 kg. Questo non vuol dire che abbiamo aumentato la nostra capacità di confiscare una quantità di eroina in rapporto all'entità dell'offerta e, rispettivamente, del consumo. Personalmente a questo proposito sono assai pessimista. La quantità di eroina in circolazione è aumentata. Solo un anno fa l'arresto di un intermediario tedesco con 100 gr di eroina era un piccolo fatto sensazionale. Oggi lo consideriamo un caso da registrare fra tanti.

Dobbiamo ammettere che sono sempre di più i tedeschi coinvolti ai vari livelli dell'ampio arco di possibilità remunerative connesso al traffico di eroina. I contrabbandieri e i grossisti sono infatti quasi tutti stranieri, così come quegli intermediari che con costoro sono in stretto contatto. Ma già il livello immediatamente inferiore degli intermediari è costituito principalmente da tedeschi. Questi distribuiscono l'eroina in quantità fino a 100 grammi ai piccoli spacciatori tossicodipendenti che la fanno arrivare ai consumatori finali.

I successi che abbiamo registrato nelle indagini hanno portato, come era prevedibile, ad una maggiore prudenza dei contrabbandieri e dei trafficanti, alla qual cosa noi dobbiamo rispondere con un impiego maggiore degli strumenti di indagine. Ma quanto più noi ci nuoviamo alla luce del sole contro i luoghi di incontro dei tossicodipendenti e dei loro fornitori tanto più li facciamo retrocedere in ambiti in cui essi non sono più rintracciabili.

In sostanza la polizia può fare quello che vuole: controllo invisibile del cosiddetto «giro» pubblico della droga, presenza visibile della polizia con pattuglie ecc. Il mercato trova sempre la sua strada. L'eroina viene smerciata sempre di più nelle case private dove i tossicodipendenti si sottraggono al controllo della polizia.

Tra le 84 persone morte per eroina a Berlino nel 1977, per esempio 24 non erano affatto note come consumatrici di droga. E questi 24 non sono morti sicuramente dopo la prima iniezione. Anche il più incallito consumatore di narcotici si rende noto spesso alla polizia solo nel momento in cui viene portato privo di coscienza in un ospedale dove con i mezzi più moderni della medicina riescono a salvarlo all'ultimo momento.

Altrimenti ci si può iniettare eroina per anni senza che la polizia ne sappia nulla. Insomma: la polizia non può risolvere il problema della droga solo con le proprie forze. Gli americani hanno fatto questa esperienza con il proibizionismo, noi l'abbiamo fatta dopo il 1945 con il mercato nero. Dove la domanda si presenta consistente riesce sempre a trovare l'offerta corrispettiva.

Naturalmente potrei impiegare altri venti funzionari e quindi potremmo arrestare un numero ancora maggiore di piccoli spacciatori d'eroina. Tuttavia il problema resta, e verrebbe allora semplicemente trasferito in misura più massiccia nel settore carcerario, dove già oggi comincia ad essere presente in maniera vistosa. Detenuti tossicomani fanno di tutto per arrivare alla droga, e gli stessi detenuti spacciatori fanno di tutto per rifornirli. Bisogna dirlo apertamente una volta per tutte: le possibilità di guadagno hanno una forza di corruzione enorme.

Se non si riesce a concentrare a parte i tossicodipendenti imputati di reato e ad isolarli dagli altri detenuti si arriva — per lo meno a Berlino — al caos nei penitenziari o alla fine del sistema carcerario moderno. Perché ai detenuti non possono essere assicurate vacanze, né libere uscite, né possono essere offerte possibilità di ricevere visite se si vuole impedire che l'uso della droga prosegua nella detenzione e che vengano creati nuovi tossicodipendenti. Nella pratica non si può effettuare una ispezione corporale su ogni detenuto in vacanza, in libera uscita o su ogni visitatore, cosa che sarebbe necessaria, perché le donne smerciano nei penitenziari l'eroina nascosta nei preservativi infilati in vagina, mentre gli uomini assicurano il traffico della droga tramite il medesimo sistema, denominato nel loro caso « bomba anale ».

Arresti continui, rinvii a giudizio e pene detentive non cambiano la situazione. All'eroinomane tutto ciò è asso-

lutamente indifferente fin tanto che esiste ancora per lui la possibilità di soddisfare il suo vizio. A mio avviso la propaganda preventiva è l'unico modo per affrontare con una certa possibilità di successo l'aumento dei tossicodipendenti.

RENATE SCHIPKE, TRENTACINQUE ANNI, FUNZIONARIA DELLA SEZIONE NARCOTICI

Ho conosciuto Christiane nella mia qualità di funzionaria addetta ai reati contro la legge sugli stupefacenti. Christiane ricevette un mandato di comparizione in base a una normale denuncia e venne da me accompagnata dalla sua amica Stella. Complessivamente ho avuto a che fare con lei nel mio ufficio sei o sette volte.

A quel tempo i miei compiti consistevano nell'interrogare i tossicodipendenti registrati con lo scopo di ottenere la rivelazione dei nomi di persone dalle quali si rifornivano della sostanza stupefacente illegale. C'è una notevole quantità di denunce e il problema è quello di riuscire a svolgere l'enorme mole di lavoro. Non si ha quindi tanto la possibilità di riflettere sull'intero problema. Nella mia attività ho tentato ugualmente di parlare anche dei fatti personali delle persone convocate e di stabilire un contatto perché altrimenti non è possibile ricavare un interrogatorio soddisfacente.

Christiane era all'inizio molto aperta e dava le informazioni spontaneamente. Mi colpì per la sua riservatezza e mi fece la positiva impressione di essere una ragazza ben educata. Al suo primo interrogatorio aveva ancora l'aspetto di una ragazzina. Christiane parlava anche sempre bene di sua madre e devo dire che la madre, al contrario di tanti genitori, si è preoccupata molto di lei. Avevo frequenti contatti telefonici con lei.

Dopo diversi interrogatori diventò indisponente e arrogante in misura sproporzionata rispetto alla sua età. Glielo dissi in faccia chiaramente che sarebbe rimasta una bucomane malgrado i diversi tentativi di dissuefazione. Era una posizione molto dura, ma non voglio dire nulla di negativo su Christiane, lei non serbava rancore. Il fatto è che semplicemente i bucomani non possono essere aiutati. Si sentono sempre abbindolati perché non capiscono per quale ragione devono essere puniti. Secondo me questi giovani sono troppo superficiali, per curiosità o per noia cominciano a bucarsi e poi si meravigliano di doverne subire le conseguenze. Considero augurabile che Christiane riceva una condanna la più alta possibile perché lo choc di una lunga detenzione potrebbe portare a un miglioramento per una ragazza così giovane.

Nella metropolitana avrei voluto piangere per la rabbia perché mi ero fatta fregare dalla cioccolata, dai dolci e dalla disgustosa gentilezza di merda di una donna poliziotto.

Dopo essermi fatta due clienti alla stazione della metropolitana e aver comprato la roba al Kurfürstendamm andai a casa. Il mio gatto giaceva in cucina e riusciva appena a sollevarsi. Era malato già da qualche giorno. Era così distrutto e miagolava in modo così lamentoso che ho pensato che sarebbe morto presto.

Il gatto malato gravemente in quel momento mi preoccupava in un certo modo più del mio proprio stato. Dal veterinario avevo avuto un estratto di sangue di bue, ma lui non mangiava più niente. Giaceva davanti alla sua ciotolina con l'estratto e non alzava mai la testa.

Volevo farmi subito una pera. Tirai fuori la mia siringa e mi venne un'idea. Tirai con la siringa un po' di estratto di sangue di bue e lo iniettai nella bocca del gatto. Se lo lasciò fare completamente apatico. Poi ebbi bisogno di molto tempo per ripulire la siringa e per farmi la pera.

Non riuscivo a sballare bene. Solo la dannata paura di morire mi mandava in paranoia. Volevo morire, ma prima di ogni buco avevo una dannata paura di morire. Forse era anche il gatto che mi faceva venire in mente che morire era una cosa miserabile quando non si ha ancora veramente vissuto.

Tutto era senza via d'uscita. Con mia madre non scambiavo più una sola parola ragionevole da quando lei aveva capito che mi bucavo di nuovo. Io facevo casino e lei mi guardava sempre con i suoi occhi disperati. Ora poi la polizia mi stava definitivamente alle calcagna. Il verbale che avevo firmato dalla Schipke bastava in tutto e per tutto per un procedimento giudiziario e una condanna minorile coi fiocchi. Intuivo anche che mia madre sarebbe stata felice se in qualche modo fosse riuscita a scaricarmi. Lei ora sapeva che non mi poteva più aiutare. Telefonava continuamente in giro a qualche ufficio o a qualche centro per la droga e poi sembrava ancora più disperata perché si rendeva conto che a me e a lei nessuno ci poteva o voleva aiutare. Minacciava ancora solamente di portarmi in qualche parte della Germania.

E ad un certo punto nel maggio del 1977 ci arrivai con la mia testa distrutta a realizzare che ancora avevo esattamente due possibilità: o mi sparavo il più presto possibile il buco finale o facevo un tentativo serio di uscire dall'eroina. Sapevo che in questa decisione ero completamente sola. Anche su Detlef non potevo più contare. In ogni caso non potevo far dipendere la mia decisione da lui.

Andai a Gropiusstadt, alla «Haus der Mitte», nel centro dei giovani dove era cominciata la mia carriera di drogata. Nel frattempo il club era stato chiuso perché non erano riusciti a risolvere il problema dell'eroina. Avevano per questo aperto un consultorio per la droga. Un vero consultorio per la droga solo per Gropiusstadt. Tanti erano diventati gli eroinomani in due anni, da quando le prime dosi di ero erano comparse a Gropiusstadt. Mi dissero quello che già sapevo da parecchio tempo. Che adesso avevo qualche possibilità solo attraverso una vera terapia. Mi diedero l'indirizzo del *Drogeninfo* e del *Synanon*, perché erano centri che avevano registrato i maggiori successi.

Avevo abbastanza paura di queste terapie, perché erano estremamente dure, così si raccontava nel giro. Nei primi mesi era peggio che in prigione. Al *Synanon* bisognava addirittura farsi rasare i capelli a zero. Solo per dimostrare che si aveva l'intenzione di cominciare una nuova vita. Pensavo che non l'avrei retto di farmi rapare a zero e di andare in giro come Kojak, quello famoso appunto per la sua pelata. I capelli erano per me la cosa più importante. Dietro ci nascondevo la faccia. Pensai che se mi tagliavano i capelli mi potevo uccidere subito.

La consulente del centro per la droga disse lei stessa che non avevo quasi nessuna possibilità di entrare al *Drogeninfo* o al *Synanon* perché non avevano in realtà nessun posto libero. Disse che le condizioni per essere accettati erano molto severe. Bisognava essere sani fisicamente e dimostrare a loro attraverso un'autodisciplina volontaria che si possedeva ancora la capacità di venir fuori dall'ero. La consulente del centro disse poi che io ero ancora molto giovane, non avevo compiuto ancora 15 anni, quindi ancora una ragazzina. Che sarebbe stato difficile che fossi in grado di soddisfare le loro pretese. Per i ragazzini infatti non esisteva ancora in realtà una terapia.

Dissi allora che volevo andare al *Narkonon*. Il *Narkonon* era il centro terapeutico di una setta, della Chiesa scientista. Nel giro c'erano dei bucomani che erano stati al *Narkonon* e che raccontavano che era un posto come si deve. Al *Narkonon* non c'erano condizioni per essere accettati se si pagava in anticipo. Si potevano continuare a portare i propri ciaffi da bucomane, si potevano portare i propri dischi e persino gli animali.

La consulente del centro disse che dovevo riflettere sul perché così tanti bucomani raccontavano che la terapia al *Narkonon* era stata tanto divertente e sul perché, avendola fatta, continuavano a bucare tutti contenti. Lei comunque non conosceva un solo caso di terapia riuscita al *Narkonon*.

Le chiesi cosa dovevo fare se negli altri centri di terapia non avevo nessuna possibilità di entrarci. Lei allora mi diede l'indirizzo del *Narkonon*.

A casa iniettai di nuovo nella bocca del mio gatto l'estratto di sangue di bue con la mia unica siringa. Quando mia madre arrivò le dissi: « Adesso mi disintossico definitivamente al *Narkonon*. Ci starò per un paio di mesi o anche per un anno, e poi sarò veramente pulita ».

Mia madre si comportò come se non credesse più neanche a una parola di quello che dicevo. Ma si attaccò lo stesso immediatamente al telefono e tentò di raccogliere informazioni sul *Narkonon*.

Io ero totalmente partita in questo trip della terapia. Mi sentivo come rinata. In quello stesso pomeriggio non mi feci nessun cliente e rimasi completamente senza ero. Volevo disintossicarmi prima di andare al *Narkonon*. Non volevo che lì mi toccasse come prima cosa di andare nella stanza della rota. Volevo arrivarci completamente pulita per avere subito un vantaggio rispetto agli altri, che pure erano nuovi come me. Volevo dimostrare immediatamente che volevo veramente venir fuori dall'ero.

Andai a letto presto. Mi misi il gatto, che stava sempre più male, sul cuscino vicino alla testa. Ero un po' orgogliosa di me. Mi disintossicavo completamente da sola e completamente di mia volontà. Quanti bucomani riuscivano a farcela? In effetti avevo detto a mia madre che mi sarei disintossicata ma lei aveva solo sorriso incredula. Difatti non si prese neanche un giorno libero dall'ufficio. Per lei le mie disintossicazioni erano diventate un fatto quotidiano, completamente senza speranza. Dovevo quindi farcela proprio da sola.

Il giorno dopo stavo completamente a rota. Fu terribile come nelle altre disintossicazioni, forse persino più terribile. Ma non pensai mai di non farcela. Quando credevo che i dolori mi avrebbero ucciso, mi dicevo immediatamente: non è niente, è solo il veleno che fuoriesce dal tuo corpo. Tu vivrai perché nessun veleno entrerà più nel tuo corpo. Quando mi addormentavo facevo dei sogni orrendi. Poi cominciarono a venirmi le immagini della vita stupenda dopo la terapia.

Quando il terzo giorno i dolori diventarono più sopportabili non feci altro che proiettarmi davanti agli occhi come un film il paradiso. Diventava sempre più concreto: continuavo ad andare a scuola, fino alla licenza liceale, avevo un appartamento mio, una Volkswagen cabriolet stava davanti alla porta di casa, ci viaggiavo quasi sempre col tetto scoperto.

Il mio appartamento era nel verde. A Rudow oppure nel Grünewald. Era un appartamento di vecchia costruzione. Ma non era di quei vecchi appartamenti altoborghesi come quelli delle case che danno sulle strade intorno al Kurfürstendamm, con i soffitti pazzescamente alti e gli stucchi. Non era una casa con un salone per ingresso e guide rosse e marmo e specchi e le targhe dei nomi in lettere dorate. Non doveva essere dunque un appartamento di un palazzo che in un qualche modo puzzava di ricchezza. Perché ricchezza, mi immaginavo, vuol dire fregature, agitazione, stress.

Volevo un appartamento in una vecchia casa popolare, con due o tre piccole stanze, soffitti bassi, finestre piccole e i gradini di legno consumati nella tromba delle scale, dove c'era sempre un leggero buon odore di mangiare e i vicini si affacciavano alla porta e dicevano: «Buon giorno, come va?». Le scale erano così strette che quando si incontrava un vicino lo si urtava. Tutti in questa casa lavoravano sodo ma erano molto contenti. Non volevano arraffare sempre di più, non erano invidiosi, si aiutavano l'un l'altro, erano infatti completamente diversi dai ricchi ed anche dai lavoratori che abitavano nei casermoni di Gropiusstadt. Semplicemente in questa casa non c'era nessuno che si agitava.

La cosa più importante del mio appartamento era la camera da letto. Sulla parete di destra c'era un grande sofà ricoperto di stoffa marrone. Ai due lati c'era un comodino. Uno per Detlef quando dormiva da me. Ed inoltre ai due lati del divano c'era una palma d'appartamento. In tutta la camera c'erano comunque molte piante e molti fiori. Dietro al letto c'era una carta da parati di quelle che non si trovano da comprare nei negozi. Sopra c'era disegnato un deserto e dune di sabbia gigantesche. E un paio di palme: un'oasi. I beduini con i loro turbanti bianchi sedevano in circolo completamente rilassati, bevevano tè. C'era impressa la pace totale sulla mia carta da parati. Sul lato sinistro della camera, in una nicchia, dove la finestra si incastra nello sbiego del tetto, c'era il mio angolino. Era un angolo per sedersi come quelli che ci sono in Arabia o in India. Molti cuscini e un tavolo tondo basso. Lì mi ci sedevo la sera, ed era la pace totale, non sapevo cosa fosse l'agitazione, non avevo nessun desiderio e nessun problema.

La stanza di soggiorno era in realtà simile alla camera da letto: piante, tappeti. Nel mezzo però c'era un tavolo di legno tondo con intorno seggiole di vimini. Intorno al tavolo sedevano qualche volta i miei migliori amici, mangiavano quello che io avevo cucinato, bevevano tè. Alle pareti c'erano scaffali con molti libri. Erano tutti libri paraculi di gente che aveva trovato la pace e che conosceva gli animali e la natura. Gli scaffali li avevo fatti io stessa con assi di legno e funi. La maggior parte dei mobili del mio appartamento li avevo costruiti da sola perché nei negozi non c'era quello che mi piaceva. Perché i mobili dei negozi erano vistosi e dovevano dimostrare di essere costati un sacco di grana. Non c'erano porte nell'appartamento, ma solo tende. Perché quando le porte si aprono e si chiudono fanno rumore e creano agitazione.

Avevo un cane, un segugio, e due gatti. Il sedile di dietro della Volkswagen cabriolet l'avevo smontato in modo che il cane in macchina ci poteva stare seduto comodamente.

La sera facevo da mangiare in tutta calma. Non con l'agitazione che ha sempre mia madre quando cucina. Poi la chiave girava nella porta. Detlef tornava dal lavoro. Il cane gli saltava incontro. I gatti inarcavano la schiena e gli si strofinavano alle gambe. Poi Detlef mi dava un bacio e si sedeva al tavolo per la cena.

Sognavo dunque mentre stavo a rota. Ma non sapevo che era un sogno. Per me era la realtà del dopodomani. Così era dopo la terapia e non potevo immaginarmi che dopo la terapia sarebbe stato un'altra cosa. Tutto era così chiaro che la sera del terzo giorno che stavo a rota dissi a mia madre che dopo la terapia mi sarei trasferita in un appartamento mio.

Il quarto giorno stavo così bene da potermi alzare. Avevo ancora venti marchi nei jeans e questi venti marchi mi rendevano nervosa. Perché venti marchi sono la metà esatta di quaranta marchi. E pensavo: se tu avessi ancora quaranta marchi potresti comprarti l'ultima pera prima di andare domani al *Narkonon.*

Parlavo con il mio gatto malato. Gli dicevo che non era così brutto se lo lasciavo solo per una, due ore. Gli diedi con la mia siringa camomilla e glucosio, l'unica cosa che ancora riusciva a trattenere e gli dissi: «Anche tu non morirai».

Volevo passeggiare ancora una volta tutta eccitata per il Kuddam. Perché sapevo che al *Narkonon* non c'era possibilità di uscita, e quando si poteva era solo se accompagnati. Volevo anche aver dentro un buco perché il Kuddam senza ero non era certamente così eccitante. Mi mancavano solo i venti marchi. Dovevo farmi un cliente. Ma non volevo incontrare Detlef alla stazione, trovarmi lì a dirgli: senti, ho fatto una disintossicazione favolosa, ci sono riuscita benissimo. E adesso cerco un cliente perché mi mancano venti marchi. Garantito che Detlef non mi avrebbe capita. Mi avrebbe aggredita, avrebbe riso di me e mi avrebbe detto: tu sei e rimarrai una vecchia bucomane. Non volevo dunque che questo accadesse, in nessun caso.

L'idea mi venne mentre stavo nella metropolitana: potevo andare a battere con gli automobilisti; mi venne per via dei venti marchi che mi mancavano. Dalle marchette con gli automobilisti si ricavano molto spesso solo venti marchi. Babsi e Stella già da tempo andavano a battere sulla Kurfürstendamm e sulla Genthinerstrasse. Io però avevo ancora un orrore tremendo delle marchette con gli automobilisti. Non mi piaceva il fatto che i clienti non venivano da me, come alla stazione, e non potevo esaminarli con calma, mentre invece con gli automobilisti dovevo entrare subito nella loro macchina quando facevano un segno. Così in fretta non si riusciva a capire che tipo era.

La cosa peggiore era quando ci si ritrovava con un magnaccia. I magnaccia si mascheravano da clienti. Quando avevano una in macchina non c'era più niente da fare. La maggior parte dei magnaccia non volevano una bucomane da mandare a battere perché spende troppi soldi per la roba. Ma volevano tener lontane le bucomani dalla Kurfürstenstrasse perché queste ragazzine bucomani guastavano i prezzi del battonaggio professionista.

Babsi era salita una volta nell'auto di un magnaccia:

lui l'ha sequestrata per tre giorni. Venne veramente torturata. Lasciarono sfogarsi su di lei tutto un esercito di uomini: stranieri, vagabondi ubriachi e tutto. E Babsi naturalmente stava per tutto il tempo a rota. In quei tre giorni si prese proprio un colpo. Ma dopo ricominciò ad andare nella Kurfürstenstrasse. Lì era proprio una regina, con la sua faccia d'angelo, senza popò e senza tette.

Le puttane professioniste erano pericolose quasi quanto i magnaccia. La Potzdamerstrasse, dove le più miserabili puttane di Berlino hanno il loro quartiere, dista 200 metri dalla Kurfürstenstrasse. Talvolta le puttane organizzavano delle vere e proprie cacce alle bucomani. Se ne acchiappavano una la graffiavano fino a ridurla come carne tritata.

Scesi alla stazione della Kurfürstenstrasse e avevo una paura tremenda. Pensavo ai consigli di Babsi e Stella sulle marchette con gli automobilisti. Non andare con tipi giovani che hanno la macchina sportiva o in una macchina americana: si tratta di magnaccia. I tipi un po' anziani, con la pancia, la cravatta, possibilmente anche col cappello, vanno bene. I migliori sono quelli che nel retro dell'auto hanno un seggiolino da bambino. Bravi padri di famiglia che vogliono per un attimo sostituire la «mamma» e che, garantito, hanno più fifa loro delle ragazze con cui vanno.

Dalla stazione andai su per un centinaio di metri verso l'incrocio con la Genthinerstrasse, dove c'era il Sound. Non camminavo sul bordo della strada ma attaccata ai muri. Ugualmente uno si fermò subito. Mi sembrò strano. Forse perché aveva la barba. Sembrava come aggressivo. Gli feci un vaffanculo e andai oltre.

In giro non c'era neanche una ragazza. Era ancora pomeriggio. Sapevo dai racconti di Babsi e Stella che i clienti erano particolarmente su di giri quando si erano presi apposta una mezz'ora di tempo e non c'era una ragazza in giro. Spesso sulla Kurfürstenstrasse c'erano più clienti che ragazze. Un altro paio si fermarono immediatamente. Feci come se neanche li vedessi.

Mi misi a guardare la vetrina di un negozio di mobili e il mio sogno sull'appartamento fu subito di nuovo lì. Mi dissi: Christiane, ragazza mia, adesso fai uno sforzo. Devi liberarti rapidamente della necessità di metter su questi ridicoli venti marchi. Ti devi concentrare completamente. In queste occasioni mi dovevo sempre concentrare, per risolvere le cose rapidamente in modo che passassero il più presto possibile.

Si fermò una Commodore bianca. Non aveva il seggiolino da bambino dietro, ma il tipo non sembrava sinistro. Salii senza rifletterci molto. Mi misi d'accordo con lui per trentacinque marchi.

Andammo all'Askanischenplatz, una vecchia piazza di una stazione della metropolitana che adesso appartiene alla rete della metropolitana di Berlino-est. Ci andammo con la macchina. Tutto andò molto in fretta. Il tizio era simpatico, ed io ebbi di nuovo la sensazione di stare bene. Dimenticai perfino che il tizio era un cliente. Lui disse che mi avrebbe rivista volentieri. Ma per ora non era possibile perché fra tre giorni sarebbe partito per le vacanze in Norvegia con la moglie e i suoi due bambini.

Gli chiesi se mi poteva portare nella Hardenbergstrasse, al Politecnico. Lo fece immediatamente. Il pomeriggio il giro della droga stava al Politecnico.

Era una bella giornata calda, il 18 maggio 1975. Mi ricordo ancora esattamente la data, perché due giorni più tardi era il mio compleanno e compivo 15 anni. Gironzolai, chiacchierai con un paio di tizi. Accarezzai a lungo un cane. Ero completamente felice. Ero pazzescamente eccitata del fatto che non avevo fretta e potevo aspettare di bucare finché ne avevo voglia. Infatti fisicamente non ero più dipendente.

Quando un tizio mi venne vicino e mi chiese se volevo roba, dissi di sì. Lui mi precedette verso la Ernst-Reuterplatz e lì comprai un quartino per quaranta marchi. Andai subito nella toilette per donne della Ernst-Reuterplatz che è piuttosto pulita. Sul cucchiaino ci misi solo la metà della roba perché dopo la disintossicazione non si può ricominciare con tutta la quantità di prima. Mi sparai il buco un po' come se fosse proprio una festa. Perché pensavo che era l'ultimo giorno che stavo ancora nel giro.

Mi risvegliai quasi due ore dopo. Col sedere che pendeva nel lavandino del cesso. L'ago conficcato ancora nel braccio. Le mie cose erano sparse dappertutto sul pavimento dello stanzino del cesso. Ma stavo di nuovo abbastanza bene. Mi dissi che avevo scelto il momento giusto, l'ultimo possibile, per smetterla con l'ero. Ma la sensazione della passeggiata eccitante per il Kudamm era sparita. La sensazione di stare bene era sparita. Mangiai alla mensa purè di patate con sformato di verdura per 2 marchi e cinquanta, ma naturalmente rivomitai tutto subito. Mi trascinai alla stazione per salutare Detlef, ma lui non c'era. Dovevo andare a casa perché il gatto malato aveva bisogno di me.

Il micio era ancora nello stesso posto dove l'avevo messo: sul mio guanciale. Ripulii la mia siringa e gli instillai altra camomilla con glucosio. In realtà il mio ultimo giorno da bucomane me lo ero immaginato diverso. Riflettevo se non fosse il caso di starci ancora un altro giorno a cazzeggiare ancora per il Kudamm prima di andare al *Narkonon*.

Poi venne mia madre e mi chiese dove avevo passato il pomeriggio. Dissi: «Al Kudamm». Lei mi fece notare: «Volevi andare già oggi al *Narkonon*, per informarti di tutto.»

Scattai immediatamente e cominciai a strillare: «Cristo! Lasciami in pace. Non ho avuto tempo. Lo capisci?». Mia madre mi rispose urlando: «Ci vai da stasera al *Narkonon*. Vai a preparare le tue cose. Fin da stasera al *Narkonon* ci rimani!».

Mi ero appena preparata una cotoletta con purè. Presi il piatto e andai al cesso. Mi chiusi dentro e mangiai seduta sulla tazza. Così andò l'ultima sera che passavo con mia madre. Continuavo a gridare perché lei aveva sgamato che ero di nuovo sballata e perché mi facevo schifo da me stessa che mi ero fatta una pera. E al *Narkonon* ci volevo andare da sola.

Misi un paio di cose in una borsa di vimini e nascosi la siringa, un cucchiaino e il resto della roba davanti nelle mutande. Andammo in taxi a Zehlendorf dove c'era la casa del *Narkonon*. I tizi del *Narkonon* non mi fecero all'inizio nessuna domanda. Veramente lì veniva preso chiunque. Avevano persino quelli che andavano a rimorchiare nel giro e avvicinavano i bucomani chiedendogli se volevano andare al *Narkonon*.

Ma a mia madre i tizi fecero delle domande. Volevano infatti prima di tutto vedere la grana prima di prendermi: 1.500 marchi in pagamento anticipato per il primo mese. Mia madre naturalmente non aveva così tanti soldi. Promise di portarglieli subito la mattina dopo. Loro non volevano far credito. Lei disse che la banca le avrebbe fatto subito senza difficoltà un piccolo credito, pregò e implorò che io potessi rimanere. Alla fine i tizi furono d'accordo.

Chiesi se potevo andare al gabinetto. Potevo. Non era come negli altri luoghi di terapia dove per prima cosa ti facevano l'ispezione e ti rimandavano a casa se avevi appresso l'armamentario da bucomane. Andai al cesso e mi sparai rapidamente il resto della roba. Loro naturalmente videro che tornavo dal cesso completamente sballata ma non dissero niente. Diedi loro la mia siringa ma non dissero niente. Il tizio a cui diedi la siringa disse tutto sorpreso: « Ci fa piacere che ce la dai di tua volontà ».

Dovetti andare nella stanza della rota perché appunto si accorsero che ero completamente sballata. C'erano altri due nella stanza della rota. Uno se ne sarebbe andato via il giorno dopo.

Questo per la gente del *Narkonon* era un gran bell'affare: ricevere i soldi per un mese intero e poi quello che se ne andava subito.

Ricevetti dei libri con l'insegnamento della chiesa scientista.

Proprio dei bei mattoni. Trovai che era una setta proprio paracula. In ogni caso avevano delle storie abbastanza forti che si potevano credere, oppure no. Cercai qualcosa in cui credere.

Dopo due giorni potei uscire dalla stanza della rota perché dopo due buchi non avevo quasi avuto crisi di astinenza. Capitai in una stanza con Christa. Era una donna completamente flippata. Aveva appena avuto il divieto di partecipare alla terapia perché rideva soltanto dei terapisti e della terapia. Entrò nella nostra stanza e si mise a cercare acidi nel battiscopa. Pensava che forse qualcuno ci aveva nascosto degli acidi. Mi portò in soffitta e disse: «Cristo, qui ci si dovrebbe mettere un paio di materassi e farci delle belle orge col vino l'hascisc eccetera». Questa donna mi faceva proprio riperdere terreno. Perché da una parte la trovavo una tipa che proprio mi piaceva. Ma mi faceva pensare sempre alla droga e trovava questi tizi del *Narkonon* delle merde. Ed io l'unica cosa che volevo far lì era disintossicarmi.

Il secondo giorno mi telefonò mia madre e mi disse che il gatto era morto. Era il giorno del mio quindicesimo compleanno. Mia madre mi fece gli auguri dopo avermi detto la cosa del gatto. Anche a lei questa cosa la toccava. Quindi ho passato la mattina del mio quindicesimo compleanno accovacciata sul letto solo a piangere.

Gli altri tizi si accorsero che piangevo e dissero che avevo bisogno di una seduta. Venni chiusa in una stanza con uno di loro, un ex bucomane e mi pareva solo che lui mi desse ordini senza senso. Potevo solo rispondere «sì» ed eseguire ogni ordine.

Il tizio disse: «Guarda la parete, vai alla parete, tocca la parete». E poi ricominciava da capo. Passai ore a correre da una parete all'altra. A un certo punto era veramente troppo e dissi: «Cristo ma che è questa cazzata! Ma siete scemi! Lasciatemi per piacere in pace. Non ne ho più voglia». Ma lui con il suo sorriso, che non cambiava mai, riuscì in qualche modo a farmi continuare. Dovetti allora toccare altre cose. Finché veramente non ne potevo più di quel posto, mi buttai allora sul pavimento e gridai e piansi.

Lui sorrideva e io continuavo finché non mi calmai. Lui anche allora aveva sempre questo sorriso in faccia. Ero completamente apatica. Già toccavo la parete prima che arrivasse il suo ordine. L'unica cosa che ancora riuscivo a pensare era: «A un certo punto dovrà pur finire».

Dopo cinque ore esatte lui disse: «Okay, per oggi basta». Pensai che mi trovavo un sacco stupenda. Dovetti andare con lui in un'altra stanza. C'era un buffo apparecchio, di quelli che uno si costruisce da solo, come un pendolo tra due scatole di latta. Dovetti toccarlo. Il tizio chiese: «Ti senti bene?».

Dissi: «Mi sento bene. Penso che adesso vivo tutto più consapevolmente».

Il tizio fissò il pendolo e disse: «Non si è mosso. Quindi non hai mentito. La seduta è stata un successo».

Quell'affare buffo era una macchina della verità. Era difatti un oggetto di culto di questa setta. Io ero comunque molto felice che il pendolo non si era mosso. Per me era una dimostrazione del fatto che mi sentivo bene veramente. Ero pronta a credere tutto per tirarmi fuori dall'ero.

Lì si facevano ogni sorta di cose straordinarie. Una sera che Christa aveva la febbre le toccò di tenere in mano una bottiglia e di dire continuamente se la bottiglia era calda o fredda. Delirante di febbre com'era lo fece. Dopo un'ora circa, la febbre le era passata.

Ero così stravolta da tutto questo che subito il mattino

dopo corsi nell'ufficio e pregai di farmi un'altra seduta. Alla fine di una settimana ero completamente partita nel trip della setta e pensavo che le terapie veramente mi aiutavano. Tutta la giornata era programmata: sedute, pulizie, servizio di cucina. Durava fino alle dieci di sera. Non c'era assolutamente il tempo per pensare ad altro.

L'unica cosa che mi dava ai nervi era il mangiare. Non ero veramente una viziata col mangiare. Ma quella roba che ti davano non riuscivo quasi a mandarla giù. E pensavo che per tutti quei soldi potevano anche offrirti qualcosa di meglio da mangiare. Anche perché oltre a questa non avevano molte altre spese. Le sedute erano quasi tutte guidate da ex bucomani che presumibilmente erano già da un paio di mesi. A loro veniva detto che questo faceva parte della loro terapia per cui ogni tanto avranno dato loro una stupidaggine di soldi. Io non trovavo giusto che i capi del *Narkonon* mangiavano sempre per conto loro. Una volta capitai che stavano giusto seduti a tavola. Si stavano abbuffando delle cose più buone.

Poi capitò che una domenica ebbi veramente tempo per riflettere. All'inizio pensai a Detlef e questo mi fece diventare piuttosto triste. Poi mi chiesi con tutta obiettività cosa avrei potuto fare dopo la terapia. Mi chiesi se le sedute mi avessero veramente aiutato. Ero piena di domande per le quali non avevo risposta. Volevo parlare con qualcuno. Ma non avevo nessuno. Uno dei primi divieti che c'erano al *Narkonon* era quello che non si poteva fare amicizia con nessuno. E i tizi ti facevano subito fare una seduta quando tu volevi parlare di problemi. Mi fu chiaro che in tutto il tempo che ero stata lì non avevo mai veramente chiacchierato con qualcuno.

Il lunedì andai all'amministrazione e buttai fuori tutto quello che avevo da dire. Non mi feci interrompere. Cominciai col mangiare. Poi dissi che mi erano state già rubate quasi tutte le mutande. Che nella lavanderia non si riusciva mai ad entrare perché la ragazza che aveva le chiavi se ne andava continuamente per tornare nel giro. Che comunque ce n'erano un paio che se la svignavano per procurarsi un buco e tornavano quando gli pareva. Dissi che queste cose mi buttavano proprio giù. E poi queste sedute senza tregua e le pulizie da fare. Io ero completamente distrutta perché semplicemente non avevo abbastanza tempo per dormire. Dissi: «Okay, le vostre terapie sono anche fighissime, sono veramente buone. Ma i miei reali problemi non li risolvono. Perché tutto è solo un tormento. Voi tentate regolarmente di tormentarci. Ma io ho bisogno di qualcuno con cui parlare ogni tanto dei miei problemi. Ho assolutamente bisogno di un po' di tempo ogni tanto per confrontarmi con i miei problemi».

I tizi si sentirono tutto questo con il loro eterno sorriso. Non dissero assolutamente nulla. Quando ebbi finito mi appiopparono subito una seduta extra, che andò avanti tutto il giorno fino alla sera alle dieci. Di nuovo mi portarono alla totale apatia. E pensai che forse loro sapevano quello che facevano. Mia madre mi aveva raccontato quando mi era venuta a trovare che i soldi che aveva dovuto pagare per il mio soggiorno al *Narkonon* li aveva riavuti indietro dall'Ufficio di assistenza sociale. Pensai che se lo stato dava dei soldi a questa cosa voleva dire che era okay.

C'erano altri che al *Narkonon* avevano ancora più problemi di me. Gabi per esempio. Si era presa una cotta per un tizio e voleva per forza scopare con lui. Stupida, completamente in buona fede, lo aveva raccontato ai capi del *Narkonon* che le avevano appioppato subito una seduta extra. Quando poi lei un paio di volte con questo comunque ci scopò la cosa venne fuori e i due vennero sbugiardati davanti a tutti. Gabi la sera stessa se ne andò e non tornò più. Il tizio, che presumibilmente era rimasto pulito per un paio d'anni e che lavorava al *Narkonon* come aiutante, se la svignò anche lui un po' più tardi. E diventò di nuovo bucomane totale.

Per quelli del *Narkonon* non si trattava tanto della scopata. Più importante era per loro che non nascessero delle amicizie. Ma quel tizio era già da un anno lì e come è possibile resistere tanto a lungo senza amicizie?

Nel poco tempo libero la sera mi trovavo sempre con i più giovani. Nel gruppo che lentamente si formò non c'era nessuno che avesse più di diciassette anni. In quel periodo arrivava nei luoghi di terapia l'ondata di quelli che avevano cominciato a bucarsi da ragazzini. Dopo uno, due anni erano così tutti arrivati come me perché durante la pubertà ad uno il veleno gli si fissa di più che uno che comincia più tardi. Loro, come me, non avevano avuto nessuna possibilità di essere accettati in altre terapie.

Alla maggior parte di loro, col tempo, le sedute davano ormai poco, tale e quale a me. Quando due di noi più giovani eravamo assieme tutta la seduta diventava solo una stupidata. Ma come si poteva alla lunga rimanere seri se si doveva gridare contro una palla oppure se ci si doveva per ore guardare negli occhi reciprocamente? Non avevamo neanche bisogno di andare a quella stupida macchina della verità perché tanto comunque dicevamo che la seduta non ci aveva fatto niente. Tranne che le risatine non c'era nulla. Il povero conduttore della seduta diventava sempre più sprovveduto quando doveva lavorare con noi.

Dopo, nelle serate libere, nel nostro gruppo c'era solo un discorso: l'eroina. Con alcuni parlavo anche di svignarsela.

Dopo due settimane al *Narkonon* elaborai un piano di fuga. Con due ragazzi facemmo finta di essere una superbanda delle pulizie. Con raccoglimmondizie, spazzoloni e secchi passavamo per tutte le porte. Noi tre eravamo completamente felici. Ce la facevamo quasi nelle mutande per la gioia di farci un buco. Alla stazione della metropolitana ci separammo. Io andai al *Bahnhof Zoo*, per incontrare Detlef.

Detlef non c'era ma c'era Stella. Impazzì subito per l'entusiasmo di vedermi. Raccontò che Detlef non era stato visto da nessuno negli ultimi tempi. Io ebbi paura che fosse in prigione. Stella disse che alla stazione coi clienti le cose andavano male. Andammo dagli automobilisti sulla Kurfürstenstrasse. Anche lì non succedeva niente. Corremmo dalla stazione della metropolitana della Kurfürstenstrasse fino alla Lützowplatz finché alla fine uno si fermò. Conoscevamo la macchina e il tizio. Ci era spesso venuto dietro. Anche quando andavamo in un gabinetto a farci una pera. Lo avevamo sempre ritenuto un poliziotto in borghese. Ma lui era solo un cliente che si era specializzato in bucomani di primo pelo.

Lui voleva solo me, ma anche Stella poteva salire.

Dissi: «Trentacinque pfennig per un pompino. Io faccio solo pompini».

Lui disse: «Ti do cento marchi».

Ero totalmente sorpresa. Non mi era mai successo. I clienti con le più grosse Mercedes si cagano sotto per cinque marchi. E questo tizio con una Volkswagen completamente arrugginita offriva spontaneamente cento marchi. Disse che era un ufficiale dei servizi segreti. Dunque un matto totale. Ma questi imbroglioni flippati erano i clienti migliori perché anche con i soldi ci tenevano a raccontare balle.

Mi diede quindi realmente cento marchi. Stella comprò subito la roba e in macchina ci facemmo la pera. Andammo alla pensione Ameise. Stella rimase nel corridoio. Io prendevo tempo con il tizio perché ero completamente sballata per il primo buco dopo due settimane. E perché lui aveva pagato convenientemente. Ero così sballata che non volevo tirarmi su dallo stretto sofà di quella lurida pensione.

Chiacchierammo ancora un po' con quel tizio. Era un

contaballe veramente comico. Alla fine disse che a casa aveva ancora mezzo grammo d'eroina. Ce l'avrebbe data se ci trovavamo tra tre ore di nuovo nella Kurfürstenstrasse. Quindi gli sgraffignai ancora trenta marchi. Dissi che ne avevamo bisogno per poter andare a mangiare come si deve. E che sapevo che lui aveva un sacco di grana e che la vecchia Volkswagen era solo una mascheratura, perché lui era uno dello spionaggio. Lui non seppe che rispondere e dovette darmi i soldi.

Stella ed io andammo di nuovo al *Bahnhof Zoo* perché io non avevo abbandonato la speranza di incontrare Detlef. Mentre eravamo lì improvvisamente mi venne incontro correndo un cane piccolo, bianco e nero, col pelo ricciuto. A quel cane dovevo avergli ricordato qualcuno. Lo trovai pazzesco. Sembrava un piccolo cane da slitta nordico. Un tipo abbastanza distrutto veniva dietro di lui e questo mi chiese infatti sul serio se volevo comprare il cane. Io lo volevo subito. Lui voleva settanta marchi; ma io riuscii a mercanteggiare con lui fino a scendere a quaranta marchi. Ero sballata e completamente felice. Avevo di nuovo un cane. Stella disse che lo dovevo chiamare Lady Jane. Io lo chiamai Janie.

Mangiammo in un ristorante della Kurfürstenstrasse cotolette con contorno e Janie ne ebbe la metà. Il tizio dello spionaggio arrivò realmente puntuale e mi diede proprio mezzo grammo di roba. Era una cosa folle. Il mezzo grammo valeva cento marchi.

Stella ed io andammo di nuovo al *Bahnhof Zoo* per via di Detlef. Incontrammo Babsi. Ne fui pazzescamente contenta. Perché malgrado tutti i litigi Babsi mi piaceva più di Stella. Andammo su, al caffè-terrazza della stazione. Babsi aveva un aspetto molto brutto. Aveva le gambe come due stecchini ed anche quel poco di seno che aveva non c'era più. Adesso pesava 31 chili. Solo la sua faccia era sempre così bella.

Raccontai che il *Narkonon* era un posto molto paraculo. Stella non voleva saperne niente. Disse che era nata bucomane e voleva morire bucomane. A Babsi invece piacque tantissimo l'idea di disintossicarsi definitivamente assieme a me al *Narkonon.* I suoi genitori e la nonna si erano già dati da fare inutilmente per procurarle un posto di terapia. Babsi era di nuovo senza un posto dove stare, ma voleva realmente disintossicarsi. Le cose le andavano proprio di merda.

Dopo le chiacchiere andai con la mia Janie al Metro, un negozio caro ammazzato della stazione che era aperto anche la sera. Comprai due buste di plastica di cibo per i cani per Janie e una quantità di pudding per me, di quelli che poi vanno montati. Poi telefonai al *Narkonon* e chiesi se potevo ritornarci. Dissero di sì. Dissi che avrei portato un'amica. Non mi tradii dicendo che l'amica era Janie.

Non è che ci riflettei molto, ma in sostanza mi era sempre stato chiaro che sarei tornata al *Narkonon.* Dove altro potevo andare? Mia madre si sarebbe presa un colpo a vedermi davanti alla porta di casa. Inoltre nel frattempo mia sorella era andata via da mio padre e viveva da mia madre, nel mio letto e nella mia stanza. Non volevo andare in giro vagabonda. Per me era la fine: essere completamente dipendente dai clienti perché mi tenessero da loro la notte. Non avevo ancora mai passato la notte da un cliente perché questo voleva dire automaticamente scopare. Ma soprattutto volevò veramente disintossicarmi. E pensavo ancora che questo avrei potuto farlo al *Narkonon* perché non avevo nessun'altra scelta.

Quando arrivai alla casa — noi chiamavamo il *Narkonon* sempre « la casa » — loro furono scortesi ma non dissero niente altro. Non dissero neanche nulla di Janie. Nella casa c'erano già venti gatti e adesso ci si aggiungeva pure un cane.

Presi delle vecchie coperte dalla soffitta e ci feci un giaciglio per Janie accanto al mio letto. Il giorno dopo il cane aveva cagato e pisciato per tutta la stanza. Janie non diventò mai un animale pulito. Era proprio un po' matta. Ma anch'io lo ero. Non mi faceva niente di mettermi lì a pulire tutto.

Mi diedero subito una seduta extra. Anche questa non mi fece niente. Feci tutto in maniera completamente meccanica. Mi dava ai nervi solo il fatto che per ore non potevo stare col mio cane. Di lui nel frattempo si occupavano altri e questo mi infastidiva molto perché Janie doveva essere il mio cane. Tutti giocavano con lei e lei giocava con tutti perché era un po' una piccola puttana. Ognuno le dava da mangiare e diventava sempre più grassa. Ma solo io parlavo con lei quando eravamo sole. Adesso avevo per lo meno qualcuno con cui potevo parlare.

Scappai dal *Narkonon* ancora due volte. L'ultima volta rimasi in giro per quattro giorni. Per la prima volta dunque feci la vagabonda. Potei vivere da Stella perché sua madre stava disintossicandosi dall'alcol ed era in una clinica per malattie nervose. La vecchia merda ricominciava. Clienti-pere-clienti-pere. Poi venni a sapere che Detlef era andato a Parigi con Bernd. A quel punto diedi di matto.

Che il tizio con cui io ero come sposata se ne andasse da Berlino senza neanche salutarmi, questo era il colmo. Nei nostri sogni a Parigi volevamo sempre andarci insieme. Una stanzetta a Montmartre o qualcosa del genere, volevamo affittarla e disintossicarci perché non avevamo notizie di un giro della droga a Parigi. Pensavamo che a Parigi non c'era un giro, ma solo un mare di artisti stupendi che bevevano caffè e qualche volta un bicchiere di vino.

E adesso Detlef era andato con Bernd a Parigi. Non avevo più un ragazzo. Ero completamente sola al mondo perché con Babsi e Stella ricominciavano le vecchie litigate per qualsiasi stronzata. Avevo solo Janie.

Telefonai al *Narkonon* e mi dissero che mia madre era già andata a riprendere la mia roba. Anche lei dunque mi aveva abbandonato. Questo mi rendeva furiosa. Adesso volevo dimostrarlo a tutti, volevo dimostrare che ce l'avrei fatta completamente da sola.

Andai al *Narkonon* e loro mi ripresero. Partecipai alle sedute di terapia come se fossi invasata. Facevo tutto quello che mi dicevano. Diventai una vera scolara modello e di nuovo potevo andare alla macchina della verità e l'indicatore non si mosse mai quando dicevo che una seduta mi era un sacco servita. Pensai: adesso ce la fai. A mia madre che era venuta a prendere le mie cose, non telefonai. Mi feci prestare della roba. Portavo mutande da ragazzo. Ma non me ne importava niente. Non volevo pregare mia madre di riportarmi le mie cose.

Un giorno telefonò mio padre: « Salve Christiane. Ma dimmi un po': dove diavolo sei finita? Ho saputo per caso proprio adesso dove ti trovi ».

Dissi: « Trovo eccezionale che tu una volta tanto ti preoccupi di me ».

Lui: « Ma ci vuoi rimanere da questa strana setta? ».

Io: « Certo, assolutamente ».

Mio padre tirò prima un lungo sospiro, poi chiese se volevo andare a mangiare con lui e con un suo amico. Dissi: « Sì, va bene ».

Mezz'ora più tardi mi chiamarono giù all'amministrazione e lì c'era il mio caro papà che non vedevo da mesi. Per prima cosa venne su nella stanza che dividevo con altri quattro. Disse: « Vediamo qui com'è ». Era sempre stato un fanatico dell'ordine. E nella nostra stanza era proprio una bellezza, come dovunque nella casa. Sporca lurida e con le cose sparse dappertutto.

Poi volevamo uscire per andare a mangiare, ed uno dei capi disse a mio padre: « Lei deve firmare una dichiarazione che riporterà qui Christiane ».

Lui scattò, gridò che era il padre e che poteva decidere da solo dove stava sua figlia. Che ora mi avrebbe portata con lui e che sua figlia al *Narkonon* non ci sarebbe più tornata.

Io scappai nella stanza delle sedute e gridai: «Voglio rimanere qui, papà! Non voglio morire! per piacere, papà, lasciami stare qui!».

La gente del *Narkonon*, che era tutta accorsa per le grida, mi appoggiava. Mio padre se ne andò urlando: «Adesso vado a chiamare la polizia».

Sapevo che l'avrebbe fatto. Scappai fino alla soffitta e mi arrampicai sul tetto. C'era come una piattaforma per i camini. Mi ci accoccolai sopra al gelo.

Arrivarono davvero due pantere. I poliziotti, assieme a mio padre, ispezionarono la casa da cima a fondo. I capi del *Narkonon* anche mi chiamavano perché gli era presa paura. Ma sul tetto nessuno mi trovò. I poliziotti e mio padre se ne riandarono.

Il mattino dopo telefonai a mia madre in ufficio. Mi venne subito da piangere e le chiesi: «Ma cosa è successo?».

Mia madre aveva una voce completamente fredda e mi disse: «Quello che ti succede mi è assolutamente indifferente».

Dissi: «Non voglio che papà mi porti via di qui. Sei tu che hai la mia tutela. Non puoi mollarmi così. Adesso resto qui, non scappo più. Te lo giuro. Ti prego, fa qualcosa perché papà non mi porti via. Devo rimanere qui, mamma, per davvero. Altrimenti muoio, mamma, credimi».

Mia madre era veramente spazientita e disse: «No, non se ne parla proprio». Poi riattaccò il telefono.

Sulle prime ero completamente distrutta. Poi mi montò di nuovo la rabbia. Mi dissi: «Che andassero tutti a fare in culo. In tutta la tua vita non si sono occupati di te. E adesso ti stanno intorno solo perché gli è venuto il ticchio, questi imbecilli, che hanno sempre sbagliato tutto. Questi porci che ti hanno fatta cadere così in basso. La madre di Kessi si è preoccupata che sua figlia non andasse a finire nella merda totale. E questi stronzi dei tuoi genitori credono improvvisamente di sapere quello che è bene per te».

Chiesi di fare una seduta straordinaria e mi piacque da morire. Volevo rimanere al *Narkonon* e poi forse diventare un membro della scienza scientista. In ogni caso nessuno mi doveva portare via di lì. Non volevo farmi continuare a distruggere dai miei genitori. Questo era quello che pensavo, presa da un odio totale.

Tre giorni più tardi mio padre ritornò. Dovetti andar giù all'amministrazione. Mio padre era tutto calmo. Disse che doveva andare con me all'Ufficio di assistenza sociale per via dei soldi che mia madre aveva pagato per il *Narkonon* e che doveva riavere indietro.

Dissi: «No, non ci vengo. Ti conosco papà. Se vengo con te questa casa la vedo per l'ultima volta. E non voglio morire».

Mio padre mostrò ai capi del *Narkonon* un certificato. C'era scritto che lui aveva il permesso di portarmi via. Mia madre gli aveva dato l'autorizzazione. Il capo del *Narkonon* disse che non c'era niente da fare, che dovevo andare con mio padre. Non poteva tenermi lì contro la volontà di mio padre.

Il capo disse che non dovevo dimenticare i miei esercizi. Sempre confrontare. Confrontare era come una parola magica per loro. Si doveva confrontare tutto. Pensai: siete proprio degli imbecilli. Non c'è proprio niente da confrontare per me. Io devo morire. Non ci resisto proprio. Al massimo tra due settimane buco un'altra volta. Non ce la faccio. Da sola non ce la farò mai. Fu uno dei pochi momenti in cui vidi la mia situazione abbastanza chiaramente. Nella disperazione mi raccontavo tuttavia che il *Narkonon* serebbe stato per me veramente la salvezza.

Piangevo per la rabbia e la disperazione. Non riuscivo assolutamente a frenarmi.

La madre di Christiane

Non ritenni affatto una valida soluzione che il mio ex marito, ora, dopo che eravamo incappati nel Narkonon, *prendesse con sé Christiane, per condurla finalmente alla ragione, come lui disse. A prescindere dal fatto che lui non poteva badare a lei a tempo pieno, io, per via del rapporto tra me e lui, avevo — come dire — difficoltà psicologiche a digerire di lasciargli Christiane. Già poco tempo prima la sorella di Christiane era tornata da me perché suo padre si comportava con lei troppo severamente.*

Ma non capivo più niente e speravo: forse con i suoi metodi lui ce la fa in quello che a me non è riuscito, ma non voglio escludere che questo me lo sia raccontato solo per sfuggire momentaneamente alla mia responsabilità nei confronti di Christiane. Dopo la sua prima disintossicazione ero permanentemente in una doccia scozzese di speranza e disperazione, fisicamente e psicologicamente ero allo stremo quando pregai il padre di Christiane di intervenire.

Già tre settimane dopo la prima disintossicazione, che Christiane e Detlef superarono con tanta pena a casa nostra, la prima ricaduta mi aveva colpito come una bastonata alla nuca. La polizia telefonò in ufficio che avevano preso Christiane al Bahnhof Zoo. *Io dovevo andarla a prendere.*

Sedevo alla mia scrivania e tremavo, ogni due minuti

guardavo l'orologio se erano già le quattro, non osavo andar via prima della fine del lavoro. Le due sorelle del padrone mi avrebbero reso la vita impossibile. Improvvisamente compresi il padre di Detlef: ci si vergogna molto all'inizio.

Al posto di polizia trovai Christiane che aveva gli occhi gonfi per quanto aveva pianto. Il poliziotto mi mostrò la puntura fresca sul suo braccio e affermò che era stata presa mentre si trovava in un « atteggiamento inequivocabile ».

Sulle prime non riuscivo a immaginarmi cosa si intendesse per « atteggiamento inequivocabile », forse non volevo immaginarmelo. Christiane era infelice per il fatto di esserci ricaduta, di nuovo provammo un'altra disintossicazione, senza Detlef. Lei rimase anche a casa e sembrava essere pienamente coinvolta nella cosa. Mi feci coraggio e misi al corrente il capogruppo della sua classe; era sconvolto e mi ringraziò per la sincerità. Non era abituato — disse — ad averne altrettanta dagli altri genitori, presumeva che nella scuola ci fossero molti altri drogati e mi disse che avrebbe aiutato Christiane volentieri, ma non sapeva come.

Era sempre la stessa storia. Quando ne parlavo con qualcuno gli altri o erano sprovveduti come me oppure quelli come Christiane li avevano completamente cancellati. In seguito questa situazione l'avrei vissuta abbastanza spesso.

Lentamente mi accorsi io stessa come è facile per i giovani arrivare all'eroina; già sulla strada della scuola, nella Hermannplatz a Neuköln, sono appostati gli spacciatori. Pensavo: forse non sento bene, quando persino in mia presenza, mentre facevo il giro per le compere, Christiane veniva avvicinata da uno di questi tizi, in parte stranieri, ma anche tedeschi. Lei mi raccontava anche che conosceva questa gente: « Quello smercia con quell'altro, quello vende questo, quell'altro ancora fa questo, eccetera ».

Tutto mi sembrava completamente folle. Pensavo: ma in che mondo viviamo?

Volevo far cambiare scuola a Christiane, mandarla alla scuola professionale di Lausitzerplatz, per evitarle per lo meno il tragitto. Mancava poco alle vacanze di Pasqua e dopo volevo mandarla all'istituto tecnico. Speravo che in questo modo potessi strapparla dal suo ambiente, dal pericolo delle stazioni della metropolitana. Naturalmente era un'idea ingenua, e comunque non se ne fece niente. Il direttore dell'istituto tecnico ci dichiarò subito che lui accoglieva malvolentieri studenti provenienti dal ginnasio unificato, e inoltre i voti di Christiane in matematica erano troppo bassi. Per una sua curiosità chiese perché Christiane voleva cambiare scuola e quando lei rispose che la ragione era che la classe come collettività era molto scadente, lui ironizzò: «Classe come collettività? Nel ginnasio unificato le classi non sono affatto delle collettività». Poiché gli studenti venivano sballottati da una parte all'altra — mi spiegò — non poteva certo nascere nessuno spirito collettivo.

Non so chi era più delusa, se Christiane o io. Lei disse soltanto: «È tutto senza senso. Mi può aiutare soltanto una terapia». Ma dove lo andavo a pescare un posto di terapia? Telefonai a destra e a manca, a tutte le autorità, mi indirizzarono, nel migliore dei casi, ai consultori per la droga, e ai consultori insistevano sul fatto che Christiane andasse da loro spontaneamente. Tanto erano in disaccordo tra di loro — ogni consultorio parlava male dell'altro — tanto erano d'accordo su questo punto. La libera scelta era l'unico presupposto per una terapia, altrimenti guarire era impossibile.

E quando pregavo Christiane in ginocchio di andare in un consultorio lei reagiva subito testarda: «Ma che ci vado a fare? Per me non hanno posto. Non ci sto a stargli appresso per delle settimane».

Che dovevo fare? Se l'avessi trascinata con la forza al consultorio, lei si sarebbe trovata in una posizione contraria ai loro principi. Da una parte oggi posso capire il loro atteggiamento, in quel periodo Christiane non era effettivamente ancora matura per una terapia seria. D'altra parte sono del parere che i ragazzi drogati come Christiane hanno diritto ad essere aiutati anche contro la loro volontà.

Più tardi, quando sempre più spesso stava male come un cane tanto da voler veramente affrontare volontariamente una severa terapia, si ripresentava la stessa situazione: non c'era posto, bisognava aspettare da sei ad otto settimane. Restavo quindi sempre a bocca aperta, riuscivo solo a dire « E che succede se mia figlia, fin tanto che si libera un posto, muore? ». »Sì, nel frattempo la ragazza deve presentarsi da noi per dei colloqui, in modo che possiamo vedere se fa sul serio ». Oggi, a distanza di tempo, non posso fare nessun rimprovero agli assistenti dei consultori per la droga. Con quei pochi posti di terapia che hanno a disposizione devono necessariamente fare una scelta.

Non riuscii dunque a ottenere un posto di terapia. Quando Christiane tornò dalle vacanze di Pasqua ebbi anche la sensazione che lei non ne avesse più bisogno: aveva un aspetto fiorente. Pensai proprio che il primo passo l'avevo fatto.

Christiane faceva spesso delle osservazioni sprezzanti sulla sua amica Babsi che si vendeva ai vecchi per eroina. A fare una cosa del genere lei non si sarebbe mai prestata, era felice di non avere più niente a che fare con tutto il giro della droga, con tutte quelle porcherie. Sembrava convinta di questo, avrei giurato su qualunque cosa che diceva sul serio.

Ma già pochi giorni dopo si era nuovamente lasciata andare, lo vedevo dalle sue pupille strette. Non potevo più sentire le sue scuse: « Ma che ti prende sempre, ho solo tirato un po' un chilom» mi aggrediva. Cominciò un periodo terribile, mi mentiva spudoratamente in faccia, malgrado la osservassi attentamente. Le ordinai di non muoversi da casa, ma lei non lo fece. Mi chiesi se non era il caso di chiudercela dentro a chiave, ma sarebbe saltata fuori dalla finestra del primo piano. Per me era rischioso.

Con i nervi ero quasi allo stremo. Non sopportavo più quelle due pupille strette. Intanto erano passati tre mesi da quando l'avevo scoperta nel bagno, i giornali ogni due giorni davano notizia di un morto di eroina. La maggior parte delle volte solo con un paio di righe prendevano nota delle vittime dell'eroina come una cosa naturale, come se fossero vittime del traffico.

Avevo una paura tremenda perché Christiane non era più sincera con me, perché non ammetteva più nulla. Quando si sentiva scoperta diventava volgare e aggressiva, cominciò a cambiare lentamente la sua stessa natura.

Tremavo per la sua vita. Il suo mensile — venti marchi — glielo davo solo un po' per volta. Avevo una continua paura: se le do venti marchi si compra un buco, e può essere quello di troppo. Col fatto che era una drogata ci potevo più o meno convivere, ma era la paura che il prossimo buco potesse essere l'ultimo che mi distruggeva. Ero contenta solo a vederla tornare a casa. Al contrario di quanto faceva Babsi, la cui madre mi telefonava spesso piangendo e chiedendomi dov'era.

Vivevo in un logoramento continuo, quando suonava il telefono temevo che fosse la polizia o l'obitorio o qualche altra cosa di brutto. Ancora oggi salto dal letto quando sento il telefono.

Con Christiane non si riusciva più a parlare, quando affrontavo il suo problema mi diceva soltanto: «Lasciami in pace». Avevo l'impressione che fosse sul punto di non farcela più.

Continuava a ripetere che non avrebbe più preso eroina e che prendeva solo hascic, ma così come io stessa non mi illudevo più, altrettanto non mi facevo ingannare da lei. Regolurmente mettevo sottosopra la sua stanza e ci trovavo ogni volta qualche utensile. Due o tre volte persino una siringa. Gliela facevo trovare al che lei reagiva urlando offesa che era di Detlef e che lei gliela aveva presa.

Un giorno che tornavo dal lavoro i due erano seduti sul letto della stanza dei ragazzi e stavano riscaldando il cucchiaino. Ero stupita della loro faccia tosta. Riuscii solo a gridare: « Per lo meno andatevene via da qui ».

Come loro se ne andarono scoppiai a piangere, ad un tratto mi venne una rabbia irrefrenabile per la polizia e per il governo. Mi ritenevo completamente abbandonata. La « Bild Zeitung »[7] *ogni giorno scriveva di un nuovo morto per droga: erano già più di trenta vittime quell'anno, ed era il primo maggio. Non riuscivo a capacitarmi di tutto questo. Alla televisione dicevano che lo stato spendeva somme enormi per la lotta al terrorismo, e a Berlino gli spacciatori giravano dappertutto liberi e vendevano eroina sulla pubblica strada come se si trattasse di gelati.*

Ci perdevo quasi la testa con questi pensieri. Improvvisamente mi sentivo dire ad alta voce: « Stato di merda! ». Non so tutto quello che mi passava per la mente. Stavo lì seduta nel soggiorno e guardavo i mobili uno per uno. Credo che quello che più avrei voluto fare era sfasciare tutto: questo era tutto quello per cui avevo lottato. Poi mi mettevo di nuovo a piangere.

Quella sera picchiai Christiane in modo spaventoso. Stavo seduta sul letto e la aspettavo, la mia testa rimuginava. Era un miscuglio di paura, sensi di colpa, rim-

[7] L'ormai famoso quotidiano popolare scandalistico di Springer. [*N.d.T.*]

proveri a me stessa. Mi sentivo una fallita, non solo perché avevo fatto tanti sbagli con il mio matrimonio e con il lavoro, ma anche perché per tanto tempo ero stata troppo vigliacca a non guardare in faccia quello che stava succedendo a Christiane.

Quella sera persi la mia ultima illusione.

Christiane rientrò a casa solo a mezzanotte e mezzo, dalla finestra la vidi che scendeva da una Mercedes, davanti alla porta di casa. Mio dio, pensai, adesso è finito tutto. Adesso lei ha perso qualsiasi dignità. Adesso è la catastrofe. Ero completamente distrutta, la acchiappai e la picchiai spaventosamente fino a farmi male alle mani. Alla fine tutte e due stavamo sedute sul tappeto e piangevamo, Christiane era completamente sfatta. Le dissi in faccia che andava a battere e che ora lo sapevo, lei scosse solo la testa e singhiozzò: « Ma non come tu credi, mamma ».

Io non volevo sapere di più. La spedii nella vasca da bagno e poi a letto. Come mi sentivo nessuno può immaginarlo, il fatto che lei si vendeva agli uomini mi deprimeva ancor di più — credo — che la sua dipendenza dall'eroina.

Non chiusi occhio per tutta la notte. Riflettevo: ma cosa mi resta in realtà ancora da fare? Nella mia disperazione mi veniva persino in mente l'internamento di Christiane in un istituto, ma avrebbe solo peggiorato la situazione. Avrebbero come prima cosa messo Christiane nell'istituto della Ollenhauerstrasse e contro quest'Istituto mi aveva già messo in guardia un'insegnante, tra le altre ragioni perché lì le ragazze si avviavano vicendevolmente alla prostituzione.

Vedevo ancora solo una possibilità: Christiane deve andarsene subito da Berlino, per sempre. Che lei lo voglia o no. Deve andarsene subito da questa palude dove viene continuamente traviata, deve andarsene in un posto dove è al sicuro dall'eroina.

Mia madre, nell'Assia, voleva prendersela con sè, come pure mia cognata nello Schleswig-Holstein. Quando comunicai a Christiane la mia decisione lei si fece subito piccola piccola e smarrita. Avevo già avviato i preparativi, che lei si fece avanti con aria chiaramente pentita dicendosi pronta ad andare in un luogo di terapia. Aveva persino trovato un posto: Narckonon.

A me si tolse un peso dallo stomaco. Perché non ero sicura se ce l'avrebbe fatta senza terapia nella Germania-ovest, oppure se dai miei parenti se la sarebbe poi solo svignata.

Non sapevo nulla di preciso sul Narkonon, *solo che costava dei soldi; due giorni prima del suo quindicesimo compleanno ci andai con Christiane in taxi. Con un uomo giovane avemmo un colloquio vincolante per l'accettazione, egli si rallegrò per la nostra decisione e mi assicurò che non dovevo più avere nessuna preoccupazione. La terapia del* Narkonon *era di solito un completo successo, potevo stare completamente tranquilla. Ero sollevata come non mi succedeva da molto tempo.*

Poi mi sottopose per la firma gli accordi di pagamento: costava 52 marchi al giorno e ogni volta bisognava pagare in anticipo quattro settimane. Era più di quanto guadagnavo netto ogni mese. Ma che faceva? Inoltre quel giovane mi prospettò che potevo avere il rimborso delle spese di terapia dall'Ufficio di assistenza circoscrizionale.

Il giorno dopo misi assieme 500 marchi e li portai al Narkonon. *Poi mi feci dare un prestito di 1.000 marchi e li pagai nel giorno di colloquio con i genitori. I colloqui con i genitori erano tenuti in genere da un ex tossicodipendente. Il suo passato proprio non gli si riconosceva. Grazie al* Narkonon *— diceva — era diventato un altro uomo, e questo a noi faceva effetto. Lui mi rassicurava anche dicendomi i progressi che Christiane faceva.*

In verità ci recitavano una commedia e avevano preso di mira i nostri soldi, più tardi venni a sapere dal giornale che il Narkonon *apparteneva ad un'equivoca setta americana che voleva guadagnarsi del denaro a spese dell'angoscia dei genitori.*

Ma come tutte le cose lo capii solo dopo che il pasticcio era fatto. Per il momento credetti che Christiane fosse in buone mani e ce la volevo lasciare il più a lungo possibile. Perciò avevo bisogno di soldi.

Corsi per tutti gli uffici, ma nessuno si assumeva la responsabilità, nessuno era sincero con me a proposito del Narkonon. *Mi sentivo ingannata e scoraggiata, mi sentivo come se rubassi tempo alla gente. Qualcuno mi disse in seguito che come prima cosa avevo bisogno di un certificato medico ufficiale che attestasse la tossicodipendenza di Christiane per poter fare una domanda di rimborso delle spese di terapia. Mi sembrò una barzelletta. Chiunque ci capisse un po' poteva benissimo rendersi conto della situazione miserevole di Christiane. Ma queste erano le vie burocratiche. Solo che quando dopo due settimane finalmente ebbi un appuntamento con il medico legale, Christiane era di nuovo scappata dal* Narkonon, *per la terza volta.*

Piansi come una fontana. Pensai: adesso ricomincia tutto da capo. Questa volta avevo proprio sperato che ce la facesse. Con il mio amico mi misi alla ricerca. Il pomeriggio passammo al setaccio l'Hasenheide, la sera il centro e le discoteche e, tra un posto e l'altro, le stazioni della metropolitana. Tutti i luoghi dove si ritrovava il giro della droga. Ogni giorno, ogni notte andavamo in un posto nuovo: setacciammo persino i gabinetti pubblici della City. Alla polizia la denunciammo per dispersa. Dissero solo che avrebbero inserito Christiane nella lista dei ricercati e che ad un certo punto sarebbe ricomparsa.

La cosa che avrei fatto più volentieri era rintanarmi

da qualche parte. Avevo solo paura della chiamata: sua figlia è morta. Ero solo un fascio di nervi, non avevo più nessuna voglia, nessun interesse. Dovevo raccogliere le mie forze per il lavoro, non volevo mettermi in malattia. Mi vennero dei disturbi di cuore, il braccio sinistro quasi non lo potevo muovere, di notte mi si addormentava. Lo stomaco ce l'avevo sottosopra, i reni mi facevano male e la testa minacciava di scoppiarmi. Ero ridotta proprio come uno straccio.

Andai dal medico. Aumentò la mia disperazione. Tutta una questione di nervi, mi disse dopo la visita e mi prescrisse del valium. *Quando gli raccontai perché ero così sottosopra, mi disse che un paio di giorni prima era andata da lui una ragazzina, che aveva ammesso di essere drogata e gli aveva chiesto cosa doveva fare. « E che cosa le ha detto? » chiesi io.*

« Che s'impicchi » fu la sua risposta. Non c'era nessuna possibilità d'aiuto. Proprio così disse.

Quando Christiane dopo una settimana si ripresentò al Narkonon *non potei più esserne contenta. Come se qualcosa in me fosse morto. Ero convinta di aver fatto tutto quello che umanamente si poteva, ma non era servito a niente. Al contrario.*

Il pasticcio era diventato sempre più grosso, il Narkonon *a Christiane l'aveva più guastata che migliorata. Lì era cambiata improvvisamente, aveva un aspetto ordinario, non più da ragazzina, era diventata soprattutto scostante.*

Già nelle prime visite al Narkonon *ero stata sorpresa: Christiane mi era improvvisamente estranea. Qualcosa si era spezzato. Fino a quel momento, malgrado tutto, lei aveva avuto un legame intimo con me. Ero distrutta, spenta come dopo un lavaggio del cervello.*

In questa situazione pregai il mio ex-marito di portare Christiane nella Germania-ovest. Ma lui preferiva prenderla con sé, con lei ce l'avrebbe fatta. E quando lei era insensibile alle parole, ci sarebbe stata una porzione di botte.

Non mi opposi. Non ce la facevo più ad andare avanti. Avevo già fatto tanti sbagli che improvvisamente ebbi paura di proseguire la catena degli errori mandando via Christiane da Berlino.

Prima di andare dal *Narkonon* a casa, mio padre mi trascinò allo «Schluckspecht», la birreria che frequentava abitualmente alla stazione della metropolitana della Wutzkyallee. Voleva ordinare per me qualcosa di alcolico, ma io bevvi solo una bottiglia di succo di mele. Disse che adesso dovevo smettere definitivamente con la droga se non volevo morire e io dissi: «Già, è proprio per questo che volevo restare al *Narkonon*».

Il juke-box suonava continuamente «Un letto nel campo di grano».Un paio di giovani stavano al flipper e al tavolo da biliardo. Mio padre disse che erano dei giovani assolutamente normali. Che io avrei trovato rapidamente nuovi amici e mi sarei resa conto da sola quanto era stato stupido da parte mia prendere la droga.

Lo stavo appena a sentire. Ero incazzata nera e a pezzi e volevo solo stare da sola. Odiavo tutto il mondo e il *Narkonon* per me era la porta del paradiso che mio padre aveva chiusa. Presi Janie con me nel letto e dissi: «Janie, tu le conosci le persone?». Rispondevo al posto suo: «In effetti non le conosci». Janie correva scodinzolando incontro a chiunque. Per lei tutti erano buoni. Questo di lei non mi piaceva. Avrei preferito che ringhiasse a chiunque perché non si fidava di nessuno.

Quando mi svegliai Janie aveva già fatto pipì nella stanza e volevo subito scendere giù con lei. Mio padre era già andato a lavorare. Volli aprire la porta: era chiusa. Mi aggrappai alla maniglia, mi gettai contro la porta.

Restava chiusa. Mi costrinsi a rimanere calma, a non dare completamente di matto. Pensai che non poteva essere che mio padre mi rinchiudeva come se fossi una bestia feroce. E poi lo sapeva che c'era anche il cane.

Corsi per tutto l'appartamento e cercai una chiave: da qualche parte doveva pure averla messa. Poteva anche esserci un incendio. Guardai sotto il letto, sul bastone dele tende, ed anche nel frigorifero. La chiave non c'era. Non avevo il tempo per perdere la testa sul serio perché dovevo fare qualcosa per Janie prima che imbevesse di piscio tutto il tappeto sul pavimento. La portai quindi sul balcone e lei lo capì.

Quindi mi sono messa a guardarmi l'appartamento nel quale ero rinchiusa. Qualcosa era cambiato. La stanza da letto era vuota perché mia madre si era portati via i letti. Nel soggiorno c'era un nuovo divano sul quale ora mio padre dormiva. C'era una nuova televisione a colori. Il ficus non c'era più ed anche il bastone di bambù nel vaso del ficus che tanto spesso gli era servito per picchiarci. Al posto del ficus c'era adesso un baobab.

Nella nostra stanza c'era sempre il vecchio armadio dei vestiti del quale si poteva aprire solamente una porta altrimenti crollava. Il letto cigolava comunque ad ogni movimento. Pensai: lui ti rinchiude dentro e tu dovresti diventare una ragazza normale, e in più il vecchio non riesce neanche ad avere un appartamento ammobiliato come si deve.

Ritornai sul balcone con Janie. Janie mise le zampe anteriori sulla balaustra e guardava giù dall'undicesimo piano il deserto dei casermoni di Gropiusstadt.

Dovevo parlare con qualcuno. Così telefonai al *Narkonon.* C'era una grossa sorpresa: era già arrivata Babsi. Anche lei dunque aveva inteso fare sul serio con la disintossicazione. Raccontò che aveva preso il mio letto. Ero terribilmente triste di non essere al *Narkonon* con Babsi. Chiacchierammo a lungo.

Quando mio padre tornò io non dissi nulla. In compenso chiacchierava più lui. Aveva già programmato tutta la mia vita. Ricevetti un vero orario giornaliero: faccende domestiche, spesa, dar da mangiare ai suoi piccioni viaggiatori e ripulirgli la gabbia.

Aveva una piccionaia fuori, a Rudow. Tra una faccenda e l'altra voleva controllarmi telefonicamente. Per il tempo libero aveva per me una sua vecchia amica, Katharina, una vera mocciosa che andava pazza per le hit-parade della televisione e per Ilja Richter.

Il mio vecchio prometteva anche un compenso. Voleva portarmi una volta in Tailandia. In quel periodo infatti una volta all'anno andava in Tailandia. Era completamente partito nel trip della Tailandia. Naturalmente per le donne di lì, ma anche per i ciaffi a buon mercato che lì si trovavano. Per il suo trip tailandese risparmiava tutti i soldi. Era dunque la sua droga.

Stavo a sentire i piani di mio padre e pensavo che all'inizio mi conveniva lasciar correre. Del resto non mi rimaneva altra scelta. Per lo meno non mi avrebbe più chiusa dentro.

Il giorno dopo era già in atto il programma completo. Ho pulito l'appartamento e fatto la spesa. Poi venne Katharina per uscire a passeggio con me. Con lei sono andata in giro di corsa come una pazza e quando le dissi che dovevo ancora andare fino a Rudow per dar da mangiare ai piccioni lei non aveva più voglia di venire con me.

Ero dunque libera per il pomeriggio. Ero pazzescamente eccitata di potermi stravolgere un po' perché ero sempre in uno stato così miserabile. Pensai che per un'ora potevo andare fino all'Hasenheide. L'Hasenheide è un parco a Neukölon. Lì c'era un giro di hascic molto paraculo. Avevo voglia di uno spinello.

Ma non avevo soldi. Sapevo dove erano i soldi. Mio padre raccoglieva monete d'argento in una bottiglia di brandy. Dentro c'erano più di cento marchi. Una riserva per il prossimo trip tailandese. Scuotendo la bottiglia tirai fuori cinquanta marchi. Volevo in ogni caso prendere di più di quello che mi serviva. Il resto potevo rimettercelo. La bottiglia la volevo poi riempire di nuovo con il denaro che risparmiavo facendo la spesa. Questo fu quello che pensai.

All'Hasenheide incontrai subito Piet. Era quello della «Haus der Mitte», con il quale per la prima volta nella mia vita avevo fumato hascisc. Nel frattempo bucava anche lui. Per questo gli chiesi se all'Hasenheide già si trovava ero.

Lui chiese: «Hai soldi?».

Dissi: «Sì».

Lui disse: «Vieni». Mi portò da una coppia di stranieri e comprai un quartino. Dieci marchi li tenni come resto. Andammo nel gabinetto del parco. Piet mi prestò la sua siringa. Nel frattempo era diventato un bucomane furbo. Dovetti dargli la metà della roba per la siringa. Ci facemmo tutti e due un piccolo buco.

Sballai benissimo. Il giro dell'Hasenheide era il giro più paraculo di Berlino. Non era così distrutto come il giro dell'ero del Kurfürstendamm. Principalmente era ancora un giro di hascisc. Ma c'erano anche bucomani. Fumati e bucomani convivevano del tutto pacificamente. Nel giro del Kudamm l'hascisc passava per una droga da bambini e i fumati erano l'ultima merda. Nessun bucomane del Kudamm bazzicava con un fumato.

All'Hasenheide era uguale la droga che uno prendeva. Uno poteva anche essere completamente pulito. Non aveva nessuna importanza. Bisognava solo avere un buon feeling ed essere in grado di stravolgersi. C'erano gruppi che facevano musica, con flauti e bongos. E c'erano anche degli stranieri. Tutti facevano parte di una grande, pacifica comunità. Tutta l'atmosfera che c'era mi faceva pensare a Woodstock, che doveva essere stata una cosa molto simile.

Tornai a casa puntuale prima che alle sei tornasse mio padre. Non si accorse che ero sballata. Avevo un po' di coscienza sporca per i piccioni che non avevano avuto niente da mangiare. Il giorno dopo intendevo dargli doppia razione. Pensai che nel futuro non avrei più preso ero che all'Hasenheide e si stava bene anche con un po' di hascisc e come fumati si era pienamente riconosciuti. Non volevo più ritrovarmi nello squallido giro dell'ero di Kurfürstendamm. Pensavo davvero che all'Hasenheide potevo disintossicarmi.

Adesso ogni pomeriggio, anche per poco, andavo all'Hasenheide con Janie. Al cane questo piaceva molto, perché c'erano molti cani. Anche i cani lì erano totalmente pacifici. E tutti volevano bene a Janie e la accarezzavano.

Ai piccioni davo da mangiare ogni due o tre giorni. Era assolutamente sufficiente perché gli si riempiva il gozzo fino a scoppiare e poi si spargeva ancora una riserva di mangime nella gabbia.

Fumavo quando me lo offrivano. C'era sempre qualcuno che me lo offriva. Perché questa è proprio una differenza tra il giro dell'hascisc e quello dell'ero, e cioè che i fumati offrono quello che hanno.

Conobbi poi più da vicino quello straniero da cui Piet il primo giorno aveva comprato la roba. Una volta mi sdraiai sulla coperta su cui lui stava accovacciato con un altro paio di stranieri. Il tizio mi invitò a sedermi sulla coperta. Si chiamava Mustafà ed era turco. Gli altri erano arabi. Tutti tra i diciassette e i vent'anni. Stavano mangiando pane imburrato, formaggio e melone e ne diedero un po' a Janie e a me.

Mustafà lo trovavo figo. Era uno spacciatore. Ma il modo come lui spacciava lo trovavo stupendo. Non era esagitato e non si dava arie come le grandi *star* tedesche dello spaccio. Mustafà strappava un fascio d'erba e sotto ci metteva il borsellino con dentro la roba. Poteva tranquillamente esserci una retata. I poliziotti non gli trovavano mai niente. Quando qualcuno voleva comprare la roba, Mustafà imperturbabile grattava l'erba con il suo coltello da tasca finché non ritrovava la roba.

Lui non vendeva bustine già pesate come gli spacciatori del giro dell'ero. Lui tirava fuori con la punta del coltello più o meno il quartino e la dose era sempre in ordine. Quello che restava attaccato al coltello lo tirava via con due dita ed io potevo sniffarlo.

Mustafà mi disse subito che bucare era una merda. L'ero bisognava solo sniffarla se non si voleva diventare dipendenti. Lui e gli arabi sniffavano solamente e nessuno era dipendente fisicamente. Sniffavano solo quando ne avevano voglia.

Io avevo sempre il permesso di sniffare l'ero che rimaneva attaccata al coltello perché Mustafà non voleva che di nuovo diventassi dipendente dalla droga. Notai che questi stranieri trattavano la droga in maniera corretta, in maniera completamente diversa dagli europei. Per noi europei l'ero era pressappoco uguale a quello che per gli indiani fu l'acquavite. Pensai che con l'ero gli orientali potevano sterminare gli europei e gli americani come con l'alcol fecero allora gli europei rispetto agli indiani.

Imparai ora dunque a conoscere gli stranieri in una maniera completamente diversa. Non erano più i clienti del «tu scopare» che per Babsi, Stella e me erano sempre stati il massimo dell'orrore. Mustafà e gli arabi erano molto orgogliosi. Si poteva facilmente offenderli. Mi accettavano perché davo loro la sensazione di essere consapevole di quello che facevo. Infatti realizzai rapidamente come ci si comportava con loro. Per esempio non bisognava mai chiedere qualcosa. Per loro l'ospitalità era comunque qualcosa di molto importante. Quello che uno voleva doveva prenderselo. Sia che fossero solo semi di girasole o eroina. Ma non bisognava mai dare la sensazione che uno sfruttava la loro ospitalità. Non mi sarebbe quindi mai venuto in mente di chiedere loro se potevo portar via della roba. Quella che prendevo la sniffavo subito lì. E loro mi accettarono completamente malgrado di solito non avevano una grande opinione delle ragazze tedesche. Mi convinsi che gli stranieri hanno anche dei pregiudizi nei confronti dei tedeschi.

Tutto dunque mi piaceva moltissimo e non mi veniva mai in mente che ero ancora una bucomane, finché non mi accorsi che fisicamente ero invece di nuovo dipendente.

Nel frattempo la sera con mio padre facevo la parte della figlia ravveduta. Andavo spesso con lui allo «Schluckspecht» e per fargli piacere bevevo anche una birra piccola ogni tanto. Odiavo questa società di etilici dello «Schluckspecht». D'altra parte ero completamente dentro nella doppia vita. Anche allo «Schluckspecht» volevo essere riconosciuta. Volevo affermarmi in quella che sarebbe stata la mia vita futura nella quale non doveva esserci la droga.

Giocavo a flipper come un'invasata e anche a biliardo. Volevo anche imparare a giocare a scacchi. Volevo dominare tutti i giochi maschili. Se in questa società dello «Schluckspecht» ci dovevo vivere allora volevo anche affermarmici. Lì nessuno mi doveva poter attaccare. Volevo essere una *star* in questa società. Volevo essere orgogliosa come gli arabi. Mai dover pregare qualcuno per qualcosa. Mai sentirmi inferiore.

Ma con il fatto di imparare a giocare a scacchi non se ne fece niente. Ebbi altri problemi quando ad un certo punto mi capitò di nuovo una prima leggera crisi di astinenza. Adesso ogni pomeriggio dovevo assolutamente andare all'Hasenheide, e lì avevo bisogno di tempo perché non potevo così semplicemente prendere l'ero e poi andarmene. Dovevo fare un po' di lavoro di mediazione e stare lì a masticare imperturbabile semi di girasole mentre era già il terzo giorno che i piccioni di mio padre non ricevevano niente da mangiare. Ogni pomeriggio dovevo liberarmi della mia accompagnatrice, Katharina, poi fare le faccende domestiche, andare a fare la spesa, essere per tempo al telefono, quando mio padre abitualmente chiamava, e trovare sempre nuove storie quando lui si rendeva conto che a casa non c'ero stata. La sensazione di star bene era sparita.

Poi un pomeriggio all'Hasenheide successe che improvvisamente sentii che qualcuno mi fissava gli occhi addosso, alle mie spalle. Mi girai, Detlef era davanti a me. Ci buttammo l'uno tra le braccia dell'altra e Janie ci saltava intorno. Detlef aveva un buon aspetto. Disse che era pulito. Lo guardai negli occhi e dissi: «Cristo, sei di un pulito pazzesco. Hai le pupille come due spilli appuntiti». A Parigi Detlef si era completamente disintossicato, poi era arrivato al *Bahnhof Zoo* e si era fatto una pera.

Andammo a casa da me. Avevamo tempo finché mio padre non tornava. Il mio letto era veramente troppo traballante. Misi una coperta sul pavimento e facemmo l'amore tutti contenti. Poi parlammo della disintossicazione. Subito la prossima settimana dovevamo cominciare. Naturalmente non subito. E Detlef raccontò come assieme al suo amico aveva fregato un cliente, per rimediare i soldi del viaggio di disintossicazione a Parigi. Loro avevano chiuso semplicemente il tizio in cucina, con tutta calma si erano fatti dare il libretto degli eurocheques e poi avevano venduto gli cheques per mille marchi a un ricettatore del *Bahnhof Zoo.* Per questo Bernd l'avevano già beccato, Detlef pensava però che a lui non lo beccavano perché il cliente non conosceva il suo nome.

Adesso ci incontravamo tutti i giorni all'Hasenheide, il più delle volte andavamo a casa mia assieme e non parlavamo più di disintossicazione perché insieme eravamo molto felici. Solo che io sempre di più non riuscivo a fare tutto. Mio padre acuì i controlli e mi dava sempre nuove incombenze. Per il gruppo degli arabi avevo bisogno di tempo per sgraffignare un po' di roba anche per Detlef. Per Detlef volevo avere tempo. Tutto lo stress ricominciò da capo.

Vidi anche che non avevo più altra via d'uscita se non quella di andare nel primo pomeriggio al *Bahnhof Zoo* e farmi un cliente. A Detlef ancora lo nascosi. Ma il feeling buono andava sempre di più in pezzi perché era ricominciata la vita quotidiana del bucomane. Quel paio di giorni liberi, che si hanno sempre dopo una disintossicazione, senza la paura della rota e quindi senza la costrizione di dover avere sempre la roba, si riducevano sempre ad ogni nuova disintossicazione.

Dopo una settimana circa dal ritorno di Detlef, all'Hasenheide rispuntò Rolf, quel frocio dal quale Detlef viveva. Era molto malridotto e disse soltanto: «Detlef l'hanno messo dentro». Avevano beccato Detlef in una retata e quindi gli avevano appioppato anche la faccenda degli eurocheques. Il ricettatore aveva fatto la soffiata.

Andai al gabinetto della Hermannplatz, mi chiusi dentro e mi misi a piangere. Del nostro meraviglioso futuro un'altra volta non se ne faceva più niente. Tutto era diventato nuovamente completamente realistico, e cioè completamente senza speranza. Soprattutto avevo paura della rota. Nella mia situazione non mi risolveva niente stare lì a sedere imperturbabile assieme agli arabi, masticare semi di girasole e aspettare che ci fosse una sniffata per me. Andai al *Bahnhof Zoo*, mi misi a sedere sul gradino di una vetrina ad aspettare clienti. Ma non succedeva assolutamente niente nella stazione perché alla televisione davano un bell'incontro di calcio.

Poi nella stazione arrivò un tizio che conoscevo. Heinz, il vecchio cliente abituale di Babsi e Stella. Il tizio che pagava sempre con l'ero, dando delle siringhe anche, ma che per questo voleva scopare. A me del fatto che voleva scopare non me ne fregava più niente comunque dal momento che avevo saputo che Detlef sarebbe stato a lungo in prigione. Andai da questo Heinz che non mi aveva riconosciuta e gli dissi: «Sono Christiane, l'amica di Babsi e Stella». Il nome gli suonò e mi chiese subito se volevo andare con lui. Mi offrì due quartini. Lui pagava sempre in natura e questa era la cosa piacevole di questo cliente. Due quartini non erano male, a fare i conti erano sempre ottanta marchi. Contrattai ancora un po' di extra per le sigarette, la coca-cola eccetera e partimmo.

Nel giro della Lehninerplatz comprò prima di tutto la roba perché la sua scorta era finita. Era proprio buffo vedere come questo tizio, che pareva un ragioniere e somigliava un po' all'ex ministro della difesa Leber, si muoveva in mezzo ai bucomani. Ma lui sapeva orientarsi. Aveva anche una fornitrice abituale che vendeva roba sempre perfetta.

Io non ne potevo più di farmi una pera, proprio quasi stavo a rota e avrei preferito farmi subito una pera in macchina. Ma Heinz non tirava fuori la roba.

Prima dovetti andare a vedere il suo negozio di cartoleria. Aprì un cassetto e tirò fuori delle fotografie. Le aveva fatte lui. Stupida pornografia. Come minimo erano una dozzina di ragazze. In alcune foto erano tutte intere, nude, in altre c'era tagliata solo la parte di sotto. Pensai soltanto «Povere stupide». Anche al ginecologo pensai. Ma soprattutto pensavo alla roba che questo stupido cliente continuava a tenersi in tasca. Guardavo con poca attenzione quando in una foto vidi Stella e Babsi in azione con Heinz.

Dissi: «Le foto sono perfette. Ma adesso combiniamo. Ho veramente bisogno di una pera». Andammo nel suo appartamento. Mi diede un quartino e mi portò un cucchiaio per scaldare la roba. Si scusò che non aveva più neanche un cucchiaino da tè. Tutti i suoi cucchiaini da tè se li erano portati via le bucomani di passaggio. Mi sparai dentro il quartino e lui mi portò una bottiglia di birra di malto. Mi lasciò un quarto d'ora di tempo. Aveva abbastanza esperienza coi bucomani per sapere che dopo un buco si ha bisogno di un quarto d'ora di tranquillità.

Il suo appartamento non sembrava quello di un uomo d'affari. Babsi e Stella avevano sempre detto che lui era un uomo d'affari. Nel vecchio armadio della stanza di soggiorno pendevano cravatte, in giro c'erano cianfrusaglie di porcellana di cattivo gusto e vuoti fiaschi impagliati di vino italiano. Le tende erano tutte gialle di sporcizia ed erano tirate in modo che da fuori nessuno poteva guardare in quel lurido appartamento. Ad una parete erano appoggiati due vecchi sofà sui quali alla fine ci mettemmo comodi. Sopra non c'era biancheria ma solo una vecchia coperta a quadretti di lana con le frange.

Questo Heinz non era proprio antipatico solo che purtroppo la sua forza erano i nervi. Tanto stette lì a nevrotizzarmi finché alla fine non ci feci proprio l'amore pur di essere lasciata in pace e poter tornare a casa. Volle assolutamente che anch'io sentissi qualcosa ed io così feci perché lui davvero non aveva pagato male.

Dopo Stella e Babsi adesso la donna fissa di Heinz ero io. All'inizio trovai che semplicemente era una cosa pratica perché lui mi risparmiava molto tempo. Non dovevo per ore pencolare dagli arabi per uno sniffo ridicolo, non avevo più bisogno di aspettare i clienti al *Bahnhof Zoo*, non dovevo più andare nel giro per comprare la roba. Nel tempo che mi rimaneva potevo sbrigare abbastanza bene le faccende di casa, dar da mangiare ai piccioni, fare la spesa.

Quasi tutti i pomeriggi andavo da Heinz e in realtà non avevo più neanche nulla contro di lui. A modo suo lui mi amava. Me lo diceva continuamente che mi amava ed io dovevo dirgli che lo amavo. Era pazzescamente geloso. Aveva sempre paura che andavo ancora alla stazione metropolitana. E in un certo modo era gentile.

In fondo era l'unica persona con la quale potevo chiacchierare. Detlef era in galera, Bernd era in galera. Babsi era al *Narkonon*. Stella era come sparita nelle viscere della terra. Mia madre pensavo che non voleva sapere più niente di me. E a mio padre dovevo continuamente mentire. Ogni frase che gli dicevo era sempre una bugia.

C'era solo Heinz col quale potevo parlare quasi di tutto, verso cui non dovevo avere segreti. L'unica cosa della quale non potevo parlare sinceramente era il mio rapporto con lui.

Qualche volta quando Heinz mi prendeva tra le braccia mi sentivo proprio bene. Avevo la sensazione che lui mi rispettasse e che per lui significavo qualcosa. Chi mi rispettava altrimenti? Quando non stavamo sul suo sudicio divano mi sentivo come la figlia di Heinz e non come la sua amante. Ma lui mi nevrotizzava anche un bel po'. E col tempo fu sempre peggio. Voleva che stessi sempre con lui. Dovevo aiutarlo al negozio ed essere presentata ai suoi cosiddetti amici. Lui non aveva neanche un vero amico.

Il tempo che dovevo dedicare a Heinz mi portava proprio a raffazzonare nelle altre cose che trascuravo. Quindi mio padre diventò sempre più sospettoso.

Spiava continuamente le mie cose. Dovevo stare attenta a non portare a casa nulla che destasse sospetto.

Tutti i numeri di telefono e gli indirizzi che avevano a che fare con il mio ruolo di bucomane e battona li dovevo scrivere in codice. Heinz per esempio viveva nella Waldstrasse, cioè in via della foresta. Allora nell'agendina disegnai un paio di alberi. Il numero di casa e il telefono erano messi in codice come se fossero dei numeri di un conto. Il suo telefono era 39 54 773. Nell'agendina c'era scritto: 3 marchi e 95 più 47 pfennig più 73 pfennig. E poi avevo fatto la somma tutta in ordine. Regolarmente dovevo quindi svolgere compiti di aritmetica.

Poi un giorno Heinz svelò il mistero di Stella. Stella era in carcere. Non ne avevo saputo niente perché ormai non avevo più né il tempo né i motivi per andare a battere o per stare nel giro. Heinz era abbastanza scioccato per la notizia. Non per via di Stella. Ora aveva paura improvvisamente dei poliziotti. Aveva paura che Stella potesse vuotare il sacco su di lui. In questa occasione seppi che nei confronti di Heinz era in corso già da tempo un'istruttoria. Per corruzione di minorenni e cose del genere. Fino a quel momento la cosa lo aveva lasciato del tutto freddo, malgrado lui fosse già un pregiudicato. Era convinto di avere il migliore avvocato di Berlino. Ma che Stella potesse raccontare che lui pagava la ragazze con la roba, questo gli creava problemi.

Anch'io ero scioccata. Ma ugualmente non mi preoccupavo per la povera Stella, ma per me. Se Stella con i suoi quattordici anni già stava al gabbio, alla prossima occasione ci stavo pure io. E della galera non avevo proprio voglia.

Telefonai al *Narkonon* per raccontare a Babsi la novità. Telefonavo a Babsi quasi ogni giorno. Fino a quel momento la disintossicazione al *Narkonon* le piaceva abbastanza. Tuttavia se l'era svignata un paio di volte per farsi qualche buco. Quando telefonai al *Narkonon* mi dissero che Babsi era all'ospedale del Westend: epatite.

A Babsi le cose andavano tale e quale a me. Appena si stava facendo seriamente una disintossicazione arrivava un'epatite. Anche Babsi aveva provato già un sacco di volte a disintossicarsi. L'ultima volta era persino andata con un assistente dei consultori per la droga fino a Tubinga per fare una terapia. All'ultimo momento la cosa le era andata di merda perché a Tubinga questa terapia era molto severa. Fisicamente Babsi era in condizioni brutte quanto le mie. Noi ci osservavamo sempre reciprocamente con grande attenzione. L'una poteva vedere abbastanza esattamente nell'altra come lei stessa era andata giù. Perché ci succedevano sempre cose molto simili.

La mattina dopo uscii presto per andare a trovare Babsi all'ospedale. Presi la metropolitana con Janie fino alla Theodor Heussplatz e poi andai a piedi fino al Westend. Era un quartiere proprio paraculo con ville pazzesche e un sacco di alberi. Non sapevo che a Berlino c'erano cose del genere. Tutto quello che nella mia vita avevo visto era Gropiusstadt e dintorni, il piccolo quartiere di Kreuzberg dove abitava mia madre e quei quattro posti dove c'era il giro della droga. Pioveva a dirotto. Janie ed io eravamo bagnate fradice. Ma eravamo tutte e due molto felici. Ci piacevano gli alberi, e a me soprattutto piaceva l'idea di vedere Babsi.

Nell'ospedale ci fu subito un problema al quale non avevo pensato. Janie naturalmente non poteva entrare. Ma c'era un portiere che era un tipo simpatico. Si tenne Janie nel suo gabbiotto tutto il tempo che stetti dentro all'ospedale. Mi guardai in giro nel reparto dove stavano i malati e fermai il primo medico che mi capitò. Lui disse: «Sì, anche a noi farebbe piacere sapere dove si trova Babette». Raccontò che Babsi era scappata il giorno prima. Disse che era un pericolo per la sua vita se Babsi adesso ricominciava con la droga perché l'epatite non era guarita e il fegato non funzionava molto.

Andai con Janie di nuovo alla stazione della metropolitana. Pensai che il fegato di Babsi era distrutto esattamente quanto il mio. Che le nostre vite erano parallele. Avevo nostalgia di Babsi. Avevo dimenticato tutti i litigi. Pensavo che adesso avevamo bisogno l'una dell'altra. Ma poi di nuovo ragionai con freddezza. Sapevo che Babsi non sarebbe comunque tornata in ospedale dopo due giorni passati in giro sballata con l'ero. Proprio perché mi conoscevo. Anch'io non ci sarei tornata. Babsi ed io eravamo dannatamente simili. Non sapevo neanche dove dovevo cercarla. Lei era da qualche parte a battere o nel giro o da un suo cliente. Non avevo tempo per cercarla dappertutto perché mio padre faceva i suoi controlli telefonici a casa. Agii secondo la vecchia morale dei bucomani: ogni bucomane vede solo se stesso. Andai a casa. Difatti non avevo nessuna voglia di andare nei posti dove si batteva o dove c'era il giro perché avevo ancora la roba che mi aveva dato Heinz.

Il mattino seguente andai giù a comprarmi il giornale, la «Bild Zeitung». Ogni mattina mi compravo il giornale. Esattamente da quando mia madre la sera mi passava i ritagli sulle morti per eroina. Inconsapevolmente cercavo nel giornale per prima cosa le notizie sulle vittime dell'eroina. Diventavano sempre più piccole perché c'erano sempre più morti. Ma sempre di più conoscevo le storie delle persone trovate da qualche parte con l'ago nella vena.

Quel mattino dunque stavo spalmando un panino di marmellata e sfogliavo la «Bild Zeitung». La notizia era messa in rilievo proprio a lettere di scatola: «Aveva solo quattordici anni». Capii subito. Non avevo nessun bisogno di leggere oltre: era Babsi. Già da prima quasi lo sapevo. Stavo lì incapace di avere qualsiasi sentimento. Ero morta totale. Era come se sul giornale ci fosse la notizia della mia morte.

Andai nel bagno e mi feci una pera. Solo dopo potei piangere un poco. Non era chiaro se piangevo per me o per Babsi. Mi fumai una sigaretta, a letto, prima di poter leggere tutto quello che c'era sul giornale. Era scritto come se fosse un piccolo fatto sensazionale. «La siringa di plastica lattiginosa era ancora infilata nella vena della mano destra della ragazza. Lei, Babette D., di quattordici anni, di Schönberg, era morta. Così la più giovane vittima di eroina che ci sia stata fino ad oggi è stata trovata da un conoscente in un appartamento della Brotteroderstrasse. Nadiy R., di trent'anni, ha dichiarato alla polizia criminale di aver trovato la ragazza nella discoteca "Sound" della Genthinerstrasse, poiché lei non aveva una dimora l'ha accolta nel suo appartamento. Babette è la quarantaseiesima vittima dell'eroina di quest'anno a Berlino». Eccetera eccetera. Scritto così, senza mezzi termini, in maniera piatta, come sempre sono le descrizioni del giro della droga fatte dai giornali. Persino sui rotocalchi ci furono queste cazzate su Babsi, appunto perché lei era fino a quel momento la più giovane morta d'eroina della Germania.

Ad un certo punto verso mezzogiorno mi ero ripresa e mi venne solo una rabbia terribile. Ero convinta che qualche porco spacciatore disonesto aveva venduto a Babsi roba cattiva, forse roba tagliata con la stricnina. Roba tagliata con la stricnina era sempre più frequente nel giro. Presi la metropolitana e andai dalla polizia. Entrai correndo senza bussare nella stanza della Schipke. Vuotai il sacco. Dissi tutto quello che sapevo sugli spacciatori disonesti, sui magnaccia che stavano nel commercio dell'ero e sul Sound. La maggior parte delle cose che dicevo sembrò non interessarle. E alla fine lei ridisse la sua solita battuta: «Allora, alla prossima volta, Christiane».

Pensai: ai poliziotti non gliene frega comunque niente che venga venduta roba cattiva. Loro sono solo felici quando possono cancellare dagli atti il nome di un bucomane. Giurai a me stessa di trovare l'assassino di Babsi.

Il tizio da cui Babsi era stata trovata non c'entrava. Era uno relativamente per bene. Lo conoscevo abbastanza bene: era un cliente con un sacco di grana.

Amava contornarsi di ragazze molto giovani. Già era successo che mi aveva portato in giro per la città con la sua macchina sportiva, che mi aveva invitata a mangiare fuori e che mi aveva dato soldi. Ma a lui andava di andare a letto con una ragazza solo quando anche lei lo voleva realmente. Per quanto mi riguardava naturalmente avrebbe potuto aspettare all'infinito. Lui era appunto un uomo d'affari, ma non aveva mai capito che anche fare marchette è solo una questione di affari.

Andai dunque a battere con gli automobilisti nella Kurfürstenstrasse, per tirar su tutti i soldi che mi servivano per fare un test della roba venduta dagli spacciatori disonesti. Quindi andai nel giro, comprai la roba da un paio di tizi e alla fine ero completamente sballata. Comunque non riuscii a sapere da chi Babsi aveva comprato il suo ultimo buco. O comunque nessuno voleva dirmi di esserne informato. Ancora mi immaginavo di essere a caccia dell'assassino di Babsi, quando in realtà per me si trattava solo di potermi riempire di ero senza rimorsi di coscienza. Mi dicevo: «Tu devi trovare quel porco disonesto anche a costo di rimetterci la pelle». Solo così mi passava la paura mentre mi strafacevo di ero.

BERNDT GEORG THAMM, DIRETTORE DEL CONSULTORIO DI PSICOLOGIA SOCIALE DELLA CHARITAS DI BERLINO. HORST BROMER, PSICOLOGO

La percentuale dei ragazzi tra i dodici e i sedici anni fra i tossicodipendenti della Germania federale e di Berlino ovest, secondo le nostre stime, è passata negli ultimi tre anni dalla quota zero al venti per cento. Christiane è dunque una tipica rappresentante di questa nuova fascia giovanile su cui punta il traffico dell'eroina. Come pure la sua amica Babsi, che nel 1977 venne da noi al consultorio per la droga e che due mesi più tardi morì per un'overdose di eroina. Non fummo in grado di aiutare questa ragazza di quattordici anni. Nel frattempo anche Stella ed altri «bucomani» del giro di Christiane si ri-

volsero a noi. Con il loro manifesto potenziale di aggressività da una parte e con il loro bisogno ancora infantile di un riconoscimento protettivo, di affetto e di calore dall'altra, essi mostrano tutte le tipiche caratteristiche della nuova fascia di consumatori d'eroina costituita dai giovanissimi.

La quattordicenne Babsi venne condotta da noi al consultorio nel maggio del 1977 dai suoi tutori. Si comportò come una piccola ragazzina triste ancora attaccata alla gonna della mamma. In realtà aveva già vissuto tutti gli alti e bassi della sua biennale carriera di drogata.

Arrivato ad un certo punto ogni drogato vuole liberarsi dalle coercizioni dell'eroina: dalla prostituzione, dalle azioni criminali, dalla decadenza fisica. I « bucomani » più grandi, che sono diventati tossicodipendenti a 17, 18, 19 anni, si rivolgono, dopo innumerevoli tentativi falliti, ai centri di soccorso per i drogati, la cui offerta complessiva — attività consultoriali, trattamenti, terapie — è fino ad oggi orientata verso questa fascia di tossicodipendenti più o meno adulti. Il principio basilare è quello di fornire un aiuto a chi intende usare della propria volontà per liberarsi dalla droga, in base al criterio della libera scelta dei soggetti.

Per i circa 50.000 eroinomani tedeschi sono a disposizione circa 180 posti di terapia pubblici, 180 statali o comunali e circa 1.100 posti di terapia privati in comuni d'abitazione, cliniche ecc., dove ex « bucomani » abitano insieme sulla base di un programma estremamente rigido. Cifre sicure sulla percentuale delle terapie riuscite non ce ne sono. Come minimo l'ottanta per cento di coloro che si sottopongono volontariamente ad una terapia hanno una ricaduta perché, tra le altre cose, dopo la disintossicazione si ritrovano nello stesso contesto che aveva prodotto la loro tossicodipendenza.

La fascia sempre più consistente dei « bucomani » dai

dodici ai sedici anni non ha proprio la possibilità di tentare una riabilitazione. Questi ragazzi, come del resto anche Babsi, infatti arrivano al consultorio per la droga sotto la pressione dei loro genitori, dell'ufficio di assistenza per i minorenni o di altre istituzioni, ma rifiutano completamente il severo regolamento delle istituzioni terapeutiche esistenti, venendo meno così al presupposto decisivo per la loro accoglienza, e cioè la libera scelta.

Nel « giro » sentono appunto raccontare dai « bucomani » recidivi « storie orride » sui luoghi di terapia. Anche Babsi nutriva una spiccata sfiducia nei confronti del nostro consultorio, sfiducia che anche nel corso dei colloqui non venne mai meno. Rimase intatta la sua paura di essere portata altrove contro la sua volontà. In realtà per ogni tossicodipendente la decisione di andare in terapia è molto difficile. Lui soffre della sua dipendenza dalla droga, e dei fenomeni ad essa conseguenti, ma a questa sofferenza si è abituato. In una comune d'abitazione terapeutica egli non solo deve rinunciare all'ambiente e alle persone fidate, ma deve farsi dire dagli altri quello che deve fare e quello che deve lasciar perdere, fino al limite di ingerenza nella propria libertà personale. Per simbolizzare la separazione dal « giro » della droga, il « bucomane » deve per esempio farsi tagliare i capelli corti, smettere di abbigliarsi nel modo tipico del « giro » e rinunciare alla musica « progressista » che fino ad oggi lo ha stimolato.

Pettinatura, abbigliamento alla moda e musica hanno però per un quattordicenne un valore enormemente più alto che per un « bucomane » ventenne. Il quattordicenne ha forse lottato per due anni con i suoi genitori per i capelli lunghi, per i suoi jeans a pelle e per i suoi dischi. Ed ora deve sacrificare tutti questi attributi, grazie ai quali ha lottato per ottenere un riconoscimento dagli amici e dai conoscenti del suo gruppo, come se questo sacrificio costituisse il biglietto d'ingresso per un futuro terapeutico che comunque per lui rappresenta qualcosa di orribile.

La struttura emotiva dei giovanissimi bucomani non è consolidata. Essi oscillano tra le fantasticherie infantili per un mondo protetto e il modo di comportarsi adulto di chi vive in un mondo dominato dalla lotta per la concorrenza. Il conflitto che la persona vive nella pubertà, con la dipendenza fisica e psichica dalla droga, viene «appianato». I giovanissimi «bucomani» non fanno l'esperienza di un allontanamento progressivo dalla casa dei genitori e di una lenta crescita nell'autonomia. Essi, in una fase critica della vita, hanno solo imparato a sfuggire costantemente la realtà.

Malgrado le dure condizioni di vita, attraverso cui i ragazzi tra i dodici e i sedici anni si affermano nel giro della droga, e malgrado le tecniche che vi apprendono, a livello emotivo restano dei bambini, e sono conseguentemente testardi come muli quando devono sottoporsi ai metodi terapeutici esistenti, che per l'appunto non sono a misura di bambino.

Anche Babsi non era pronta a sottoporsi a tutte le condizioni di una terapia di lungo periodo, malgrado noi avessimo cercato di prepararla a questo passo attraverso colloqui. Dopo la sua disintossicazione fisica nella clinica regionale per malattie nervose di Berlino, portammo Babsi a Tubinga nella «Drogenhilfe Tubingen e. V.», un'associazione privata di soccorso contro la droga, una delle poche istituzioni che in via eccezionale accoglie ragazzi della sua fascia d'età. Noi possiamo solo fare da intermediari con i posti di terapia, ma sulla accoglienza decide ogni singola istituzione locale. Nel viaggio verso Tubinga Babsi dava l'impressione di essere piacevolmente agitata ed emozionata. Ci intrattenemmo parlando ininterrottamente di Dio e del mondo. La disintossicazione fisica l'aveva resa felice e sicura di sé. Solo quando Tubinga si stava avvicinando diventò inquieta e nervosa.

All'arrivo Babsi venne accolta da un ex tossicodipendente e portata nella sala d'attesa apposita per i nuovi arrivati, ma ancor prima che avesse inizio il colloquio di ammissione Babsi voleva tornare a Berlino. Si rendeva conto delle conseguenze che l'ingresso nell'istituto comportava: il suo bagaglio, i suoi vestiti, il suo corpo vennero ispezionati per vedere se c'era droga, inoltre doveva farsi accorciare i capelli. Quando vide arrivare il parrucchiere con le forbici non ci volle più stare. Una collaboratrice dell'istituto di terapia si occupò ancora a lungo di Babsi, ma non riuscì a cambiare la sua decisione. Non avrebbe avuto senso trattenere Babsi a Tubinga contro la sua volontà, perché si sarebbe completamente chiusa alla terapia, diventando così un pericolo per quanti invece desideravano sottoporsi alla disassuefazione. Inoltre presumibilmente avrebbe utilizzato la prima occasione che le si fosse presentata per eludere la terapia.

Babsi morì quarantaquattro giorni dopo per una overdose di eroina e diventò la più giovane delle 84 vittime dell'eroina registrate ufficialmente a Berlino quell'anno.

La morte di Babsi approfondì la convinzione della urgente necessità di ampliare la rete esistente di assistenza ai drogati creata per i tossicodipendenti più adulti, ai ragazzi tra i dodici e i sedici anni, di modificarla o organizzarne una del tutto nuova.

Senza voler drammatizzare, possiamo dire che l'impegno sul problema della droga, per via dell'esistenza di questi tossicodipendenti giovanissimi, si trova in Germania di fronte a un bivio: se tutto resta concentrato sui più adulti, questa fascia d'età continuerà a sfuggire tra le maglie della rete. Deve essere sviluppata una concezione terapeutica che si adatti particolarmente alla situazione dei giovanissimi e che delimiti il principio della libera volontà. Se ciò non accadrà presto, i morti di eroina in età infantile, come negli Stati Uniti, anche in Germania non saranno un'eccezione.

Il problema della droga non può tuttavia essere risolto dall'operatore del consultorio o dal terapista, e neanche dalla polizia. Né questo problema si può ridurre a un processo patologico individuale, come se fosse una malattia infettiva dell'anima o una frattura della coscienza, che va solo ben fasciata con le stecche e ricucita.

Anche la migliore terapia non può fare miracoli e può aiutare veramente solo pochi dei giovanissimi tossicomani.

Noi calcoliamo che ci sarà un ulteriore rapido calo dell'età media dei giovani coinvolti nel giro della droga, un giro che già oggi si è allargato disastrosamente ed è penetrato nelle scuole, nelle discoteche, nei luoghi attrezzati per il tempo libero giovanile. Ormai minacciati dalla droga non sono più solo una minoranza di giovani tra i dodici e i diciotto anni. È spesso un fatto determinato solo dal caso se per esempio una ragazza tredicenne in fase puberale supera questo periodo relativamente indenne o se invece approda all'alcol, in una setta, all'eroina o in un gruppo avanguardistico anarchico violento. Il giovane d'oggi è esposto alla droga nella stessa misura in cui l'adulto è esposto alle offerte dell'industria farmaceutica. Quasi ciascun ragazzo ha nel suo giro di amicizie e conoscenze qualcuno che ha preso la droga, che la prende o che ha intenzione di prenderla. Per le motivazioni che li portano alla droga, gli attuali tossicodipendenti si differenziano fondamentalmente dai fumatori di hascisc e dai consumatori di acidi degli anni Sessanta. Non si tratta più, come fu per gli hippies, di cercare un allargamento della coscienza, ma primariamente di escludere la coscienza. Questo modello di comportamento è comune oggi anche nel consumo dell'alcol e delle droghe leggere. Per questo i giovani minacciati dalla tossicodipendenza non possono più essere suddivisi in consumatori d'alcol, «fumati» e

« bucomani ». I confini sono incerti e gli scopi nel consumo della sostanza stupefacente sono identici.

A quanto abbiamo dovuto constatare, l'opinione pubblica è informata in misura insufficiente sulla reale entità quantitativa e qualitativa della problematica della droga. La gran parte dei politici responsabili crede ancora alla cosiddetta « ondata della droga » che superato il culmine è ora in fase discendente. Questa concezione determina i termini con cui ne parlano gli uomini politici quando dicono di « avere in pugno la situazione », come si trattasse di chiudere semplicemente un rubinetto.

In realtà la società produce sempre più drop-outs; *in particolare i giovani che nella scuola, nel tempo libero o nel mondo del lavoro non trovano una soddisfazione dei loro bisogni finiscono nella droga.*

*Parallelamente a questa evoluzione, sempre più accelerata, accanto alle droghe socialmente ratificate dell'industria farmaceutica e degli alcolici, le droghe illegali, come l'hascisc, l'*LSD *e l'eroina, sono diventate un bene economico di dimensioni eccezionali, che risponde a un fabbisogno e che chiaramente viene gestito con mezzi eccezionali. Se si parte semplicemente dal fatto che solo a Berlino ovest un gruppo relativamente piccolo di 5.000 persone, obiettivo del mercato della droga, in quanto nucleo di ferro dei consumatori di eroina, mette in circolazione quotidianamente circa mezzo milione di marchi, e si proietta questa cifra a livello federale, si vede come l'entità di danaro complessiva sia estremamente rilevante. In considerazione di un tale volume di denaro è chiaro che i criminali fruitori del vizio altrui non si fanno certamente sottrarre questa fonte di reddito, tanto meno dai commissari di polizia o dagli uffici regionali di polizia criminale. Le quantità di eroina o di droghe leggere sequestrate dalla polizia sono in tutti i casi una frazione minuscola della quantità di droga che nello stesso lasso di tempo del sequestro viene consumata.*

Nella Repubblica federale e a Berlino ovest il mercato nero della droga si è nel frattempo installato attraverso una fitta rete commerciale e sociale, cosicché, dopo le droghe leggere, oggi anche l'eroina è disponibile ovunque e in qualsiasi momento. Non esiste più praticamente un luogo che possa dirsi affrancato dall'eroina, ma ci sono soltanto delle zone che ancora presentano livelli differenti di pericolo di contaminazione.

Ogni città di grandi dimensioni ha il suo « giro » della droga, nelle campagne i punti d'appoggio della rete di distribuzione si trovano nei luoghi attrezzati per il tempo libero dei giovani e nelle discoteche.

Quasi ogni luogo che abbia un codice di avviamento postale è compreso nella rete del commercio dell'eroina. L'onnipresenza della droga è certamente un fattore decisivo dell'aumento del consumo; il giovane sollecitato ad assumere un comportamento compensatorio trova oggi la droga assolutamente dovunque. In campagna come in città i ragazzi soffrono oggi di una noia smisurata e di una profonda mancanza di senso esistenziale, gli unici momenti di svago e di distrazione sono quelli che nei fine settimana offrono le varie discoteche.

È dunque una minoranza sempre più ampia quella che cerca distrazioni nelle discoteche che di volta in volta sono di moda. Quello che avviene in questi luoghi, nei quali la comunicazione verbale è largamente assente, è in ultima analisi solo farsi rintontire dalla musica, con la delusione di non aver di nuovo vissuto nulla.

Questi ragazzi non vedono alcuna possibilità di liberazione nel loro presente, non vedono alcuna prospettiva proficua per il loro futuro e non possono trarre alcuna forza dal loro passato, poiché la fase della fanciullezza, con le sue possibilità di evoluzione libere, relativamente non manipolabili e di conseguenza stabilizzanti, è largamente ridotta al periodo pre-scolastico, dopo di che cede il passo a una vita precocemente orientata in senso produttivo e a un modo di consumare passivizzante.

Il giovane individuo, che rispetto alla sua fanciullezza ha subito un tale tradimento, possiede valori quali la fantasia, l'autonomia e la fiducia in se stesso solo a livello potenziale. Egli rincorre uno stimolo dietro l'altro e di conseguenza non sa esercitare una capacità di difesa contro i desideri massicciamente risvegliati dai produttori di beni di consumo, alla cui strategia è stato esposto, al più tardi addirittura fin dal momento in cui frequenta l'asilo infantile

In conseguenza di più aspri meccanismi selettivi nella scuola sono sempre di più i giovani che oggi già nella pubertà si convincono che, malgrado tutti gli sforzi, con i loro futuri mezzi economici non riusciranno a entrare nel mondo attraente delle vetrine dei negozi e della pubblicità che li ha affascinati fin da piccoli. Si tratta di una consapevolezza che essi, come superficiale professione di fede, mutano talvolta rapidamente in rivendicazioni di uno stile di vita alternativo, ma che in realtà per molti giovani è solo fonte di amarezza, perché i favori del consumismo restano loro preclusi.

Anche nelle relazioni interpersonali tra giovani il denaro è sempre più diventato uno strumento regolatore. Per conoscere una ragazza, un giovane deve come prima cosa spendere dieci, venti o trenta marchi in discoteca. Per non parlare delle spese per abbigliarsi in modo moderno, per i dischi, per i concerti pop; per un apprendista o per uno studente si tratta di aggravi notevoli. In questi piccoli ambiti emergono quindi i maggiori problemi, dove nascono i primi fermenti, dove i giovani devono realizzare i loro desideri in un altro modo.

I genitori non possono indicare loro alcuna via percorribile. Essi stessi, nella maggior parte dei casi, sono coinvolti in contraddizioni irrisolvibili: con quello che hanno guadagnato e che guadagneranno nella vita con il proprio lavoro, non possono mai permettersi quello che veramente desiderano, ovvero quello che hanno impara-

to a volere. Nondimeno, al contrario dei loro figli, non si lasciano facilmente andare e con la tensione di tutte le loro forze eseguono il loro lavoro di Sisifo. Si perdono per strada valori come amicizia, rapporti di vicinato, fiducia, sicurezza, disponibilità, comprensione per le necessità degli altri.

La distruzione della vita familiare è ad uno stadio disastrosamente avanzato. A Berlino è già in uso di inviare nelle famiglie i cosiddetti « aiuti alla famiglia » (assistenti sociali, psicologi, studenti). Lì essi registrano una inimmaginabile miseria per quanto riguarda situazioni di convivenza: aumento dei divorzi, abuso continuo della televisione nel tempo libero, suicidi, uso di farmaci che « aiutano a vivere »: questo è l'entroterra con il quale il giovane, oltre ai propri problemi puberali, deve venire a capo. E così un ragazzo si trova in un labirinto con molte uscite e molte pareti a incastro che, tra le altre cose, si chiamano: la casa dei genitori, le possibilità del tempo libero, le aspettative di lavoro, la pressione alla produttività nella scuola, la sessualità e i sogni. Il problema è ora come lui da questo labirinto ne esce. Può approdare in un gruppo di alcolizzati, in una setta, o appunto, tra i drogati. E non c'è nessuna droga così pericolosa ma anche così efficace come l'eroina per « risolvere » il problema.

L'ostacolo decisivo che i giovani minacciati dalla tossicodipendenza devono superare è l'alto prezzo della droga. Per questa ragione il commercio d'eroina si basa sempre di più sulle ragazze. La percentuale di consumatori d'eroina di sesso femminile tra i dodici-sedicenni negli ultimi anni è aumentata sensibilmente rispetto a quella maschile, perché le ragazze possono più facilmente trovare il denaro necessario attraverso la prostituzione, per loro è più facile finanziarsi la droga. Esse vengono istigate alla dipendenza dagli spacciatori in base a un programma preciso.

L'inizio avviene spesso in una discoteca attraverso un meccanismo molto semplice. Lì c'è un giovane di bell'aspetto, vestito secondo la moda che conta nelle diverse discoteche, che attacca discorso con le ragazzine. Loro lo trovano bello, perché è « un figo » e quindi lui in base al suo programma distribuisce alle ragazze il primo sniffo di eroina gratis. Lo fa per un paio di volte ed è nato un nuovo tossicodipendente, che poi eventualmente da parte sua introduce la droga nel suo giro di amici.

Così si presenta normalmente la campagna-clienti dei piccoli spacciatori e degli spacciatori su commissione, che al contrario dei grossi e degli intermedi sono essi stessi dipendenti, e che con i loro guadagni riescono a coprire il loro sostentamento, spesso solo il loro fabbisogno di eroina. Per la loro attività non hanno bisogno di particolari arti di persuasione: la disponibilità a rischiare dei giovani è grande. Presi come sono dall'impulso comprensibile di volersi strappare la « propria » esperienza in un mondo sempre più povero di vere possibilità esperienziali, i giovani, e sempre più spesso anche i bambini, si aggrappano alla mano « amica » dello spacciatore e grazie al suo regalo di eroina vivono realmente all'inizio un sentimento diffuso di felicità e di spensieratezza.

Poiché queste sensazioni sono in profondo evidente contrasto positivo con la loro reale situazione, ancor di più essi non vogliono rinunciare al « feeling dello sballo ». Dopo tre prese di eroina sono psicologicamente dipendenti, a quel punto dipende solo dalla frequenza della ripetizione dell'esperienza, finché dopo sopraggiunge anche la dipendenza fisica. Da quel momento in poi l'eroinomane non può più privarsi della droga senza avere delle crisi di astinenza estremamente dolorose; la maggior parte degli eroinomani a quel punto non può più essere salvata. Al posto del piccolo spacciatore che viene incarcerato ne subentra subito un altro il giorno dopo. Spacciare in prima persona è per ogni eroinomane un traguardo ambito, perché così lui può finanziare il suo vizio in un modo più gradevole che non rubando o prostituendosi. Questo vuol dire: con ogni acquirente il commercio d'eroina acquista un potenziale venditore. A Berlino abbiamo a che fare con piccoli spacciatori di quattordici, sedici anni.

Nelle campagne il problema della droga è ancora largamente sottovalutato, tra le altre ragioni perché i soggetti coinvolti non sono così visibili come nei luoghi ad alta concentrazione di abitanti. Molti ragazzi di campagna drogati prima o poi si trasferiscono nelle grandi città perché nei loro paesi alla lunga non hanno nessuna possibilità di procurarsi il danaro necessario.

Le ragazzine e le donne vengono quasi senza eccezione spinte alla prostituzione a causa della droga; il grosso dei drogati di sesso maschile si specializza in reati contro la proprietà. Alcuni in ruberie nei depositi di merce, nei laboratori di apprendistato, nel furto di automobili, altri nello « scippo » o nel furto nei grandi magazzini. E ognuno ha i suoi spacciatori fissi o per lo meno i suoi intermediari per il mercato nero di calcolatori tascabili, registratori, elettrodomestici, macchine fotografiche, alcolici, eccetera. Indipendentemente dal valore della merce rubata raramente il guadagno supera la somma necessaria per una dose quotidiana di eroina, anche quando il « bucomane » ha rubato per commissione.

Con un fabbisogno quotidiano individuale che va da quaranta a duecento marchi, il giro della droga è strutturalmente caratterizzato da una costante mancanza di danaro. La costrizione a procurarsi giornalmente nuovo danaro a sufficienza porta all'imbarbarimento, alla brutalità, alle aggressioni e all'isolamento. Malgrado l'aumento continuo della dose, l'effetto euforizzante dell'eroina si perde lentamente e poi sparisce del tutto, l'eroinomane continua a bucarsi solo per sfuggire agli effetti terrificanti delle crisi di astinenza.

Di fare la scena con mio padre non mi preoccupavo quasi più. Lui comunque già da un bel po' aveva dei sospetti. Credo che aspettasse solo la prova definitiva. Ed ebbe anche quella.

Una sera che non avevo più roba per il mattino dopo e non potevo più uscire perché mio padre era a casa, telefonai di nascosto ad Heinz e presi appuntamento con lui a Gropiusstadt. Mio padre sorprese Heinz e me davanti allo «Schluckspecht». Heinz fece in tempo a svignarsela. Ma mio padre trovò la roba che Heinz mi aveva dato.

Confessai subito tutto. Soprattutto dovetti dirgli tutto di Heinz. Non avevo più la forza di mentire. Mi ordinò di combinare un incontro con Heinz per il giorno dopo all'Hasenheide per farmi di nuovo portare della roba. Poi mio padre chiamò la polizia, raccontò tutto pretendendo anche che Heinz, all'appuntamento all'Hasenheide, venisse arrestato. I poliziotti gli dissero che all'Hasenheide si poteva organizzare solo una retata vera e propria. Loro non avevano proprio voglia di arrestare un «seduttore di minorenni» — come lo chiamò mio padre — perché per loro era troppo lavoro. Io naturalmente ero contenta di non dover fare la parte della spia.

Avevo sempre pensato che mio padre mi avrebbe picchiata a sangue se avesse scoperto che lo avevo ingannato. Ma lui reagì in tutt'altra maniera. Era abbastanza disperato. Quasi come mia madre. Mi parlò molto affettuosamente. Aveva come realizzato che l'eroina non si può smettere così, anche se uno lo vuole veramente. Lui si faceva ancora come delle speranze di farcela con me in qualche modo.

Il giorno dopo mi rinchiuse a chiave dentro casa. La

mia Janie se la portò via. Non la rividi mai più. Andai a rota bestiale. Già a mezzogiorno credetti di non farcela più. A quel punto telefonò Heinz. Lo implorai letteralmente di portarmi della roba. Poiché lui senza chiave non poteva entrare in casa, pensai di calare giù una corda dall'undicesimo piano. Alla fine lo convinsi. Come contropartita volle da me che gli scrivessi una lettera d'amore e che insieme alla lettera facessi calare giù con la corda un paio di mie mutandine. Non dava mai la roba senza una contropartita. Era appunto un commerciante.

Cercai tutto quello che potevo far diventare una corda, tutto quello che trovai in casa. Spago, fili di plastica per la biancheria, cinte di vestaglia. Dovetti fare molti nodi e ogni volta provare se reggevano, finché questa corda fatta di tanti pezzi annodati non fu lunga quanto undici piani. Poi scarabocchiai la lettera: il tutto in piena rota.

Heinz arrivò per davvero annunciandosi col segnale prestabilito. Presi dall'armadio un paio di mutandine, che avevo ricamato io stessa, le infilai insieme alla lettera nella custodia del mio asciugacapelli e feci partire la posta aerea dalla finestra della mia stanza. Funzionò. Sotto Heinz ci infilò dentro la roba. Nel frattempo un po' di gente seguiva il nostro strano gioco. Ma ad Heinz pareva che non disturbasse, e a me comunque non dava nessun fastidio che mi vedessero. Volevo solo la roba. Solo quando al nono piano un bambino si affacciò dalla finestra, tentando continuamente di acchiappare la corda, mi venne la frenesia totale. Mi misi a gridare e tentai di allontanare la corda da lui: avevo una paura tremenda per l'ero.

Finalmente la ebbi su e mi ero appena messa a scaldarla quando di nuovo squillò il telefono. Era Heinz. C'era stato un malinteso. Voleva delle mutandine usate. Avevo la roba e in realtà non me ne fregava niente. Ma per non farmi continuare a nevrotizzare da lui gli gettai giù dalla finestra gli slip più vecchi che trovai nel cesto della biancheria sporca. Caddero su un cespuglio. Heinz dapprima corse via poi tornò gatton gattoni per prendersi le mutande.

Questo Heinz era proprio un tipo completamente rovinato e folle. Come in seguito venni a sapere, quando ci fu la scena della corda, già da tre settimane c'era un mandato di cattura pronto per lui. I poliziotti non avevano solo avuto ancora il tempo per andarlo a prendere. E il suo avvocato già aveva detto che stava messo male. Ma quando si trattava di ragazzine Heinz partiva completamente.

Ad una udienza del processo dovetti comparire come testimone. Dissi la verità. Ad un certo punto di Heinz non me ne fregava niente come di qualunque altro cliente. Ugualmente non mi fu facile dire cose contro di lui perché mi faceva pena. In ogni caso non era peggiore di altri clienti che davano soldi alle bucomani e sapevano benissimo che queste li spendevano per la droga. Era solo un poveraccio perché aveva proprio il vizio delle ragazzine. Credo che il suo caso piuttosto che essere di competenza della galera sarebbe dovuto essere di competenza di uno psichiatra.*

La roba di Heinz bastò per quel paio di giorni in cui mio padre mi tenne dentro casa chiusa a chiave. Della disintossicazione non se ne parlò proprio. Quando il terzo giorno mio padre non mi chiuse più dentro scappai. Per una settimana feci la vagabonda, poi mio padre mi ritrovò e mi riportò a casa. Di nuovo mi aspettavo che mi picchiasse. Ma lui era solo un po' disperato.

Gli dissi quindi che da sola non ce l'avrei mai fatta. Che non era possibile farcela quando si sta tutto il giorno

* Heinz G. venne condannato a tre anni e mezzo di carcere dal tribunale regionale di Berlino per spaccio di eroina nei confronti di Christiane e di Babsi e per abuso sessuale di un'altra ragazzina.

completamente soli. Babsi era morta. Detlef stava in galera. Stella stava in galera. Raccontai a mio padre di Stella. Dissi che lei, con i suoi quattordici anni, in carcere si rovinava completamente. L'avevo sentito dire da una ragazza che era stata nella cella di Stella e che poi era stata rilasciata. Stella voleva continuamente uccidersi. Il suo unico sostegno erano le terroriste che stavano nello stesso carcere. In galera Stella aveva parlato un paio di volte con Monika Berberich, della RAF, e questa donna le era piaciuta un sacco. Molti bucomani trovavano i terroristi un sacco paraculi. C'erano anche bucomani che avevano tentato di entrare in un gruppo terrorista prima di flippare con l'ero. Quando ci fu il rapimento di Schleyer un po' la cosa mi stravolse. Io in realtà ero contro la violenza. Mi sentivo male quando vedevo la violenza. Ma pensai anche che questi della RAF forse realizzavano bene come stavano le cose. Questa società di merda forse si poteva cambiare solo con la violenza.

A mio padre la storia di Stella lo colpì proprio. Alla fine la voleva tirare fuori dal carcere e adottarla. Io lo avevo convinto che con Stella ce l'avrei fatta a tornare pulita. Questa era anche l'ultima speranza per lui. Una speranza idiota. Ma come avrebbe potuto avere idee migliori? Certamente per tutto il periodo in cui stetti da lui mio padre non fece cose giuste. Ma fece appunto quello che poteva. Come mia madre.

Mio padre si passò quindi tutti gli uffici di assistenza per minorenni e gli riuscì per davvero di fare uscire Stella. Lei era proprio arrivata, psicologicamente e fisicamente. Stava ridotta molto peggio di prima del carcere. Io non ero pulita quando lei arrivò da noi, malgrado me lo fossi fermamente proposto, e già dal primo giorno la portai di nuovo a farsi. A bucare avrebbe ricominciato comunque. Il primo giorno parlammo ancora seriamente di disintossicarci. Poi scoprimmo rapidamente come, in due, potevamo fregare mio padre in maniera quasi perfetta. Ci dividemmo tutti i compiti. Anche le marchette le facevamo a turno. A battere andavamo solo sulla Kurfürstenstrasse, con gli automobilisti.

Mi era tutto così indifferente che non avevo più orrore di battere con gli automobilisti. Eravamo un gruppetto di quattro ragazze che battevamo sulla Kurfürstenstrasse e sulla Genthinerstrasse. Oltre Stella e me anche le due Tina. Per caso si chiamavano tutte e due Tina. Una delle due era di un anno più giovane di me. Aveva quindi solo quattordici anni.

Lavoravano sempre per lo meno in due. Quando una partiva con un cliente l'altra si segnava la targa della macchina, così che il tizio se ne accorgeva e non gli veniva in mente di trascinarci in qualche viaggio a fregatura. Essere come minimo in due rappresentava anche una protezione contro i magnaccia. Dei poliziotti non avevamo paura. Le macchine della polizia possavano e spesso i poliziotti ci facevano cenni amichevoli. Uno di loro era persino un mio cliente abituale. Un tipo proprio buffo. Voleva sempre amore. E ogni volta era difficile spiegargli che far marchette voleva dire lavorare e non amare.

Questo dovevo spiegarglielo pure agli altri clienti. La maggior parte di loro con me ci volevano anche chiacchierare. E a un certo punto c'erano sempre le solite battute. Come mai una ragazza così carina è finita sul marciapiede? E dicevano che certamente non avevo bisogno di farlo e così via. Queste erano le battute che mi davano più ai nervi. Poi mi volevano anche salvare. Ricevetti delle vere e proprie proposte di matrimonio. Naturalmente sapevo che loro sfruttavano solo la miseria dei bucomani per soddisfare se stessi. Questi clienti erano dei bugiardi tremendi. Erano convinti di poterci aiutare e loro stessi avevano un sacco di problemi che non riuscivano a risolvere.

Ma soprattutto si trattava di tizi che non se la sentivano di andare con le puttane di professione. Tizi che avevano fondamentalmente difficoltà con le donne e per questo venivano con le ragazzine. Raccontavano come erano frustrati dalle loro mogli e dalla famiglia, e da tutta la loro vita dove non cambiava mai nulla. Qualche volta sembravano addirittura essere un po' invidiosi di noi, certamente invidiosi del fatto che noi eravamo ancora giovani. Volevano sapere quali erano le ultime novità tra i giovani, quale era la musica che andava, il modo di vestirsi, il modo di parlare.

Uno, già sulla cinquantina, volle assolutamente fumare hascisc perché era convinto che tutti i giovani fumano hascisc. Per un compenso extra andai dunque con lui a cercare hascisc per tutta Berlino, per scovare uno spacciatore che avesse dell'hascisc. Non me ne ero mai accorta, ma era proprio pazzesco: ad ogni angolo si trovava l'ero ma non il fumo. Per comprare un pezzetto di hascisc ci mettemmo tre ore. Questo cliente si fumò il suo spinello in macchina e alla fine era tutto beato.

A battere con gli automobilisti si incontravano personaggi strani e figli di puttana. Ad uno gli si doveva sempre battere sulle stecche di acciaio che aveva nella gamba da quando aveva avuto un incidente di motocicletta. Uno arrivò con un pezzo di carta che sembrava un certificato, dove con tanto di timbro era attestato che lui era sterile. Lui voleva fare solo senza preservativo. Il più figlio di puttana affermò che era di una agenzia di collocamento per modelle e voleva fare delle foto di prova. Poi in macchina tirò fuori la pistola e pretese il servizio gratis.

Quelli che preferivo erano ancora gli studenti che da noi battone ci arrivavano a piedi. Erano tipi abbastanza complessati. Con loro avevo ancora voglia di chiacchierare. Su questa società di merda. Erano gli unici da cui ci andavo pure a casa. Con gli altri si faceva in macchina o in una pensione. Lì la camera costava al cliente come minimo altri dieci marchi. Nella camera ci mettevano un sofà apposta per noi e il letto a due piazze, rifatto di fresco, non potevamo usarlo. Queste pensioni erano veramente la cosa più orrendamente squallida.

Con Stella comunicavo sempre con frasi in codice che ci scrivevamo sulle colonnine della pubblicità o sugli spazi vuoti per i manifesti. Così quando ci scambiavamo il turno sapevamo sempre quello che l'altra faceva e quello che mio padre si era inventato come ultima novità per controllarci. Quando sulla Kurfürstenstrasse mi sentivo da vomitare e da piangere da morire qualche volta andavo in un locale che si chiamava «Teen Challenge». Quelli di questo locale si erano annidati direttamente tra il Sound e i posti dove battevano le ragazzine per convertire quelle come noi. Ti davano dei cataloghi e dei libri da leggere sulle giovanissime battone e bucomani americane che dai Teen Challenge erano state portate sulla strada del Signore. Lì chiacchieravo, bevevo tè e mangiavo panini con lo strutto. Quando quelli cominciavano a parlare di nostro Signore me la svignavo. In sostanza anche loro in questo locale le bucomani le sfruttavano soltanto nel senso che a noi ci volevano reclutare per la loro setta, nel momento in cui eravamo proprio all'ultimo stadio.

Vicino alla cantina di questa setta, nella Kurfürstenstrasse, aveva la sua sede un gruppo comunista. Qualche volta leggevo i loro manifesti nelle vetrine. Loro volevano cambiare completamente la società. Questo mi piaceva. Ma i loro slogan, nella mia situazione, non mi aiutavano più di tanto.

Poi guardavo le vetrine dei negozi di mobili che ci sono sulla Kurfürstenstrasse e sulla Genthinerstrasse. Il sogno di avere un appartamento mio con Detlef era di nuovo là. E questo mi faceva stare ancora peggio.

Ero proprio quasi arrivata all'ultimo gradino della mia carriera di bucomane. Quando non rimediavo niente con gli automobilisti mi davo anche al furto, piccole cose, perché non ci sono proprio nata: non avevo i nervi adatti. Quando qualche bucomane mi faceva partecipare a un furto io poi scappavo. La mia più grande impresa fu rubare un'autoradio, dopo aver bevuto una bottiglia intera di vermut, rompendo il finestrino di una macchina con un pugno di ferro. Altrimenti aiutavo altri bucomani a nascondere la roba rubata. Trasportavo anche la merce che scottava dei ladri abituali. Portavo la refurtiva nelle cassette di sicurezza del *Bahnhof Zoo* e la andavo a ritirare. Per questo ricevevo al massimo venti marchi. Ed era più pericoloso che rubare. Non avevo comunque più nessuna capacità di realizzare un cazzo.

A casa ingannavo mio padre e litigavo con Stella. Avevo pattuito con Stella che il lavoro ce lo dividevamo, ed anche la droga. Su questo si verificava la maggior parte delle liti. Perché ognuna di noi pensava che l'altra la fregava. Peggio della vita che facevo non c'era più niente.

Mio padre naturalmente sapeva già da un bel po' quello che mi succedeva. Ma nel frattempo era caduto nella più profonda incertezza. Io pure. Tuttavia sapevo che i miei genitori non mi potevano più aiutare.

La scuola non la reggevo più, anche solo a star lì a sedere. Non riuscivo più a sopportare questo star lì a sedere. Nulla riuscivo più a sopportare. Non riuscivo più a intrallazzare coi clienti. Non riuscivo più a cazzeggiare rilassata nel giro. Non reggevo più mio padre.

Ero dunque di nuovo completamente arrivata. Avevo sensazioni da fine del mondo, pensieri da suicidio. Già conoscevo questa situazione e sapevo che così non poteva continuare. Ma ero ancora troppo vigliacca per spararmi il buco finale. Cercavo ancora una via d'uscita da qualche parte.

Allora mi venne in mente che potevo farmi ricoverare volontariamente in un manicomio. Nella casa di cura Bonhoeffer, cioè il Bonnie Ranch. Questa era proprio la peggio cosa che un bucomane potesse fare. Bonnie Ranch era l'errore totale per ogni bucomane. Si diceva sempre: meglio quattro anni di galera che quattro settimane di Bonnie Ranch. Alcuni bucomani, dopo che avevano avuto qualche collasso, erano stati ricoverati forzatamente al Bonnie Ranch e dopo avevano raccontato storie di orrori bestiali.

Ma io pensavo totalmente ingenua che se a questo orrore mi ci consegnavo di mia volontà, dopo qualcuno si sarebbe accorto di me. Allora l'ufficio di assistenza per i minorenni, o chi per lui, si sarebbe dovuto accorgere che lì entro c'era una ragazza che aveva bisogno urgentemente di aiuto. E che i suoi genitori erano totalmente incapaci di aiutare questa ragazza. La decisione di andare volontariamente al Bonnie Ranch era come un tentativo di suicidio, quando, mentre uno lo fa, spera segretamente di risvegliarsi in modo che poi tutti dicono: la poverina! Avremmo proprio dovuto occuparci veramente di lei. Adesso non saremo mai più così cattivi con lei.

Come presi questa decisione andai da mia madre. Lei all'inizio mi trattò molto fredda, perché era vero che in qualche modo mi aveva concellata. Io cominciai subito a piangere, proprio a piangere. Poi provai a raccontarle le mie storie, abbastanza fedelmente. Allora anche lei si mise a piangere e mi prese tra le braccia senza lasciarmi più. Tutte e due abbiamo pianto proprio bene. Anche mia sorella era contenta che ero tornata. Dormimmo insieme nel mio vecchio letto. Dopo pochissimo mi venne la crisi di astinenza.

Cominciò una nuova disintossicazione. Non mi ricordavo neanche più a che numero di disintossicazioni fossi arrivata. Intanto forse ero diventata una campionessa mondiale di disintossicazioni. In ogni caso non conoscevo nessuno che si disintossicasse volontariamente così spesso. E così, senza nessuna prospettiva di successo. Fu quasi come la prima disintossicazione. Mia madre si prese di nuovo dei giorni liberi e mi portava quello che volevo:

valium, vino, budini, frutta. Il quarto giorno mia madre mi portò al Bonnie Ranch. Io volevo proprio andarci perché sapevo che altrimenti già il giorno dopo avrei ricominciato subito a bucare.

Lì subito mi dovetti spogliare e fui mandata nella stanza da bagno. Come l'ultimo lebbroso. In due vasche da bagno già c'erano dentro due vecchiette notevolmente folli. Mi infilarono nella terza vasca da bagno e lì mi dovetti strigliare sotto sorveglianza. Le mie cose non le riebbi più indietro. Al loro posto mi diedero un paio di mutandoni che mi andavano dalle costole alle ginocchia, e che devevo sempre tenere per non farmeli scivolare giù. E una camicia da notte da nonna. Mi mandarono al reparto osservazione. Lì ero l'unica sotto i settant'anni. Le vecchiette erano tutte un bel po' suonate. Tranne una. La chiamavano Bambolina.

Bambolina era tutto il giorno occupata in qualche lavoro nel reparto. Lei si rendeva proprio utile e si sostituiva alle infermiere in un sacco di lavori. Con Bambolina ci parlai. Non dava l'impressione di essere pazza, era solo come lenta di ragionamento. Era nel reparto osservazione da quindici anni. Quindici anni fa i suoi fratelli l'avevano fatta internare al Bonnie Ranch. Chiaramente non era stata sottoposta a nessun tipo di terapia. Era sempre rimasta nel reparto osservazione. Forse perché si rendeva così utile. Pensai che qualcosa non tornava se a una la fanno restare per quindici anni in un reparto così solo perché è un po' lenta di ragionamento.

Il primo giorno mi visitò tutto un gruppo di medici. Cioè: la maggior parte di questi tizi in camice bianco erano studenti che mi scrutarono molto sfrontatamente nel mio camicione da notte. Il capo dei camicioni bianchi mi fece un paio di domande ed io tutta ingenua raccontai che volevo per un paio di giorni fare una terapia e poi andare in un collegio a studiare fino alla licenza liceale. Lui diceva sempre «sì, sì», come uno dice sempre sì, sì ai matti.

Quando poi fui nel mio letto mi vennero in mente tutte le barzellette sui matti. Ripensai se avevo detto qualcosa di sbagliato perché mi avevano trattata come uno che dice di essere Napoleone. Improvvisamente ebbi paura che come Bambolina non sarei più uscita dal reparto osservazione e che sarei rimasta lì ad appassirmi nel mio camicione da nonna e con quelle mutande gigantesche.

Dopo due giorni venni invece trasferita nel reparto B perché non avevo più nessuna manifestazione di crisi di astinenza. Riebbi indietro i miei panni e potei persino mangiare con coltello e forchetta e non solo con un cucchiaino come nel raparto osservazione. Nel reparto B c'erano altre tre bucomani che conoscevo dal giro. Noi quattro sedevamo allo stesso tavolo, che le vecchiette chiamarono subito il tavolo delle terroriste.

Una delle ragazze, Liliane, aveva una lunga esperienza di carcere. Disse anche che il Bonnie Ranch era molto peggio del carcere, perché in carcere in qualsiasi momento si può rimediare eroina mentre al Bonnie Ranch questo era molto difficile.

Fino a quel momento al Bonnie Ranch era abbastanza divertente perché noi eravamo in quattro. Malgrado ciò un po' alla volta mi venne di nuovo il panico. Perché dai medici non ricevevo nessuna risposta convincente su quando mi avrebbero fatto fare una terapia contro la droga. Dicevano solo: «Adesso vediamo» ed altre battute di quelle che si ripetono di solito ogni giorno ai matti.

L'accordo con mia madre e con l'Ufficio per l'assistenza ai minorenni era stato che dovevo rimanere quattro giorni al Bonnie Ranch in modo che era sicura che fossi pulita. E dopo avrei dovuto trovare il posto in una terapia. Ma io mi ero già disintossicata da sola ed ero arrivata lì che ero quasi pulita. E di un posto in una terapia non se ne parlava più.

Ma la martellata in testa arrivò dopo un paio di giorni. Mi venne portato un foglio di carta sul quale dovevo sottoscrivere che sarei rimasta nell'istituto volontariamente per tre mesi. Naturalmente mi rifiutai e dissi che volevo andarmene subito. Io ci ero venuta volontariamente e quindi potevo anche andarmene quando volevo. Allora arrivò il primario e disse che se non firmavo per tre mesi lui avrebbe disposto per un internamento obbligatorio di sei mesi.

Io mi sentii completamente fregata. Mi venne una paura orrenda. Mi era improvvisamente chiaro come il sole che adesso ero completamente dipendente da questi imbecilli di medici. Che ne sapevo io che diagnosi avrebbero fatto? Mi potevano appioppare una nevrosi grave, una schizofrenia o che so altro. Come reclusa di un manicomio non si ha più il minimo diritto. Pensai davvero che adesso sarei finita come Bambolina.

La cosa più terribile era che io stessa improvvisamente non sapevo più quanto ero matta. Una nevrosi ce l'avevo comunque. Perché già lo sapevo da tutti i colloqui con gli operatori dei consultori per la droga che la tossicodipendenza è una nevrosi, una coazione a ripetere. Pensai a tutto quello che avevo fatto. Tutte queste disintossicazioni, e poi subito ricominciare, malgrado sapessi esattamente che con la droga una volta o l'altra mi ci sarei uccisa. Tutti i casini che nella mia breve vita avevo combinato, quello che avevo fatto con mia madre, come avevo trattato le altre persone. Cose normali non lo erano certamente. Dunque ero proprio un po' picchiata. E adesso pensavo ancora come potevo nascondere ai dottori e alle infermiere che non ero proprio normale.

Le infermiere mi trattavano come un'idiota, cioè come trattavano anche tutti gli altri idioti. Mi controllavo terribilmente per non reagire più aggressivamente. Quando i medici arrivavano e mi facevano domande cercavo di dare delle risposte che normalmente non avrei dato. Tentavo in maniera spasmodica di non essere me stessa ma un'altra persona che era del tutto normale. E quando i medici di nuovo se ne andavano pensavo che avevo detto esattamente le cose sbagliate. Che adesso mi avrebbero presa per matta completa.

L'unica cosa che mi offrirono come terapia fu lavorare a maglia. E io non ne avevo proprio voglia. E non pensavo neanche che mi avrebbe aiutato.

Davanti alle finestre c'erano naturalmente delle sbarre. Ma non sbarre normali come in carcere, perché infatti non era un carcere, ma graziosamente arabescate. Scoprii come, girando la testa in un modo preciso, la si poteva infilare in mezzo ai ghirigori e si poteva guardare per bene fuori la finestra. Certe volte ci stavo proprio per ore, con le sbarre di ferro intorno al collo, e guardavo fuori. Stava arrivando l'autunno, le foglie diventavano gialle e rosse, il sole stava già abbastanza basso ed ogni giorno splendeva quasi per un'ora tra due alberi, proprio dritto nella finestra.

Qualche volta legavo una delle tazze di latta ad un filo di lana e la fecevo penzolare dalla finestra e sbattere contro la parete della casa. Oppure per l'intero pomeriggio tentavo invano di acchiappare con il filo di lana un ramo per poi staccargli le foglie. La sera pensavo: «Se non eri ancora pazza qui sicuramente lo sei diventata».

Non potevo mai andare in giardino, così, a girare in tondo insieme alle vecchiette. Ogni terrorista aveva diritto di prendere aria una volta al giorno. Io no. Con me c'era pericolo di fuga, e avevano ragione.

In un armadio trovai una vecchia palla. La tiravo continuamente contro una porta a vetri chiusa e speravo che la porta si rompesse. Finché non mi presero la palla. Con la rincorsa picchiavo la testa contro i vetri. Ma naturalmente dappertutto c'erano vetri infrangibili. Mi sentivo come un animale da preda in gabbia, in una gabbia minuscola da animale da preda. Per ore strisciavo come una tigre lungo le pareti. Una volta pensai che non reggevo, che dovevo assolutamente correre. E allora mi misi semplicemente a correre. Avanti e indietro nel corridoio. Finché non gliela facevo proprio più e crollavo.

Rimediai un coltello e di notte insieme a Liliane grattai lo stucco a una finestra sprangata ma senza sbarre. Il vetro si mosse di pochi millimetri. La notte dopo ribaltammo un letto e tentammo di rompere le sbarre di una finestra aperta. Le vecchiette che stavano nella nostra stanza le avevamo già talmente intimidite che non osavano fiatare. Alcune veramente ci credevano delle terroriste. L'impresa fu naturalmente completamente inutile e facemmo tanto rumore che la sorvegliante notturna ci beccò.

Per come mi comportavo in questo manicomio non avevo nessuna speranza che quelli mi rilasciassero. Stavo sempre più giù. Il mio corpo si riprendeva solo apparentemente senza la droga. Mi venne un pancione. La mia faccia era cerea, emaciata e nello stesso tempo gonfia e dallo specchio mi appariva come la faccia di una che i suoi quindici anni al Bonnie Ranch già se li era fatti. Dormivo appena. Tutte le notti nel reparto succedeva qualcosa. E pensavo sempre che mi lasciavo sfuggire le occasioni per scappare. Malgrado tutto fosse senza speranza ogni mattina mi acconciavo come se dovessi andare nel mio giro. Mi spazzolavo i capelli con grande perseveranza, mi truccavo e mi mettevo la giacca.

Una volta finalmente arrivò qualcuno dall'Ufficio per l'assistenza ai minorenni. Anche lui disse solamente: «Staremo a vedere». Ma per lo meno da lui venni a sapere in che prigione stava Detlef e quale era la sua matricola. Mi misi subito a scrivergli una lettera lunghissima. E come la consegnai per spedirla ne cominciai un'altra. Finalmente potevo sfogarmi a parlare. Ma nelle lettere neanche potevo veramente aprirmi. Perché venivano lette. Forse già al Bonnie Ranch, sicuramente in carcere.

Nelle lettere dovevo dunque di nuovo diligentemente mentire. Che non avevo nessun desiderio di droga eccetera.

Poi, tutte in una volta, ricevetti da Detlef un mucchio di lettere. Lui scriveva che aveva combinato un casino tremendo quando aveva rubato al cliente gli assegni. Ma che lo aveva fatto solo per andare a disintossicarsi a Parigi. Aveva voluto farmi una sorpresa perché noi due insieme non ce l'avremmo mai fatta a disintossicarci. Detlef scriveva che sarebbe uscito presto e che poi avrebbe fatto una terapia. Io scrivevo anche che presto avrei fatto una terapia. E tutti e due scrivevamo che dopo la terapia insieme avremmo preso un appartamento. Nelle nostre lettere di nuovo ci inventavamo il paradiso che ci aspettava dopo la terapia. Per questo pensavo, quando non scrivevo a Detlef, che dal Bonnie Ranch non ci sarei mai più uscita.

Ma una possibilità di uscire la ebbi ancora. Mi tornò il mio fungo e ogni giorno dicevo alla dottoressa del reparto che dovevo andare in ospedale a operarmi perché non ce la facevo più per i dolori. Ed effettivamente una mattina, sotto stretta sorveglianza, venni portata all'ospedale Rudolf Virchow. Dopo la visita dovevo rimanere ancora lì perché davvero era una cosa piuttosto grave. Avevo già sentito dire dai bucomani come si fa a scappare da un ospedale. Mi procurai un permesso per andare nel parco. Naturalmente se sei bucomane senz'altro non te lo danno. Ma c'era un trucco fantastico. Andai da una deliziosa infermiera con gli occhi a mandorla e le dissi che volevo portare un po' nel parco una povera vecchietta che non poteva camminare. L'infermiera era completamente ignara e trovò che era molto carino da parte mia.

Quindi rimediai subito una vecchietta, la quale trovò che ero una ragazzina un sacco cara. Spinsi la carrozzella della vecchietta nel parco e le dissi: « Aspetta nonnina, torno subito». Nel paio di secondi che seguirono ero già oltre il recinto dell'ospedale.

Andai a piedi fino alla stazione della metropolitana di Amrumerstrasse e poi andai al *Bahnhof Zoo*. Poi andai subito nel giro, alla mensa del Politecnico. Gironzolai un po' e mi sedetti su una panca vicino a tre giovani bucomani. Raccontai loro che ero appena scappata dal Bonnie Ranch. E questo naturalmente fece un effetto colossale.

Avevo una voglia di bucare bestiale. Uno di questi ragazzi spacciava. Gli dissi se mi poteva dare qualcosa a credito. Disse che mi poteva dare qualcosa se lo aiutavo a spacciare. Dissi okay. Lui mi diede un pochino di roba. E me la sparai subito nel gabinetto della mensa.

Avevo bucato la metà scarsa di un quartino. La roba non era neanche eccessivamente buona. Mi sentivo sì abbastanza bene, ma ero perfettamente in grado di realizzare. Dovevo esserlo perché appunto dovevo aiutare quel tizio a spacciare. Lui era ancora giovane e lo conoscevo un po' dal giro dell'hascisc dell'Hasenheide. Andava a scuola. Notai subito che non aveva molta esperienza come spacciatore. Altrimenti non mi avrebbe dato un buco subito ma mi avrebbe prima fatto fare da intermediario.

Poi sgamai che improvvisamente la mensa brulicava di poliziotti in borghese. Il tizio non si accorse proprio di niente. Dovetti tornare da lui e dirgli in un orecchio: «Polizia» prima che realizzasse qualcosa. Poi me ne andai lentamente in direzione della stazione della metropolitana e lui mi venne dietro. Quando dal *Bahnhof Zoo* mi venne incontro un bucomane gli dissi: «Fermati, amico. C'è una retata alla mensa. Ma ti posso vendere della roba perfetta». Il giovane spacciatore veniva anche lui dietro e in quel momento tirò fuori proprio tutta la sua roba dalla tasca e disse a quell'altro che la poteva provare. Io pensai: ma non esiste! Tre metri più in là c'era una retata e questo imbecille tira fuori l'ero dalla tasca!

Arrivarono anche immediatamente due poliziotti in

borghese che già ci spiavano. Correre non aveva più senso. Questo spacciatore principiante gettò via il suo pacchetto di roba e tutt'intorno svolazzarono le carte stagnole lilla. Lui pensava veramente che poteva dare la colpa a me e all'altro bucomane e continuava a biascicare che lui non c'entrava niente.

Dovemmo appoggiarci contro la Wolkswagen, alzare le braccia e ci ispezionarono per vedere se avevamo armi, malgrado nessuno di noi aveva più di sedici anni. Questo stronzo di poliziotto mi si appiccicò addosso e mi toccò anche le tette. Ma io mi sentivo assolutamente okay. Avevo dentro il mio buco e dopo il Bonnie Ranch veramente niente mi poteva scuotere. Immediatamente ho fatto la scena della ragazzina bene educata. Loro, quando ci presero i documenti, erano di nuovo gentili. Uno mi disse: «Cristo, non hai ancora quindici anni, ma che ci fai qui?». Io dissi: «Vado a passeggio» e mi infilai una sigaretta in bocca. Lui si incazzò: «Smettila, getta la sigaretta, alla tua età è veleno puro!». Dovetti gettare la sigaretta.

Fummo portati al posto di polizia di Ernst Reuterplatz e chiusi in una cella. Lo spacciatore genere vorrei-ma-non-posso flippò subito e si mise a gridare: «Fatemi uscire! Fatemi uscire!». Io mi tolsi la giacca, la piegai a cuscino, mi sdraiai sul tavolaccio e dormicchiai anche. Un arresto così era l'ultima cosa che poteva spaventarmi. E non mi venne in mente che i poliziotti potevano sgamare che ero scappata dal Bonnie Ranch, perché sicuramente ancora la mia assenza non era stata denunciata.

Dopo due ore ero di nuovo fuori. Andai di nuovo verso la mensa. Quindi per strada mi si scatenò la depressione. Cominciai a piangere. Ancora una volta dunque dopo la disintossicazione alla prima occasione avevo bucato di nuovo. Non sapevo più dove andare. Era impossibile con i miei occhi a spillo tornare da mia madre e dirle: «Eccomi qui mamma, ho tagliato la corda. Preparami la cena».

Andai al consultorio per la droga della vecchia mensa del Politecnico. C'erano dei tipi un sacco paraculi. Mi rinfrancarono talmente che riuscii a telefonare a mia madre. Mia madre si tranquillizzò abbastanza quando sentì che telefonavo dall'Università. Sulla strada per tornare a casa mi accorsi che avevo la febbre. Quando fui a letto era a oltre quaranta. Mia madre chiamò il medico di guardia perché cominciavo a sragionare. Lui volle farmi un'iniezione e a me improvvisamente mi venne il panico perché l'iniezione doveva farmela sul sedere. Potevo infilarmi l'ago nel braccio due, tre volte al giorno, ma quando mi sparò la puntura nel sedere quasi diedi di matto.

La febbre però scese subito. Ma ero completamente arrivata. Fisicamente e psicologicamente il Bonnie Ranch m'aveva dato il colpo di grazia. Quando dopo tre giorni potei rialzarmi andai subito al consultorio. Per andarci dovevo passare per la mensa, dove c'era il giro. La attraversai senza guardare né a destra né a sinistra.

Per una settimana andai ogni giorno al consultorio. Lì finalmente potevo parlare. Era la prima volta che arrivavo in un posto e mi si faceva parlare. Fino a quel momento mi avevano sempre chiuso il becco. Mia madre mi aveva sempre riempito la testa di chiacchiere, mio padre, quelli del *Narkonon*, tutti. Adesso, al consultorio della mensa del Politecnico, potevo raccontare e capire da sola quello che mi succedeva. Correvo da questi operatori del consultorio e già avevo la faccia gialla come un limone. Quando fuori dalla mensa incontrai un paio di conoscenti questi si scatenarono proprio e mi gridarono: «Ehi tu, vattene un po', te e la tua dannata epatite».

Non volevo ammetterlo che mi era venuta un'altra volta l'epatite. Ed era una cosa proprio pazzesca. Tutte le volte che ero restata pulita per un lungo periodo e avevo avuto qualche speranza, ecco che mi arrivava questa malattia da bucomani. Quando i dolori di stomaco si fecero abbastanza insopportabili andai con mia madre alla clinica universitaria di Steglitz, perché lì c'era una mensa perfetta. Lì rimasi per due ore seduta all'accettazione e mi piegavo in due sulla sedia per i dolori. Ogni infermiera che entrava poteva vedere subito dalla mia faccia gialla quello che mi succedeva. Ma non facevano niente. La sala d'attesa era piena di gente, tra cui anche bambini. Se la mia epatite era infettiva potevo attaccarla a tutti.

Dopo due ore sono uscita da lì e camminavo sempre lungo la parete perché ero molto debole e avevo dolori pazzeschi. Volevo chiedere del reparto isolamento e quando passò un medico gli dissi: «Voglio un letto. Non voglio infettare tutti. Ho l'epatite, come del resto anche lei può vedere». Lui disse che non poteva farci niente. Che prima dovevo passare per l'accettazione. Tornai quindi indietro.

Quando alla fine potei parlare con una dottoressa e preferii raccontarle che forse l'epatite me l'ero presa bucando, lei mi rispose gelida: «Mi dispiace, ma questo non è di nostra competenza».

Dei bucomani infatti nessuno vuole essere competente. Mia madre ed io ci ficcammo di nuovo in un taxi. Mia madre si era incazzata con i medici, perché non avevano fatto niente per me. La mattina dopo mi portò nell'ospedale Rudolf Wirchow. E questo naturalmente mi rompeva da morire perché da lì ero già scappata.

Arrivò un giovane assistente per prelevarmi il sangue. Gli mostrai subito le vene dove non aveva senso di tentare di infilarci l'ago: «Lì ho una trombosi. La vena è tutta incartilaginita. Ne deve prendere una che sta più sotto. L'ago non lo infili dritto, ma di sbieco, altrimenti non ce la fa a entrare in vena».

Il tizio era completamente insicuro, ma puntualmente infilò l'ago nella vena totalmente incartilaginita. Tirò e tirò e il sangue non veniva. Per via del vuoto nella siringa l'ago schizzò proprio fuori dal braccio. La volta dopo lui mi chiese per prima cosa dove doveva infilare l'ago.

Dormii per due giorni di seguito. L'epatite non era infettiva. E al quarto giorno i risultati delle analisi del fegato erano di nuovo abbastanza buoni, l'urina non era più rossa e la mia faccia tornò a poco a poco bianca.

Ogni giorno dovevo telefonare al consultorio e lo feci anche. Speravo di trovare là subito un posto di terapia. E poi arrivò la grossa sorpresa. Detlef era di nuovo uscito dal carcere. Mia madre lo portò con sé il giorno di visita seguente, una domenica.

Al solito naturalmente grande amore, abbracci, baci, gioia. Volevamo stare un momento soli e andammo fuori nel parco dell'ospedale. Era come se non fossimo mai stati separati. Eravamo appena usciti fuori che già stavamo seduti nella metropolitana. A raggiungere il giro. Ci si mise anche il caso. Incontrammo un conoscente, Wilhelm, che era uno che si era proprio sistemato. Lui viveva da un frocio, medico e scrittore molto noto. Questo medico non solo dava a Wilhelm un sacco di soldi, ma lo mandava anche in un ginnasio privato.

Wilhelm ci diede subito un buco. Per cena tornai di nuovo puntuale in ospedale. Il pomeriggio dopo Detlef ritornò. Questa volta avemmo proprio difficoltà a rimediare la roba e ritornai in ospedale solo alle dieci e mezza. Mio padre nel frattempo mi aveva fatto una visita perché il giorno dopo partiva per la Tailandia.

Mia madre, quando tornò, aveva di nuovo il suo sguardo disperato. Trovai che questo era proprio un disastro. Poi arrivò anche l'operatore del consultorio e fu dell'idea che con me non c'era proprio nessun senso a continuare. Giurai a lui, e a tutti gli altri, che intendevo sul serio smettere. Anche Detlef piangeva e diceva che era tutta colpa sua. Poi anche lui andò al consultorio per la droga. E quando tornò da me la domenica mi disse che aveva già un posto di terapia per il giorno dopo.

Dissi: «La trovo una cosa bella al cento per cento da parte tua che ce l'hai fatta. Adesso tutto sarà okay. Anch'io troverò un posto. Ce la faccio ancora. E insieme non combineremo più casini».

Andammo al parco e io dissi: «Andiamo subito al *Bahnhof Zoo*. Devo comprarmi un romanzo dell'orrore, *Il ritorno dalla luna della testa di morto*. La terza parte. Le prime due le ho già lette e mia madre non mi ha mai portato il seguito».

Detlef disse: «Fantastico, mia cara, devi appositamente andare al *Bahnhof Zoo* per comprarti un romanzo. Dillo subito che vuoi farti una pera».

Mi diede un sacco ai nervi che Detlef improvvisamente faceva la parte di quello riflessivo, partito per la disintossicazione totale. Io infatti non pensavo affatto alla roba. Volevo veramente la terza puntata di *Ritorno dalla luna della testa di morto*. Dissi: «Adesso non dire cazzate, con questa storia di me e la pera. Non c'è bisogno che vieni».

Detlef naturalmente venne con me. Nella metropolitana cominciò una scena che tra di noi era una vecchia storia. Io litigai subito con un paio di vecchiette. Per Detlef questo era sempre sgradevole e andò a mettersi all'altro lato del vagone. Gli urlai attraverso tutto lo scompartimento: «Ehi, amico, non c'è bisogno che fai finta di non sentirmi. Lo vedono tutti che non sei certo meglio di me». Poi mi venne di nuovo il sangue dal naso. Da un paio di settimane mi veniva sempre quando stavo in metropolitana. Ero completamente nevrotizzata e mi pulivo continuamente dalla faccia quel dannato sangue.

Per fortuna al *Bahnhof Zoo* trovai il mio romanzo. Stavo meglio e dissi a Detlef: «Facciamoci due passi. Oggi è l'ultimo tuo giorno di libertà». Automaticamente raggiungemmo il giro, Stella fece proprio un salto dalla gioia quando mi vide. Ma le due Tina stavano proprio a rota di brutto. Erano state con Stella sulla Kurfürstenstrasse ma non avevano pensato che era domenica. E il pomeriggio di domenica a battere con gli automobilisti non si rimedia niente. I clienti sono a spasso con mamma e i bambini e non hanno tempo per cose del genere.

Ero contenta in un certo senso che ero fuori dalla merda. Che non avevo bisogno di aver paura della rota e che non dovevo farmi un cliente. Già da settimane non avevo più a che fare con un cliente. Mi sentivo superiore agli altri ed ero veramente felice, proprio spavalda. E pensai ancora: è la prima volta che sei nel giro e che non hai la voglia di bucare.

Stavamo alla fermata dell'autobus vicino alla stazione della metropolitana del Kurfürstendamm. Vicino a noi c'erano due stranieri che mi facevano continuamente dei cenni. Malgrado l'epatite, di noi quattro ero quella che aveva l'aspetto più fresco perché ero pulita da parecchio tempo. Non ero acconciata da bucomane ma ero vestita proprio da teen-ager con quello che mi aveva prestato mia sorella, perché volevo differenziarmi dai bucomani anche esteriormente. In ospedale mi ero persino fatta tagliare i capelli abbastanza corti.

I due stranieri non smettevano di farmi cenni. Chiesi alle due Tina: «È il caso che li organizzo per voi due? E se anche rimediate solo quaranta marchi potete per lo meno dividervi un quartino». Per le due Tina qualsiasi cosa era uguale tanto stavano a rota di brutto. Quindi, con tutta la mia spavalderia, andai dagli stranieri e gli dissi: «Volete le due ragazze? Io chiedere da parte vostra. Cinquanta marchi. Capito?». E indicavo le due Tina.

Loro fecero una smorfia scema e dissero: «No, no, tu scopare, tu pensione».

Io ero completamente rilassata e per niente aggressiva. Dissi: «No, questo non esiste proprio. Ma le ragazze sono di prima qualità. Quattordici anni. Solo cinquanta marchi». La più giovane delle Tina aveva realmente compiuto quattordici anni da poco.

I due non si scomposero. E quando guardai le due Tina in un certo senso li capii pure. Le due, a rota, non erano certo appetibili. Tornai dalle ragazze e gli dissi che così non andava. Io a quel punto avevo come il diavolo in corpo. Presi Stella da una parte e le dissi: «In queste condizioni le due ragazze non rimediano più un cliente. Neanche uno zulù. Andiamo con loro. Noi due li eccitiamo per bene e poi le due Tina se li sbrigano rapidamente. Loro comunque coi clienti ci scopano. Chiediamo cento marchi e compriamo un mezzo grammo».

Stella fu subito d'accordo. Per noi due gli zulù erano proprio la peggio cosa. In ogni caso nessuna avrebbe ammesso all'altra di aver avuto a che fare con uno straniero.

Andai quindi dai due turchi e gli feci la proposta e loro erano subito tutti eccitati. Solo Detlef era incazzato nero e affermò: «E così adesso vai di nuovo a far marchette». Io gli dissi: «Ma piantala: io non faccio proprio niente. Siamo in quattro ragazze». Mi ero veramente convinta che tutta questa faccenda la facevo solo per compassione nei confronti delle due Tina. Un po' di compassione può darsi pure che c'era. Ma inconsciamente cercavo forse solo una strada per arrivare alla roba.

Dissi agli altri che andavamo alla pensione Norma nella Nürnbergerstrasse, perché aveva stanze grandi. Nelle altre pensioni in sei in una stanza non ci avrebbero fatto assolutamente entrare. Quindi ci incamminammo. E improvvisamente anche un terzo straniero si accodò a noi. Gli altri due dissero: «Lui amico, anche lui pensione».

Non dicemmo niente e incassammo i cento marchi. Stella andò con uno degli stranieri a rimediare la roba. Conosceva uno spacciatore del giro che vendeva le dosi da mezzo grammo. Quando Stella tornò con la roba traversammo tutti e otto il ponte Tauentzien. Davanti noi quattro e Detlef tutti a braccetto. Occupavamo tutto il marciapiede. Dietro i tre stranieri.

Ma c'era una certa tensione. Le due Tina volevano la roba. Stella non la tirava fuori. Lei naturalmente aveva paura che le due Tina se la sarebbero svignata. Inoltre volevamo seminare il terzo straniero che nel business non c'entrava proprio.

Poi Stella si girò, indicò il terzo e sbottò: «Se viene anche questo zulù noi fare niente». Lei ci riusciva sempre a rivolgersi a un turco chiamandolo così.

Ma i tre stranieri intanto si tenevano per mano e non si facevano proprio impressionare. Stella disse che allora dovevamo semplicemente fregarli e scappare. Io fui subito completamente d'accordo perché avevo ai piedi scarpe basse. Per la prima volta da per lo meno tre anni giravo con le scarpe basse. Anche quelle me l'ero fatte prestare da mia sorella. Ma poi ci ripensai e dissi: «Certamente capita che li rincontriamo e allora sono cazzi». Avevo proprio dimenticato che quella doveva essere l'ultima volta che frequentavo il giro dell'ero e che battevo.

Stella era incazzata, rimase indietro e si mise a parlar con i tre stranieri. Stavano giusto scendendo le scale per attraversare l'Europa Center. Come sentii il silenzio dietro di me mi girai e Stella non c'era più. Scomparsa nelle viscere della terra. Con tutta la roba. Se ne accorsero pure gli stranieri ed erano tutti agitati.

Io pensai: «Tipico di Stella». Ed ero furibonda. Pensai che poteva essere sparita solo dentro all'Europa Center e risalii di corsa le scale del passaggio pedonale. Detlef mi veniva dietro. Le due Tina non ce la fecero a venir via. I tre zulù se le erano cuccate. Come una pazza corsi per tutto l'Europa Center. Andai a destra e Detlef a sinistra. Nessuna traccia di Stella. Io neanche la trovai e per giunta avevo la coscienza sporca per via delle Tina. Mi immaginavo come i turchi se le trascinavano nella pensione e le aspettai fuori per ore finché non finirono il loro lavoro di merda. Adesso per lo meno dovevano avere il loro buco, poiché ne avevano una voglia tremenda. Intuivo dove trovare Stella. Le Tina ed io andammo alla stazione del Kurfürstendamm. Lì non c'era quasi più niente perché a quell'ora il giro si trasferiva nel Treibhaus, su al Kurfürstendamm. Ma noi cercavamo Stella e andammo direttamente ai gabinetti. Avevamo appena aperto la porta che la sentimmo, in piena azione, che chiacchierava con qualcuno. In questi gabinetti ci sono un sacco di porte ma io sgamai subito in quale cesso stava Stella. Picchiai coi pugni sulla porta e urlai: «Stella, apri subito la porta. Altrimenti qui succede qualcosa».

La porta si aprì subito e Stella venne fuori. La piccola Tina come prima cosa le diede uno schiaffo. Stella, completamente sballata, disse: «Qui c'è tutta la vostra roba. Non ne voglio». E se ne andò.

Naturalmente era tutta una bugia. Stella si era già sparata una buona metà del mezzo grammo e quindi noi con quello che rimaneva non ce la facevamo a bucare. Le due Tina ed io mischiammo il resto e la roba che avevamo appena comprato e ce la dividemmo regolarmente.

Per me fu più che sufficiente dopo la disintossicazione. Feci fatica a uscire di nuovo dal cesso. Andammo al Treibhaus. Lì c'era Stella, di nuovo in piena azione. Faceva l'intermediaria per uno spacciatore. Noi le dicemmo subito: «Vieni, ci devi ancora mezzo grammo». Lei ce lo mollò subito. Un po' di cattiva coscienza ancora ce l'aveva.

Dissi: «Sei una gran stronza, non voglio più avere a che fare con te».

Andai al Treibhaus, mi sparai la mia parte della roba che ci aveva ridato Stella e mi presi una coca-cola. Sedevo da sola in un angolo. Furono i primi minuti di pace da quando era cominciato il pomeriggio. Per un momento sperai che comparisse Detlef. Ma era troppo tardi. Cominciai a riflettere.

E cominciò proprio con lo smarrimento. Pensai che era proprio una merda. Prima ti frega l'unico amico che hai e poi la tua migliore amica. Tra bucomani l'amicizia non esiste proprio. Sei totalmente sola. Sei sempre sola. Tutto il resto te lo inventi. Tutto quell'orrore per una pera, quel pomeriggio. Ma non era proprio un caso particolare. Tutti i giorni è lo stesso orrore.

Ebbi un momento di lucidità. Ogni tanto avevo dei momenti di lucidità. Ma sempre quando ero sballata. Quando ero lucida ero incapace di intendere e di volere. E quella giornata lo aveva ampiamente dimostrato.

Continuai a riflettere. Non era poi così drammatico. Ero completamente calma perché mi ero sparata dentro abbastanza ero. Tornare in ospedale non mi andava. Erano già passate le undici.

Dall'ospedale sarei stata comunque cacciata e non c'era più un altro ospedale che mi avrebbe presa. La dottoressa aveva detto a mia madre che il mio fegato era a un passo dalla cirrosi. Se continuavo così non avevo più di due anni. Con il consultorio avevo comunque chiuso. Non c'era neanche bisogno di telefonare perché erano in contatto con l'ospedale. Era pure giusto che quelli come me non li prendessero. C'erano tanti bucomani a Berlino che avrebbero fatto volentieri una terapia e non c'erano posti. Chiaro che in terapia ci andavano quelli che avevano ancora abbastanza forza, per i quali c'era veramente una possibilità di smettere con l'eroina. Ed io certamente non ero tra questi. Avevo anche cominciato troppo presto con la droga per potermene liberare.

Ero completamente serena. Facevo lucidamente un bilancio e bevevo coca-cola. Pensavo molto praticamente. Dove potevo andare stanotte? Mia madre mi avrebbe sbattuto la porta sul naso o il mattino dopo avrebbe dato l'allarme alla polizia e mi avrebbe fatta internare in un istituto. Al suo posto l'avrei fatto senz'altro. Mio padre era in Tailandia. Stella non andava comunque. Di Detlef non sapevo da quale cliente avrebbe dormito stanotte. Oppure la sua disintossicazione era una cosa seria e allora stava da suo padre. E comunque da domani non ci sarebbe più stato. Dunque non avevo un letto. Non ce l'avevo per quella notte e non lo avrei avuto per le notti seguenti.

L'ultima volta che avevo riflettuto freddamente ero arrivata alla conclusione che per me c'erano due possibilità: o smettere definitivamente con l'ero o spararmi il buco finale. La prima possibilità era sparita, purtroppo. Cinque o sei disintossicazioni senza il minimo successo erano proprio abbastanza. Non ero né meglio né peggio degli altri bucomani. Perché mai avrei dovuto far parte di quel due per cento che riescono a smettere? Io non ero niente di particolare. Andai sul Kudamm e presi la metropolitana per la Kurfürstenstrasse. Di notte non c'ero mai stata a battere sulla Kurfürstenstrasse. Le bucomani lì di notte non ci andavano perché in giro ci stavano troppe professioniste. Io non avevo paura. Rapidamente mi feci due clienti e tornai al Treibhaus. Avevo cento marchi e mi comprai mezzo grammo.

Non volevo andare nei gabinetti del Treibhaus e neanche in quelli del Kurfürstendamm. Di notte c'era troppo traffico. Mi presi ancora una coca-cola e riflettei in quale gabinetto potevo andare. Mi vennero in mente i gabinetti della Bundesplatz. Lì di notte non c'era nessuno. Ma anche di giorno era in effetti sempre completamente tranquillo.

Andai a piedi fino alla Bundesplatz. Non avevo assolutamente paura. Ero completamente calma. I gabinetti così vuoti di notte hanno in realtà qualcosa di poco rassicurante. Ma io in questi cessi mi ci sentivo come a casa mia. Era un posto pulito e chiaro. Lo avevo tutto per me. I gabinetti della Bundesplatz sono i migliori di Berlino. I cessi sono grandissimi. Una volta in uno c'eravamo stati in otto. Le porte non sono aperte sotto ma arrivano fino al pavimento. E alle pareti non ci sono buchi. E poiché i gabinetti della Bundesplatz sono i migliori di Berlino già ci si sono suicidati alcuni bucomani.

Non c'erano vecchiette, né guardoni, né poliziotti.

Non c'era nessun motivo di agitazione. Mi presi tempo. Mi lavai la faccia e mi spazzolai i capelli prima di pulire la siringa che mi ero fatta prestare da Tina. Ero sicura che mezzo grammo sarebbe bastato. Dopo le ultime disintossicazioni un quartino era stato sempre sufficiente per mettermi k.o. E ora già avevo in corpo più di un quartino. Inoltre dopo l'epatite dovevo essere piuttosto debole. Avrei preferito avere un grammo intero. Atze l'aveva fatto con un grammo intero. Ma io non ce l'avrei fatta a farmi altri due clienti.

Mi cercai in pace il cesso più pulito. Ero davvero completamente calma. Non avevo mai pensato che un suicidio potesse essere così sdrammatizzato. Non pensavo alla mia vita fino a quel momento. Non pensavo a mia madre. Non pensavo a Detlef. Pensavo solo alla mia pera.

Come sempre sparpagliai nel cesso le mie cose. Misi la roba nel cucchiaio che pure avevo avuto da Tina. Pensai per un momento che adesso anch'io avevo fregato Tina. Lei infatti stava al Treibhaus e aspettava la sua siringa e il suo cucchiaio. Poi mi accorsi che avevo dimenticato il limone. Ma la roba era buona e si sciolse lo stesso.

Mi cercai la vena nel braccio sinistro. In effetti era come tutte le altre volte che mi facevo una pera. Solo che questa volta sarebbe dovuta essere l'ultima. Al secondo tentativo incontrai la vena. Venne il sangue. Mi sparai dentro il mezzo grammo. Non ce la feci a tirare un'altra volta per iniettarmi anche i rimasugli. Quello che sentii fu prima che il cuore mi si spaccava e poi che il cranio schizzava fuori dalla testa.

Quando mi risvegliai fuori era chiaro. Le macchine facevano un rumore infernale. Giacevo accanto al cesso. Mi tirai via la siringa dal braccio. Volevo alzarmi ma mi accorsi che la gamba destra era come paralizzata. La potevo muovere un po' ma mi faceva un male del diavolo alle giunture. Soprattutto all'attacco del femore. In qualche modo riuscii ad arrivare alla porta. Prima andai carponi poi riuscii a tirarmi su. Mi misi a saltellare su una gamba lungo le pareti.

Davanti ai gabinetti c'erano due ragazzi, di più o meno quindici anni. Giacche di satin, jeans a pelle. Due frocetti. Ero contenta che erano froci. Mi acchiapparono proprio al volo mentre come un fantasma, a saltelli, uscivo fuori dai gabinetti. Sgamarono subito qualcosa e uno disse: «Ma che hai combinato?». Io non li conoscevo ma loro mi avevano già vista al *Bahnhof Zoo*. I due mi portarono su una panchina. Era una mattina d'ottobre e faceva un freddo pazzesco. Uno mi diede una Marlboro. Pensai: "È buffo che i froci fumano sempre o Marlboro o Camel. Deve essere per vie dei froci che si vedono sulle pubblicità di queste sigarette". In un certo senso ero proprio contenta che non aveva funzionato col mezzo grammo.

Raccontai ai due frocetti che Stella mi aveva fregato e che mi ero sparata il mezzo grammo. Loro erano molto carini. Mi chiesero dove volevo andare. Questa domanda mi diede ai nervi perché non volevo pensare. Dissi che dovevano lasciarmi seduta sulla panchina. Ma tremavo per il freddo e loro erano dell'idea che dovevo andare dal medico perché non riuscivo a camminare.

Io non volevo andare dal medico. Dissero che conoscevano un tipo paraculo, un medico, frocio, e che mi potevano portare da lui. Il fatto che fosse frocio mi tranquillizzò. Perché in una situazione come la mia mi fidavo più dei froci. I due chiamarono un taxi e mi portarono dal medico frocio. Lui era proprio un tipo figo. Mi diede subito il suo letto e mi visitò. Voleva parlare con me sul fatto di bucarsi eccetera, ma io non volevo più parlare con nessuno. Lo pregai di darmi dei sonniferi. Mi diede un sonnifero e un altro paio di medicine.

Mi venne subito la febbre e il sangue al naso. Nei due giorni seguenti dormii per la maggior parte del tempo. Quando il terzo giorno la testa mi ricominciò a funzionare per bene non resistetti più. Non volevo pensare. Dovevo fare uno sforzo per non pensare e non dare di matto. Mi concentrai su due pensieri: « Il buon Dio non ha ancora voluto che tu tirassi le cuoia ». E: « La prossima volta ti spari garantito un grammo intero ».

Volevo andarmene, tornare nel giro, rimediare una pera, cazzeggiare, non pensarci finché non arrivava il vero buco finale. Ma ancora non riuscivo a camminare per bene. Il medico frocio si preoccupava veramente per me. Quando si accorse che non era più possibile trattenermi mi rimediò anche delle stampelle. Me ne andai zoppicando con le stampelle e per strada le gettai via. Non volevo ricomparire nel giro con le stampelle. Se facevo uno sforzo riuscivo a camminare zoppicando anche senza stampelle.

Andai al *Bahnhof Zoo* e per prima cosa mi feci dei clienti. Tra cui subito uno zulù. Non era un turco ma un greco. Io in realtà non avevo niente contro gli stranieri. E di questo ridicolo patto d'onore che Babsi, Stella ed io avevamo fatto una volta di non andare mai con uno straniero, ora come ora non me ne fregava niente. Di tutto non me ne fregava niente.

Forse ancora avevo la speranza che mia madre arrivasse alla stazione per cercarmi. Se mi avesse cercata sarebbe venuta al *Bahnhof Zoo.* Anche per questo non andavo alla Kurfürstenstrasse. Ma in realtà avevo comunque la sensazione che adesso non mi cercava più nessuno. E per un momento pensai che sarebbe stato bello se mia madre ancora mi aspettava.

Comprai la roba, mi feci una pera e tornai al *Bahnhof Zoo.* Avevo bisogno di soldi in caso che non trovavo un cliente per la notte e dovevo andare in una pensione.

Al *Bahnhof Zoo* incontrai poi Rolf, l'ex cliente fisso di Detlef, dal quale avevo spesso dormito i fine settimana. Nelle ultime settimane Detlef aveva vissuto di nuovo da Rolf. Ma Rolf non era più un cliente. Da parecchio bucava e faceva marchette. Aveva abbastanza difficoltà con i suoi ventisei anni a trovare clienti. Chiesi a Rolf se sapeva qualcosa di Detlef. Rolf cominciò proprio a piangere. Lui mi confermò che Detlef era in terapia. E che senza Detlef era uno schifo. Rolf trovava dunque la vita senza senso, voleva disintossicarsi, amava Detlef, voleva suicidarsi. Insomma il solito bla-bla-bla dei bucomani. Tutte queste chiacchiere su Detlef mi facevano abbastanza incazzare. Non capivo le pretese che questo frocio rovinato poteva avanzare su Detlef. Lui voleva come primissima cosa che Detlef mandasse a fare in culo la terapia e che tornasse da lui. Gli aveva persino dato la chiave dell'appartamento. Quando sentii questo scattai: «Tu sei proprio uno stronzo miserabile. Dare le chiavi a Detlef in modo che lui sa dove può andare quando in terapia le cose non gli funzionano. Se tu gli volessi bene davvero faresti di tutto perché Detlef diventi pulito. Ma tanto tu sei proprio un pezzo di merda di frocio».

Rolf stava a rota. E quindi potevo mandarlo in paranoia facilmente. Ma poi fui più gentile perché improvvisamente mi venne l'idea che potevo andare a dormire da Rolf. Gli dissi che se potevo dormire da lui adesso mi sarei fatta un cliente per la sua roba. Rolf era proprio beato che volevo dormire da lui. Conosceva solamente due persone: Detlef e me.

Dormii quindi con lui nel suo letto francese. L'accordo con lui era perfetto perché non c'era Detlef. In realtà era proprio un poveraccio. Anche se io lo trovavo proprio un orrido.

E così i due amanti di Detlef dormivano nello stesso letto, e Rolf ogni sera ricominciava con la solita tiritera: quanto era innamorato di Detlef. Prima di addormentarsi cominciava regolarmente a piangere. Mi innervosiva, ma tenevo la bocca chiusa perché avevo bisogno del posto nel letto di Rolf. Non dicevo niente quando lui cominciava a dire che voleva metter su per Detlef un bell'appartamento quando tutti e due sarebbero stati puliti. A me non me ne fotteva proprio niente. E inoltre mi dicevo talvolta che noi Rolf ce l'avevamo proprio sulla coscienza. Sarebbe rimasto un povero, solo gruista finocchio che ogni tanto scacciava le sue pene con una ubriacatura se non ci avesse incontrato.

Per una settimana andò così: clienti-pere-clienti-pere, e la sera le cazzate di Rolf. Finché una mattina mi svegliai abbastanza presto perché qualcuno aveva aperto la porta di casa e faceva rumore nell'anticamera. Credevo che era Rolf e gridai: «E fai piano, voglio dormire!». Nella stanza c'era Detlef.

Grandi abbracci, gioia pazzesca. Finché mi venne in mente: «Cristo, ma sei scappato dalla terapia!». Lui annuì e poi mi spiegò anche perché.

Come tutti quelli che erano nuovi, Detlef aveva avuto per tre settimane l'incarico di fare il servizio sveglia. Per i bucomani è quasi impossibile essere puntuali. Svegliarsi tutte le mattine sempre alla stessa ora e poi mettersi subito in moto, cioè svegliare gli altri, è quasi la cosa più dura che si possa pretendere da un bucomane. Per questo viene richiesto in una terapia, e cioè per dare quei pochi posti che hanno solo a gente che ha veramente la forza di disintossicarsi. Detlef in ogni caso non ce l'aveva fatta. Per tre volte era rimasto a dormire e aveva dovuto farsi la valigia e andarsene.

Detlef raccontò che in realtà la terapia gli piaceva. Era un bel po' dura, ma la prossima volta ce l'avrebbe fatta. Adesso voleva possibilmente restare pulito e poi fare richiesta di un altro posto di terapia. Disse che lì c'erano dei tizi che noi conoscevamo dal giro. Frank, per esempio, il cui amico Ingo era morto da poco, a quattordici anni. Come Babsi.

Chiesi a Detlef cosa voleva fare, e lui disse: «Per prima cosa rimediare una pera». Lo pregai di portarmi un po' di roba. Due ore dopo era di ritorno. Aveva portato con sé un suo ex cliente che si chiamava Piko. Piko prese dalla tasca una busta di plastica e la mise sul tavolo. Io pensai che non ci vedevo bene. Un sacchetto di plastica pieno di eroina. Tanta ero non l'avevo mai vista in vita mia. Finito lo stupore chiesi a Detlef: «Ma sei diventato pazzo: portare dieci grammi qui a casa!».

Lui disse: «Certo che no. Adesso spaccio».

Gli chiesi: «Ma hai mai pensato ai poliziotti? Se ti beccano una volta vai a finire dentro garantito. E per un paio d'anni sei completamente fuori dalla circolazione».

Detlef disse: «Adesso non ho tempo di pensare ai poliziotti. Devo infatti vedere come riesco a cambiare. E smettila di darmi sui nervi».

Cominciò a fare le dosi con un coltello da tasca e a mettere i mucchietti di ero su dei foglietti di carta stagnola. Notai che le carte stagnole erano fin troppo piccole. Dissi: «Stai attento, amico: alla gente gli piace di esser presa per il culo. Tu devi prendere delle cartine più grosse e metterci dentro la stessa quantità di roba e poi farci un bel pacchettino. La gente si basa sull'effetto ottico. Pensa ai detersivi: pacchi enormi pieni solo per due terzi».

Detlef disse: «Piantala di darmi ai nervi. Lo faccio apposta a metterci più roba. La gente se ne accorge. E allora si dirà in giro che da me le dosi sono super».

Poi mi venne in mente di chiedere: «Ma dimmi, questa roba in realtà di chi è?». Naturalmente era di quel furfante di Piko. Lui prima si arrangiava con i furti negli uffici. Adesso era appena uscito di galera e stava sotto sorveglianza. E voleva fare rapidamente un po' di soldi con quello stupidone di Detlef. La droga l'aveva avuta da un magnaccia della Potzdamerstrasse. Un'amicizia di carcere. Solo che lui non voleva spacciare da solo ma affidare lo spaccio a Detlef. Piko infatti non aveva la più pallida idea dell'ero e del giro. Lui beveva soltanto.

Quando Detlef ebbe finito contammo le dosi che aveva fatto: da un quartino, da mezzo grammo e da un grammo. La matematica non era mai stata il mio forte. Ma mi accorsi prima di Detlef che tutte insieme le dosi facevano otto grammi. Invece di metterne troppo poca in ogni pacchetto ce ne aveva messa troppa. Se l'avesse venduta così alla fine avrebbe dovuto rimetterci sopra ancora due grammi.

Tutta la roba fu quindi rimessa nella busta trasparente. Un po' attaccata alle cartine naturalmente ci rimaneva. La potei grattare dalla carta stagnola e usarla per me.

Allora Detlef fece le cartine dei pacchetti più grandi e come un pazzo schiacciò l'ero con una bottiglia di birra in modo che sembrasse di più. Fece solo quartini e alla fine erano realmente venticinque dosi.

Due dosi ce le sparammo per noi per provarla. La roba era veramente buona.

Quella stessa sera andammo al Treibhaus portandoci la roba appresso. Il grosso lo depositammo nascondendolo nel bidone dell'immondizia dietro il Treibhaus. In tasca al massimo avevamo tre dosi. Se ci fosse stata una retata non avrebbero potuto riconoscerci subito come spacciatori. Andò abbastanza bene. Già la prima sera spacciammo cinque grammi. Presto si sparse la voce che la roba era buona e le dosi convenienti. Solo Stella, naturalmente parlava male della nostra roba. Ma poi arrivò e volle farci da intermediaria. Io come una cretina glielo lasciai fare. Per cinque quartini che riusciva a farci vendere se ne prendeva uno. A noi tuttavia non rimaneva più niente. Infatti da Piko non ricevevamo un soldo per il nostro lavoro. Quando vendevamo dieci grammi potevamo pagare il nostro mediatore. Quindi spacciando noi riuscivamo a tirar su solo l'ero che ci serviva quotidianamente.

Piko arrivava tutte le mattine a fare i conti. A fine

giornata avevamo in cassa generalmente 2.000 marchi circa. Per Piko era un guadagno netto di 1.000 marchi perché la tangente che lo spacciatore deve al trafficante intermedio è del 100 %. Noi da questo giro ci ricavavamo il nostro grammo e mezzo. E Piko non correva quasi nessun rischio, cioè l'unico rischio era che noi potevamo soffiare il suo nome.

Ma per questo si era premunito. Ci minacciò che se ci arrestavano e dicevamo qualcosa alla polizia potevamo subito ordinare una bara. Ci avrebbero pensato i suoi compari della Potzdamerstrasse. A loro, anche in galera, non sfuggiva nessuno. I loro ragazzi ce li avevano dovunque. Ci minacciò che avrebbe fatto intervenire il suo magnaccia anche se non facevamo i conti correttamente. Io avevo comunque un orrore bestiale per il magnaccia: da quando avevano torturato Babsi.

Detlef non voleva riconoscere che il suo Piko ci fregava da morire. Lui sosteneva: « Ma che vuoi? La cosa più importante è che non hai più bisogno di andare a far marchette. Non voglio più che vai a battere. Ed io non voglio più vedere neanche un solo fottuto cliente ».

Alla maggior parte dei piccoli spacciatori da strada le cose non andavano diversamente che a noi. Anche loro non riuscivano mai a rimediare abbastanza soldi per poter comprare dieci grammi da un trafficante intermedio. Inoltre non avevano i contatti. Come facevano ad arrivare ai magnaccia della Potzdamerstrasse? I piccoli spacciatori di strada, che sono loro stessi dei drogati, avevano bisogno di un intermediario che li pagava solo con la roba. I piccoli spacciatori drogati erano dei poveracci che a un certo punto finivano in galera. A quelli come Piko i poliziotti non ci arrivavano. E questi tizi non avevano nessuna difficoltà a trovare nuovi spacciatori di strada quando la polizia se ne cuccava qualcuno. Quasi ogni bucomane era pronto a spacciare per due pere al giorno.

Ma già dopo un paio di giorni spacciare al Treibhaus scottava perché circolavano continuamente poliziotti in borghese. Io non gliela facevo più comunque a reggere lo stress. Allora organizzammo la cosa in un altro modo. Io continuavo a fare il lavoro di intermediaria al Treibhaus e Detlef stava alla stazione della metropolitana di Steglitz. Quando avevo un compratore lo mandavo alla stazione di Steglitz.

Quando una settimana dopo Detlef di nuovo con la roba in tasca girava dalle parti del Treibhaus gli capitò che una macchina gli si fermò vicino improvvisamente e un tizio gli chiese come si faceva ad arrivare al *Bahnhof Zoo.* Detelf fece un salto e se la svignò di corsa. La roba la gettò in un cespuglio.

Quando ci ritrovammo Detlef era dell'idea che quel tizio che gli aveva chiesto dov'era il *Bahnhof Zoo* era un poliziotto garantito. Perché non c'era nessuno che non sapesse dove era la stazione della metropolitana.

Era una brutta situazione. In ogni macchina, in ogni tizio che stava a spasso per il Kudamm vedevamo un poliziotto. Non osavamo andare a cercare la roba che Detlef aveva gettato via. Pensavamo che i poliziotti aspettavano solo che tornavamo a cercarla per acchiapparci.

Andammo all'Athener-Grill per discutere della cosa. Il giorno dopo non potevamo fare i conti con Piko perché la roba non ce l'avevamo più. La storia che ci era successa non l'avrebbe comunque creduta. Mi venne l'idea che potevamo raccontargli che ci avevano fregato degli stranieri. Che questi ci avevano preso tutta la roba e tutti i soldi. Dissi: «Casini grossi con Piko ce ne sono comunque. A questo punto i soldi che abbiamo ce li possiamo pure spendere. Trovo che sia comunque una porcheria che noi non prendiamo un soldo e questo frociaccio guadagna a nostre spese ogni giorno 1.000 marchi. Devo per lo meno comprarmi qualcosa da mettere. Non ho niente di pesante e non posso girare tutto l'inverno con gli stracci di quando sono scappata dall'ospedale».

Noi non eravamo nati per fare gli spacciatori. Detlef non lo voleva ancora riconoscere. Ma anche lui alla fine ammise che era lo stesso se a Piko gli davamo duecento marchi o se non gli davamo niente.

Il mattino dopo andammo molto presto al mercatino. Quando qualche ciaffo mi piaceva se lo provava Detlef e poi io. Volevamo comprare solo cose che potevamo portare tutti e due per potercele scambiare. Alla fine comprai una vecchia giacca di coniglio. Con quella giacca Detlef ci stava proprio carino. Poi ci comprammo un profumo, un carillon e qualche altra stupidaggine. Ma i soldi non li spendemmo tutti. Perché non ce la facevamo a comprare qualsiasi cazzata costosa. I soldi li nascondemmo.

Eravamo appena ritornati a casa di Rolf che arrivò Piko. Detlef disse che non si era ancora fatto la pera e che se ne doveva fare una prima di poter fare i conti. Questo naturalmente non era vero perché come al solito appena alzati ci eravamo fatti una pera. Detlef aveva paura della scenata che ci sarebbe stata con Piko.

Piko disse: «Okay» e si mise a leggere uno dei miei romanzi dell'orrore. Detlef si sparò un altro quartino. Ricadde subito addormentato di colpo e non si tolse neanche l'ago dal braccio.

Io pensai che non era strano che si riaddormentava subito perché già ci aveva dentro un quartino. Gli tolsi la siringa dal braccio perché trovavo una stronzata che lui l'aveva lasciata dentro e il sangue colava nell'ago e poi non si poteva più togliere. E questa era la nostra ultima siringa. Quando con l'ovatta e l'alcol andai a pulire il sangue dalla puntura notai che non c'era nessuna resistenza. Gli alzai un braccio e quello ricadde giù completamente molle. Scossi Detlef per svegliarlo. Lo trascinai fino a una poltrona. La sua faccia era grigia e le labbra viola. Gli aprii la camicia e cercai di sentire i battiti del cuore. Ma non li sentii.

Corsi in camicia e mutande fuori sul pianerottolo. E

Piko dietro che mi diceva: «Non fare casino». Bussai a una vicina, una pensionata, e le dissi che dovevo chiamare subito la polizia. Feci il numero del pronto intervento e dissi: «Il mio ragazzo non respira più. Si è fatto un'overdose». Diedi ai poliziotti anche l'indirizzo. Poi arrivò Piko di corsa e gridò: «Piantala, è di nuovo sveglio». Dissi ai poliziotti: «Niente, grazie. Non c'è bisogno che veniate. Era un falso allarme». E attaccai.

Detlef era sdraiato sulla schiena e aveva gli occhi aperti. Piko mi chiese se al telefono avevo parlato di droga e avevo dato l'indirizzo. Dissi: «No, non direttamente. Non hanno potuto realizzare così in fretta».

Piko disse: «Sei una stupida stronza isterica». E nella frenesia girava intorno a Detlef, lo schiaffeggiava e diceva che doveva alzarsi subito. Io dissi che doveva lasciarlo in pace. Lui disse: «Chiudi il becco stupida stronza e portami dell'acqua». Quando tornai dalla cucina Detlef era già in piedi e Piko gli parlava. Io ero un sacco contenta che Detlef era di nuovo in piedi e volevo abbracciarlo. Ma Detlef mi respinse proprio. Piko gli schizzò dell'acqua in faccia e disse: «Vieni, ragazzo, adesso dobbiamo andare».

Detlef era ancora completamente grigio in faccia e poteva reggersi appena sulle gambe. Io dissi che doveva di nuovo sdraiarsi. Piko gridò di nuovo: «Chiudi il becco». Piko sorreggeva Detlef e i due uscirono di casa.

Non riuscivo più a realizzare niente. Tremavo pazzescamente. Per un momento avevo veramente pensato che Detlef era morto. Mi sdraiai sul letto e tentai di concentrarmi sul mio romanzo. Poi bussarono alla porta. Guardai dallo spioncino. Fuori della porta c'erano due poliziotti.

Non capii più niente. Invece di scappare dalla finestra, aprii la porta. Dissi che ero io che avevo telefonato. Che l'appartamento era di un frocio che ora era in viaggio. E che stamattina erano arrivati due ragazzi e si erano fatti una siringa, ed uno era caduto in terra e avevo appunto chiamato la polizia.

I poliziotti vollero sapere come si chiamavano questi due e come erano e io mi inventai qualcosa. Presero nota dei miei documenti. Non durò molto, poi arrivò una risposta e un poliziotto disse: «Bene, allora vieni con noi. Sei segnalata come dispersa».

I poliziotti erano gentili. Potei prendere un paio di romanzi e metterli nella mia busta di plastica e scrivere una lettera a Detlef. Scrissi: «Caro Detlef. Certamente già t'immagini che mi hanno beccato. Ti darò mie notizie. Tanti baci cari, la tua Christiane». Il biglietto lo attaccai alla porta di casa col nastro adesivo.

Prima mi portarono al distretto della Friedrichstrasse e poi ad un centro di raccolta. Lì mi trovai in una cella che era come quella dei film western. Proprio con le sbarre di ferro al posto di una parete. La porta si chiudeva proprio come quella dello sceriffo di Dodge City e la serratura, nel chiudersi, strideva proprio allo stesso modo. Io stavo lì con le mani attaccate a due sbarre e già era proprio un bel po' deprimente. Non volevo pensare a come era deprimente, mi sdraiai sul tavolaccio e mi addormentai. A un certo punto mi portarono un recipiente per l'esame delle urine e un secchio da mettere sotto in modo che la pipì non cadesse per terra. Chiunque passava poteva vedermi che pisciavo. Per tutto il giorno non ricevetti assolutamente niente, né da bere né da mangiare.

Verso sera arrivò mia madre. Prima passò davanti alle sbarre senza guardarmi. Chiaramente doveva sbrigare qualcosa con i poliziotti. Poi mi venne aperto e mia madre disse: «Buona sera» come a un'estranea, e mi prese sottobraccio tenendomi stretta. Fuori in macchina aspettava Klaus, l'amico di mia madre. Mia madre mi spinse proprio dentro la macchina e si sedette vicino a me. Nessuno disse una parola. Klaus chiaramente si era perso e giravamo per Berlino in lungo e in largo. Pensai: «Adesso sono troppo rincoglioniti per trovare la strada per Kreuzberg».

Quando ci fermammo a un benzinaio dissi a mia madre che avevo fame e chiesi se mi poteva comprare tre bounties. Lei scese e me li comprò.

Dopo il secondo bounty mi sentii male. Klaus dovette fermarsi per farmi vomitare. Viaggiavamo sull'autostrada nord e lì capii che stavamo andando da qualche altra parte. Poi vidi il cartello «Aeroporto Tegel» e pensai: «Questa è proprio la più gran paraculata: ti vogliono cacciare da Berlino».

Scendemmo all'aeroporto. Mia madre mi teneva di nuovo stretta. Allora dissi la seconda frase da quando ci eravamo rincontrate: «Per piacere potresti lasciarmi il braccio, adesso». Lo dissi lentamente sottolineando ogni parola. Lei mi lasciò il braccio ma rimase appiccicata. Klaus faceva da retroguardia, ma anche lui stava all'erta. Io era abbastanza senza volontà. Loro potevano fare quello che gli pareva. Io non ero in grado di fare più niente. Quando mia madre mi portò ad un'uscita, sulla quale c'era scritto Amburgo, mi accorsi che avevo una possibilità di scappare. Ma ero comunque troppo priva di volontà per poterlo fare.

Amburgo: questo fu proprio un colpo. In un paese a circa cinquanta chilometri da Amburgo viveva una mia nonna e una zia con uno zio e un cugino. Ai miei occhi erano i peggio piccolo borghesi che esistevano. Avevano una casa così ordinata che era un inferno. Non un granello di polvere. Una volta in casa ero stata tutto il giorno a piedi scalzi e la sera i miei piedi erano così puliti che non avevo avuto bisogno di lavarli.

In aereo feci finta di leggere il mio romanzo. Un paio di pagine ce la feci a leggerle. Mia madre era ancora muta come un pesce. Ancora non mi aveva detto dove andavamo.

Quando l'hostess disse la sua frase abituale, e cioè che si augurava che il viaggio fosse piacevole, mi accorsi che mia madre piangeva. Poi cominciò a parlare sveltissima. Lei voleva solo il mio bene. E aveva da poco sognato che giacevo morta in un gabinetto, con le gambe completamente contorte e in un mare di sangue. Mi aveva ucciso uno spacciatore e lei mi doveva identificare.

Ho sempre pensato che mia madre ha capacità parapsicologiche. Quando la sera qualche volta mi diceva: «Bambina mia, rimani a casa, ho un brutto presentimento» puntualmente incappavo in una retata o mi fregavano o mi succedeva qualche altro orrore. In quel momento dovetti pensare a Piko, che avevamo fregato, e al suo amico magnaccia. Pensai che forse davvero mia madre mi aveva salvato la vita. Ad altro non pensai. Non volevo continuare a pensare. Da quando non ero riuscita a spararmi il buco finale non volevo assolutamente più pensare a niente.

All'aeroporto di Amburgo con mia madre e mia zia, che ci era venuta a prendere, andammo ancora al ristorante. Mia madre doveva tornare indietro col prossimo volo. Ordinai un Florida-boy. In quel locale raffinato del cazzo non ce l'avevano. Pensai: ma che razza di paese sperduto è Amburgo che non hanno neanche il Florida-boy. Non bevvi assolutamente niente anche se avevo una sete bestiale.

Mia madre e mia zia assieme stavano lì a parlare di me. In mezz'ora avevano pianificato tutto il mio futuro. Adesso sarei andata a scuola, avrei trovato nuovi amici e quando avrei avuto una professione sarei tornata a Berlino. Per loro era tutto così facile. Repressi tutti i miei sentimenti. Era il 13 novembre del 1977.

Per tutto il giorno mi ero dovuta controllare terribilmente. Sull'aereo di ritorno per Berlino mi alleggerii l'animo della tensione di tutte le ultime settimane piangendo. Ero nello stesso tempo triste e sollevata, triste perché avevo dovuto mandar via Christiane, sollevata perché l'avevo finalmente strappata all'eroina.

Finalmente per una volta ero sicura di aver fatto una cosa giusta. Al più tardi dopo il fallimento della terapia al Narkonon *avevo riconosciuto che Christiane alla lunga aveva solo una possibilità di sopravvivenza, e cioè andare in un posto dove non ci fosse eroina. Da quando Christiane andò ad abitare da suo padre, ed io ebbi un minimo di distacco e un po' di pace, mi fu sempre più chiaro che a Berlino Christiane si sarebbe distrutta. Il mio ex marito al contrario mi assicurava che Christiane da lui era diventata pulita, ma io non ci credevo. Non avrei pensato che le mie paure per la vita di Christiane sarebbero aumentate, ma dopo la morte della sua amica Babsi non ebbi più un minuto di pace.*

Volevo mandare Christiane dai suoi parenti ma suo padre non lo permetteva. Nel frattempo, poiché Christiane viveva da lui, si era procurato tramite un provvedimento provvisorio il diritto di determinare la residenza di sua figlia. Le mie parole non servivano a niente, lui non le prendeva in considerazione. Forse perché non aveva fatto ancora la mia esperienza, forse perché non voleva ammettere la sconfitta.

In quel periodo ricevetti il procedimento d'accusa contro Christiane. Doveva essere processata per reati contro la legge sugli stupefacenti. La signora Schipke della sezione narcotici mi aveva preparato per telefono dicendomi, per consolarmi, che per Christiane non dovevo farmi assolutamente nessun rimprovero. «Chi si buca si buca» disse «ed ogni bucomane decide da solo».

Disse anche che conosceva molti bucomani di buona famiglia, che appunto subivano processi, e che non dovevo tormentarmi.

Trovai subdolo che nel procedimento d'accusa, come prova contro Christiane, venisse portato anche un pacchetto d'eroina che una volta avevo trovato nella sua stanza. Nell'agitazione, a quel tempo, avevo telefonato alla Schipke. Quando la Schipke mi pregò di mandarle questo pacchetto per le analisi, non avevo la minima idea, naturalmente, che quello che avevo trovato sarebbe stato un giorno usato contro Christiane. Lei mi disse anche: « Non scriva il mittente sulla lettera così non si può dimostrare nulla ».

Non trovo giusto che ragazzi così giovani come Christiane vengano giudicati in tribunale per la loro tossicodipendenza. Christiane non aveva fatto niente a nessuno: lei aveva distrutto solo se stessa. Chi ha il diritto di processarla per questo? A prescindere dal fatto che nessun bucomane viene guarito in prigione, come ben si sa.

Il procedimento d'accusa fu per me un motivo di più per spedire via Christiane: improvvisamente diventai risoluta. Andai all'ufficio per la tutela e raccontai tutta la situazione. Fu la prima volta che in un ufficio mi si ascoltò con attenzione, l'assistente sociale competente, il signor Tillmann, trovò che la cosa migliore era di tenerla lontana da Berlino. Voleva anche occuparsi di trovare un posto di terapia per Christiane perché non era prevedibile il tempo che lui ci avrebbe messo per ottenere che il diritto di determinare la residenza di Christiane tornasse a me, nel frattempo lui poteva facilmente strappare a mio marito il consenso per una terapia. Mi convinse. Lo capii subito che non erano vuote promesse, mi accorsi di quanto fosse serio l'impegno del signor Tillmann nei confronti di Christiane.

Poco dopo il mio colloquio con il signor Tillmann improvvisamente un pomeriggio Christiane si presentò a casa. Veniva direttamente dal consultorio per la droga: era completamente distrutta, piena d'eroina e parlava di suicidio e del « buco finale ». Per prima cosa la calmai e la portai a letto, poi telefonai subito al signor Tillmann. Lui arrivò immediatamente. Insieme a Christiane facemmo un piano ben organizzato: per prima cosa doveva disintossicarsi fisicamente nella clinica regionale per malattie nervose, poi doveva ottenere un posto di terapia in una comune d'abitazione. Questo glielo avevano prospettato al consultorio. Inoltre il signor Tillmann sarebbe stato a contatto con il luogo di terapia, sempre per seguire Christiane.

Christiane si lasciò fare tutto volontariamente. Con grande rapidità il signor Tillmann organizzò tutti i passi necessari. Avemmo un appuntamento con lo psichiatra per ragazzi e con il medico dell'ufficio di assistenza che rilasciò il certificato per ricoverare Christiane, poi, con questo certificato, il signor Tillmann andò dal padre di Christiane e fece pressioni finché lui non fu d'accordo ed io potei portare Christiane nella clinica psichiatrica.

Due settimane dopo Christiane fu trasferita all'ospedale Rudolf Virchow dove doveva essere operata per il suo fungo. Io credevo naturalmente che una ragazzina drogata che veniva dal Bonnie Ranch la si trasferisse in ospedale sotto sorveglianza e lì ci si continuasse a occupare di tutto. Ma loro si limitarono a scaricarla da un punto all'altro. Di tutto il resto a loro non gliene importava niente. Christiane potè svignarsela senza ostacoli.

Ero molto amareggiata per questa trascuratezza che minacciava di far fallire tutto.

Dopo questa esperienza persi la mia ultima fiducia nelle istituzioni. Mi dissi: solo tu, completamente da sola, puoi aiutare tua figlia e te stessa. Il signor Tillmann tentò di darmi nuovamente coraggio, ed in lui avevo anche fiducia.

La sera dopo Christiane era di nuovo da me a piangere tutte le sue lagrime. Soffriva moltissimo di tutto, di nuovo si era bucata con l'eroina. Io non la sgridai, non avevo più nessuna aggressività nei suoi confronti. Quante volte nel passato, perché ero disperata per la mia incapacità di aiutarla, avevo scaricato tutta la mia rabbia su di lei! Ora che fu di nuovo da me la presi tra le braccia e parlammo insieme con calma.

Christiane voleva assolutamente proseguire il piano che avevamo elaborato con il signor Tillmann. Ed io dissi: va bene, lo faremo, ma le feci anche capire chiaro e tondo che se solo ancora una volta combinava qualche casino sarebbe definitivamente andata dai suoi parenti. Lei se la prese molto a cuore e mi diede la sua parola d'onore.

In quei giorni andò regolarmente al consultorio per la droga, si attaccò alla prospettiva di questa terapia, spesso aspettava ore prima che venisse il suo turno per parlare con l'operatore del consultorio. A casa si metteva a scrivere il curriculum della sua vita per adempiere alle procedure necessarie per essere accolta nel gruppo di terapia.

Tutto sembrava andare per il meglio. Il posto di terapia sembrava quasi sicuro, la comune d'abitazione che avrebbe dovuto accoglierla era già stabilita, già parlavamo del fatto che il Natale non avrebbe potuto festeggiarlo a casa. Era infatti l'inizio di novembre.

Nel frattempo suo padre aveva preso atto del fallimento dei suoi sforzi e non si metteva più in mezzo. Le prospettive dunque c'erano. Ma proprio a quel punto le venne la sua seconda epatite, una notte ebbe quasi quarantuno di febbre. Il mattino seguente la portai alla clinica universitaria di Steglitz. Christiane era gialla come un limone, non poteva più reggersi in piedi e camminava strisciando nel corridoio. Dopo la visita la dottoressa disse che Christiane aveva una congestione del fegato causata dall'uso della droga, ma che lì non la potevano purtroppo tenere perché la clinica di Steglitz non aveva il reparto isolamento. Questo non era vero: più tardi mi sono informata: la clinica Steglitz aveva un reparto isolamento con 25 letti. In realtà nella clinica di lusso non volevano un bucomane. Tuttavia la dottoressa ci fissò per il mattino dopo il ricovero nell'ospedale Rudolf Virchow.

In un paio di giorni a Christiane passò il colorito giallastro, presto ritornò tutta allegra ed era felice della futura terapia. L'operatore con cui aveva i colloqui al consultorio per la droga al Politecnico andò anche a farle visita. Con le forze comuni aiutavamo Christiane a mantenere il suo impegno, ero rassicurata come non mi era più accaduto da molto tempo.

Fino al giorno in cui la sua amica Stella le andò a far visita. Malgrado avessi pregato con insistenza l'infermiera del reparto di non fare entrare da Christiane, per alcun motivo nessuno senza la mia presenza, ad eccezione dell'operatore del consultorio.

Avevo tuttavia commesso un imperdonabile sbaglio portando con me una volta Detlef, ma Christiane aveva così desiderio di vederlo. Detlef era uscito di prigione, dove si era disintossicato, rilasciato sotto sorveglianza; anche lui si era procurato un posto di terapia. Concessi ai due un incontro, del resto erano molto legati. E pensai: forse si fanno forza a vicenda se sanno l'una dall'altro che andranno in terapia. Come potevo essere così ingenua!

Christiane se la svignò subito per tutto il pomeriggio. Quando la sera andai a trovarla dopo l'ufficio era appena rientrata: vidi che si era fatta un'iniezione di qualcosa, ma solo questo non poteva più sorprendermi. Quando però volle darmi ad intendere che aveva solo avuto voglia di andare a mangiare gli spaghetti vicino alla Gedächtniskirche, quando di nuovo mentì, quasi mi si piegarono le gambe.

Pregai l'infermiera del reparto di farmi restare vicina a Christiane. Il letto l'avrei pagato. Lei disse che purtroppo non era possibile, in futuro ci sarebbe stata attenta. Tre giorni più tardi, quando di nuovo andai a trovarla dopo l'ufficio, l'infermiera mi venne incontro e mi disse: « Sua figlia non c'è ».

« Posso sapere dov'è? » chiesi.

« Non lo sappiamo: aveva il permesso di andare a passeggio nel parco e non è più tornata ».

Non posso descrivere come mi sentii, a casa mi sdraiai nel soggiorno vicino al telefono. La sera alle undici e mezza telefonò l'ospedale: Christiane era rientrata. L'indifferenza dell'infermiera era sconvolgente. Lei partiva da questo punto di vista: « Se la ragazza se la svigna, ebbene se l'è svignata. Sono fatti suoi. Qui in ospedale abbiamo avuto abbastanza drogati. Tutti a un certo punto se la svignano ».

Anche alla dottoressa la cosa sembrava lasciarla abbastanza fredda, mi spiegò soltanto di non avere la possibilità di influire sulla situazione. Se Christiane avesse ancora una volta infranto l'ordinamento dell'ospedale avrebbe dovuto dimetterla per mancanza di disciplina. Dall'esame delle funzioni del fegato era tra l'altro risultato che Christiane, se continuava così, arrivava al massimo a vent'anni, a questo proposito voleva parlarle facendo appello alla sua coscienza, di più non poteva purtroppo dire.

La sera dopo arrivò una telefonata dall'ospedale: Christiane era di nuovo andata via. Passai allora tutta la notte sul divano accanto al telefono, e Christiane a casa non tornò affatto. Sparì per due settimane e non fece sapere niente di sé.

I primi due giorni ancora, insieme a Klaus, andai a cercarla, il solito giro per le discoteche e le stazioni della metropolitana, poi dovetti andare a prendere le sue cose dall'ospedale. Quando tornai a casa con la sua borsa e tirai fuori i libri e tutto quello che le avevo por-

tato in ospedale per la prima volta arrivai al punto di dirmi: e adesso che ci sbatta il muso da sola!

Mi dissi: bene, se non vuole nient'altro che questo deve vederlo da sola dove va a finire. Smisi anche di cercarla, ero ferita in maniera indicibile. Lei doveva accorgersene che la mia pazienza era finita, quanto avrei sopportato ancora non sapevo.

La denunciai come dispersa al più vicino distretto di polizia e lasciai al funzionario una sua foto. In una retata Christiane ad un certo punto sarebbe stata presa e poi avevo intenzione di prendere con lei l'aereo e di portarla via.

Dopo quattordici giorni, un lunedì mattina, ricevetti la telefonata decisiva dal distretto di polizia della Friedrichstrasse. Il funzionario al telefono era straordinariamente gentile, malgrado Christiane nel distretto stesse facendo un gran pandemonio. Pregai il poliziotto di tenerla lì perché il pomeriggio sarei andata a prenderla e l'avrei portata subito in aereo dai parenti.

Ordinai i biglietti. Un volo andata e ritorno per me, per Christiane solo andata. Quando lo dissi sentii una stilettata, poi telefonai ai miei parenti.

Il pomeriggio era tutto fatto. Dalla polizia mi feci accompagnare dal mio amico, pensai che se la mettevo a sedere tra di noi non poteva saltar fuori dalla macchina.

Christiane non disse una parola. Anch'io non dissi niente. Lei non mi guardò mai. Fino alla partenza stette seduta sulla sua poltrona rosicchiandosi le unghie e leggendo un romanzo che aveva con sé. Non fece nessuna mossa di fuga.

Io respirai solo quando entrammo nell'aereo, mentre decollavamo guardai dal finestrino, era già buio. Le dissi: « Bene, adesso è finita. Il capitolo droga è chiuso. Vai da zia Evelyn. Spero che lì comincerai definitivamente una nuova vita ».

Da mia zia e da mia nonna come prima cosa stetti quattro giorni a rota. Quando potei alzarmi mi misi in completa uniforme da bucomane: dalla giacca di coniglio agli stivali con i tacchi alti. Mi truccai e andai nel bosco con il cane di mia zia. Ogni mattina, per andare a camminare nel bosco, mi combinavo come se andassi nel giro. Con i tacchi alti rimanevo bloccata nella sabbia ed ogni due metri inciampavo e quando cadevo mi tingevo le ginocchia di verde e di blu. Ma quando mia nonna volle andare a far spese con me per regalarmi un paio di «scarpe per camminare», mi venne l'orrore.

Un po' alla volta realizzai che con mia zia, che aveva appena trent'anni, ci potevo parlare abbastanza bene. Non dei problemi che avevo veramente, di quelli non volevo neanche parlare, non volevo neanche pensarci. Il mio vero problema infatti era l'eroina. La roba e tutto quello che con la roba aveva a che fare: Detlef, il giro, Kudamm, lo sballo, la libertà. Tentavo, anche senza ero, di non pensare molto. Tutto quello a cui pensavo era in realtà che presto me la sarei svignata. Ma al contrario di prima non facevo mai un vero piano di fuga. Lo rimandavo sempre. Pensavo: un giorno te ne vai. Forse in realtà non volevo fuggire perché avevo paura di quello che negli ultimi due anni avevo preso per libertà.

Mia zia mi obbligava a rispettare un sacco di divieti. Visti i miei quindici anni dovevo tornare a casa puntualmente alle nove e mezza di sera, se mai avevo il permesso di uscire. E questa era una cosa che non esisteva per me da quando avevo dodici anni. Questi divieti mi davano pazzescamente ai nervi, ma stranamente quasi sempre li rispettavo.

Prima di Natale andammo ad Amburgo, per fare le compere di Natale. Ci buttammo negli acquisti fin dalla mattina presto. Infilati dentro ai grandi magazzini. Era l'orrore totale. Pigiati per ore in mezzo a questa massa miserabile di piccolo borghesi che arraffavano tutto e stavano col naso infilato nei loro portafogli rigonfi. Mia nonna e mia zia, mio zio e mio cugino non fecero altro che mettersi e togliersi roba da dosso. Per zia Edwing e per zia Ida, e per Jochen e per il signore e la signora tal dei tali non trovarono comunque i regali adatti. E mio zio aveva ancora bisogno di un paio di suole di scarpe, di quelle per risuolarsi le scarpe da soli, e ancora qualche altra cosa per la macchina che nei grandi magazzini costa di meno.

Mia nonna è così piccolina che quando sta in un grande magazzino si intrufola dappertutto, e così continuamente spariva in mezzo ai nugoli di folla. Allora cominciava la ricerca. Ogni tanto me li perdevo tutti e naturalmente pensavo di tagliare la corda. Avevo sgamato che ad Amburgo il giro era nella Mönckebergstrasse. Bastava solo che uscissi da uno dei grandi magazzini e attaccassi discorso con un paio di bucomani e tutto sarebbe ricominciato. Ma non so come non ce la facevo. Perché non sapevo bene cosa volevo. Malgrado mi dicessi: « Prima che diventi come loro e ti viene la fissa solo delle compere e dei grandi magazzini è meglio che schiatti in un cesso qualsiasi ». Penso che se fosse arrivato un bucomane e fosse stato lui ad attaccare discorso me ne sarei scappata.

Ma in effetti non me ne volevo andare. Per questo dissi un paio di volte ai miei: « Non ce la faccio più. Per piacere andiamo a casa, e poi a fare le spese ci tornate senza di me ». Loro mi guardarono come se fossi matta. Forse perché per loro le compere di Natale sono il massimo dell'anno.

La sera non trovavamo più la macchina. Andammo da un parcheggio all'altro e la macchina non la trovammo. Questa situazione mi piacque proprio: perché improvvisamente eravamo una comunità. Parlavamo tutti insieme ed ognuno dava un suggerimento diverso, ma finalmente avevamo uno scopo comune: trovare quella maledetta macchina. Io ero diversa dagli altri perché trovavo questa vicenda molto ridicola e mi veniva continuamente da ridere mentre gli altri erano presi sempre più dal panico. Intanto faceva abbastanza freddo e tutti battevano i denti. Solo a me il freddo non mi faceva molto perché il mio corpo era abituato a ben altro.

Alla fine mia zia si mise all'ingresso di Karstadt sotto la porta ad aria calda e non voleva più muovere un passo. Mio zio dovette tirarla via da sotto il getto d'aria calda. Poi la macchina l'abbiamo trovata e ci siamo tutti messi a ridere. Nel viaggio di ritorno a casa mi sentivo proprio bene. Mi sentivo come in una famiglia della quale bene o male facevo proprio parte.

Un po' cominciai ad adattarmi. In ogni caso ci provai. Era difficile. Ad ogni frase dovevo stare assolutamente attenta a quello che dicevo. Ad ogni parola. Quando mi scappava la parola «merda» mia nonna mi diceva subito: «Una bambina così carina che dice una parola così brutta». Quindi, tutte le volte che era possibile, si scatenava ancora una discussione perché mi sentivo nevrotizzata. E alla fine davo di matto.

Venne il Natale. Fu la prima vigilia di Natale dopo due anni che festeggiai sotto l'albero. Non sapevo se dovevo essere felice per quest'albero. Decisi fermamente di fare uno sforzo e di mostrare gioia per i regali. Ma poi di ricevere questi regali fui contenta veramente. Non mi era mai successo di ricevere tanti regali per Natale. Ad un certo punto mi sorpresi che cercavo di calcolare quanto potevano esser costati e quindi a convertire i pezzi in quartini di ero.

Per Natale arrivò anche mio padre. Come al solito a casa non ci stette molto. Il giorno di Natale e a Santo Stefano andammo la sera in una discoteca da ragazzetti. Tutte e due le sere mi stracannai sei o sette coca al rum e poi mi appisolai sullo sgabello del bancone. Mio padre era tutto beato che adesso mi davo al bere. Ed io mi dissi: prima o poi ti abituerai a questi ragazzetti di paese e alla disco-music.

Il giorno dopo mio padre ripartì per Berlino perché la sera c'era una partita di hockey.

Dopo le vacanze di Natale dovetti tornare a scuola. Mi iscrissi alla nona classe della scuola professionale. All'inizio avevo paura, per tre anni praticamente non avevo preso parte alle lezioni di scuola. L'ultimo anno ci ero andata al massimo per un paio di mesi perché per il resto del tempo o ero malata, o mi stavo disintossicando oppure a scuola non ci andavo proprio. Ma già dal primo giorno la scuola mi piacque abbastanza. La mia classe stava giusto dipingendo un quadro su una nuda parete bianca ed io potetti subito unirmi a loro. Dipingemmo vecchie belle case. Proprio come doveva essere la casa dei miei sogni. Davanti c'erano solo persone contente. Sulla strada c'era anche una palma e alla palma era attaccato un cammello. Un quadro proprio forte. Sotto ci scrivemmo: «Sotto l'asfalto c'è la sabbia».

Nel club dei giovani scoprii un quadro molto simile. Solo che sotto aveva un altro motto: «Niente lamentele, né sbevazzi — e invece falce e martello». Nel club dei giovani erano quelli impegnati politicamente che davano il tono.

Mi accorsi rapidamente che anche i giovani di campagna e della cittadina che stava vicino al nostro paese non erano molto soddisfatti. Anche se esteriormente erano molto diversi dai berlinesi. A scuola non c'era affatto tutto quel casino. La maggior parte degli insegnanti potevano imporsi. E la maggior parte dei ragazzi si vestivano anche come persone per bene.

Io volevo farcela a scuola malgrado mi mancassero un sacco di cose. Volevo assolutamente riuscire a passare, per lo meno arrivare al diploma. Per la prima volta dai tempi della scuola elementare a casa facevo i compiti.

Dopo tre settimane mi ero inserita nella classe abbastanza bene ed ebbi la sensazione che ci riuscivo proprio.

Stavamo giusto facendo lezione di cucina quando venni chiamata dal direttore. Lui stava seduto dietro la scrivania e smaneggiava nervosamente il contenuto di una cartellina. Io realizzai rapidamente che dentro quella cartellina c'erano certamente i documenti che dovevano aver mandato da Berlino. E sapevo che in questi documenti c'era tutto su di me. L'ufficio d'assistenza per minorenni doveva avere a un certo punto informato la mia scuola a Berlino.

Il direttore prima tossicchiò ancora un poco e poi disse che con suo grande rincrescimento nella scuola non mi poteva più tenere. Io non ero adeguata ai requisiti richiesti da una scuola professionale. Il tizio si doveva essere così agitato a leggere i miei documenti che mi aveva mandata a chiamare durante l'ora di lezione. Avrebbe perlomeno potuto aspettare fino alla fine dell'orario per cacciarmi dal suo istituto tecnico!

Io non dissi nulla perché non potevo parlare. Il direttore voleva mandarmi via subito. Già nel prossimo intervallo dovevo presentarmi dal direttore della scuola professionale. Io ero proprio arrivata. E completamente tramortita scesi giù nella scuola professionale. E quando fui dal direttore non feci altro che piangere. Lui mi disse che non era così tragico. Che dovevo mettermi di impegno ed ottenere un buon diploma.

Quando uscii rifeci di nuovo il bilancio della mia situazione. In realtà non avevo nessuna compassione per me stessa. Mi dissi: «È chiaro che adesso ti sbattono in faccia i conti per quello che hai fatto». Realizzai d'un colpo che tutti i sogni di una vita nuova senza l'ero erano una stupidata. Che gli altri non mi vedevano come io credevo di essere ma che mi giudicavano in base al mio passato. Mia madre, mia zia e persino il direttore dell'istituto tecnico.

Mi fu chiaro che non potevo diventare un'altra persona dall'oggi al domani. Anche il mio corpo e la mia psiche mi presentavano sempre nuovi conti. Il mio fegato distrutto mi ricordava costantemente quello a cui lo avevo sottoposto. E non mi succedeva neanche che a vivere da mia zia me la cavavo tutto in un colpo così liscia. Scattavo per ogni stupidaggine. Continuamente c'era qualche casino. Non reggevo assolutamente l'agitazione e lo stress. E quando di nuovo stavo proprio giù mi veniva in mente che con la droga molto semplicemente sarei uscita dalla depressione.

Dopo che fui cacciata dall'istituto tecnico non me la sentii più di combinare qualcosa. Ero di nuovo abbastanza priva di volontà. Non potevo in alcun modo difendermi dall'espulsione dalla scuola, malgrado naturalmente questo direttore, dopo tre settimane, non era certo in grado di giudicare se ce l'avrei fatta oppure no. Di nuovo non avevo più un piano per il futuro. Sarei potuta riandare al ginnasio unificato. Ce n'era uno che si poteva raggiungere con l'autobus. Ma lì avrei dovuto dimostrare che sapevo il fatto mio. E la paura di fallire anche lì era troppo grossa.

Quello che significava essere retrocessi nella scuola professionale dovevo impararlo un po' alla volta. Da noi al paese ci sono due discoteche, come dei club di giovani. In una andavano quasi esclusivamente studenti dell'istituto tecnico e del ginnasio, nell'altra quelli della scuola professionale e gli apprendisti. Prima andavo nel club dove c'erano anche i ginnasiali. Ma dopo che m'avevano buttato fuori dall'istituto tecnico ebbi la sensazione che lì mi guardavano storto. Allora sono andata nell'altra discoteca.

Per me questa era un'esperienza del tutto nuova. A Berlino non c'era questa separazione. Non c'era nel ginnasio unificato, e naturalmente non c'era neanche nel giro. A scuola la separazione cominciava fin dal cortile dove si stava nell'intervallo. Per traverso, sul pavimento, c'era una striscia bianca. Da una parte c'erano quelli del ginnasio e dell'istituto tecnico, dall'altra quelli della scuola professionale. Era vietato superare la striscia bianca. Con i compagni della vecchia classe potevo dunque parlare solo senza superare la striscia. Era proprio una gran paraculata questa divisione tra i giovani che avrebbero combinato qualcosa nella vita e i giovani della scuola professionale che comunque sono già l'ultima merda.

Questa era dunque la società alla quale mi dovevo adeguare. « Adeguarsi »: mia nonna lo ripeteva ogni dieci parole. Nello stesso tempo, quando mi cacciarono dall'istituto tecnico, lei sosteneva che fuori dalla scuola non dovevo stare con i miei compagni, ma trovarmi gli amici tra i ginnasiali o quelli dell'istituto tecnico. Io le dissi: « Tu devi accettare che la tua nipotina è una che va alla scuola professionale. Ed io mi adeguo e i miei amici me li trovo nella mia scuola ». A quel punto ci fu un grosso casino.

All'inizio volevo completamente fregarmene della scuola. Poi mi accorsi che il nuovo insegnante di classe era molto in gamba. Era un tipo un po' anziano. Era come totalmente fuori moda nel modo di pensare, cioè un vero conservatore. Talvolta avevo persino l'impressione che lui trovava ancora qualcosa di buono nei nazisti. Ma lui aveva autorità senza bisogno di gridare. Era l'unico con cui, quando entrava in classe, ci alzavamo in piedi spontaneamente. Lui non era mai agitato e veramente si occupava di ognuno. Anche di me. Qualcuno degli insegnanti più giovani era certamente pieno di idealismo. Ma loro in qualche modo con il loro lavoro non ci pigliavano. Tale e quale agli studenti non si rendevano proprio conto di come stavano le cose. Qualche volta lasciavano correr tutto, poi si rimettevano a urlare. Soprattutto non avevano una risposta chiara ai problemi che ci interessavano.

Arrivavano sempre con i loro «se» o «ma» perché erano totalmente privi di sicurezza e non sapevano essi stessi quali erano i problemi.

Il nostro insegnante di classe non ci diede nessuna illusione su che cosa fosse, oggi, uno studente della scuola professionale. Ci disse che per noi ci sarebbero state un sacco di difficoltà. Ma con un po' di impegno avremmo potuto, in alcuni campi, anche superare la preparazione degli studenti ginnasiali. Per esempio in ortografia. Lui diceva che oggi nessuno studente del liceo possiede più una perfetta ortografia. E noi potevamo dunque avere delle buone possibilità se avessimo imparato a scrivere una domanda d'assunzione in un tedesco assolutamente corretto. Cercava di insegnarci come ci si comporta con quelli che si credono superiori. E aveva sempre una riserva di battute proprio forti. Soprattutto proverbi saggi del secolo scorso. Ci si poteva ridere. La maggior parte degli studenti infatti lo faceva. Ma io ci trovavo sempre un nocciolo di verità. Spesso ero di opinione diversa dalla sua. Ma quello che mi piaceva di lui era che sembrava sapere ancora cosa è bianco e cosa è nero.

La maggior parte degli studenti non lo amavano particolarmente. Per loro lui era troppo faticoso e li innervosiva la sua continua morale. La maggior parte degli studenti era comunque disinteressata. Un paio cercavano di diplomarsi con dei buoni voti per poi, forse, trovare, come studenti delle scuole professionali, un posto di apprendistato. Loro facevano diligentemente i loro compiti, esattamente per quello che c'era da fare. Ma mai che leggessero un libro o che si interessassero di qualche cosa che non era richiesta. Questo per loro non esisteva. Quando il nostro insegnante di classe, o anche qualcuno degli insegnanti più giovani, tentavano di aprire una discussione, quelli guardavano solo a bocca aperta come scemi. Quelli della mia classe di piani per il futuro non ne avevano quanto me. E che progetti può avere uno della scuola professionale? Quando ha fortuna trova un qualsiasi posto di apprendistato. E non può seguire quello che magari gli piace ma solo adattarsi alle offerte.

A molti non gliene fregava niente di quello che avrebbero fatto dopo. Forse un posto di apprendistato o guadagnare soldi come forza di lavoro non qualificata, oppure farsi mantenere. L'idea era questa: da noi di fame non si muore, uno studente della scuola professionale possibilità non ne ha, quindi perché affaticarsi tanto. Di un paio si poteva subito dire che sarebbero diventati dei delinquenti, un paio già bevevano. Le ragazze non si preoccupavano comunque. Per loro era stabilito che a un certo punto un tizio si sarebbe occupato di loro, e fino a quel momento potevano fare le commesse da qualche parte, o trovare un posto alla catena di montaggio oppure stare ancora a casa.

Non è che proprio tutti fossero così, ma questo era l'atteggiamento diffuso nella scuola professionale. Assolutamente freddi, nessuna illusione, e soprattutto nessun ideale. Questo mi buttava proprio giù. La vita senza la droga me l'ero immaginata diversamente.

Spesso riflettevo sul perché i giovani erano così miseri. Non riuscivano ad aver gioia di niente. Un motorino a sedici anni, una macchina a diciotto: questo era quasi ovvio. E se questo non c'era allora uno era un essere inferiore. Anche per me, nei miei sogni, era stato naturale pensare che un giorno avrei avuto un appartamento e una macchina. Ma ammazzarsi di lavoro per un appartamento, per un nuovo divano, come aveva fatto mia madre, questo non esisteva. Questi erano stati gli ideali sorpassati dei nostri genitori: vivere per poter tirar su dei soldi. Per me, e credo anche per molti altri, quel paio di cose materiali erano il presupposto minimo per vivere. Poi doveva esserci qualche altra cosa. Esattamente quello che dà un significato alla vita. E questo non si vedeva.

Un paio a scuola mia, tra cui mi ci mettevo anch'io, erano ancora alla ricerca di quel qualcosa che dà significato alla vita.

Quando a scuola parlammo del nazionalsocialismo ebbi dei sentimenti molto contrastanti. Da una parte mi si rivoltava lo stomaco quando pensavo alle orribili brutalità di cui sono capaci gli uomini. D'altra parte trovavo giusto che prima c'era qualcosa cui gli uomini credevano. Capitò che una volta durante le lezioni dissi: « In un certo senso sarei stata volentieri giovane nel periodo nazista. Allora i giovani avevano un'idea di come stavano le cose e avevano ideali. Credo che per un giovane è meglio avere falsi ideali che non averne nessuno ». Questo non è che lo pensassi completamente. Ma un po' sì.

Da noi in campagna i giovani si facevano tutti i trip possibili perché la vita che gli adulti gli offrivano li soddisfaceva. Nel nostro piccolo paese era arrivato persino il trip della brutalità. Dare botte invece di incassarle. Come un paio di anni prima a Berlino i ragazzi e le ragazze si stravolgevano con il movimento dei punk. A me mi ha sempre spaventato vedere persone, che altrimenti mi sembravano assolutamente per bene, trovare il punk il trip più eccitante. Perché in realtà è solo una roba di brutalità. Già la musica è senza fantasia ed è solo un ritmo bestialmente brutale.

Conoscevo abbastanza bene un punk che stava da noi. Con lui si poteva proprio chiacchierare fin tanto che non si infilava spille di sicurezza nelle guance e si metteva in tasca la mazza per picchiare. Nella locanda del paese una volta l'hanno beccato. Gli hanno sfrantumato addosso due sedie e conficcato una bottiglia rotta nello stomaco. In ospedale gliela fece appena a salvarsi.

Ma la peggio brutalità la sentivo nei rapporti tra ragazzi e ragazze. Tutti parlavano di emancipazione. Ma io sono quasi convinta che i ragazzi non hanno mai trattato le ragazze così brutalmente come oggi. Là si scatena tutta la frustrazione di questi tizi. Vogliono potere e successo, e questo non riescono ad ottenerlo, e allora se lo prendono dalle femmine.

Mi venne proprio un orrore della maggior parte dei tizi che giravano in queste discoteche. Forse perché ero un po' diversa dalle altre questi tizi mi stavano sempre dietro. E questo fischiare, questo: «Ehi pupa, che ne facciamo di noi due» mi nevrotizzava in un certo senso ancora di più degli atteggiamenti dei clienti della Kurfürstenstrasse. Quando i clienti a Berlino facevano cenno ad una di entrare in macchina per lo meno sorridevano. Nelle discoteche del paese, invece, i tipi più forti non sentivano proprio la necessità di farlo. Penso che la maggior parte dei clienti erano più gentili e persino più teneri di quanto non lo fossero con le loro ragazze questi rimorchioni. Questi volevano scopare, senza amicizia, senza la minima tenerezza e, naturalmente, senza neanche per lo meno pagare.

Il mio orrore verso questi ragazzotti arrivò a tal punto che a me nessuno mi poteva più toccare. Io trovavo tutte queste regole di pomicio, che lì valevano, proprio perverse, e cioè che un ragazzo si arrogasse automaticamente il diritto di andare a letto con una ragazza al più tardi la seconda sera che ci usciva. E le ragazze ci stavano anche quando non ne avevano la minima voglia perché questa era la regola. E perché avevano paura che il tizio non sarebbe più uscito con lei e che i ragazzi poi avrebbero detto in giro che lei era una capra frigida.

A fare così io non ci riuscii. Non volevo riuscirci. E anche se un ragazzo mi era molto simpatico, e quindi uscivo con lui, come prima cosa chiarivo: «Non ci provare mai a saltarmi addosso. Non mi toccare. Se sento che succede qualcosa comincio io». Nei sei mesi da quando sono qui dopo Berlino non ho mai cominciato. E in più ogni amicizia finiva quando lui provava a venire a letto con me.

Naturalmente in questo aveva il suo peso il fatto che dovevo pagare un conto per il mio passato. Anche se mi davo a credere che aver fatto marchette era una cosa che non aveva niente a che fare con me, e che era stato un fenomeno transitorio collegato alla mia dipendenza dall'eroina, ora il mio comportamento con i ragazzi ne era condizionato. Il modo in cui loro nella maggioranza dei casi si comportavano rafforzava in me la convinzione che di nuovo c'erano degli uomini che mi volevano sfruttare.

Cercavo di trasmettere alle ragazze della mia classe le esperienze che avevo fatto con gli uomini. Senza poter dir loro che tipo di esperienza avevo fatto. Ma coi miei messaggi non riuscii mai a scuoterle. Diventai una specie di «posta del cuore» nella mia classe e dovetti starmi a sentire tutti i problemi con i ragazzi e dare consigli, perché le altre sgamarono che in qualche modo avevo più esperienza. Ma non riuscirono mai a capire quello che veramente tentavo di dir loro.

La maggior parte delle ragazze vivevano solo per i tizi. Loro accettavano completamente tutta la brutalità delle relazioni. Quando succedeva che uno mollava la sua ragazza e andava con un'altra, loro non si incazzavano con lui ma con la sua nuova ragazza. Allora lei diventava una stronza, l'ultima mignotta, e non so che altro. E i tizi più forti erano anche i più brutali.

Tutto ciò lo capii quando facemmo un viaggio scolastico. Andammo nel Palatinato. Proprio nelle vicinanze dei nostri alloggi c'era una discoteca. La maggior parte delle ragazze ci andarono certamente già fin dalla prima sera. Quando ritornarono erano tutte impazzite per i tipi fighi con la moto fantastica. Quelli con la moto fantastica per loro erano i meglio. Anch'io andai poi una volta a vedere com'era la discoteca e sgamai abbastanza rapidamente cosa succedeva. Arrivavano i tizi dalle vicinanze con i loro motorini, motociclette e macchine per rimorchiare le studentesse che erano in gita scolastica. Io tentai di chiarire alle ragazze della mia classe che loro in questa discoteca dai tizi che giravano sarebbero solo state sfruttate. Ma con la mia saggezza non sfondai proprio. Un'ora prima che la discoteca apriva le femmine stavano davanti allo specchio che si truccavano, si acconciavano i capelli. Poi non si muovevano più per non far crollare la pettinatura.

Davanti a quello specchio mollavano completamente il loro io. Diventavano solo la maschera di se stesse, una maschera che doveva piacere ai tizi con la moto superfantastica. Ero incazzata nera quando vidi tutto ciò. In un certo senso mi faceva pensare a me stessa. Io pure mi ero stratruccata e travestita, prima per piacere ai tizi del giro dell'hascisc, poi a quelli dell'ero. Anch'io avevo come rinunciato al mio io per essere solo una bucomane.

Tutta la classe ruotava solo intorno a questi miserabili rimorchioni, malgrado la maggior parte delle ragazze a casa avesse un ragazzo fisso. Elke, che dormiva nella stessa stanza con me, la prima sera scriveva ancora una lettera al suo ragazzo. La seconda sera andò nella discoteca e tornò tutta depressa. Mi raccontò che aveva pomiciato con uno. E credo che l'avesse fatto solo per dimostrare alle altre che di lei si interessava uno di questi tizi. Aveva una coscienza sporca tremenda per via del suo ragazzo fisso e cominciò persino a piangere. Ma dava a credere che del tizio con la moto si era presa una cotta. Il suo ragazzo fisso naturalmente non aveva ancora una motocicletta. La sera dopo tornò completamente distrutta, e pianse ancora di più. Il suo tizio aveva chiesto a un'altra compagna di scuola: «Di', quella uno se la può pompare, o che tipo è?».

C'era anche un'altra ragazza, Rosi, alla quale successe persino di molto peggio. Un insegnante la beccò con un tizio in macchina mentre i due stavano giusto a segare. Lì lo chiamavano segare. Rosi era così ubriaca che non poteva quasi camminare. Il tizio le aveva versato una coca al rum dopo l'altra.

Rosi era ancora vergine e adesso naturalmente era completamente distrutta. Le altre ragazze indissero subito un'assemblea per discutere che si doveva fare con Rosi. Loro non si preoccuparono minimamente di questo tizio che aveva fatto ubriacare Rosi e l'aveva praticamente violentata. Pretesero invece tutte che Rosi venisse rispedita a casa. Io fui l'unica che parlò contro questa soluzione. Loro erano infatti incazzate da morire che i nostri insegnanti avevano imposto il divieto assoluto di andare in discoteca. Il fatto è che a loro stesse non interessava altro che pomiciare e segare.

A me in qualche modo mi distruggeva proprio che tra le ragazze non ci fosse nessun senso di identità comune. Che sempre ogni amicizia finiva quando entravano in gioco i ragazzi. Non era diverso da quello che era successo con l'ero, che continuamente aveva guastato l'amicizia tra Babsi, Stella e me.

Malgrado adesso io non fossi direttamente coinvolta in quello che succedeva, mi sentivo distrutta e scoraggiata. Gli ultimi due giorni del viaggio scolastico ebbi una brutta ricaduta: ero ubriaca dalla mattina alla sera.

Però ero ormai decisa a cavarmela in questo mondo così come era. A scappare non ci pensavo più. Mi era chiaro che scappare avrebbe significato una nuova fuga nella droga. E mi era sempre più chiaro che oggi questo non mi sarebbe servito a niente. Pensavo che doveva esserci una via di mezzo. Né doversi adeguare completamente a questa società di merda, né farci completamente distruggere. Trovai anche un amico che mi tranquillizzava molto. Con lui si poteva parlare. E malgrado tutto lui sembrava uno che sapeva sempre quali erano le cose reali. Era uno che sognava anche ma che per tutto aveva una soluzione pratica. Trovava anche che molte cose erano di merda, ma pensava che se uno si impegnava, un giorno da questa società poteva anche — come dire? — riscattarsi. Per prima cosa voleva fare il commerciante e guadagnare un bel po' di soldi e dopo voleva comprarsi una casetta di legno nelle foreste del Canada per andarci a vivere. Per lui, come per Detlef, il grande sogno era il Canada.

Era uno studente del ginnasio e mi trascinò proprio nel trip dello studio. Mi accorsi che la scuola professionale poteva darmi ancora qualcosa se lavoravo per me stessa e non per quel ridicolo diploma senza valore. Leggevo moltissimo. Il *Werther* di Goethe e il *Werther* dello scrittore della Germania orientale Plenzdorf. Hermann Hesse e soprattutto Erich Fromm. Il libro di Fromm *L'arte di amare* diventò proprio la mia Bibbia. Imparai a memoria pagine intere. Semplicemente per il fatto che sentivo il bisogno di rileggerle continuamente. Ricopiai anche dei passaggi del libro e li appesi sul mio letto. Questo Fromm è proprio un paraculo che ha capito tutto. Se la gente si attenesse a quello che lui scrive, la vita avrebbe veramente un senso perché uno riuscirebbe semplicemente a farcela. Mi sarebbe piaciuto una volta parlare con Erich Fromm su come lui, in questo mondo, ce la faceva a vivere secondo i suoi principi. Notai infatti che la realtà è tale che non sempre può avvenire un reale confronto con quelle che sono le sue affermazioni.

In ogni caso questo libro nella scuola lo dovrebbero adottare come lettura principale. Questo pensavo. Ma in classe non osavo parlarne perché gli altri forse mi avrebbero di nuovo presa per scema. Qualche volta il libro me lo portavo a scuola. Una volta mi misi a leggerlo durante la lezione perché pensavo che avrei trovato una risposta a dei problemi che erano emersi nella lezione stessa. L'insegnante se ne accorse, guardò il titolo e subito mi prese il libro. Quando, finita l'ora, lo rivolevo indietro, lui disse: «La signorina, dunque, legge pornografia durante le lezioni! Il libro è sequestrato». Disse proprio così. Il nome Fromm non gli diceva nulla, o gli ricordava gli omonimi preservativi. E il titolo *L'arte di amare* segnalava naturalmente che era un libro pornografico. E del resto cosa altro può essere l'amore per questi individui frustrati? Lui pensò dunque che io, vecchia battona drogata, volevo guastare i ragazzini della scuola.

Il giorno dopo mi riportò il libro e mi disse che era a posto. Ugualmente non potevo però portarlo a scuola perché il titolo dava luogo ad equivoci.

Ma c'erano cose che mi buttavano ancora più giù di questa storia insignificante con il libro di Fromm. Cominciai ad avere casini con il direttore. Era un tipo frustrato e insicuro totale. Non aveva la minima autorità e cercava di compensare questa mancanza tormentandoci e urlando. Quando la mattina avevamo lezione con lui prima dovevamo cantare e poi far ginnastica. Per svegliarci, diceva. Da lui si avevano buoni voti solo quando si ripeteva esattamente quello che lui aveva detto.

Con lui facevamo anche musica. E una volta volle farci un piacere e parlarci della musica che ci interessava. Lui cominciò direttamente a parlare della «attuale musica jazz». Io veramente non capivo che voleva dire. Pensai che forse intendeva la musica pop e quindi ho detto: «cosa intende lei per odierna musica jazz? Il pop e il rock sono una cosa completamente diversa dal jazz». Forse usai il tono sbagliato. Certamente ancora una volta avevo parlato di getto senza riflettere prima su quale era in realtà lo scopo del mio discorso. Il direttore comunque reagì subito violentemente. Si mise a urlare come un pazzo e mi cacciò fuori dall'aula. Sulla porta tentai ancora una volta di rimediare e dissi: «Tra noi deve esserci stato un malinteso». Lui allora mi richiamò. Ma tornare indietro non potevo e così rimasi fuori per tutta l'ora. Tuttavia mi controllai tanto da non andarmene immediatamente a casa.

Nell'ora dopo dovetti andare nell'ufficio del direttore. Quando entrai vidi che aveva in mano una cartellina. Mi resi conto che si trattava dei miei documenti berlinesi. Li sfogliava e faceva finta di leggerli. Disse che qui non ero a Berlino. Inoltre ero solo un'ospite nella sua scuola. E viste le circostanze lui poteva sbattermi fuori in qualsiasi momento. Dovevo dunque comportarmi come un'ospite.

Dopo diedi proprio di matto. Non volevo più andare a scuola. Bastava qualsiasi stupido motivo e psicologicamente perdevo proprio la testa. Non ce la facevo a confrontarmi. Non ce la facevo a dirmi: questo imbecille non deve assolutamente influenzarmi. Se contro di te può solo opporre questi documenti, vuol dire che in realtà è ancora più debole di te.

In ogni caso dopo questo incidente ridimensionai tutte le mie aspettative. Prima, anche sotto l'influenza del mio amico, mi ero prefissa di provare, dopo aver preso un buon diploma, ad andare al ginnasio unificato. Malgrado sapessi che per uno studente delle scuole professionali è estremamente complicato poter proseguire gli studi: per via dei test psicologico-attitudinali, il permesso speciale delle autorità scolastiche e tutto quello che ancora bisogna fare se non si vuole restare solo studente delle scuole professionali. Sapevo che dovunque andavo sarebbero arrivati anche i miei documenti da Berlino.

Ma avevo anche questo mio amico che era molto ragionevole, e attraverso di lui venni a poco a poco in contatto con i ragazzi del paese che in un certo senso mi piacevano per quello che erano. In ogni caso erano molto migliori di quelli che venivano dalla vicina cittadina. I giovani del paese formavano proprio una vera comunità. Si erano addirittura allestito un club per conto loro. Lì non c'erano i rimorchioni. Tutti seguivano come delle regole di comportamento morale di vecchio stile, anche se ogni tanto i ragazzi bevevano troppo. E la maggior parte mi accettavano malgrado io fossi molto diversa.

Per un certo periodo pensai che potevo diventare come loro o come il mio amico. Ma questo trip non durò a lungo. Col mio amico finì perché a un certo punto lui voleva fare l'amore con me. Ed io non riuscivo neanche a immaginarmi di poter fare l'amore con qualcun altro che non fosse Detlef. Detlef dunque lo amavo ancora. Pensavo molto a lui malgrado non volessi pensarci. Qualche volta gli scrivevo una lettera che pensavo di spedirgliela da Rolf, il suo ex cliente fisso, dal quale lui aveva vissuto per ultimo. Ma fui sempre abbastanza ragionevole da non spedirgli mai niente.

Poi venni a sapere che stava di nuovo in galera. Anche Stella stava in galera.

Pensavo molto a Stella e a Detlef. E nei dintorni c'erano degli altri ragazzi dai quali mi sentivo più attratta che dai coetanei del paese. Con questi potevo chiacchierare meglio e parlare più liberamente dei miei problemi. Da loro mi sentivo riconosciuta e non dovevo aver paura che scoprissero il mio passato. Loro vedevano il mondo più come lo vedevo io. Lì non dovevo né camuffarmi né adeguarmi. Con loro emotivamente avevo anche la stessa lunghezza d'onda. Tuttavia all'inizio esitai ad avere un contatto troppo stretto: facevano esperienza con le droghe.

Mia madre, mia zia ed io, tutte e tre avevamo creduto che fossi approdata in un angolo della Germania dove la droga non c'era. Certamente non c'erano le droghe pesanti. Quando sul giornale c'era qualcosa sull'eroina si trattava di Berlino o qualche volta di Francoforte. Anch'io avevo pensato: sei l'unica bucomane nel giro di mille miglia.

Ma al primo viaggio per acquisti che feci con mia zia mi resi conto meglio della situazione. All'inizio del 1978 andammo a fare acquisti a Norderstedt, una città dormitorio di nuova costruzione vicino ad Amburgo. Come sempre nei miei primi viaggi in macchina mi guardavo come erano i tizi che stavano nelle vicinanze di dove abitavo e che sembravano un po' fricchettoni. Riflettevo: forse bucano, o fumano, o sono soltanto studenti. A Norderstedt siamo andate in una tavola calda per mangiare una salsiccia al curry. A un tavolo c'erano seduti un gruppetto di stranieri. Due si alzarono improvvisamente e si sedettero a un altro tavolo. Non so come ma ebbi immediatamente l'impressione che succedeva qualcosa che aveva a che fare con l'ero. Sapevo come si comportavano gli stranieri quando c'era in mezzo l'eroina. Spinsi mia zia a uscire dal locale senza però dirle nulla del mio sospetto.

Cento metri più avanti, davanti a un negozio di jeans, cascammo nel bel mezzo del giro della droga di Norderstedt. Naturalmente ho sgamato subito che quelli che stavano lì erano bucomani. Poi come prima cosa mi immaginai che tutti mi guardavano. Che mi riconoscevano immediatamente come una bucomane. Diedi proprio di matto, in preda al panico totale. Mi aggrappai al braccio di mia zia e le dissi che dovevo andarmene subito via. Anche lei sgamò qualcosa e affermò: «Ma perché. Tu con queste cose non hai più niente a che fare». Dissi: «Piantala, non posso ancora verificarlo».

Questo successe nel periodo in cui già non pensavo più a svignarmela. E veramente pensavo che non avrei avuto più niente a che fare con l'eroina. Mi aveva scioccato il fatto che mi avevano riconosciuta. A casa mi tolsi subito i miei ciaffi di dosso e mi tolsi il trucco dalla faccia. Gli stivali con i tacchi a spillo non me li rimisi più. Da quel momento in poi tentai di avere lo stesso aspetto delle ragazze della mia classe.

Ma da quel momento andai anche al club più spesso e frequentai sempre di più quelli che fumavano e prendevano acidi. Una volta mi sono fatta un chilom assieme agli altri, ma altre volte l'ho anche rifiutato. Entrai a far parte di un gruppo proprio perfetto. La maggior parte erano apprendisti. Venivano dai vari paesi vicini. Avevano tutti un sacco di cose da dire. Non erano così ottusi come la maggior parte dei miei compagni di scuola. I pensieri ce li avevano. Parlare con loro mi serviva proprio a qualcosa. Soprattutto in questo gruppo non c'era alcuna brutalità. Tutte le aggressività rimanevano fuori. Era la pace totale.

Una volta ho chiesto stupidamente perché tutto quello che facevamo non potevamo farlo anche senza stravolgerci. E quelli mi hanno detto che era proprio una domanda cretina. Come ci si potrebbe altrimenti liberare di tutta la merda che uno vive durante il giorno?

Tranne un tizio, tutti gli altri erano enormemente frustrati nel lavoro. Questo tizio era iscritto al sindacato e faceva il fiduciario sindacale giovanile nella sua fabbrica. Lui trovava un senso in quello che faceva durante il giorno. In fabbrica si impegnava per gli altri giovani e questo gli dava una conferma. Era anche dell'idea che la società si può cambiare. Lui spesso non aveva bisogno neanche di uno spinello per stare bene e quindi beveva solo un paio di bicchieri di vino rosso.

Gli altri non trovavano proprio un senso in quello che facevano. Parlavano continuamente di voler mollare l'apprendistato. Solo che non sapevamo dopo che avrebbero fatto. Tornavano dal lavoro pieni di frustrazione e aggressività. E quando stavano insieme e uno cominciava a parlare dell'incazzatura che aveva avuto col capo e cose del genere, c'era un altro che gli diceva: «La vuoi piantare con tutto questo feeling dello sgobbo?». Poi girava il chilom e a quel punto cominciava veramente la serata.

A me le cose andavano meglio che a loro. La scuola certe volte mi divertiva proprio. D'altra parte mi andava esattamente come a loro. Io non sapevo proprio perché andava bene tutto quello studio e quella fatica a scuola da quando mi era chiaro che non avrei potuto fare né la licenza liceale né l'istituto tecnico. E notavo che come ex drogata, anche con un buon diploma di scuola professionale non avrei comunque trovato un posto di lavoro che mi piacesse.

Un diploma abbastanza buono riuscii ad ottenerlo. Ma non riuscii ad avere un posto di apprendistato. Ebbi solo un posto di lavoro come non qualificata e precaria, di quelli che in base a certe leggi per la disoccupazione giovanile vengono creati apposta per togliere i ragazzi dalla strada. Da quasi un anno non ho più bucato. Ma so naturalmente che ci vogliono un paio d'anni per poter dire che uno è proprio pulito. Al momento non ci sono grossi problemi.

Quando la sera nel nostro gruppo ci sediamo in circolo e beviamo vino rosso, e il chilom ha fatto un paio di giri, tutti i problemi quotidiani spariscono. Parliamo dei libri che abbiamo letto. Ci occupiamo di magia nera e di parapsicologia e di buddismo. Cerchiamo semplicemente gente che stia in un buon trip per imparare qualcosa. Perché i nostri trip non sono altrimenti un granché.

Una ragazza del gruppo frequenta una scuola per infermiere, e ha portato nel gruppo delle pasticche. Per un periodo mi sono di nuovo stravolta col *valium*. Gli acidi non li tocco perché ho paura di fare un viaggio dell'orrore. Gli altri con l'LSD ci stanno ancora abbastanza bene.

Nella nostra cittadina non c'è un giro della droga pesante. Chi la prende il più delle volte se ne va ad Amburgo. Da noi non ci sono neanche spacciatori che vendono ero. Dunque non è così facile procurarsi l'ero come a Berlino, ad Amburgo o a Norderstedt.

Ma chi la vuole può naturalmente trovarla senza grosse difficoltà. Spesso ci sono spacciatori di passaggio che hanno un pancione finto con dentro tutta la loro merce. Se a uno di questi tizi gli chiedi che cosa ha per stravolgersi ti risponde: cosa vuoi? *valium*, *valeron*, fumo, acidi, coca o ero?

Nel nostro gruppo tutti sono convinti che questa faccenda della droga la tengono sotto controllo. Certamente è molto diverso da come era tre, quattro anni fa a Gropiusstadt.

Nel nostro gruppo è diverso il tipo di libertà che arriva attraverso la droga. Noi non abbiamo bisogno del Sound per farci rintronare con la musica ad altissimo volume. Per quelli del nostro gruppo è proprio il colmo farsi il trip della libertà sotto lo sbrilluccichio delle reclame del Kurfürstendamm. Noi tutti odiamo la città. Siamo nel trip della natura totale. Il fine settimana giriamo per tutto lo Schleswig-Holstein in macchina e poi a un certo punto camminiamo a piedi finché non troviamo un posto assolutamente figo. Andiamo spesso nel *moor*, in posti dove garantito non ci arriva nessuno.

Ma la cosa più fantastica è la nostra cava di calce. Un buco pazzesco in mezzo al paesaggio. Lungo quasi un chilometro, largo trecento metri e profondo cento. Le pareti sono perpendicolari. Lì sotto è molto caldo. Non c'è vento. Ci crescono le piante che non ho mai visto altrove. E dei ruscelli chiarissimi scorrono in questa valle pazzesca. Dalle pareti scendono cascate. L'acqua colora le pareti di rosso ruggine. Dappertutto ci sono dei macigni bianchi che sembrano ossa di animali preistorici e forse sono proprio delle ossa di mammuth. Le enormi scavatrici e i carrelli da trasporto, che di giorno fanno un rumore che nevrotizza, durante il fine settimana sembrano come inadoperati da secoli. La calce li ha resi completamente bianchi già da un sacco di tempo.

Siamo completamente soli in questa valle della follia. Le pareti perpendicolari di calce ci separano tutt'intorno dal resto del mondo. Da fuori non arriva nessun rumore. L'unico rumore lo fanno le cascatelle.

Noi ci immaginiamo di comprarci la cava di calce quando non verrà più sfruttata. E lì sotto ci vogliamo costruire delle case di legno con un enorme giardino pieno di animali e con tutto quello di cui uno ha bisogno per vivere. L'unica strada che c'è per arrivare alla cava la vogliamo chiudere.

Non avremmo comunque più alcuna voglia di ritornare su.

BUR
Periodico settimanale: 15 gennaio 1997
Direttore responsabile: Evaldo Violo
Registr. Trib. di Milano n. 68 del 1°-3-74
Spedizione in abbonamento postale TR edit.
Aut. n. 51804 del 30-7-46 della Direzione PP.TT. di Milano
Finito di stampare nel gennaio 1997 presso
il Nuovo Istituto Italiano d'Arti Grafiche - Bergamo
Printed in Italy

NELLA STESSA COLLANA

Giulio Andreotti
Onorevole stia zitto
Ore 13: il Ministro deve morire
Il potere logora... ma è meglio non perderlo

C. Andrew - O. Gordievskij
La storia segreta del KGB

Corrado Augias
Giornali e spie

Marcello Bernardi
Gli imperfetti genitori

Silvio Bertoldi
Badoglio

Enzo Biagi
Amori
Buoni/Cattivi
Lubjanka

Giuseppe Bottai
Diario 1935-1944
Diario 1944-1948

Mario Capanna
Formidabili quegli anni

Carlos Castaneda
L'isola del tonal
Il secondo anello del potere
Il dono dell'Aquila
Il fuoco dal profondo
Il potere del silenzio

David G. Chandler
Le campagne di Napoleone (due volumi)

Charles S. Chaplin
La mia vita

Christiane F.
Noi, i ragazzi dello zoo di Berlino

Costanzo Ciano
Diario 1937-1943

Pietro Citati
Kafka

Furio Colombo
Carriera: vale una vita?

Pierre Daco
La nuova psicologia
Che cos'è la psicologia
Che cos'è la psicanalisi

Wayne W. Dyer
Le vostre zone erronee
Prendi la vita nelle tue mani
Te stesso al cento per cento

H. J. Eysenck
Q.I. Nuovi test d'intelligenza
Le prove d'intelligenza

H. J. Eysenck - G. Wilson
Conosci la tua personalità

Giovanni Falcone - Marcelle Padovani
Cose di Cosa Nostra

Joachim C. Fest
Hitler

Michel Foucault
Storia della follia nell'età classica

John Kenneth Galbraith
Storia della economia

Giorgio Galli
Hitler e il nazismo magico

Josef Gelmi
I Papi

Roberto Gervaso
Cagliostro
Casanova

Luigi Giussani
L'avvenimento cristiano

Romolo Gobbi
Figli dell'Apocalisse

Luca Goldoni
La tua Africa
Vai tranquillo
Sempre meglio che lavorare
Maria Luigia donna in carriera

Ruggero Guarini
Il pensiero quotidiano

Alex Haley
Autobiografia di Malcolm X

Thomas A. Harris
Io sono OK, tu sei OK

NELLA STESSA COLLANA

Stephen Hawking
Dal big bang
ai buchi neri

John Hemming
La fine degli Incas

Franz Herre
Francesco Giuseppe

Wolfgang Hildesheimer
Mozart

Eberhard Horst
Federico II di Svevia

Carl Gustav Jung
Ricordi, sogni,
riflessioni

Stanley Karnow
Storia della guerra
del Vietnam

J. Krishnamurti
La ricerca
della felicità

Saverio Lodato
Quindici anni di mafia

Raimondo Luraghi
Storia della guerra
civile americana
(due volumi)

Edward N. Luttwak
La grande strategia
dell'impero romano

Madre Teresa
di Calcutta
Le mie preghiere

Denis Mack Smith
Mussolini
I Savoia re d'Italia

Cesare Marchi
L'Aretino
Impariamo l'italiano
Grandi peccatori
Grandi cattedrali
Quando eravamo
povera gente
Siamo tutti latinisti
Quando l'Italia
ci fa arrabbiare

Robert K. Massie
Pietro il Grande

Indro Montanelli
Storia di Roma
Storia dei Greci
I libelli

Indro Montanelli -
Mario Cervi
Milano.
Ventesimo secolo

Vincenzo Paglia
Colloqui su Gesù
Il volto di Dio

Luciano Perelli
La corruzione politica
nell'antica Roma

Régine Pernoud
La donna al tempo
delle cattedrali

Sergio Ricossa
Impariamo
l'economia

Denis de Rougemont
L'Amore e
l'Occidente

Luigi Rusca (a cura di)
Il Breviario dei laici
(due volumi)

Catherine Salles
I bassifondi
dell'antichità

Howard H. Scullard
Storia del mondo
romano
(due volumi)

Beppe Severgnini
Inglesi

Emanuele Severino
La filosofia antica
La filosofia moderna
La filosofia
contemporanea

Vittorio Sgarbi
Il sogno della pittura
Davanti all'immagine
La stanza dipinta

Bartolomeo Sorge
Uscire dal tempio

Gloria Steinem
Autostima

Ronald Syme
L'aristocrazia augustea

Alexis de Tocqueville
La democrazia
in America

Victor Von Hagen
Alla ricerca dei Maya
L'Eldorado

Mitì Vigliero Lami
Lo stupidario
della maturità

Womack J.P. - Jones
D.T. - Roos D.
La macchina che ha
cambiato il mondo

ISBN 88-17-11520-7